HEYNE
BÜCHER

W0347454

SCIENCE FICTION

Ein vollständiges Verzeichnis aller
im HEYNE VERLAG erschienen STAR TREK-Romane
finden Sie am Schluß des Bandes.

JOHN VORNHOLT

STAR TREK
THE NEXT GENERATION

STERNENTUNNEL

DER DOMINION-KRIEG 3

Roman

Star Trek®
The Next Generation™
Band 66

Aus dem amerikanischen Englisch von
ANDREAS BRANDHORST

Deutsche Erstausgabe

WILHELM HEYNE VERLAG
MÜNCHEN

HEYNE SCIENCE FICTION & FANTASY
Band 06/5766

Titel der amerikanischen Originalausgabe
THE DOMINION WAR 3: TUNNEL THROUGH THE STARS
Deutsche Übersetzung von Andreas Brandhorst

Umwelthinweis:
Dieses Buch wurde auf chlor- und säurefreiem Papier gedruckt.

Redaktion: Rainer-Michael Rahn

Erstausgabe by Pocket Books/Simon & Schuster Inc., New York

http://www.heyne.de
Printed in Germany 2000
Umschlagbild: Pocket Books/Simon & Schuster, New York
Umschlaggestaltung: Nele Schütz Design, München
Technische Betreuung: M. Spinola
Satz: Schaber Satz- und Datentechnik, Wels
Druck und Bindung: Ebner Ulm

ISBN 3-453-17093-8

Für all die Tanque Wordies

1

Sam Lavelle betrat die Brücke der *Träne des Friedens* und konnte kaum fassen, dass er einen großen cardassianischen Antimaterie-Tanker gegen einen kleinen, einfachen bajoranischen Transporter eingetauscht hatte. Bei diesem besonderen Handel hatte er zweifellos den Kürzeren gezogen, vor allem deshalb, weil er mit einer Rückkehr in die Freiheit gerechnet hatte. Lavelles letzte Reise bot ein Musterbeispiel für Murphys Gesetz, nach dem alles schief ging, was schief gehen konnte. Und bei diesem Flug deutete alles darauf hin, dass er vom Regen in die Traufe geraten würde.

Im engen Kontrollraum gab es einen sonderbaren Bildschirm, gesäumt von bajoranischen Schriftzeichen. Es gelang Sam, zwei Sprüche zu übersetzen: »Der Fromme wird den Himmelstempel betreten« und »Die Kai hält Bajors Laterne«. Auch ohne diese Plattitüden schimmerten die Sterne verlockend im Projektionsfeld und weckten in Lavelle den Wunsch, endlich heimzukehren.

Aber er wusste, dass es keine Flucht vor dem Krieg gab. Es konnte erst dann Friede herrschen, wenn das Dominion in seinen Teil der Galaxis zurückgetrieben war.

Die schlanke Bajoranerin Ro Laren saß an den Navigationskontrollen. Captain Picard und Geordi LaForge sahen mit Nasenknorpel und Ohrring wie Bajoraner aus, aber bei Ro Laren täuschte dieser äußere Eindruck nicht. An Bord der *Enterprise* hatte Sam Geschichten von ihr gehört, doch er war ihr nur einmal im Gesellschaftsraum Zehn-Vorne begegnet, kurz vor ihrer verhängnisvollen Mission, die eine Infiltration des Maquis vorsah. Jetzt führte sie als Captain das Kommando über den bajoranischen Transporter.

»Ich bin gekommen, um Sie abzulösen, Captain«, sagte Sam leise.

»Danke.« Ro Laren stand auf und streckte sich wie eine gertenschlanke Löwin, schüttelte dabei ihr kurzes, dunkelbraunes Haar. Sie trug eine eng anliegende bajoranische Uniform, die ihre gute Figur betonte, und Sam sah länger hin, als es der Takt erlaubte. Ro bemerkte, wie er sie anstarrte, und sie bedachte ihn mit einem durchdringenden Blick. Sam wusste, dass er sich hätte abwenden sollen, aber es war ziemlich lange her, seit er zum letzten Mal eine so attraktive Frau gesehen hatte. Alles in ihm drängte danach, den Anblick zu genießen.

»Bitte entschuldigen Sie«, sagte er und lächelte verlegen. »Ich weiß nicht, was in mich gefahren ist. Ein wenig Freiheit kann mit einem Mann die seltsamsten Dinge anstellen.«

Der Unmut verschwand aus Ros Gesicht, wich Anteilnahme. »Wie lange waren Sie Gefangener des Dominion?«

»Etwa zwei Monate, schätze ich«, antwortete Sam. »Es ist deshalb schwer zu sagen, weil uns nur bei der Arbeit, bei der Konstruktion des verdammten Verteron-Beschleunigers, Chronometer zur Verfügung standen. Und ihre Anzeigen beschränkten sich allein auf die Dauer der jeweiligen Schicht. Wir blieben von den Frauen getrennt. Gelegentlich habe ich welche an Bord der Transporter gesehen, aber damit hatte es sich auch schon.«

»Ich kenne die Cardassianer – es muss schlimm gewesen sein.«

Sam nickte langsam. »Ja, es war schlimm, und viele gute Leute müssen noch immer Zwangsarbeit leisten. Ich wünschte, wir könnten ihnen irgendwie helfen.«

»Gibt es keine Möglichkeit zur Massenflucht?«

»Nein«, erwiderte Sam niedergeschlagen. »Der Komplex mit den Unterkünften der Gefangenen befindet sich in der Nähe des Beschleunigers, aber die einzelnen Quartierskapseln sind isoliert. Wir hatten Glück – unter normalen Umständen bekommen die Zwangsarbeiter keine Gelegenheit, ein Raumschiff zu übernehmen. Wann auch immer Ihre Aktion stattfinden soll – Tausende von Gefangenen werden bei der Arbeit sein, und die Zerstörung des Beschleunigers bedeutet ihren Tod.«

Ro verschränkte die Arme und rümpfte die Nase. »Genau darauf habe ich Captain Picard hingewiesen. Aus Ihrem Mund klingt es noch viel schlimmer, weil Sie selbst dort gewesen sind.«

»Ja, ich bin dort gewesen, und ich begreife einfach nicht, wieso ich zurückkehre. Ich habe mir meine Flucht nicht unbedingt so vorgestellt. Freiwillig jenen Ort aufzusuchen, an dem ich gefangenen gewesen bin...« Sam schauderte, nahm im Navigationssessel Platz und blickte auf unvertraute Instrumente.

»Captain Picard hätte Ihnen sicher gestattet, nicht an diesem Einsatz teilzunehmen, wenn es eine solche Möglichkeit gäbe«, sagte Ro. »Aber wir haben nur dieses eine Schiff und können niemanden zurücklassen.«

Sam gab ein Geräusch von sich, das nach einer Mischung aus Schnaufen und Lachen klang. »Ja, Ihr Sabotagetrupp ist ziemlich knapp an Personal, wenn Sie mir diese Bemerkung gestatten.«

»Wir hatten eine ganze Crew und mehr als nur einen Torpedo. Aber wir verloren fünf Torpedos, als wir uns einen Weg durch die Grenzpatrouille des Dominion kämpften. Anschließend wurde wir von Piraten in den

Badlands entführt, und dann übernahmen Romulaner die Kontrolle über unser Schiff…«

»Piraten und Romulaner?« fragte Sam mit jungenhafter Neugier. Das Lächeln verschwand von seinen Lippen, als er Ros Betroffenheit angesichts der geschilderten Ereignisse sah. »Es tut mir leid, dass Sie viele gute Leute verloren haben, aber in Hinsicht auf den Tod bin ich gewissermaßen ausgebrannt. Ich kann nicht einmal darüber nachdenken, wenn Sie verstehen, was ich meine.«

»Ja, ich verstehe Sie«, sagte Ro und starrte aufs Deck. »Die *Enterprise* soll uns heimbringen. Vorausgesetzt, wir benachrichtigen sie mit einer Subraumbake.«

»Wie schnell könnte sie hier sein?«

»Das ist eine gute Frage.« Die Bajoranerin trat neben Lavelle und deutete auf die Konsole. »Sie sollten die Belastung der Außenhülle im Auge behalten – da drüben.«

»In Ordnung, danke.« Sam betrachtete die Anzeigen und stellte fest, dass die präsentierten Daten ein klares, leicht verständliches Bild der Situation beschrieben. Es waren nicht annähernd so komplexe Kontrollen wie an Bord des Antimaterie-Tankers. Er versuchte, sich auf seine Pflichten zu konzentrieren, doch die Nähe der Bajoranerin brachte Erinnerungen und Emotionen zurück, die er ohne großen Erfolg zu verdrängen versucht hatte.

»Ich hatte einmal eine gute Freundin, die von Bajor stammte. Sito Jaxa hieß sie.« Sam lächelte wehmütig. »Ihr Tod war der erste Verlust, mit dem ich bei Starfleet fertig werden musste, und er traf mich ziemlich schwer. Cardassianer brachten sie um, und dadurch begann der Krieg für mich schon einige Jahre früher. Ich wollte mich unbedingt rächen.«

»Ich habe Sitos berufliche Laufbahn verfolgt«, sagte Ro. »Aber ich bekam nie die Chance, sie persönlich kennenzulernen. Ich glaube, ich war mit der taktischen Ausbildung beschäftigt, als Sito und ihre Freunde zur Besatzung der *Enterprise* gehörten.«

Sam lachte leise. »Man kam gar nicht umhin, ihre Karriere im Auge zu behalten. Sie steckte voller Elan und brachte sich an der Akademie immer wieder in Schwierigkeiten.«

»Zusammen mit Wesley Crusher«, sagte Ro und schmunzelte.

Sam musterte die hinreißend aussehende Bajoranerin, während sie einen unerwarteten Augenblick der Nostalgie teilten. Wirklich schade, dass seine Lebenserwartung so gering war – andernfalls hätte er vielleicht beschlossen, bei Ro einen Annäherungsversuch zu unternehmen. Nun, es herrschte Krieg, und in solchen Zeiten konnte praktisch alles geschehen.

Er konzentrierte sich wieder auf die Arbeit und rejustierte den Bildschirm. Eine noch immer recht weit entfernte braune und magentafarbene Wolke wurde sichtbar. Blitze flackerten in ihren dunstigen Tiefen, und dadurch bekam die Wolke ein sonderbar fröhlich wirkendes Leuchten – sie glühte wie ein surrealer Adventskranz.

»Die Badlands«, sagte Sam. »Sind sie wirklich so schlimm?«

»Sogar noch schlimmer«, erwiderte Ro. »Ich würde lieber nicht dorthin zurückfliegen. Aber leider gibt es hier keine andere Versteckmöglichkeit.«

»Falls es Sie tröstet: Von hier aus ist es nicht mehr weit bis zum künstlichen Wurmloch. Allerdings wird es von einer ganzen Flotte bewacht und ist zehn Kilometer lang.«

»Das habe ich gehört«, entgegnete Ro ernst.

Sie vernahmen Schritte, und Sam drehte sich um – Captain Picard kam auf die kleine Brücke. Mit den Nasenknorpeln, dem bajoranischen Ohrring und den weißen Haarbüscheln sah er seltsam aus. Doch Stimme, Haltung und Auftreten ließen keinen Zweifel daran, wer die Mission leitete. Sam versteifte sich unwillkürlich im Sessel und richtete den Blick wieder auf die Anzeigen.

»Status?« fragte Picard und blickte dabei auf den elektronischen Datenblock, den er mitgebracht hatte.

»Wir erreichen die Badlands in einer Stunde«, meldete Sam. »Bisher keine Anzeichen für feindliche Schiffe.«

»Danke, Lieutenant. Ich hatte noch keine Gelegenheit, Ihnen zu sagen, wie sehr ich mich über das Wiedersehen freue. Ich bedauere allerdings, dass es unter solchen Umständen stattfinden muss.«

»Mir geht es ebenso, Sir.«

»Ich habe mit Ihrer Crew gesprochen«, sagte der Captain ernst. »Mir ist klar, dass wir Ihren Fluchtversuch ruiniert haben. Das tut mir leid. Sie wollten bestimmt weiter kommen als nur bis zu den Badlands...«

»Eigentlich habe ich gar nicht mit einem Erfolg des Fluchtversuchs gerechnet«, erwiderte Sam offen. »Ich wollte nur wie ein Starfleet-Offizier sterben, nicht als Sklave. Ich möchte nicht zu jenem Ort zurück – und ich bezweifle, dass diese Mission erfolgreich sein wird –, aber vermutlich bekomme ich die Chance, als Starfleet-Offizier zu sterben.«

Der Captain presste die Lippen zusammen. »Ich wünschte, es gäbe eine Alternative, aber das ist leider nicht der Fall. Wir dürfen nicht zulassen, dass das Dominion die Konstruktion des künstlichen Wurmlochs beendet und Gebrauch davon macht.«

»Ich weiß, Sir«, sagte Sam. »Der gleiche Gedanke ging mir jeden Tag durch den Kopf, während wir den Beschleuniger bauten.«

Picard blickte erneut auf den Datenblock und sah

sich dann um – offenbar wollte er feststellen, ob sie allein waren. »Ich brauche eine ehrliche Einschätzung der einzelnen Mitglieder Ihrer Crew. Sie wissen, was uns bevorsteht: eine wichtige und sehr riskante Sabotagemission.«

Sam runzelte nachdenklich die Stirn. »Das einzige Crewmitglied, das ich wirklich kenne, ist Taurik, und ihm würde ich ohne zu zögern mein Leben anvertrauen. Was Woil, Shonsui, Horik und Masserelli betrifft... Sie sind Starfleet-Offiziere und daran gewöhnt, in gefährlichen Situationen zurechtzukommen. Allerdings haben sie ziemlich viel hinter sich und könnten dadurch kurz vor einem Kollaps stehen. Aber dies trifft auf uns alle zu, mit Ausnahme von Taurik. Während der Gefangenschaft habe ich mir oft gewünscht, Vulkanier zu sein.«

»Und ich wünschte mir häufig die Eigenschaften eines gewissen Androiden«, sagte Picard und lächelte schief. »Was ist mit dem Wissenschaftler namens Enrak Grof?«

Sam überlegte und versuchte, sich seine Skepsis nicht anmerken zu lassen. »Zu Anfang habe ich ihn für einen Verräter und Kollaborateur gehalten, und zwar für einen von der besonders unangenehmen Sorte. Aber er hat nicht versucht, unseren Fluchtversuch zu vereiteln, was darauf hindeutet, dass er auf unserer Seite steht. Er wird Sie bestimmt darauf hinweisen, dass es ihm bei der ganzen Sache hauptsächlich um Wissenschaft und Ruhm geht. Grof kennt das künstliche Wurmloch in- und auswendig; er war maßgeblich an der Entwicklung beteiligt.«

»Das hat er mir gesagt«, bestätigte Picard. »Und die anderen – Sie eingeschlossen – wissen nichts von der Funktionsweise des künstlichen Wurmlochs?«

»Nein«, antwortete Sam. »Taurik kennt einen Teil der Theorie, aber wir wurden nur für einfache, manuelle

Arbeit eingesetzt. Wir befolgten Anweisungen, weiter nichts. Grof hingegen arbeitete mit den Vorta-Ingenieuren zusammen und war sogar mit dem zuständigen Gründer vertraut.«

»Sie haben einen Gründer gesehen?« fragte Picard interessiert.

»Einmal, als ich das Kommando über den Tanker bekam.« Sam lächelte voller Nostalgie. »Um ganz ehrlich zu sein, Captain… Ich erinnere mich vor allem an das Essen, das ich bei jener Gelegenheit genießen durfte. Es war die erste vernünftige Mahlzeit seit Wochen.«

Captain Picard lächelte ebenfalls. »Ich weiß, dass Sie eine sehr schwere Zeit hinter sich haben, und ich würde Ihnen gern weitere Belastungen ersparen. Aber Sie kennen unsere Situation.«

»Nein, eigentlich nicht«, widersprach Sam. »Taurik und ich gerieten früh in Gefangenschaft, bei der Verteidigung der äußeren Kolonien. Ob Sie's glauben oder nicht: Wir haben uns damals freiwillig gemeldet. Nun, uns kamen Gerüchte zu Ohren… Wenn dieses Schiff einen Hinweis darauf bietet, was Starfleet noch zur Verfügung steht, so dürften wir uns in einer sehr schwierigen Lage befinden.«

Der Captain wurde wieder ernst, als er erklärte: »Wenn es dem Dominion gelingt, Verstärkung aus dem Gamma-Quadranten heranzuführen – entweder durchs bajoranische Wurmloch, nach gelungener Neutralisierung der dortigen Minen, oder durch den künstlichen Dimensionstunnel –, so wird aus einer schwierigen Lage eine verzweifelte. Wir wussten nicht einmal etwas vom künstlichen Wurmloch; davon erfuhren wir erst durch die Begegnung mit Ro. Wir mussten zunächst einmal Informationen sammeln, und das ist einer der Gründe für den Einsatz dieses Schiffes. Inzwischen wissen wir, dass tatsächlich ein künstliches Wurmloch konstruiert wird, und deshalb müssen wir jetzt den nächsten Schritt unternehmen.«

So wie Picard es sagte, konnte Sam fast glauben, dass ein Erfolg wirklich möglich war. Er versuchte nicht daran zu denken, wie wenige Ressourcen ihnen zur Verfügung standen, auch wenn die *Enterprise* irgendwo dort draußen wartete. *Diese Leute haben keine Ahnung, womit sie es zu tun haben.*

Einige Sekunden lang herrschte von Unbehagen geprägtes Schweigen – sowohl Picard als auch Sam verzichteten darauf, ihre Besorgnis in Worte zu kleiden. Dann deaktivierte der Captain den elektronischen Datenblock und legte ihn auf eine nahe Konsole. »Ich schätze, wir müssen uns auf die derzeitige Crew verlassen, trotz aller Vorbehalte. Ich spreche jetzt mit dem Romulaner.«

Sam blinzelte. »*Romulaner*? Wir haben einen Romulaner an Bord?«

»Einen verwundeten«, sagte Picard. »Er verlor einen Arm, als wir dieses Schiff wieder unter unsere Kontrolle brachten, und derzeit erholt er sich im Quartier des Captains. So viele Verletzte habe ich nicht erwartet – andernfalls hätte ich Dr. Crusher mitgenommen.«

»Gehört Alyssa Ogawa noch immer zur Besatzung der *Enterprise*?« fragte Sam zögernd.

Picard lächelte. »Ja, wir haben es geschafft, Ogawa an Bord zu behalten. Sie ist jetzt Oberschwester in der Krankenstation – in Kriegszeiten ein sehr schwerer Job. Sind Sie mit den bajoranischen Navigationskontrollen vertraut, Lieutenant?«

»Ja, Sir. Ich wende mich an Sie, sobald sich Fragen ergeben.«

»Gut. Ro, würden Sie mich bitte begleiten?«

»Ja, Sir.«

Sam beobachtete, wie Ro und Picard die Brücke verließen. Sie waren aus dem gleichen Holz geschnitzt:

äußerlich ruhig und beherrscht, innerlich aber zu jedem Risiko bereit. *Mein Leben liegt jetzt in den Händen dieser beiden Personen.* Er hätte den Gehorsam verweigert, wenn von jemand anders der Befehl gekommen wäre, zum monströsen Verteron-Beschleuniger und den Sklavenpferchen zurückzukehren. Doch ihm blieb nichts anderes übrig, als Captain Picard zu folgen. Wenn jemand dafür sorgen konnte, dass er den Wahnsinn dieses Kriegs lebend überstand, so war er es.

Captain Picard ging die Wendeltreppe zum unteren Deck der *Träne des Friedens* hinab und fragte sich, was er mit dem Romulaner anstellen sollte. Manche Leute hätten es sicher für praktisch gehalten, ihn auf der Stelle hinzurichten – zweifellos verdiente er den Tod –, aber von solchen Maßnahmen hielt Picard nichts. Eigentlich hatte der Romulaner die gleichen Absichten verfolgt wie sie: Es war ihm darum gegangen, Informationen über das künstliche Wurmloch zu sammeln. Allerdings unterschieden sich seine Methoden von denen Picards. Er und seine Gefährten hatten mehr als zehn Personen getötet, um die *Träne des Friedens* zu übernehmen.

Picard drehte sich zu Ro Laren um, die hinter ihm ging. Entschlossenheit zeigte sich in ihrem kantigen Gesicht. Er fragte sich, ob sie es für möglich hielt, das künstliche Wurmloch zu zerstören und diese ganze Angelegenheit lebend zu überstehen. Aber konnte sie ihm etwas sagen, das er nicht schon wusste? Sie befanden sich hinter den feindlichen Linien, und die Konfrontation mit einem übermächtigen Gegner stand bevor. Ein Zurück gab es jetzt nicht mehr.

Ro lächelte, als sie die Besorgnis in Picards Gesicht bemerkte. »Schon gut, Captain. Ich habe längst den Traum aufgegeben, alt zu werden und die Starfleet-Pension zu genießen.«

»Ich glaube, derzeit gibt es kaum jemanden, der seine Pension genießt«, erwiderte der Captain.

Eilige Schritte näherten sich, und eine untersetzte Gestalt kam aus der Offiziersmesse, versperrte Picard und Ro den Weg. Der Mann hatte buschige Brauen und einen dichten Bart. Braune Flecken zeigten sich an Stirn, Schläfen und Hals, schienen die Haut durchdringen und kleine Hügel formen zu wollen.

Enrak Grof schnitt eine finstere Miene. »Captain, angeblich bestehen Sie darauf, dass *wir alle* an dieser verrückten Mission teilnehmen, die zur Zerstörung des künstlichen Wurmlochs führen soll! Ich verstehe, warum Sie und Ihre Crew eine Sabotage für möglich halten, aber *mich* dürfen Sie dabei nicht mitnehmen. Außer mir gibt es keine andere Person in der Föderation, die über die neue Technik Bescheid weiß. Nur ich bin in der Lage, erneut ein künstliches Wurmloch zu konstruieren. Daher ist es von höchster Bedeutung, dass Sie mich unverzüglich zum Hauptquartier von Starfleet zurückschicken!«

Der Captain versuchte, nicht mit den Zähnen zu knirschen. »Glauben Sie mir, Professor, ich würde Sie gern zum Starfleet-Hauptquartier zurückschicken, aber ich habe nur dieses Schiff und die Leute an Bord. Sie sind *tatsächlich* die einzige Person, die sich mit der Technik des künstlichen Wurmlochs auskennt, und dadurch werden Sie zum wichtigsten Mitglied unserer Gruppe.«

»Dem kann ich nicht widersprechen«, schnappte Grof, »aber die Informationen in meinem Kopf dürfen nicht mit mir sterben. Sie müssen einen Weg finden, sie für Starfleet zu erhalten!«

Als Picard die Fäuste ballte und nach den richtigen Worten für eine Antwort suchte, trat Ro einen Schritt vor. »Vielleicht gibt es eine Möglichkeit, Ihre Informationen zu übermitteln und Sie gleichzeitig bei uns zu behalten. Wären Sie mit einer solchen Lösung des Problems zufrieden?«

»Wie wollen Sie dabei vorgehen, wenn dies Ihr einziges Schiff ist?« fragte Grof skeptisch.

»Ich weiß es noch nicht«, entgegnete Ro. »Aber sobald wir in den Badlands sind, ergibt sich vielleicht die eine oder andere Chance. Wir sollten uns alle Möglichkeiten offen lassen, um Ihr Wissen in Sicherheit zu bringen. Ich schlage vor, in der Zwischenzeit zeichnen Sie Ihre Daten an der wissenschaftlichen Station auf.«

Der Trill nickte nachdenklich. »Ja, ich glaube, Sie haben recht. Wenn es zu einem Unfall käme... Eine gute Idee. Wie lautet Ihr Name?«

»Ich bin Ro Laren, Captain dieses Schiffes.«

»Nun, Captain Ro, ich weiß Ihr Bestreben zu schätzen, auf meine Wünsche einzugehen. Ich übertreibe nicht, wenn ich sage, dass die neue Technik eine entscheidende Rolle für die Zukunft der Galaxis spielt.«

Enrak Grof wandte seine Aufmerksamkeit widerstrebend von der schönen Bajoranerin ab und sah Captain Picard an. Dabei fiel erneut ein Schatten auf seine Züge. »Captain, Sie verstehen die Wichtigkeit der Situation nicht so gut wie Captain Ro. Sie wollen die größte Erfindung unserer Zeit zerstören, aber ich werde nicht zulassen, dass auch das entsprechende Wissen vernichtet wird.«

»Wir finden einen Weg, es zu bewahren«, versprach Picard.

»Das rate ich Ihnen dringend.« Der Trill stapfte zur Wendeltreppe und ging zur Brücke hoch.

Captain Picard sah ihm nach und senkte die Stimme. »Ein unausstehlicher Bursche.«

»Ich kenne Leute wie ihn«, sagte Ro. »Vielleicht brauchen wir ihn nicht, wenn seine Aufzeichnungen detailliert genug sind.«

Picard nickte und verzog dann das Gesicht. »Wie

dem auch sei: Wir haben nicht nur ihn an Bord, sondern auch einen Romulaner, der zum Mörder geworden ist, und einige ehemalige Gefangene, die nicht im Dienst sein sollten, sondern in der Krankenstation.«

Ro lächelte. »Auf diese Weise bildeten wir beim Maquis Besatzungen – wir nahmen, wer zur Verfügung stand. Manchmal klappt es.«

»Ich bin froh, dass Sie bei uns sind«, sagte Picard dankbar. »So, und nun besuchen wir unseren Gefangenen.«

Er führte Ro zum Quartier des Captains, der einzigen privaten Kabine an Bord des Schiffes. Als ziviler Transporter verfügte die *Träne des Friedens* nicht über eine Arrestzelle oder interne Kraftfelder. Deshalb hatten sie die Unterkunft des Captains vorübergehend in ein Gefangenenquartier verwandelt, mit nur einer Matratze als Mobiliar. Einem cardassianischen Gefangenen war die Flucht gelungen, doch der Romulaner war bisher recht fügsam gewesen. Vielleicht lag es daran, dass er einen Arm und ziemlich viel Blut verloren hatte – er musste sehr geschwächt sein.

Trotzdem zog Ro sicherheitshalber ihren bajoranischen Phaser, als sie sich der Tür näherten. Geordi LaForge hatte die Schaltkreise modifiziert, so dass sich das Schott nicht mehr von innen öffnen ließ, und inzwischen war der Romulaner seit einigen Stunden allein. Unter solchen Umständen sollte man besser auf alles gefasst sein – auf einen toten Gefangenen ebenso wie auf einen, der zum Berserker wurde.

Captain Picard nickte Ro zu, als er das Sensorfeld an der Wand berührte. Die Tür glitt zur Seite, und zwar recht langsam – der Wutanfall des Cardassianers schien sie beschädigt zu haben. Beruhigend wirkendes rotes und türkisfarbenes Licht glühte in der Kabine, die völlig leer war, von dem Schlafenden auf der Matratze abgesehen.

Die Gestalt bewegte sich, als Picard und seine Begleiterin eintraten. Ro blieb an der Tür stehen, die Waffe schussbereit in der Hand, und Picard trat vor. Der Romulaner rollte herum und griff dabei nach dem verbundenen Armstummel. Während er dort hilflos lag, wirkte er jünger als zuvor; Picard schätzte sein Alter auf das terranische Äquivalent von Anfang dreißig. Allerdings wusste der Captain, dass der Eindruck bei Angehörigen so langlebiger Völker täuschen konnte.

Der Gefangene sah ohne Hass oder Furcht zu ihm auf. Nur Resignation zeigte sich in seinem Gesicht.

»Wie geht es Ihnen?« fragte Picard.

Der Romulaner seufzte. »Ich fühle mich sehr schwach. Und ich schäme mich wegen meiner Gefangennahme. Vermutlich sind Sie gekommen, um mich hinzurichten.«

»Führen Sie uns nicht in Versuchung«, sagte Ro.

Picard presste kurz die Lippen zusammen. »Ich begreife noch immer nicht, warum Sie so viele Besatzungsmitglieder umbringen und mein Schiff entführen mussten, nur um Shek und Rolf zu entkommen.«

»Sie kennen den Ferengi und seinen orionischen Schergen nicht«, erwiderte der Romulaner. »Wir hätten *alles* versucht, um ihnen zu entkommen, selbst wenn unsere Mission nicht schon fast zu Ende gewesen wäre. Der Zufall brachte Sie zu uns, und wir befürchteten, es würde keine andere Chance zur Flucht für uns geben. Außerdem bezweifle ich, dass Sie bereit gewesen wären, uns Ihr Schiff freiwillig zu überlassen.«

»Nun, das vielleicht nicht«, räumte Picard ein. »Aber auf eine entsprechende Bitte hin hätten wir Sie mitgenommen. Wie heißen Sie?«

»Nennen Sie mich Hasmek, wenn Sie einen Namen für Ihre Berichte brauchen. Ich lehne es ab, mich von Ihnen verhören zu lassen.«

»Wir wissen bereits alles über Ihre Mission«, warf Ro ein. »Sie haben darüber gesprochen, als Sie unter der

Wirkung des Schocks standen. Sie und Ihre Komplizen schlossen sich den Piraten an, um in die Nähe des künstlichen Wurmlochs zu gelangen. Sobald Sie sicher sein konnten, dass es wirklich existiert, wollten Sie Ihren Vorgesetzten empfehlen, die Neutralität aufzugeben und zum Verbündeten des Dominion zu werden. Habe ich irgendetwas ausgelassen?«

Hasmek lächelte spöttisch. »Sie haben nicht erwähnt, dass ich auch *Ihre* Mission kenne. Sie wollen das künstliche Wurmloch zerstören. Ich weiß, dass man in der Föderation des öfteren Hirngespinsten nachjagt, aber haben Sie auch nur den Hauch einer Ahnung, wie absurd Ihre Absichten sind?«

»Uns bleibt keine Wahl«, sagte Picard. »Derzeit stehen wir vor einem ganz anderen Problem. Es lautet: Was fangen wir mit *Ihnen* an?«

Der Romulaner setzte sich auf und schnitt dabei eine Grimasse. »Soll das heißen, Sie haben noch nicht beschlossen, mich zu töten?«

»So etwas entspricht nicht den Angewohnheiten von Starfleet«, erwiderte Picard.

»Allerdings gehören nicht alle von uns zu Starfleet«, sagte Ro und hob ihren Strahler.

»Sie sind Bajoranerin und sollten daher ebenso neutral sein wie wir«, meinte Hasmek. »Oder tragen Sie eine Maske?«

Ro schüttelte voller Abscheu den Kopf. »Mit ihm kommen wir nicht weiter. Ich schlage vor, wir setzen ihn irgendwo in den Badlands aus, an einem Ort, wo man ihn nie findet.«

Die Miene des Romulaners verfinsterte sich. »Ja, setzen Sie mich ruhig irgendwo aus, damit ich verhungere – das ist Ihre berühmte ›menschliche‹ Art und Weise. Wenn Sie mich nicht hinrichten, werde ich einen Fluchtversuch unternehmen und Sie zwingen, mich zu erschießen.«

»Ich frage mich, was das Dominion mit einem romulanischen Spion anstellen würde«, ließ sich Ro vernehmen.

»Wahrscheinlich würde man mit ihm auf die gleiche Weise verfahren wie mit einem Spion aus der Föderation«, antwortete Hasmek. »Und dabei hätte man nicht annähernd so viele Bedenken wie Sie.«

»Wir können nicht riskieren, dass ihn das Dominion lebend findet, und das weiß er«, sagte Picard. »Vielleicht sollten wir ihn den Piraten übergeben. Falls es uns gelänge, Shek und Rolf zu lokalisieren…«

Der Romulaner schob das Kinn vor und wirkte plötzlich sehr arrogant. »Das liefe praktisch auf eine Exekution hinaus, und zwar für uns alle.«

Captain Picard hörte Schritte im Korridor und drehte den Kopf. Der Vulkanier Taurik erreichte das Quartier und trat ein. Selbst im matten Licht bemerkte Picard die große Ähnlichkeit zwischen Vulkanier und Romulaner. Sie schienen ungefähr im gleichen Alter zu sein, und beide hatten glattes schwarzes Haar, das nach den Abenteuern im cardassianischen Raum länger war als üblich.

Es verblüffte Hasmek zunächst, fast so etwas wie ein Gestalt gewordenes Spiegelbild zu sehen. Dann sank er auf die Matratze zurück. »Ein vulkanischer Lakai.«

»Captain«, sagte Taurik ruhig, »wir wollten vermeiden, die Crew durch eine Interkom-Meldung zu beunruhigen: Sam hat ein Schiff entdeckt. Vielleicht verfolgt es uns.«

»Was für eine Art von Schiff?« fragte Picard.

»Offenbar ein cardassianisches.«

Captain Picard ließ den Atem so entweichen, als hätte sich ihm eine Faust in die Magengrube gebohrt. Mit dem Hinweis auf die bajoranische Neutralität war es ihnen bisher gelungen, Jem'Hadar- und Vorta-Wächter zu passieren. Aber die Cardassianer konnten nicht der Versuchung widerstehen, Bajoraner bei jeder sich bietenden Gelegenheit zu schikanieren.

»Ich kümmere mich darum.« Ro schob sich an Taurik vorbei und eilte in Richtung Brücke, gefolgt vom Vulkanier. Picard blieb allein in der Kabine mit dem Gefangenen zurück und wandte sich wieder Hasmek zu.

»Die Cardassianer haben nicht die geringsten Skrupel, wenn es darum geht, Spione zu foltern und auf besonders grausame Weise umzubringen«, sagte der Romulaner.

»Ich weiß«, erwiderte Picard ernst.

2

Picard blieb im Quartier des Captains und beobachtete den romulanischen Gefangenen, der seinen Blick erwiderte. Eine verrückte Idee ging ihm durch den Kopf, und vielleicht musste er auf sie zurückgreifen – es kam ganz darauf an, was Ro entdeckte.

Einige Sekunden später piepte Picards Insignienkommunikator, und er antwortete mit seinem Tarnnamen. »Hier Boothby.«

Ros normalerweise feste Stimme klang jetzt ein wenig entmutigt. »Ein cardassianisches Kriegsschiff der Galor-Klasse nähert sich auf Abfangkurs. Kontakt in zwanzig Minuten.«

»Können wir die Badlands rechtzeitig erreichen?«

»Nein.«

Wir haben nur noch einen Photonentorpedo, dachte Captain Picard. *Wir bräuchten viel Glück, um selbst ein unbewaffnetes Shuttle außer Gefecht zu setzen.*

»Replizieren Sie zwei romulanische Uniformen«, sagte Picard. »Eine soll Taurik anziehen, und schicken Sie die zweite zum Quartier des Captains.«

»Ja, Sir«, bestätigte die Bajoranerin erstaunt. »Laren Ende.«

Hasmek setzte sich erneut auf und musterte den Captain argwöhnisch. »Was haben Sie vor, Boothby?«

Picard näherte sich ihm. »Ich weiß, dass Sie sich sehr schwach fühlen, aber glauben Sie, einige Minuten lang stehen und reden zu können?«

Hasmek lächelte. »Sehr schlau. Sie wollen, dass der Vulkanier und ich auf den cardassianischen Bildschirmen erscheinen, um den Eindruck zu erwecken, Romulaner führten das Kommando über dieses Schiff. Ich wusste nicht, dass Raumschiffkommandanten der Föderation so listig sein können.«

»Ich gebe mir alle Mühe«, erwiderte Picard.

»Woher wollen Sie wissen, dass ich Sie nicht betrüge?«

»Sie können dabei nichts gewinnen – nur Ihr Leben verlieren. Die bajoranische Neutralität funktioniert bei den Jem'Hadar, aber nicht unbedingt bei den Cardassianern. Ich hoffe, dass sie die romulanische Neutralität respektieren. Zwischen Ihren beiden Völkern gab es kaum böses Blut.«

»Bisher«, sagte Hasmek. »Sind Sie so dumm gewesen, ohne irgendeine Genehmigung durch diesen Raumbereich zu fliegen?«

Der Captain kniff die Augen zusammen – einen solchen Ton war er nicht gewöhnt. »In unserem Bordcomputer ist eine Art elektronischer Passierschein gespeichert, den wir bei unserer ersten Kontrolle erhielten. Er dürfte nach wie vor gültig sein.«

Hastige Schritte näherten sich, und Sam Lavelle kam mit einem grauen Overall herein. Sein verwunderter Blick glitt von Picard zum verletzten Romulaner, als er das Kleiderbündel hob. »Entspricht das Ihren Vorstellungen, Sir?«

»Ja. Helfen Sie mir, Hasmek zur Brücke zu bringen. Hasmek, das ist Sam.«

»Sehr erfreut«, sagte der Romulaner und versuchte dabei, mit menschlichem Akzent zu sprechen.

»Ja«, erwiderte Sam skeptisch.

Mit der unverletzten Hand hielt sich Hasmek an der Rückenlehne des Sessels vor der Navigationsstation fest. Der leere linke Uniformärmel war an der Achsel zusammengefaltet. Die Beleuchtung des Kontrollraums war so justiert worden, dass man nur den Romulaner und Taurik an der taktischen Station sehen konnte. Picard und Ro hockten weiter vorn in den Schatten, mit schussbereiten Phasern. Alle anderen befanden sich auf dem unteren Deck.

Von seiner Konsole aus kontrollierte Taurik alle Bordsysteme. Er war bereit, den letzten Photonentorpedo abzufeuern und dann den Warptransfer einzuleiten, falls die Cardassianer angriffen oder versuchten, an Bord zu kommen. Der Fluchtversuch würde vermutlich scheitern, aber ihnen blieb nichts anderes übrig, wenn sie sich nicht irgendwie herausreden konnten – oder wenn der Romulaner sie verriet.

Ein großes, bronzefarbenes Kriegsschiff der Galor-Klasse füllte den ganzen Darstellungsbereich des Hauptschirms und beanspruchte die Aufmerksamkeit aller Anwesenden. Es wirkte wie ein Teufelsrochen, der in goldenem Sonnenschein durch seichtes Wasser schwamm.

Ro Laren erinnerte sich daran, dass sie den Romulaner im Auge behalten und nicht zum cardassianischen Schiff starren sollte, das die *Träne des Friedens* jederzeit vernichten konnte. Sie schloss die schweißfeuchte Hand fester um den Strahler und sah zu Picard, der Taurik und dem Romulaner zunickte. Der Vulkanier reagierte sofort und öffnete einen externen Kom-Kanal.

»Gul Dubarok auf dem Schirm«, sagte Taurik wenige Sekunden später.

Ro hatte genug Cardassianer gesehen, um alle Einzelheiten ihres Erscheinungsbilds zu kennen. Sie brauchte nicht hinzusehen, um zu wissen, was der Hauptschirm zeigte: einen dicken, muskulösen Hals, graue Haut, streng anmutendes schwarzes Haar und tief in den Höhlen liegende Augen, wodurch ein ausgezehrter, ausgemergelter Eindruck entstand. Cardassianer waren Meister der Arroganz, aber es gab ein Volk, das noch arroganter sein konnte: Die Romulaner fühlten sich allen – selbst dem Dominion – überlegen.

»Ich bin Captain Hasmek«, sagte Hasmek verächtlich. »Dies ist die *Träne des Friedens*, unter dem Kommando einer romulanischen Crew. Wir haben gegen kein Gesetz verstoßen – weshalb halten Sie uns auf?«

Ro hörte, wie eine Frau antwortete: »Sie befinden sich im Kriegsgebiet. Nennen Sie uns den Grund für Ihren Flug durch diesen Raumsektor. Übrigens: Wir haben Sie gescannt. Warum besteht die Besatzung Ihres Schiffes aus Angehörigen verschiedener Völker?«

Der Romulaner schnaufte empört und hob stolz den Kopf. »Wir haben deshalb eine gemischte Crew, weil wir eine gemeinsame wissenschaftliche Mission durchführen, in Auftrag gegeben von Regierungen, die in Hinsicht auf den Krieg einen neutralen Standpunkt vertreten, insbesondere von Bajor und dem Romulanischen Reich. Seit Jahren untersuchen wir die Badlands – bei Ihrem Scan haben Sie gewiss festgestellt, dass wir praktisch unbewaffnet sind. Und zwar aus gutem Grund: Das Dominion hat völlige Kontrolle über diesen Sektor, und deshalb sind die Badlands sicherer als jemals zuvor.«

»Hatten Sie Kontakt mit Föderationsschiffen oder Sympathisanten der Föderation?«

»Mit Föderationsschiffen?« wiederholte Hasmek spöttisch und deutete auf den leeren Ärmel. »Ich habe diesen Arm beim Kampf gegen die Föderation verloren. Sie brauchen nicht zu befürchten, dass Romulaner die Föderation unterstützen. Ihr habt die armseligen Weltverbesserer geschlagen, und darüber freue ich mich sehr. Da fällt mir ein: Wir verfügen über elektronische Reisedokumente, die wir Ihnen gern übermitteln.«

Eine Pause folgte, und Ro befeuchtete sich nervös die Lippen. Der Romulaner wirkte unerschütterlich, doch sie sah, wie die Knöchel der noch immer um die Rükkenlehne des Sessels geschlossenen Hand weiß hervortraten. Außerdem zeigten sich erste dunkle Blutflecken am leeren Uniformärmel – hoffentlich bemerkten die Cardassianer nichts davon.

»Senden Sie die Daten«, sagte der Gul schließlich.

Hasmek nickte Taurik zu, der sofort die Kontrollen seiner Station betätigte. Während die Reisedokumente übermittelt wurden, nahm der Romulaner wie beiläufig im Navigationssessel Platz. Nur die auf der Brücke anwesenden Personen sahen, dass er dadurch einem Zusammenbruch vorbeugen wollte.

»Übermittlung vollständig«, meldete der Vulkanier.

Wieder folgte Stille, während die Cardassianer eine Datenanalyse vornahmen. Taurik und Hasmek überprüften in aller Seelenruhe ihre Instrumente. Ro bewunderte die Selbstbeherrschung der beiden Männer. Wenn der Romulaner kein kaltblütiger Mörder gewesen wäre, hätte er eine interessante Ergänzung der Crew sein können.

»Captain Hasmek«, erklang wieder die überhebliche Stimme der Frau, »die *Träne des Friedens* darf den Flug fortsetzen. Jede Abweichung vom direkten Kurs zu den Badlands wird mit der sofortigen Ausweisung aus dem cardassianischen Raumgebiet bestraft.«

Hasmek winkte gebieterisch. »Verstanden. Wenn wir uns erneut begegnen, trinken wir auf unseren Sieg und tanzen auf den Gebeinen der Föderation.«

»Auf den Tag freuen wir uns«, lautete die Antwort des cardassianischen Guls. »Ende.«

Der Bildschirm zeigte wieder das All und den bronzefarbenen Raumer der Cardassianer. Ro beobachtete, wie der Galor-Kreuzer zur Seite glitt, einen weiten Bogen beschrieb und dann den Warptransfer einleitete.

Erst nach dem Blitz des Transits wagte Ro Laren wieder zu atmen.

Der Romulaner an der Navigationsstation sank nach vorn und stützte die Stirn an den Unterarm. Picard schob seinen Phaser ins Halfter und trat zu dem Gefangenen. »Ausgezeichnet«, sagte er. »Sie haben sich sehr ehrenvoll verhalten.«

»Sie meinen, ich habe ehrenvoll gelogen«, murmelte Hasmek und rang sich ein Lächeln ab. »Sie irren sich, wenn Sie glauben, dass wir uns mit dem Dominion verbünden möchten. Die Romulaner sind ein stolzes Volk, das *niemandem* dienen will.«

Picard nickte nachdrücklich. »Jetzt weiß ich, wie wir mit Ihnen verfahren werden. Wir lassen Sie an unserer Mission teilnehmen, damit Sie die Zerstörung des künstlichen Wurmlochs mit eigenen Augen sehen. Anschließend sorge ich dafür, dass Sie zu Ihren Vorgesetzten zurückkehren können – um sie aufzufordern, während des Krieges auch weiterhin neutral zu bleiben.«

Ro richtete einen ebenso verblüfften Blick auf Captain Picard wie der Romulaner. *Meint er es wirklich ernst*? Zwar hatte Hasmek gerade seinen Nutzen bewiesen, aber wie sollten sie einem hinterhältigen Mörder trauen?

»Sie werden Ihre Entscheidung nicht bereuen«, sagte der Romulaner, schloss dann die Augen und verlor das Bewusstsein.

Will Riker stand in einem unscheinbaren Korridor der Starbase 209 und fragte sich, welche Richtung er einschlagen sollte. Ein Weg führte zum Reparaturzentrum – die *Enterprise*-E schwebte dort im Raumdock und wurde instand gesetzt. Durch einen anderen Korridor konnte man das Büro des Kommandanten erreichen, Vizeadmiral Jack Torrance – ein Mann, der jünger war als Riker.

Die dritte Passage gewährte Zugang zum Bereich unterhalb von Deck neunzehn – dort befanden sich die medizinischen Einrichtungen von Starbase 209. Riker war sicher, dass sich in jener Abteilung Angehörige der *Enterprise*-Crew aufhielten – entweder wurden sie selbst behandelt oder halfen wie Deanna Troi und Beverly Crusher dem Medo-Personal. Aus den Logbüchern ging hervor, dass sie diese Hilfe schon seit vier Tagen leisteten, seit dem Eintreffen der *Enterprise*. Riker hatte während dieser Zeit an taktischen Besprechungen teilgenommen, die er als sehr deprimierend empfand: Keine schönen Worte konnten darüber hinwegtäuschen, dass sie den Krieg verloren.

Er hatte den Eindruck, sich nicht erst seit vier Tagen in der Starbase aufzuhalten, sondern schon seit vier Monaten. Trotz der unerwarteten Beziehung zu Captain Shana Wilson fiel es ihm schwer, hier zu warten, während anderenorts der Krieg tobte. Er fühlte sich hilflos und schuldig, doch gleichzeitig spürte er eine seltsame Erleichterung.

Er hätte gern gewusst, wie es seinen Freunden und Gefährten hinter den feindlichen Linien erging und ob er die *Enterprise* rechtzeitig genug zurückbekam, um ihnen zu helfen. Shana hatte ihn in aller Deutlichkeit darauf hingewiesen: Es fehlte Starfleet an Leuten, die Trost spenden konnten, und genau das brauchte Riker derzeit mehr als alles andere.

Es gab noch etwas anderes, um das er sich Sorgen machte: Shanas geistige und emotionale Gesundheit. Sie war der Grund für sein aktuelles Dilemma, für seine Unentschlossenheit über den Weg, den es zu nehmen galt. Riker ging einige Schritte weit in Richtung von Vizeadmiral Torrances Büro, blieb dann aber wieder stehen und begriff: Er konnte nicht über Shanas Kopf hinweg handeln, ohne ihr zunächst eine Chance zu geben, sich zu verteidigen. Aber ihr an ihrem Arbeitsplatz gegenüberzutreten und sie dort unter Druck zu setzen, ohne zu wissen, wie sie reagieren mochte... Diese Vorstellung bereitete ihm Unbehagen. Seit einem Tag und einer Nacht war er Shana nicht mehr begegnet, seit sie einen Kollaps erlitten und in seinen Armen geweint hatte.

Nein, entschied Riker. *Bevor ich irgendetwas unternehme, sollte ich zunächst mit Deanna Troi reden.* Der Umstand, eine Entscheidung getroffen zu haben, gab ihm neue Kraft. Er schritt zum nächsten Turbolift, um sich zur medizinischen Abteilung bringen zu lassen.

Kurze Zeit später trat er in einen breiten Korridor, in dem ziemlicher Verkehr herrschte. Zwei leere Roboterbahren glitten vorbei und folgten dem Verlauf unsichtbarer, in den Boden integrierter Induktionsstreifen. Mehrere Medo-Spezialisten kamen aus einem Raum, sprachen mit leisen Stimmen und verschwanden in einem anderen Zimmer. Zwei Sanitäter liefen vorbei und schienen es sehr eilig zu haben, im Gegensatz zu einem Mann, der mit einem automatischen Rollstuhl unterwegs war und sich mehr Zeit ließ.

Riker ging durch den Korridor und sah Schilder, die den Weg zu einzelnen Sektionen wiesen: Chirurgie, Forschung, Rekonvaleszenz. Er entschied sich für die Tür mit der zuletzt genannten Aufschrift.

Als das Schott vor ihm beiseite glitt, glaubte er, von einem Augenblick zum anderen in den Krieg zurückzukehren. Alle Betten in dem großen Saal waren belegt: Patienten aus Dutzenden Völkern wurden hier behandelt. Über jedem Bett zeigten Bioindikatoren den Zustand des jeweiligen Individuums an. Krankenpfleger gingen mit Tabletts und Injektoren zwischen den Reihen hin und her, wirkten fast wie gestresste Bienen. Hier und dort standen Besucher an einzelnen Betten, und Riker trat auf eine solche Gruppe zu.

Der Patient erwies sich als blauhäutiger Bolianer.

Uniformierte Offiziere umgaben ihn, scherzten und freuten sich ganz offensichtlich darüber, dass es dem Kameraden besser ging. Riker setzte den Weg fort, schritt an der äußeren Bettenreihe entlang und sah einige weitere Patienten, denen es schon wieder recht gut zu gehen schien. Andere hingegen waren bewusstlos, wiesen viele Narben auf und trugen dicke Verbände. Als besonders beunruhigend empfand Riker jene Personen, die wach waren und ins Leere starrten – in Gedanken weilten sie noch immer dort, wo sie den Schrecken des Krieges erlebt hatten. Mehrere gelangweilt und verdrießlich anmutende Patienten erinnerten Riker an ihn selbst.

Die vorbeieilenden Medo-Techniker und Pfleger schenkten ihm keine Beachtung – offenbar waren Besucher an diesem Ort zugelassen. Riker hielt beim Personal nach einem bekannten Gesicht Ausschau, doch seine Suche blieb vergeblich. Bis er das letzte Bett in der Reihe erreichte. Dort bemerkte er Alyssa Ogawa, die einem Bewusstlosen eine Injektion verabreichte.

Er näherte sich und wartete, bis sie fertig war. »Hallo, Schwester Ogawa.«

»Commander Riker«, sagte sie überrascht. »Kann ich Ihnen mit irgend etwas helfen?«

»Ja. Ich suche Counselor Troi.«

Die Krankenschwester trat von dem Patienten fort und schob eine Haarsträhne hinters Ohr. »Ich glaube, ich habe sie in der psychiatrischen Sektion gesehen – durch den Haupteingang und dann die zweite Tür rechts.«

»Danke«, sagte Riker mit einem freundlichen Lächeln. »Die Anzahl der Personen in diesem Raum erstaunt mich. Ich bin froh, dass sich so viele Leute erholen.«

»Nicht alle von ihnen sind auf dem Weg der Besserung«, erwiderte Ogawa traurig und sah zu dem Patienten zurück. »Wir haben hier nicht genug Betten.

Und bei einigen von ihnen… Nun, wir versuchen, es ihnen einigermaßen bequem zu machen.«

»Ich verstehe.« Das Lächeln verschwand von Rikers Lippen. »Es ist sehr lobenswert, dass Sie hier arbeiten, obwohl Sie nicht dazu verpflichtet sind.«

Ogawa seufzte, und ihr Blick glitt über Hunderte von Betten. »Eins steht fest: Ich werde hier gebraucht. Es treffen immer neue Verwundete ein – und diese hier können noch von Glück sagen. Bitte entschuldigen Sie mich.«

»Natürlich.« Riker beobachtete, wie die schlanke, dunkelhaarige Krankenschwester ihre Arbeit fortsetzte. Nach einigen Sekunden wandte er sich ab und schritt an einer anderen Bettenreihe entlang, fühlte sich dabei beschämt und entmutigt. Er machte sich wegen einer Handvoll Freunde Sorgen, obwohl Tod und Zerstörung ein so gewaltiges Ausmaß gewonnen hatten. Ihm fiel die Vorstellung schwer, dass diese Leute und die Crew der *Enterprise* gut dran waren, und doch ließ sich das nicht leugnen – nicht einmal dann, wenn man die Alternativen bedachte. Ro hatte deutlich darauf hingewiesen: Tausende von Starfleet-Offizieren mussten in Arbeitslagern schuften, wo sie schlimmer behandelt wurden als Tiere. Alles in Riker drängte danach, ihnen zu helfen, aber er konnte sich nur auf seine Arbeit konzentrieren, was derzeit bedeutete, dass er warten musste.

Vor der Tür mit der Aufschrift ›Psychiatrie‹ zögerte er und fragte sich, ob es richtig war, Deanna Troi von ihren Patienten abzulenken. Aber immer wieder dachte er an Shana Winslow, an ihre inneren Qualen und die überaus wichtigen Aufgaben, denen sie gerecht werden musste. Er hielt es für seine Pflicht, mit jemandem über dieses Problem zu reden.

Riker atmete tief durch und betrat die deprimierendste Sektion der medizinischen Abteilung von Starbase 209. An diesem Ort konnten Krankheiten und

Verletzungen nicht mit Operationen, Bluttransfusionen und Antibiotika behandelt werden. Das erste Zimmer wirkte wie ein ganz gewöhnlicher Freizeitraum, ausgestattet mit Pingpongtischen, Videoschirmen, Spieltischen und einem Replikator für Speisen und Getränke. Zwei Personen spielten dreidimensionales Schach, und zwei weitere saßen an einem Schirm, sahen sich dort ein wissenschaftliches Programm an. Nur eins passte nicht ins Bild: das als Spiegel getarnte Beobachtungsfenster neben der Tür. Bestimmt diente es zur Überwachung der Patienten.

Ein in Weiß gekleideter Krankenpfleger stand an der inneren Tür, die zu einem Korridor mit weiteren Zimmern führte. Er musterte Riker argwöhnisch und kam näher. »Tut mir leid, Commander, aber hier sind nur Besucher mit einer Sondererlaubnis zugelassen.«

»Verstehe«, erwiderte Riker. »Ich suche Commander Deanna Troi. Sie ist Counselor an Bord meines Schiffes.«

»Arbeitet sie als Freiwillige hier?«

»Ja. Seit inzwischen vier Tagen.«

»Ich glaube, ich weiß, wen Sie meinen. Bitte setzen Sie sich. Ich gebe ihr Bescheid.« Der Krankenpfleger eilte durch den Korridor, und hinter ihm schloss sich die Tür mit einem leisen Zischen.

Riker ging zum Schachtisch und betrachtete die Anordnung der Figuren auf den drei großen und fünf kleineren Brettern. Anschließend rückte er die Spieler in den Mittelpunkt seiner Aufmerksamkeit: eine ältere Vulkanierin und ein junger Merakaner mit orangefarbenem Haar. Sie waren so sehr auf ihr Spiel konzentriert, dass sie nicht aufsahen, Rikers Präsenz gar nicht zur Kenntnis zu nehmen schienen.

Der Merakaner hob eine schmale Hand mit dünnen Fingern, nahm einen Springer vom zentralen Brett und setzte ihn aufs obere. Die Vulkanierin wölbte daraufhin eine Braue und sagte: »Dieser Zug gehört nicht zur klassischen duranianischen Verteidigung.«

»Natürlich gehört er dazu« erwiderte der Merakaner eingeschnappt. Er sah zur Riker auf. »Habe ich recht?«

»Das weiß ich nicht«, erwiderte Riker und lächelte freundlich. »Mein Interesse an Schach hält sich in Grenzen.«

»Warum sehen Sie dann zu?« fragte die Vulkanierin.

Riker deutete durch den fast leeren Freizeitraum und beschloss dann, diesen Personen gegenüber besonders diplomatisch zu sein. »Ich möchte mehr darüber lernen.«

»Dann nehmen Sie meinen Platz ein!« bot der Merakaner an und sprang auf. Riker wollte protestieren, aber wenige Sekunden später saß er am Tisch, der stoischen Vulkanierin gegenüber – zweifellos konnte sie ihn bei dreidimensionalem Schach mühelos schlagen.

»Ich bin kein sehr guter Spieler«, sagte Riker.

»Das ist nicht weiter wichtig«, erwiderte die Vulkanierin. »Wir spielen nur klassische Partien…«

»Sofern wir uns an sie erinnern«, fügte der Merakaner hinzu. »Mit *richtigen* Spielen befassen wir uns deshalb nicht, weil…« Er richtete einen verwirrten Blick auf die Vulkanierin. »Was machen wir?«

»Wir greifen uns gegenseitig an«, sagte die Vulkanierin.

»Ja«, bestätigte der Merakaner. »Es ist nicht unehrenhaft, ein Spiel zu verlieren, das bereits jemand anders verloren hat.«

»In der Tat«, bestätigte Riker unsicher und nickte der Vulkanierin zu. »Sie sind dran.«

Die Vulkanierin strich sich nachdenklich übers Kinn. »An dieser Stelle unterläuft Schwarz ein fataler Fehler, nicht wahr?«

»Ja!« antwortete der Merakaner aufgeregt. »Sie halten meinen Rückzug irrtümlicherweise für die Vorbereitung auf einen Angriff, und deshalb unterbrechen Sie Ihre erbarmungslose Offensive, um mit dem Turm zu rochieren. Durch diese kurze Pause kommt Weiß wieder in Fahrt. Die Partie dauert noch vier Tage, aber zum Schluss verlieren Sie.«

Die Vulkanierin schüttelte den Kopf. »Durania ist berühmt für den Sieg über einen so inkompetenten Gegner?« Dennoch rochierte sie, damit das Spiel weiterging.

Riker fühlte Erleichterung, als Deanna Troi durch die Tür kam und eine widerspenstige Strähne ihres schwarzen Haars zurückstrich. Mit einem Ruck stand er auf. »Danke für Ihre Hinweise. Ich bin Will Riker, und es freut mich, Sie kennen gelernt zu haben…« Er zögerte und rechnete damit, dass die beiden Personen Ihre Namen nannten.

»Ich bin…« Der Merakaner hob den Finger, als er Antwort geben wollte, wandte sich dann verwirrt an die Vulkanierin. »Wer bin ich?«

Die Vulkanierin schüttelte den Kopf. »Ich weiß es nicht. Ich habe Sie heute zum ersten Mal gesehen.«

Troi trat rasch an Rikers Seite, um ihm aus der peinlichen Situation zu helfen. »Sie sind Lieutenant Anowon, und das ist Captain Jobra. Nun, Sie spielen schon ziemlich lange Schach. Vielleicht sollten Sie etwas essen oder ein Nickerchen machen.«

»Aber es findet ein Krieg statt«, sagte Jobra. Riker musterte die Vulkaniern und fand, dass ihre Antwort sehr vernünftig klang. Doch dann deutete sie auf die Schachbretter – sie meinte das Spiel.

»Und ob!« pflichtete ihr Anowon bei und nahm am Tisch Platz. Innerhalb weniger Sekunden waren sie beide wieder ganz aufs Spiel konzentriert.

Troi führte Riker zur Tür, und er musterte die Betazoidin mit einem Lächeln. Einst war sie die große Liebe seines Lebens gewesen, und jetzt sah er eine besonders gute Freundin in ihr. Manchmal hatte er das Gefühl, dass nur sie ihn richtig verstand. Er wusste es sehr zu schätzen, dass es eine Person gab, der gegenüber er ganz offen sein konnte, ohne befürchten zu müssen, verletzt zu werden. Natürlich gab Deanna auch vielen anderen Personen das Gefühl von Vertrauen und Geborgenheit, aber Riker hatte ihre Liebe gekannt. Zwar waren sie nie verheiratet gewesen, doch oft sah er in ihr eine Art liebenswürdige Ex-Frau; sie fühlten sich noch immer zueinander hingezogen, und es mangelte nicht an dem einen oder anderen Funken Eifersucht.

Als sich die Tür des Korridors hinter ihnen schloss, schüttelte Troi den Kopf. »Es ist traurig, jene beiden Patienten so zu erleben«, sagte sie leise. »Durch Kopfverletzungen leiden sie an einer seltenen Form von Amnesie, die bei jedem Erwachen neu beginnt. Sie erinnern sich an gewisse Dinge, zum Beispiel an bestimmte Schachpartien, aber sie sind nicht imstande, sich ihre Namen zu merken. Jeden Morgen müssen wir sie einander vorstellen.«

»Könnt ihr ihnen nicht helfen?«

»Nach dem Krieg wäre es sicher möglich, dass Jobra Hilfe auf Vulkan bekommt, und die Merakaner sollten eigentlich imstande sein, etwas für Anowon zu tun. Aber wir haben keine Transportmittel, und wir können auch niemanden erübrigen, der sie in ihre Heimat bringt. Deshalb bleibt ihnen nichts anderes übrig, als hier zu warten.«

»Das gilt auch für uns«, meinte Riker.

Troi griff nach seinem Arm und warf ihr dunkles Haar zurück. »Aber du bist bestimmt nicht zu mir gekommen, um über so deprimierende Dinge zu reden, oder? Zweifellos hast du vor, mich zu irgendeinem Ort zu bringen, wo wir Spaß haben und den Krieg vergessen können, stimmt's?«

Er schüttelte niedergeschlagen den Kopf. »Leider

nicht. Aber ich lade dich zum Essen ein, an irgendeinem ruhigen Ort, wenn ich dir von meinen Problemen erzählen darf.«

Deanna bedachte ihn mit einem missbilligenden Blick. »Wenn du irgendwelchen Spaß gehabt hast, bin ich verdammt sauer auf dich.«

»Nun, ja, es hat gut begonnen«, räumte Riker ein. »Aber so ging es nicht lange weiter.«

»Ich hatte noch keine Gelegenheit, das Aquarium zu besuchen«, sagte Troi. »Es soll wundervoll sein.«

Riker biss kurz die Zähne zusammen, als er an sein Rendezvous mit Shana dachte. »Lass uns gehen.«

Will Riker betrachtete einen stolzen Löwenfisch mit einer Mähne aus orangefarbenen und weißen Flossen, dachte dabei über die Dinge nach, um die es ihm eigentlich ging. Bisher hatten Deanna und er über die Arbeit gesprochen, auch über die Reparatur der *Enterprise*. Doch er war noch nicht dazu gekommen, von Shana Winslow zu erzählen. Es wurde Zeit, allen Mut zusammenzunehmen und dieses heikle Thema anzuschneiden.

Riker drehte den Kopf von einer Seite zur anderen und vergewisserte sich, dass sie fast allein waren zwischen den blubbernden türkisfarbenen Becken, wo er vor nicht allzu langer Zeit Shana getroffen hatte. Deanna beobachtete gerade einige vulkanische Aale, die wie brennende Pfeile durch maritime vulkanische Asche glitten.

»Ich bin hier eine Beziehung eingegangen«, sagte Riker schließlich.

»Na so was«, erwiderte Deanna. Sie wirkte ganz und gar nicht überrascht, als sie zu einem anderen Becken trat und dort eine kleine Qualle beobachtete, die im phosphoreszierenden Licht zu glühen schien. »Die Leiterin der Reparaturabteilung – sehr eindrucksvoll.«

Riker starrte Troi groß an. »Du weißt davon?«

»Du glaubst doch nicht, dass eine so interessante Neuigkeit geheim bleiben kann, oder? Commander Winslow ist eine bemerkenswerte Frau.«

»Eine bemerkenswerte Frau mit sehr großer Verantwortung. Sie ist auch dafür zuständig, dass wir die *Enterprise* heil zurückbekommen. Und sie hat erhebliche Probleme: Albträume, plötzliches Frösteln, Stimmungsschwankungen. Hinzu kommen zwei fehlende Gliedmaßen, viel Kummer und enormer beruflicher Stress. Ich bin mir nicht sicher, ob sie damit fertig wird.«

»Vielen von uns fällt es schwer, mit all den Belastungen des Krieges fertig zu werden.« Troi musterte Riker mit einem aufmerksamen Blick. »Weist du mich offiziell darauf hin, dass Commander Winslow nicht imstande ist, Ihren Pflichten zu genügen?«

»Ich weiß nicht.« Riker schüttelte hilflos den Kopf und versuchte, auch weiterhin leise zu sprechen. »Ich möchte keine offiziellen Schritte unternehmen, denn es liegt mir fern, ihr noch weitere Probleme zu bereiten. Lass es mich so ausdrücken: Ihre Fähigkeit zu einer persönlichen Beziehung ist stark eingeschränkt, und ich möchte, dass du mit ihr redest.«

»Na schön. Aber ich kann dir nicht von meinen Gesprächen mit ihr erzählen. Sie hat ein Recht auf ihre Privatsphäre.«

»Ich weiß«, erwiderte Riker. »Ich will nur das, was für sie am besten ist. Mit ein wenig Glück sind wir in einigen Tagen fort, aber Shana Winslow wird auch weiterhin hier sein und mit den Schatten in ihr ringen. Wenn ich weiß, dass du dich darum kümmerst, ziehe ich mich zurück und bleibe ihr fern.«

»Glaubst du wirklich, es könnte zu Problemen mit dem Schiff kommen?« fragte Troi. Sie klang dabei nicht mehr wie eine Bordcounselor, sondern eher wie ein besorgter Kommandooffizier.

Riker sah sich noch einmal um – niemand befand sich in der Nähe. Trotzdem beugte er sich zu Deanna vor und flüsterte: »Ich habe mich erkundigt und herausgefunden, dass Winslows Abteilung immer hinter dem Zeitplan zurückliegt. Die tatsächlichen Reparaturzeiten sind meistens doppelt so lang wie die ursprüngliche Schätzung, und im Fall der *Enterprise* hat sie eine Woche in Aussicht gestellt. Nun, unsere Nachschublinien werden immer wieder unterbrochen, und dadurch kommt es häufig zu Versorgungsschwierigkeiten. Es ist also durchaus möglich, dass Winslow keine Schuld an den Verzögerungen trifft.«

»Kannst du dir keinen Statusbericht besorgen?«

Riker runzelte die Stirn und versuchte, den zwischen einigen Korallen versteckten saurianischen Lungenfisch zu finden. »Ich habe mir einen geben lassen, aber ihm konnte ich nichts entnehmen. Von Shana selbst erfahre ich nichts. Seit der Nacht, als sie… einen Kollaps erlitt, will sie nicht mehr mit mir reden. Wenn Geordi oder Data hier wären, würde ich sie einfach hinunterschicken und wüsste zehn Minuten später, ob alles in Ordnung ist. Um Gewissheit zu erlangen, müsste ich mich über Shana hinwegsetzen und mit dem Kommandanten der Starbase reden, und das erscheint mir nicht richtig. Wenn sie doch nur mit mir sprechen würde!«

»Aus welchem Grund glaubst du, dass sie zu einem Gespräch mit mir bereit sein könnte?«

»Weil du ein Schatz bist«, sagte Riker und zeigte sein gewinnendstes Lächeln.

Troi stöhnte und wirkte besorgt. »Ich stehe hier ebenfalls in einem Interessenkonflikt, denn mir geht es wie dir um eine möglichst schnelle Reparatur der *Enterprise.*«

»Ich habe die Admiralität darum gebeten, Untersuchungen in Hinsicht auf unsere Mission anzustellen«, sagte Riker und schüttelte den Kopf. »Aber das Kreel-

System befindet sich jetzt in feindlicher Hand. Selbst die Lokalisierung von Datas Shuttle käme einem Wunder gleich, und ich will gar nicht darüber nachdenken, wie schwer es sein wird, die Subraumbake zu finden. Wenn wir uns nicht bald auf den Weg machen, haben der Captain und die anderen überhaupt keine Überlebenschance.«

Deanna nickte ernst. »Wir brauchen die *Enterprise* so schnell wie möglich zurück und müssen alle Probleme lösen, die sich dabei als Hindernis erweisen.«

Ein Phaserstrahl traf die *Cook*, ein kleines Shuttle mit nur einer Person an Bord, einer dem Menschen nachempfundenen künstlichen Lebensform. Der Androide überprüfte den sensorischen und digitalen Input und stellte fest: Zwar erreichte die Kapazität der Schilde ein kritisches Niveau, und bei den Bordsystemen kam es zu ersten Ausfällen, aber es stand genug Energie zur Verfügung, um die smaragdgrünen Wolken des nahen Planeten der Klasse F zu erreichen. Er flog bereits durch die äußeren Schichten der Atmosphäre – eine dunkle Suppe aus Chlor, Chlordioxid und Chloroxid. Das Chlor war giftig und korrosiv, das Chlordioxid explosiv – aus diesem Grund rechnete Data auf dem Planeten nicht mit vielen Besuchern.

Die Atmosphäre des Planeten konnte die Außenhülle des Shuttles beschädigen, aber eigentlich blieb dem Androiden gar keine Wahl. Immerhin wurde er von einem Kriegsschiff der Jem'Hadar verfolgt. Data hatte noch zwei Photonentorpedos, doch er wollte sie nicht gegen einen Feind einsetzen, der sich davon kaum beeindrucken ließ. Dieser leblose Planet, in den Sternkarten von Starfleet SK-739-6 genannt, würde ihm entweder Schutz bieten oder sein Ende bedeuten.

Ein weiterer Strahlblitz streifte das Shuttle, und die Restenergie zerstob in der dichten Atmosphäre. Das kleine Raumschiff vibrierte, als es sich der Oberfläche des Planeten näherte, und die Reibungshitze machte sich bemerkbar. Data ließ sich davon nicht ablenken; seine Aufmerksamkeit galt auch weiterhin den Instrumenten. Ein Mensch hätte vermutlich voller Ehrfurcht in das erbsengrüne Wogen gestarrt, aber der Androide blickte auf die Anzeigen und hielt nach festem Boden Ausschau. Wenn die Jem'Hadar dumm genug waren, ihm auf diese unwirtliche Welt zu folgen, so blieben sie den Sensoren des Shuttles verborgen.

Wahrscheinlich hatten sie sich für eine hohe Umlaufbahn entschieden und suchten von dort aus nach Lebenszeichen, die sie natürlich nicht finden würden. Schon zweimal war Data den Jem'Hadar entkommen, indem er auf lebensfeindlichen Planeten Zuflucht gesucht hatte. Bei dem Androiden handelte es sich nicht um ein biologisches Geschöpf, und deshalb fiel seinen Gegnern eine Lokalisierung sehr schwer, sobald er die Bordsysteme des Shuttles deaktivierte. Mit ein wenig Glück nahmen die Jem'Hadar an, dass er abgestürzt und ums Leben gekommen war.

Unglücklicherweise bedeutete jeder Standortwechsel, dass er die Suche nach der Subraumbake unterbrechen musste, mit der die Einsatzgruppe Hilfe anfordern wollte. Außerdem entfernte sich Data immer weiter vom Kreel-System, wo er die *Enterprise* verlassen hatte. Wenn er auf diesem unfreundlichen Planeten festen Boden entdeckte, wollte er erneut ein Netzwerk aus Fernbereichsensoren installieren und damit die fernen Badlands sondieren. Wenn nicht... Nun, dann blieb ihm nichts anderes übrig, als einen Fluchtversuch zu unternehmen, bevor die Jem'Hadar Verstärkung bekamen.

Anschließend würde es erneut zu einer wilden Verfolgungsjagd kommen, die den Androiden wiederum dazu zwang, irgendwo Zuflucht zu suchen – was eine weitere Verzögerung nach sich zog. Nicht nur das Leben von Captain Picard, Geordi und vielen anderen Personen hing von ihm ab, sondern auch die Zukunft der Föderation. Er musste die Sensorsondierungen so schnell wie möglich fortsetzen.

Er flog nach Norden, zur polaren Eiskappe des Planeten. Nach einer Weile sah er von den Instrumentenanzeigen auf und starrte in grünlich-gelbe Düsternis. Ebenen Boden schien es nicht zu geben, aber ihn ermutigte der Anblick weißer Hügel und Plateaus, die aus den Wolken ragten. Sie bestanden aus gefrorenem Chlordioxid, nicht aus gewöhnlichem Eis, doch sie sollten stabil genug sein, um das Shuttle zu tragen.

Nach fast einer Stunde fand Data eine Scholle, die groß und eben genug war, um eine Landung zu versuchen. Er wollte nicht riskieren, die Oberfläche mit zu langem Schub aus den Manövrierdüsen zu schmelzen – es bestand sogar die Gefahr einer Explosion –, und deshalb deaktivierte er das Triebwerk einige Meter über dem ›Boden‹. Das Shuttle prallte ziemlich hart und mit einem dumpfen Pochen auf. Data verharrte reglos, als sich die Kufen des kleinen Raumschiffs knirschend ins Eis bohrten. Mehrere Sekunden lang befürchtete er, die Scholle könnte brechen und das Shuttle in einem Chemikalienmeer versinken lassen. Doch sie hielt dem Gewicht stand.

Rasch legte der Androide alle Bordsysteme still – Geordi hätte jetzt davon gesprochen, dass er sich ›tot stellte‹. Die Umstände zwangen Data zum Warten, aber er wollte so schnell wie möglich wieder aktiv werden – um seine Freunde zu lokalisieren.

3

Der Hauptschirm im Kontrollraum der *Träne des Friedens* zeigte die Badlands: Sie wirkten wie schmutzige Zuckerwatte, in der Glühwürmchen hin und her krochen. Sam Lavelle saß voller Unbehagen an der Navigationsstation und versuchte zu vergessen, dass die schimmernden Lichter in Wirklichkeit von tödlichen Plasmastürmen stammten, die in der riesigen Staubwolke wüteten. Immer wieder sagte er sich, dass die Stürme weit entfernt waren, obwohl er die genaue Distanz gar nicht kannte. Die Sondierungssignale der Sensoren konnten die Düsternis nur einige Meter weit durchdringen.

Ro hatte behauptet, dass sie sich in einem sicheren Bereich befanden, in einer sogenannten ›Blase‹. Wie weit entfernt die Plasmastürme auch sein mochten: Zwar zeichneten sie sich durch eine gespenstische Schönheit aus, aber ihr Anblick wirkte keineswegs entspannend.

Nach einer Weile nahm Sam die Hände von den Kontrollen, rieb sich die schmerzende Schulter und dachte: Wenn sie von einem jener Blitze getroffen wurden, spielte es gar keine Rolle, womit sie gerade beschäftigt waren. Er hätte sein Leben lieber auf eine solche Weise beendet, anstatt in die Gefangenschaft der Cardassianer zu geraten. Eine solche Tortur konnte er nicht noch einmal ertragen.

Er hörte Schritte, drehte sich um und sah Geordi La-Forge. Der blinde Ingenieur trug nicht mehr das VISOR, mit dem ihn Sam damals an Bord der *Enterprise* gesehen hatte. Stattdessen benutzte er jetzt Implantate, die die Augen nur teilweise bedeckten. Bestimmt stellten sie eine große Erleichterung für LaForge dar, der das VISOR über viele Jahre hinweg hatte verwenden müssen. Der bajoranische Ohrring und die Nasenknorpel gaben seinem Erscheinungsbild einen bizarren Aspekt.

»Hallo, Lavelle«, sagte Geordi und lächelte freundlich. »Wie sieht's dort draußen aus?«

»Seltsam. Was sehen Sie, Commander?«

LaForge blickte zum Hauptschirm und schüttelte den Kopf. »Es ist schön zu wissen, dass manche Dinge auch für *andere* Leute seltsam aussehen.

»Wie geht es unten zu?« fragte Sam und befürchtete, dass Grof oder der Romulaner Schwierigkeiten verursachten.

»Wir lernen uns gegenseitig kennen«, antwortete LaForge. »Zu diesem Zweck will Captain Picard in der Offiziersmesse eine Versammlung aller Besatzungsmitglieder abhalten. Mich kennt er bereits, und deshalb bin ich gekommen, um Sie abzulösen.«

»Jetzt sofort?« Sam stand unsicher auf.

»Entspannen Sie sich, Sam. Ihretwegen ist Captain Picard nicht besorgt. Aber wir müssen feststellen, welchen Standpunkt die einzelnen Leute vertreten, bevor wir Pläne schmieden, die vielleicht gar nicht ausgeführt werden können.«

»Und bevor wir Personen vertrauen, die gar kein Vertrauen verdienen«, fügte Sam hinzu. »Ich kenne die Crew nicht sehr gut, abgesehen von Taurik.«

»Mir geht's ebenso.« LaForge seufzte und nahm an den Navigationskontrollen Platz.

»Was hat der Captain vor?«

»Er wird sich auf sein eigenes Urteilsvermögen verlassen. Zum Glück ist er ein guter Menschenkenner. Vermutlich möchte er die Besatzung vor allem deshalb an einem Ort versammeln, um die Gruppendynamik zu erleben.«

Sam schnitt eine finstere Miene. »Grof dürfte dafür sorgen, dass es nicht an Konflikten mangelt.«

Geordi lächelte und wandte sich den wogenden braunen und magentafarbenen Wolken zu, die der Hauptschirm zeigte. »Sie sollten jetzt besser nach unten gehen.«

»Ja, Sir.«

Sam verließ die Brücke und fühlte sich dabei wie jemand, den man zu einer Party eingeladen hatte, bei der sich niemand kannte. Er trat die Wendeltreppe hinunter, und unten, vor dem Eingang der Offiziersmesse, sah er Tamla Horik und Enrique Maserelli. Sie hielten sich nicht an den Händen, aber ihre Zuneigung füreinander war offensichtlich.

»Hallo, Captain«, sagte die Deltanerin mit einem freundlichen Lächeln. Zwar bekleidete Sam nur den Rang eines Lieutenants, aber er hatte das Kommando über den cardassianischen Tanker geführt, dem er noch immer nachtrauerte. Es war ein Zeichen des Respekts, dass ihn einige Crewmitglieder nach wie vor mit ›Captain‹ ansprachen.

Enrique nickte einen wortlosen Gruß. Sam wusste, dass der Stasistechniker noch immer sauer auf ihn war. In einer besonders kritischen Situation hatte Lavelle damit gedroht, Enrique in der Arrestzelle unterzubringen, wenn er die Zusammenarbeit verweigerte. Jetzt bedauerte er diese scharfen Worte, aber er konnte sie nicht zurücknehmen.

»Hallo«, sagte Sam und versuchte, ebenso freundlich zu lächeln wie Tamla. »Sind Sie für die Versammlung bereit?«

»Was hat sie überhaupt für einen Sinn?« brummte Enrique. »Wir wissen, wo sich das künstliche Wurmloch befindet. Schicken wir die Flotte, um es zu vernichten.«

Tamla bedachte Maserelli mit einem nachsichtigen Lächeln. »So einfach ist das nicht. *Wir* wissen von dem künstlichen Wurmloch, aber ich glaube, der Rest der Föderation hat keine Ahnung davon.«

»Der Rest der Föderation weiß *gar nichts*«, knurrte jemand. Sam und seine beiden Begleiter drehten sich um – Enrak Grof kam ihnen vom Frachtraum im Heck entgegen. Der untersetzte Trill wirkte so aggressiv und streitsüchtig wie immer. Er schien ständig bestrebt zu sein, der ganzen Galaxis mitzuteilen, was sie denken sollte.

Er blieb im Korridor stehen. »Niemand versteht, was wir *konstruiert* haben!« platzte es aus ihm heraus, während er Sam, Tamla und Enrique mit zornigen Blicken durchbohrte. »Die anderen haben keine Ahnung von *Bedeutung* und *Wert* des künstlichen Wurmlochs. Sie wollen es nur *zerstören* – ohne zu wissen, wie sie dabei vorgehen sollen.«

»Oh, ich glaube, Captain Picard hat einen Plan«, erwiderte Sam, obwohl er keineswegs sicher war.

»Ach? Sein Plan sieht vor, einen zehn Kilometer langen und von einer ganzen Flotte bewachten Verteron-Beschleuniger zu vernichten? Mit einem *unbewaffneten Transporter*? Wenn ihm das gelingt, ist er das größte Militärgenie aller Zeiten. Ich glaube, sein Plan läuft darauf hinaus, uns alle in einen sinnlosen Tod zu schicken.«

Leni Shonsui sah durch die Tür der Offiziersmesse und starrt Grof an. Zwar steckte ihr Arm noch immer in einem Verband, und hinzu kam ein blaues Auge, aber die Frau hatte ganz offensichtlich eine Stinkwut. »Halten Sie die Klappe, Grof! Sie sind ein verdammter Verräter, und ich habe keine Lust, mir Ihr Geschwätz anzuhören. Sie können von Glück sagen, dass wir Sie nicht ins All beamen!«

»*Ich* habe nicht Hunderte von Personen um meines eigenen Ruhmes willen getötet!«

Grof ballte die Fäuste, als sich Leni näherte.

Sam trat rasch zwischen die beiden Streithähne, hielt Leni mit der einen Hand zurück und Grof mit der anderen. Aber die Transportertechnikerin versuchte auch weiterhin, den Trill zu erreichen. Sam musste sie schließlich mit beiden Händen an den schmalen Schultern festhalten. »Beruhigen Sie sich, Leni. Er ist es nicht wert!«

»Was geht hier vor?« erklang eine strenge Stimme. Sam und die anderen drehten sich um, sahen Captain Picard, Ro Laren, Taurik, Jozarnay Woil und Hasmek. Der Romulaner schmunzelte – der Zank zwischen Crewmitgliedern schien ihn zu amüsieren.

»Sie wollte mich angreifen!« rief Grof und deutete auf Leni.

»Leider bin ich nicht dazu gekommen!« erwiderte die Transportertechnikerin und streckte den unverletzten Arm nach Grof aus. Sam musste sie erneut zurückhalten.

»Achtung!« ertönte Picards Stimme, und ihr scharfer Klang ließ keinen Widerspruch zu. Alle, auch Grof, nahmen Haltung an. »Es ist mir gleich, was Sie hinter sich haben, was sich in der Vergangenheit zwischen Ihnen abgespielt hat und wie sehr Sie sich hassen – an Bord *meines* Schiffes werden Sie Disziplin bewahren und sich wie Starfleet-Offiziere verhalten.«

»Ich bin kein…«, begann Grof.

»Ruhe!« donnerte Picard. »Professor Grof, falls Sie sich nicht wie ein Mitglied der Crew verhalten, lasse ich Sie in Ketten legen. Habe ich mich klar genug ausgedrückt?«

Sam hatte nie zuvor gesehen, wie die Flecken eines Trill erblassten. Bei Grof wurden sie tatsächlich heller, als er schluckte und einen Schritt zurückwich. »Ja, Sir.«

Der einarmige Romulaner kniff die Augen zusammen. »Ich schlage vor, Sie hören auf den Captain. Ich habe ihn als sehr gefährlichen Gegner kennen gelernt, der vor nichts zurückschreckt, um die Kontrolle zu behalten.«

Picard schien sich über diese unerwartete Hilfe nicht sehr zu freuen; die Mischung aus Ärger und Entschlossenheit blieb in seinem Gesicht. Der Krieg hatte auch bei ihm Spuren hinterlassen, dachte Sam. Früher, an Bord der *Enterprise*, hätte er sich nicht zu so heftigen Worten hinreißen lassen. Aber dies war natürlich nicht die *Enterprise*. Sie befanden sich an Bord eines bajoranischen Transporters mit einer bunt zusammengewürfelten Crew, und im All um sie herum tobte ein schrecklicher Krieg, den sie wahrscheinlich nicht überleben würden.

Der Captain zog an der Jacke seiner rostbraunen bajoranischen Uniform und deutete dann zur Offiziersmesse. »Bitte nehmen Sie jetzt Platz.«

Sam wich zurück und überließ den anderen den Vortritt. Die gereizte Transportertechnikerin Leni Shonsui ging an ihm vorbei und betrat den Raum. Vor dem Krieg mochte sie ruhig und beherrscht gewesen sein, aber jetzt war sie kaum mehr bei Verstand; Leid und Hass hatten sie fast in den Wahnsinn getrieben. Tamla und Enrique folgten ihr.

Sam wandte den Blick von ihnen ab und beobachtete Grof, der Taurik etwas zuflüsterte und versuchte, ihn in ein leises Gespräch zu verwickeln. Der Vulkanier hörte höflich zu, gab jedoch keine Antwort, als er zusammen mit dem Trill die Offiziersmesse betrat. Jozarnay Woil folgte ihnen. Der freundliche Antosianer war ebenfalls verletzt worden, und Sam bemerkte, dass Taurik ausgezeichnete erste Hilfe geleistet hatte.

Als nächster kam der einarmige Romulaner Hasmek an die Reihe, dichtauf gefolgt von Ro Laren. Sam gewann den Eindruck, dass Ro bis auf weiteres Schatten,

Aufpasser und Leibwächter des Romulaners sein würde. Der Bursche konnte von Glück sagen.

Lavelle blieb mit Picard allein im Korridor zurück. Der Captain schien mit seiner Crew nicht besonders zufrieden zu sein. »Wie haben Sie dafür gesorgt, dass diese Leute zusammenarbeiten?« fragte er leise.

»Ich habe ihnen versprochen, dass wir fliehen und in die Freiheit zurückkehren würden«, erwiderte Sam und dachte daran, welchen Illusionen er sich hingegeben hatte.

»Die Freiheit ist noch immer unser Ziel.« Picard deutete zur Tür.

Sam betrat die Offiziersmesse und nahm bei Taurik und Grof am Tisch Platz. Der Trill beugte sich sofort am Vulkanier vorbei und flüsterte: »Haben Sie gehört, wie er mich *bedroht* hat? Ein Starfleet-Captain!«

Sam knirschte mit den Zähnen. »Grof, je eher Sie lernen, dass dieser Krieg kein Spiel oder Forschungsprojekt ist, desto besser für Sie.«

»Ruhe, bitte«, sagte Taurik.

Sie schwiegen und wandten sich wie aufmerksame Schulkinder Captain Picard zu, der nachdenklich die Stirn runzelte.

»Ich weiß, dass niemand von Ihnen hier sein möchte«, begann er. »Eigentlich gilt das auch für mich und meine Gefährten. Wir hofften, das künstliche Wurmloch würde sich als ein Gerücht herausstellen, eine Art Mythos. Aber es existiert tatsächlich, was uns in eine sehr schwierige Lage bringt.

Sie wissen, was das künstliche Wurmloch für den Krieg bedeutet: Sieg für das Dominion – und für die Föderation das Ende. Sie sind Gefangene des Dominion gewesen; ein solches Schicksal droht allen Männern, Frauen und Kindern in der Föderation. Keine sehr angenehme Vorstellung, nicht wahr?«

Picard sah Grof an. »Wir alle kennen den Wert des

wissenschaftlichen Fortschritts, aber er darf nicht auf Kosten einer hoch entwickelten Zivilisation gehen, die nur Frieden und Kooperation anstrebt. Wir verdienen es nicht, wie eine Kerze ausgepustet zu werden; so etwas lassen wir nicht zu.«

Der Captain wandte sich an Ro Laren. »Manchmal haben wir auf der Suche nach Frieden Fehler begangen: Wir vertrauten Personen, die kein Vertrauen verdienen, um jene zu beschwichtigen, die ohne Ehre sind. Die Vergangenheit lässt sich nicht rückgängig machen, aber wir können versuchen, die Föderation zu retten und Milliarden von Bürgern vor Tod und Versklavung zu bewahren.«

Der Romulaner reagierte, indem er auf den Tisch klopfte und dem Captain damit spöttisch applaudierte. Seine Dreistigkeit schockierte die anderen Anwesenden. »Eine nette kleine Rede, Captain. Aber Sie brauchen mehr als nur Worte, um Ihr Ziel zu erreichen.«

»Das genügt«, warnte Ro.

Picard hob die Hand. »Nein, lassen Sie ihn reden. Alle Teilnehmer dieser Besprechung sollen ganz offen sein. Ich möchte Ihre Meinungen hören, bevor wir unwiderrufliche Entscheidungen treffen.«

»Danke, Captain«, erwiderte der Romulaner. »Ich brauche ohnehin kein Blatt vor den Mund zu nehmen, denn ich fürchte nicht um mein Leben. Eigentlich sollte ich bereits tot sein. Ich glaube, der Captain hat mich am Leben gelassen, um eine Art Paradebeispiel zu geben. Er will sich von nichts aufhalten lassen, und genau diese Einstellung braucht er, um Erfolg zu haben. Das Problem ist: Ich vermute, er vertraut mir mehr als einigen von Ihnen.«

»Das ist unerhört!« ereiferte sich Grof. »Jetzt müssen wir uns auch noch von einem romulanischen Spion belehren lassen! Wenn der Captain eine aus mindestens zweihundert Schiffen bestehende Flotte hätte, wäre ich weitaus mehr beeindruckt. Trotz seiner hehren Ideale zweifle ich sehr daran, ob es ihm gelingen könnte, das künstliche Wurmloch zu vernichten.«

Alle Blicke richteten sich auf Picard, von dem jetzt erneut scharfe Worte erwartet wurden. Doch der Captain beugte sich nur vor und sagte: »Professor, Sie kennen sich mit der Vorrichtung besser aus als sonst jemand. Stimmt es, dass wir nicht den ganzen Verteron-Beschleuniger zerstören müssen, um die Anlage außer Gefecht zu setzen? Um einen kleinen Teil davon fertig zu stellen, ist Corzanium notwendig, und durch den Mangel an dieser Substanz hat das Dominion bereits Zeit verloren. Ein so großes Aggregat hat sicher noch andere schwache Punkte. Wenn wir an der richtigen Stelle zuschlagen... Wäre es dadurch möglich, die Anlage für eine Weile lahm zu legen?«

»Ja, ich denke schon«, sagte Grof und zupfte an seinem zotteligen Bart. »Die wichtigste Komponente des Beschleunigers ist der Verteron-Kontrollraum. Wenn dort genug Schaden angerichtet wird, kann der Beschleuniger für geraume Zeit nicht funktionieren.«

Picards Blick blieb auf den Trill gerichtet. »Der schwierigste Teil der Mission ist uns bereits gelungen, Professor: Wir befinden uns hinter den feindlichen Linien. Zwar steht uns keine große Flotte zur Verfügung, aber wir sind durchaus imstande, an einer ganz bestimmten Stelle zuzuschlagen. Die Personen an Bord dieses Schiffes verfügen über die notwendige Erfahrung, und ich versichere Ihnen, Professor: Ich habe schon größere Schwierigkeiten überwunden. Ich bin nicht gegen die Wissenschaft – ich bin dagegen, dass riesige Angriffsflotten des Dominion durchs künstliche Wurmloch fliegen. Wenn wir den Einsatz des Verteron-Beschleunigers lange genug verzögern können, um bei diesem Krieg die Oberhand zu gewinnen... Dann sind wir vielleicht imstande, Ihre Konstruktion intakt zu übernehmen. Mir wäre das lieber als eine Zerstörung.«

Sam begriff nun, worauf der Captain hinauswollte. *Ausgezeichnet*. Picard gewann Grof für sich, indem er an sein enormes Ego appellierte und gleichzeitig die Erhaltung des künstlichen Wurmlochs in Aussicht stellte. Der Ernst in Grofs Miene deutete darauf hin, dass er tatsächlich in Erwägung zog, auf den vorgeschlagenen Kompromiss einzugehen. Rein theoretisch sollte es dadurch möglich sein, sowohl die Föderation als auch sein Werk zu retten.

»Ich glaube, das ist ein guter Anfang, Captain«, sagte der Trill schließlich. »Aber eben nur ein Anfang. Ich muss die Daten des Projekts trotzdem in einem isolinearen Chip speichern und dafür sorgen, dass er die Föderation erreicht. Das ist mein Preis für die Teilnahme an der Mission. Nur ich kann Ihnen zeigen, wo sich der Kontrollraum befindet. Keiner der Gefangenen hat dort gearbeitet, nur ich und die Vorta-Techniker.«

Leni Shonsui rieb sich die Augen. »Ich fasse es nicht. Jetzt gibt er damit an, ein Kollaborateur gewesen zu sein! Was für ein Mistkerl!«

»Lassen wir die Vergangenheit ruhen«, sagte Picard und richtete den Blick nacheinander auf alle Anwesenden: Hasmek, Ro, Grof, Taurik, Sam, Tamla, Enrique, Woil und Shonsui. »Vergessen Sie, was bisher geschehen ist. Jetzt kommt es nur noch auf unsere Mission an: Wir müssen das künstliche Wurmloch lahm legen, bevor es in Betrieb genommen werden kann. Um das zu bewerkstelligen, müssen wir auch bereit sein, über den eigenen Schatten zu springen.

Professor Grof, ich schlage vor, Sie kehren zur Brücke zurück und fahren damit fort, Ihre Daten in einem isolinearen Chip zu speichern. Bitte weisen Sie Commander LaForge darauf hin, dass der Verteron-Kontrollraum unser Ziel ist. Bei Starfleet gibt es keinen besseren

Ingenieur, und ich zähle auf Sie beide, was die Planung betrifft. Ro und ich denken über unsere Möglichkeiten und die Frage nach, wie wir Ihre Aufzeichnungen zur Föderation transferieren können.«

»In Ordnung.« Grof stand auf. »Es freut mich, dass Sie beschlossen haben, Einsicht zu zeigen, Captain. Bis später.« Selbstgefällige Zufriedenheit zeigte sich im Gesicht des Trill, als er die Offiziersmesse verließ.

In Captain Picards Miene wies nichts auf seine Gefühle hin, aber Sam ahnte, was er jetzt empfand. Auch er hatte alles beiseite drängen müssen, um Enrak Grof zu beschwichtigen, und er wusste, wie demoralisierend so etwas sein konnte. Dem aufgeblasenen Trill war es mit seiner Arroganz und Intelligenz gelungen, das Dominion zu beeindrucken und zwei Crews seinen Willen aufzuzwingen. Doch in psychologischer Hinsicht war Picard ihm überlegen. Zuerst hatte er ihm einen gehörigen Schrecken eingejagt, um anschließend an sein monströses Ego zu appellieren. Diese Kombination funktionierte ganz offensichtlich – Grof unterstützte die Mission jetzt.

»Irgendwelche Kommentare?« fragte Picard und sah sich erneut am Tisch um. Sein Blick verweilte beim skeptisch wirkenden Antosianer. »Mr. Woil?«

»Sir, ich frage mich, wie wir nachher zur Föderation zurückkehren sollen.«

Picard deutete auf ein kleines Fenster. »Irgendwo dort draußen ist die *Enterprise* und wartet darauf, dass wir eine Subraumbake aussetzen und damit ein codiertes Signal senden. Man kennt unsere ungefähre Position, und Hilfe wird so schnell wie möglich eintreffen. Die *Enterprise* hat ein größeres Kampfpotential als die Schiffe des Dominion, und außerdem ist sie schneller.«

»Danke, Sir« sagte Woil, lächelte und setzte sich wieder.

Nach der beruhigenden, wenn auch recht optimistischen Antwort schien sich die allgemeine Anspannung zu verflüchtigen. Hier und dort erklang erleichtertes Lachen; Stimmen flüsterten. Ganz offensichtlich war niemandem daran gelegen, die Konfrontationen fortzusetzen. Es wurde Zeit, zum nächsten Punkt überzugehen.

Der Captain schien die Veränderung ebenfalls zu spüren, denn er stand auf und lächelte wie der Gastgeber bei einer Party. »Ich schlage vor, wir gehen jetzt zu den Replikatoren, um etwas zu trinken und einen Happen zu essen.«

»Ja, Sir!« lautete die einstimmige Antwort.

Der Captain trat an einen der beiden Replikatoren in der Offiziersmesse heran, und hinter ihm bildete sich eine kleine Schlange. Sam wartete geduldig darauf, dass er an die Reihe kam. Er staunte noch immer darüber, wie schnell es Picard gelungen war, die schwierige Crew unter Kontrolle zu bringen. Vielleicht schafften sie es wirklich, die Föderation zu retten, und vielleicht traf die *Enterprise* tatsächlich rechtzeitig ein, um sie in Sicherheit zu bringen. Sie hatten schon bei anderen Gelegenheiten Wunder vollbracht.

»Tee, heiß«, wies Picard den Replikator an. Nichts geschah. »Tee, heiß«, wiederholte der Captain seine Anweisung.

Auch diesmal erfolgte keine Reaktion.

»Wasser«, sagte Picard, und Sorge zeigte sich in seinem Gesicht. Als kein Glas Wasser materialisierte, wandte er sich an Enrique und deutete zum anderen Replikator. »Versuchen Sie es dort.«

»Ein Glas Wasser«, orderte Enrique. Auch diesmal geschah nichts. »Toast, dunkel.« Das Ausgabefach blieb leer, obwohl alle Indikatoren leuchteten.

Ro Laren richtete einen beunruhigten Blick auf den Replikator. »Eine Woche lang hat er einwandfrei funktioniert. Vielleicht ist das Stimmerkennungssystem ausgefallen.« Sie betätigte einige Tasten, und Enrique folgte ihrem Beispiel. Auch die manuellen Kontrollen versagten.

Captain Picard wirkte jetzt sehr besorgt, woraus Sam schloss: Die beiden Replikatoren waren ihre einzigen Quellen für Nahrung und Wasser – zwei Dinge, die in den Badlands recht schwer zu finden sein dürften.

Picard wandte sich an Ro. »Würden Sie bitte Mr. La-Forge ablösen und ihn hierher schicken? Wenn es uns nicht gelingt, die Replikatoren zu reparieren, müssen wir einen Weg finden, uns Proviant und Wasser zu beschaffen.«

»Wir haben noch frisches Obst und Gemüse im Frachtraum«, sagte Ro und schritt zur Tür.

»Ich sehe nach«, meinte Enrique und folgte der Bajoranerin nach draußen.

Die Versammlung hatte alle mit neuer Zuversicht erfüllt, doch jetzt schob sich wieder die Furcht in den Vordergrund. Die Aussicht, zu verdursten oder zu verhungern, erschien Sam noch schlimmer, als den Cardassianern oder Jem'Hadar in die Hände zu fallen. Reaktor-Kühlflüssigkeit konnten sie gewiss nicht trinken.

Der Romulaner Hasmek brachte die Gefühle der Anwesenden mit wenigen Worten zum Ausdruck. »Mit leerem Magen kann man nicht kämpfen.«

Deanna Troi ging durch einen Korridor in der Starbase 209 und überlegte, wieso sie sich auf diese Sache eingelassen hatte. Um Rikers Wunsch zu erfüllen, war nur ein Gespräch mit Shana Winslow nötig, doch das erwies sich bereits als schwer genug. Drei Mitteilungen für Captain Winslow blieben ohne Antwort, und ihre Adjutanten schirmten sie gründlich ab, zeigten sich Deanna gegenüber sogar mürrisch.

Vielleicht ahnten sie, dass es ihr darum ging, die *Enterprise* so schnell wie möglich zurückzubekommen, und vermutlich wollten sie sich nicht unter Druck setzen lassen. *Es ist noch keine Woche vergangen*, erinnerte sich die Counselor. *Noch liegen sie nicht hinter dem Zeitplan zurück.*

Als besorgniserregend empfand Deanna den Umstand, dass sich Shana Winslow von allen anderen isolierte – die einzige Ausnahme bildeten ihre unmittelbaren Arbeitskollegen. Als sie sich auf die Beziehung mit Will einließ, hätte sie seine Gesellschaft länger als nur eine Nacht genießen sollen, vor allem angesichts des Krieges. Stattdessen mied sie ihn, was Deanna für ausgesprochen seltsam hielt. Wie dem auch sei: Deanna hielt es für falsch, offizielle Schritte gegen einen Starfleet-Captain einzuleiten, nur weil ein Verhältnis plötzlich nicht mehr funktionierte. Sie hatte beschlossen, sich an die Chefcounselor der Starbase zu wenden, Dr. Arlene Bakker.

Eine Tür öffnete sich, und Troi versuchte den Eindruck zu erwecken, als sei sie gerade in jener Richtung unterwegs gewesen. Dr. Bakker – eine hochgewachsene, dunkelhäutige und sehr würdevoll wirkende Frau – trat in den Korridor und wäre fast gegen die Betazoidin gestoßen.

»Counselor Troi«, sagte sie überrascht. »Wie geht es Ihnen?«

»Gut, Counselor. Und Ihnen?« Seite an Seite schritten sie durch den Gang.

Bakker seufzte. »Ich bin ziemlich gestresst und habe das Gefühl, in mindestens zehn verschiedene Richtungen gezogen zu werden. Wollen Sie an der Konferenz über Zeit-Management teilnehmen?«

»Ich habe mit dem Gedanken gespielt. Was dagegen, wenn ich Sie begleite?«

»Ganz und gar nicht. Ich habe keine Ahnung, wie viel davon uns betrifft, aber ich bin der Ansicht, dass man die Hoffnung nie aufgeben sollte.« Die große Frau wandte sich nach rechts und ging zum nächsten Turbolift. Deanna musste sich beeilen, um nicht den Anschluss zu verlieren.

»Sie leisten hier ausgezeichnete Arbeit«, sagte Troi aufrichtig.

»Danke. Wir alle wissen sehr zu schätzen, dass Sie, Dr. Crusher und Ihre Mitarbeiter uns helfen. Das hat die Moral bei uns erheblich verbessert.«

»Ist die Moral zu einem Problem geworden?«

Bakker rollte mit den Augen. »Sie sind draußen an der Front gewesen und können es daher nicht wissen. Es ist alles andere als leicht, hier abseits des Geschehens zu sitzen und zu sehen, wie dauernd Verwundete eintreffen. Viele von uns glauben, dass sie eigentlich dort sein sollten, wo der Kampf gegen das Dominion stattfindet – obwohl wir natürlich wissen, wie sehr wir hier gebraucht werden.«

»Sie verpassen nichts«, sagte Troi.

»Ich weiß.« Bakker trat in den Turbolift, und Deanna folgte ihr. »Deck achtunddreißig«, sagte die Starbase-Counselor, und die Tür glitt zu.

»Die Besatzung einer Starbase ist natürlich besonderem Stress ausgesetzt, denn alle halten sie für Wundertäter«, sagte Troi.

»Das stimmt.«

»Insbesondere gilt das für Personen, die sehr wichtige Aufgaben wahrnehmen und sich zum Beispiel um… Reparaturen kümmern.«

Bakker nickte langsam. »Commander Winslow ist schlimmer dran als wir. Sie ahnen nicht, was jene Frau alles durchgemacht hat.«

Troi gab sich neugierig. »Zum Beispiel?«

»Sie hat den Ehemann, ihr Schiff und einen großen Teil des eigenen Körpers verloren. Sie nahm die Verantwortung eines Führungsoffiziers wahr, und auch deshalb glaubt sie, noch immer dort draußen an der Front sein zu müssen. Hinzu kommt: Gerade von ihr erwartet man hier Wunder, die sie angesichts schrumpfender Ressourcen kaum vollbringen kann.«

»Nimmt sie häufig Ihre Hilfe in Anspruch?«

»Früher, ja«, antwortete Bakker, und dünne Falten bildeten sich in ihrer Stirn. »Aber inzwischen hat sie mich schon seit einer ganzen Weile nicht mehr besucht. Vermutlich fand sie keine Gelegenheit dazu.«

Die Tür öffnete sich, und Bakker trat aus dem Turbolift, gefolgt von Troi. Am Ende des Korridors, vor einer Doppeltür, bemerkte Deanna mehrere Personen, und daraufhin begriff sie: Es blieb ihr nur noch wenig Zeit allein mit Arlene Bakker.

»Counselor«, sagte sie und streckte die Hand aus, woraufhin die größere Frau stehen blieb. »Ich muss Sie etwas fragen.«

Bakker musterte ihre Kollegin ein wenig ungeduldig. »Ja?«

»Jemand hat mich gebeten, mit Shana Winslow zu sprechen«, erklärte Troi. »Er meinte, sie verhielte sich seltsam.«

Bakker verschränkte die Arme, und die Falten in ihrer Stirn wurden tiefer. »Sie ist *meine* Patientin.«

»Ich weiß. Aber zufälligerweise kümmert sie sich um die Reparatur *meines* Schiffes, und sie hat sich auf eine Beziehung mit einem Freund von mir eingelassen. Ich möchte niemandem auf die Zehen treten, aber Sie haben zugegeben, dass sie sich um viele Dinge kümmern muss und nicht mehr zu Ihnen kommt.«

»Ja, das stimmt«, brummte Arlene Bakker. »Ich habe mir bereits vorgenommen, mich mit ihr in Verbindung zu setzen und einen Termin zu vereinbaren. Und vielleicht ist es keine schlechte Idee, bei dem Gespräch auf… telepathische Hilfe zurückzugreifen.«

Troi lächelte und wies nicht darauf hin, dass sie keine volle Betazoidin war – in ihren Adern floss auch menschliches Blut.

Bakker seufzte. »Ich vereinbare den Termin so schnell wie möglich und lasse Sie an dem Gespräch teilnehmen. Aber Sie müssen mir versprechen, sich zurückzuhalten, wenn es um Ihr Schiff geht.«

»Das kann ich nicht«, erwiderte Troi. »Aber ich verspreche Ihnen, dieses Thema nicht als erste anzuschneiden.«

»Na schön. So, und jetzt können Sie ruhig gehen. Sie müssen nicht mehr vorgeben, an der Konferenz teilnehmen zu wollen.«

»Vielleicht bietet sich mir dabei die Möglichkeit, das eine oder andere über Zeit-Management zu lernen.« Troi lächelte. »Und es ergibt sich nicht oft die Möglichkeit, mit einer Kollegin zu sprechen.«

»Dann kommen Sie.« Bakker erwiderte das Lächeln und führte Deanna durch den Korridor.

Captain Picard saß in der Offiziersmesse der *Träne des Friedens* und beobachtete, wie Geordi LaForge den zweiten Replikator auseinander nahm. Er hatte alle anderen fortgeschickt, weil ihre Mienen einfach zu deprimierend waren. Wieviel die Besatzungsmitglieder auch durchgemacht hatten – die Vorstellung, langsam verhungern zu müssen, erschreckte sie.

Ro hatte glücklicherweise herausgefunden, dass sie mit dem Hardware-Replikator Wasser herstellen konnten, wenn auch nur in kleinen Mengen. Außerdem waren Obst und Gemüse im Frachtraum noch genießbar. Picard hatte zunächst angenommen, bei der cardassianischen landwirtschaftlichen Kolonie ein schlechtes Geschäft gemacht zu haben, als er exotische Stoffe gegen Lebensmittel tauschte. Jetzt erwies sich dieser Handel als ihre Rettung.

LaForge griff nach einer angesengten Platine, betrachtete die Schaltkreise darauf und schüttelte den Kopf. »Ich kann es kaum glauben. Wir haben die Replikatoren gründlich untersucht, bevor wir die *Enterprise* verließen. Sie waren vollkommen in Ordnung.«

»Was ist passiert?« fragte der Captain.

»Es könnte an normaler Abnutzung liegen, aber bei beiden Replikatoren gleichzeitig? Die Spulenkammern der Phasentransition sind durchgebrannt, ebenso die Schaltkreise für den Wellenfokus.«

»Ist eine Reparatur möglich?« fragte Picard hoffnungsvoll.

»Ich glaube nicht. Mir fehlen sowohl die Werkzeuge als auch die notwendigen Ersatzteile.«

Der Captain beugte sich vor und wählte mit großer Sorgfalt die Worte für seine nächste Frage. »Handelt es sich um normales Versagen, oder steckt Sabotage dahinter?«

Geordi LaForge atmete tief durch und seufzte. »Wenn man zwei Replikatoren außer Gefecht setzen möchte, so könnte man keine besseren Subsysteme dafür wählen. Andererseits habe ich mit diesen Geräten nur wenig Erfahrung – auch eine energetische Entladung oder etwas in der Art käme als Ursache in Frage.«

Aber es wäre auch möglich, dass ein Saboteur unter uns weilt, dachte Picard ernst. *An Verdächtigen mangelt es gewiss nicht: ein romulanischer Spion, ein Kollaborateur des Dominion, ein Maquis-Offizier und sechs entflohene Gefangene, die psychiatrisch behandelt werden sollten. Und sie allen hatten unbeschränkten Zugang zu diesem Raum.*

»Wir sollten zunächst mit niemandem über unseren Verdacht sprechen«, sagte der Captain. »Die Sache bleibt unter uns. Vielleicht ist es wirklich nur ein Zufall, und wir sollten vermeiden, dass sich die Besatzungsmitglieder gegenseitig misstrauen.«

Geordi legte die beschädigte Platine auf den Tisch. »Vielleicht ist ein solches Misstrauen durchaus angebracht«, erwiderte er.

4

Die *Träne des Friedens* glitt durch ein wirres Kaleidoskop aus rosaroten, lachs- und malvenfarbenen Staubwolken. Immer wieder zuckten Plasmablitze, und ihr geisterhaftes Licht flackerte durch einen nebligen Tunnel. Der normale Weltraum war leer und tot, doch in den Badlands gab es überall knisternde Elektrizität, pulverisierte Trümmer und jähen Tod.

Ro saß an der Navigationsstation und nahm häufig geringfügige Kursänderungen vor, um den schlimmsten Stürmen auszuweichen, aber eigentlich blieben ihre Bemühungen nichts weiter als Illusion. Es gab keine echte Möglichkeit, den Plasmablitzen zu entgehen, und wenn einer davon die *Träne des Friedens* traf, blieb von dem Schiff nicht mehr als Staub und Gas übrig. »Du bist der Gnade der Propheten ausgeliefert«, verkündete einer der Sprüche, die den Hauptschirm säumten. Derzeit entsprach das zweifellos der Wahrheit.

Die Brücke schien überfüllt zu sein, obwohl nur vier Personen zugegen waren: Captain Picard, Sam Lavelle, Taurik und Hasmek. Grof und die anderen befanden sich bei Geordi im Maschinenraum oder schliefen.

Ro verabscheute es, dem Romulaner vertrauen zu müssen – immerhin war er ein Mörder. Aber er hatte mehrere Monate in den Badlands verbracht. Seine entsprechenden Kenntnisse waren aktueller als ihre, und er wurde nicht müde, voller Selbstgefälligkeit darauf hinzuweisen. Der Struktur der Staubwolken und Plasmastürme in den Badlands änderte sich ständig, und deshalb kam den neuesten Informationen besondere Bedeutung zu.

Hasmek behauptete, die genaue Position eines Ortes namens ›Todestal‹ zu kennen, wo es angeblich viele Raumschiffwracks gab. Ro hatte vom Todestal gehört, es jedoch nie mit eigenen Augen gesehen. Einst war es ein Versteck des Maquis gewesen, doch zu jenem Zeitpunkt, als sich Ro Laren dem Widerstand gegen die Cardassianer anschloss, hatte es bereits als zu gefährlich gegolten. Gelegentlich wagten sich Plünderer dorthin, um das aus den Wracks zu holen, was sich noch irgendwie verwenden ließ. Vielleicht trafen sie dort jemanden, der bereit war, sie mit Wasser und Proviant zu versorgen sowie einen isolinearen Chip zur Föderation zu bringen.

Dennoch konnte sich Ro nicht dazu durchringen, an die Existenz des Todestals zu glauben. Wie sollte es möglich sein, dass es im Chaos dieser riesigen Gas- und Staubwolke eine große Ansammlung von Raumschiffwracks gab? Wenn sie Plasmastürmen zum Opfer gefallen waren, so dürfte eigentlich gar nichts von ihnen übrig sein. Etwas anderes musste sie zerstört haben, aber was? Eins stand fest: In den Badlands mangelte es nicht an Geheimnissen.

Ro hätte nach *OK Corral* fliegen können, aber niemand legte Wert auf ein Wiedersehen mit Shek und Rolf. So lange Ferengi- und orionische Piraten die alte Raumstation als Stützpunkt benutzten, mussten sie ein anderes Ziel ansteuern. Ro hoffte, dass Hasmek wirklich wusste, wovon er redete.

Sie sah zu dem Romulaner und stellte nicht ohne eine gewisse Genugtuung fest, dass er nervös an seinem leeren Ärmel zupfte. Zuerst hatte er sich voller Zuversicht über ihre Schulter gebeugt und Kurswechsel vorgeschlagen. Jetzt starrte er auf den großen Bildschirm, und das flackernde Licht der Plasmablitze spiegelte sich in seinen dunklen, fast furchtvoll blickenden Augen wider.

Nur Taurik blieb völlig unbeeindruckt von dem tödlichen Wogen, durch das die *Träne des Friedens* flog. Er saß wie üblich an der taktischen Station und behielt die Kontrollen im Auge. Nur ab und zu blickte er zum Hauptschirm und betrachtete das Wabern so, als sei es ein impressionistisches Gemälde. Mit seiner unerschütterlichen Ruhe schien er noch verrückter zu sein als alle anderen.

»Die Gas- und Staubschlieren da draußen sind ziemlich dicht, Ro«, sagte Picard besorgt. »Sollten wir nicht besser anhalten und unsere Position überprüfen?«

»Nein, Sir«, antwortete die Bajoranerin. »Es bieten sich keine Vorteile für uns, wenn wir hier auf Relativgeschwindigkeit null gehen. Wir haben bessere Chancen, diese dichte Zone zu verlassen, wenn wir in Bewegung bleiben.«

»Glauben Sie, wir finden hier irgendwo eine Blase?«

»Keine Ahnung, Sir. Ich schlage vor, Sie fragen unseren romulanischen Freund – immerhin hat er uns hierher gebracht.« Damit lenkte Ro die Aufmerksamkeit des Captains von sich ab und nutzte die Gelegenheit, um auf ihre Anzeigen zu sehen. Die Fernbereichsensoren funktionierten überhaupt nicht, und die für kürzere Distanzen bestimmten Scanner lieferten nur dann und wann brauchbare Daten. Die *Träne des Friedens* schien nicht mehr zu fliegen, sondern durch einen schier endlosen Sumpf im All zu schwimmen.

Der Romulaner verlagerte voller Unbehagen das Gewicht vom einen Bein aufs andere, als ihn die Brückenoffiziere ansahen. »Ich versichere Ihnen, dass wir zu den richtigen Koordinaten unterwegs sind. Erst vor vier Wochen bin ich mit Shek hier gewesen.«

»Sie sind durch *diese* Suppe geflogen?« fragte Sam Lavelle. Er saß an der wissenschaftlichen Station.

Der Romulaner seufzte übertrieben. »Wir kamen aus einer anderen Richtung, aber das spielt keine Rolle. Es ist nicht mehr weit bis zum Todestal. Captain, Sie irren sich, wenn Sie glauben, dass ich mich in einem Plasmablitz auflösen möchte. Wenn wir genug Wasser und Proviant hätten, brauchten wir kein solches Risiko einzugehen...«

Etwas erschien kurz auf den Displays vor Ro, doch Taurik kam ihr zuvor. »Captain«, sagte der Vulkanier, »die Sensoren haben eine hohe Konzentration von Metallen festgestellt, und zwar in Richtung zwei zwei acht Komma sieben neun.«

»Wir sind da!« entfuhr es Hasmek erleichtert.

»Sind die ermittelten Daten absolut zuverlässig?« fragte Picard.

»Ich bin mir nicht ganz sicher«, erwiderte Taurik. »Die Sondierungssignale der Scanner und Sensoren werden ständig gestört.«

»Ich ändere den Kurs«, sagte Ro und wartete nicht auf eine entsprechende Anweisung von Captain Picard. Immerhin war sie nach wie vor die Kommandantin der *Träne des Friedens,* und sie sah keinen Sinn darin, Zeit zu verlieren. Irgendein Ziel war immer noch besser als ein endloser Flug durch das dichte Gemisch aus Gas und Staub. Eine hohe Konzentration von Metall – vielleicht das Todestal. Oder eine cardassianische Patrouille. Oder wertloser Schrott. Alles war möglich.

Einmal mehr beugte sich der Romulaner über Ros Schulter. »Die Piraten griffen auf die Dienste eines capellanischen Navigators zurück, der einen sechsten Sinn für die Plasmastürme hatte. Aber Sie sind auch nicht übel, Ro.«

»Wer durch dieses Chaos fliegt, braucht in erster

Linie kein Geschick, sondern eine Menge Glück«, entgegnete die Bajoranerin. »Visuelle Erfassung.«

Auf dem Hauptschirm schälten sich Konturen aus dem Wabern: schmale Ausleger, sanft geschwungene Warpgondeln, massige Rümpfe, die seltsame Winkel bildeten. Die Wracks wirkten wie Wale, die in stellaren Treibsand geraten und darin gefangen waren. Irgendwo in den Tiefen der Badlands flackerte ein weiterer Plasmablitz, und vor dem Hintergrund seines Glühens zeichnete sich die geisterhafte Flotte kurz ab.

Ro bemerkte blinkende Lichter beim nächsten Schiff. Als sie die *Träne des Friedens* tiefer ins Todestal steuerte, erwiesen sich die Lichter als Kristallwolken, die wie Zuckerwatte zwischen den Wracks schimmerten. Der kurzlebige Schein von Plasmablitzen ließ sie in allen Farben des Spektrums glänzen. Sie sahen aus wie jene farbigen Halos, die Ro in Schneewolken über den Bergen von Bajor gesehen hatte.

»Relativgeschwindigkeit null«, sagte Picard.

Ro kam der Aufforderung sofort nach. Sie hielt es ebenfalls für angebracht, zusätzliche Daten zu gewinnen, bevor sie sich weiter in diesen gespenstischen Raumschifffriedhof vorwagten. Die meisten Schiffe schienen einigermaßen intakt zu sein, woraus sich erneut die Frage ergab, welchem externen Faktor sie zum Opfer gefallen waren. Die Plasmastürme kamen nicht in Frage, denn sie hinterließen nur Erinnerungen. Ro verglich all die Raumschiffe mit Spielzeugen, die hier jemand zurückgelassen hatte, jetzt umgeben von bunten Spinnweben.

»Warum wurden all jene Schiffe aufgegeben?« Damit sprach Picard die Frage aus, die alle beschäftigte.

Hasmek schüttelte den Kopf. »Ich habe den Eindruck, hier fand vor langer, langer Zeit eine große Raumschlacht statt.«

»Nein«, sagte Sam Lavelle. Er betrachtete die bizarre

Szene im Projektionsfeld und runzelte die Stirn. »Mir scheint, hier kam es zu einem Treffen, zu einer Art Konferenz, und dann brachte irgend etwas die Besatzungen um. Aber was?«

»Mit ein wenig Glück bleiben wir nicht lange genug hier, um es herauszufinden.« Der Captain trat vor und blieb an den Navigationskontrollen stehen. »Gute Arbeit, Ro.«

»Danke, Sir.«

Picard sah zur taktischen Station. »Mr. Taurik, können Sie die fremden Schiffe identifizieren?«

»Negativ, Captain. Die *Träne des Friedens* hat nur eine kleine Computerbibliothek für die Erkennung von Schiffstypen. Dies sind keine cardassianischen Raumer, und sie stammen auch nicht aus der Föderation. Ich würde gern eins der besser erhaltenen Schiffe untersuchen.«

»Ich auch«, erwiderte Picard und lächelte schief. »Hoffen wir, dass wir irgendwann mit einer wissenschaftlichen Forschungsgruppe hierher zurückkehren können. Derzeit geht es uns vor allem darum, Wasser und Proviant zu finden. Gibt es in der Nähe Schiffe mit funktionierenden Bordsystemen? Oder orten Sie irgendwelche Plünderer?«

Der Vulkanier schüttelte den Kopf. »Nein, Sir. Aber die Reichweite unserer Scanner ist sehr begrenzt. Selbst wenn sich eine große Flotte nur zweitausend Kilometer vor uns befände – für unsere Ortungsinstrumente wäre sie eine Ansammlung von Metall. Wie dem auch sei: Offenbar befinden wir uns hier in einer Blase; alle Systeme arbeiten einwandfrei.«

»Können wir den Transporter verwenden?« fragte Picard.

»Vielleicht bei kurzen Distanzen«, erwiderte Taurik. »Chief Shonsui ist dafür zuständig.«

»In Ordnung. Suchen Sie mit den Sensoren nach

Wasser an Bord der Schiffe dort draußen. Navigation, zehn Prozent Impulskraft. Beginnen wir mit einer kleinen Besichtigungstour, Ro. Halten Sie sofort an, wenn Sie unsere Sicherheit für gefährdet halten.«

»Ja, Sir.« Ro Laren steuerte den bajoranischen Transporter mit weniger als einem Zehntel Impulskraft in den Raumschifffriedhof. Aus der Nähe wirkten die Kristallwolken wie weiße Nelken, auf Gräber gestreut. Die fremden Raumer schienen technisch sehr hoch entwickelt zu sein, und in dieser Hinsicht wiesen sie unangenehme Ähnlichkeit mit Schiffen des Dominion auf. Ihr sonderbares, exotisches Erscheinungsbild verdankten sie auch dem Umstand, dass viele von ihnen im rechten Winkel zu den anderen schwebten.

Deutlich wurde auch: Viele der prächtigen Schiffe waren zumindest teilweise ausgeschlachtet worden. Die Rümpfe wiesen Löcher auf. Deflektorscheiben, Luken und andere externe Komponenten fehlten ebenso wie Warpgondeln, Heckteile, Manövrierdüsen und Impulstriebwerke – klaffende Wunden in den einst so stolzen Schiffen erinnerten daran.

Nach einer traurigen Tour durch den stummen Friedhof berichtete Taurik: »Captain, angesichts von Alter und Zustand der Schiffe halte ich es für unwahrscheinlich, dass wir dort frisches Wasser oder irgendwelche nützlichen Vorräte finden. Es wird ungefähr dreißig Stunden dauern, alle Schiffe von Bug bis Heck zu sondieren.«

Der Captain schnitt eine Grimasse. »Es dürfte wohl sehr unwahrscheinlich sein, dass es in irgendeinem Raumer einen funktionierenden Replikator oder entsprechende Ersatzteile gibt, oder?«

Der Vulkanier wölbte eine skeptische Braue. »Jedes Schiff weist Anzeichen dafür auf, dass sich jemand mit Gewalt Zugang verschafft hat. Die unbekannten Eindringlinge haben sie bestimmt gründlich durchsucht und alle wertvollen Dinge fortgebracht.«

»Halten Sie auch weiterhin Ausschau. Ich gehe zum Maschinenraum.« Es gelang dem Captain nicht ganz, seine Enttäuschung zu verbergen, als er die Brücke verließ. Eine verhungernde Crew konnte ziemlich schnell meutern, vor allem in einer so kritischen Situation.

»Captain!« rief Sam Lavelle. »Ich habe etwas entdeckt!«

»Wasser? Ein anderes Raumschiff?«

»Nein, Sir – *Lebensformen*, und zwar vier.« Sam blickte auf seine Konsole und deutete dann zum Hauptschirm. »Ja, der große graue Raumer links von uns. Sieht fast aus wie ein Schiff der *New Orleans*-Klasse.«

»Ja, eine gewisse Ähnlichkeit lässt sich nicht leugnen«, räumte Picard ein. »Funktionieren dort drüben die Lebenserhaltungssysteme?«

»Ich überprüfe es.« Sams Blick galt den Displays, und einige Sekunden später runzelte er die Stirn. »Seltsam... Jetzt sind die Lebensformen verschwunden. Ich könnte schwören, dass sie sich eben noch an Bord befanden.«

»Teile des Schiffes sind vor Sondierungssignalen abgeschirmt«, sagte Taurik. »Es lässt sich kaum feststellen, ob Absicht oder Zufall dahintersteckt.«

»Weitere Geheimnisse«, murmelte Ro und beobachtete den grauen Koloss im Projektionsfeld.

»Künstliche Gravitation?« fragte Picard. »Atembare Luft?«

»Nicht in den Bereichen, die sich sondieren lassen«, antwortete Taurik.

»Na schön.« Der Captain überlegte kurz. »Lavelle, Sie begleiten mich bei diesem Außeneinsatz. Wir nehmen auch Geordi mit. Sie haben doch keine Probleme mit Raumanzügen und Magnetstiefeln, oder?«

»Nein, Sir«, erwiderte Sam und stand auf. »Ich habe

sie oft getragen, als ich Zwangsarbeit für das Dominion leisten musste.«

»Sie haben das Kommando, Ro«, sagte Picard und verließ den Kontrollraum.

Deanna Troi wusste sofort, warum sich Will Riker von Commander Shana Winslow angezogen gefühlt hatte. Sie war nicht nur eine interessante, intelligente Frau, sondern steckte auch voller Kontraste. Mit ihren Prothesen und dem leichten Hinken wirkte sie sowohl fragil als auch stark. Sie hatte ein nettes, freundliches Gesicht, aber eine strenge Frisur, und Troi sah die Entschlossenheit in ihren violetten Augen. Nach vielen Jahren im All saß sie jetzt an Bord einer Starbase fest, was sich bestimmt nicht positiv auf ihr Gemüt auswirkte. Sie erschien wie ein ätherisches Wesen, wie eine Fee mit gebrochenen Flügeln.

Dr. Arlene Bakker führte sie in ihr privates Büro und deutete auf die Betazoidin. »Das ist Deanna Troi, eine Kollegin von mir. Sie haben hoffentlich nichts dagegen, dass Counselor Troi bei unserem Gespräch zugegen ist. Sie verfügt über einzigartige Talente und Erfahrungen.«

Winslow bedachte sie mit einem neugierigen Blick und lächelte vage. »Sie sind Counselor an Bord der *Enterprise*, nicht wahr?«

»Ja«, bestätigte Troi und nickte. »Ich habe nicht erwartet, dass Sie mich kennen.«

Winslows Züge verhärteten sich. »Ich habe Ihren Namen auf der Offiziersliste gesehen, und ich weiß auch, dass Sie versuchten, mich zu erreichen. Als Counselor oder Brückenoffizier?«

»Als Freundin eines Freundes«, antwortete Troi und ließ diesen Worten ein Lächeln folgen, das entwaffnend wirken sollte.

Das Gesicht der Commander verwandelte sich in

eine Maske, als sie sich Bakker zuwandte. »Die Sache gefällt mir nicht, Arlene. Ich möchte lieber allein mit Ihnen reden und nicht von einer fremden Person überfallen werden.«

»Wir wollten Sie nicht überfallen«, entgegnete Dr. Bakker. »Counselor Troi könnte Ihnen vielleicht helfen, und sie wird nicht mehr lange bei uns sein.«

»Was Sie mir sagen, bleibt unter uns«, versprach Deanna. »Ich bin wirklich nur hier, um Ihnen zu helfen.«

»Es geht Ihnen nicht um Ihr Schiff oder Will Riker?« fragte Winslow ungläubig.

»Ich bin Realistin«, sagte Troi. »Es nützt nichts, sich Sorgen zu machen, aber oft hilft es, über ein Problem zu reden. Ich würde gern wissen, warum Sie so empfindlich reagieren, wenn es um Will Riker und die *Enterprise* geht.«

Winslow schnappte nach Luft, und Deanna rechnete damit, dass sie aufspringen und das Zimmer verlassen würde. Doch sie blieb sitzen. »Sie sind Betazoidin – sagen Sie es mir.«

»So funktioniert das nicht. Ich habe mich mit Ihrer Personalakte beschäftigt und einige mögliche Schlüsse gezogen. Vermutlich interessierten Sie sich für Will, bis er Ihnen zu nahe kam, bis er Sie in einem Moment der Schwäche erlebte. Wegen Ihrer Verletzungen und der großen Verantwortung, die Sie tragen, wollen Sie niemandem zeigen, dass Sie auch schwach oder hilflos sein können. Aber wir alle fühlen uns manchmal so, erst recht unter den gegenwärtigen Umständen, während eines Krieges.

Vielleicht ist es das Schuldgefühl des Überlebenden, das sie daran hindert, etwas Schönes zu genießen, selbst eine kurze Romanze. Möglicherweise leiden Sie an einer posttraumatischen Stressneurose, die unbehandelt noch schlimmer wird. Ich weiß nicht, warum Sie in Hinsicht auf Ihre Arbeit so heimlichtuerisch sind. Vielleicht fürchten Sie eine Kontrolle, oder Sie fühlen sich den Anforderungen nicht gewachsen. Sie möchten nicht, dass man Kritik an Ihnen übt, und deshalb...«

»Das reicht!« sagte Winslow scharf. Ihre Fassade der Ruhe bekam Risse. »Ich habe keine Lust, mir von irgendeiner Gedankenleserin erzählen zu lassen, dass mit mir etwas nicht stimmt!«

»Ich lese keine Gedanken«, erwiderte Troi. »Und was Sie betrifft... Es ist alles in Ordnung mit Ihnen. Sie sind normal. Die eben von mir geschilderten Punkte sind völlig normal für eine Person in Ihrer Lage. Aber Ihre *Reaktion* darauf ist anormal.«

Winslows Blick bohrte sich in Trois Augen. »Versuchen Sie nicht, mir irgendwelche Probleme anzuhängen. Ich habe gute Freunde in hohen Positionen, und ich kann auf die Loyalität meiner Mitarbeiter zählen!«

»Ich könnte Ihnen nicht halb so viele Probleme bescheren wie Sie sich selbst«, sagte Deanna ruhig. »Ich bin gern bereit, jetzt zu gehen und kein Wort mehr darüber zu verlieren, wenn Sie mit Arlene zusammenarbeiten.«

»Dafür habe ich keine Zeit!« schnappte Winslow. »Wollen Sie Ihr Schiff zurück oder nicht? Es steht jetzt ganz oben auf der Liste, die notwendigen Ersatzteile sind eingetroffen, und ich habe meine besten Leute mit der Instandsetzung beauftragt. Mehr kann ich nicht tun – auch die begabteste Counselor der Galaxis ist nicht imstande, etwas gegen verspätete Nachschublieferungen auszurichten. So, und jetzt muss ich gehen.« Sie stand auf und wandte sich der Tür zu.

»Sprechen Sie mit Will, er könnte gute Medizin für Sie sein«, sagte Deanna und verdrängte das Gefühl der Eifersucht in den fernsten Winkel ihres Herzens. *Ich würde mit ihm reden.*

Winslow zögerte kurz, straffte dann die Schultern

und ging hinaus. Hinter ihr schloss sich die Tür mit einem zu lauten Geräusch.

»Es ist schlimmer, als ich dachte«, meinte Dr. Bakker. »Was sollen wir jetzt unternehmen?«

Troi seufzte und schüttelte den Kopf. »Es liegt bei Ihnen, ob Sie dem Kommandanten der Starbase Bescheid geben wollen – Gründe dafür gibt es genug. Ich würde Ihnen allerdings davon abraten, denn ich bezweifle, dass ein Aufruhr Commander Winslow hilft und für eine schnellere Reparatur der *Enterprise* sorgen kann.«

»Ich kenne Will nicht, aber ich hoffe, sie spricht tatsächlich mit ihm«, murmelte Arlene Bakker.

Troi seufzte erneut. »Er könnte ihr bestimmt helfen.«

Sam setzte den Helm des bajoranischen Raumanzugs auf, der beigefarben und nicht annähernd so schwer und unförmig war wie der Schutzanzug, den er während der Zwangsarbeit für das Dominion getragen hatte. Dieser Anzug hier sollte natürlich mit Magnetstiefeln verwendet werden, an Bord eines Raumschiffs, dessen künstliche Gravitation ebenso wenig funktionierte wie die Lebenserhaltungssysteme. Die Schutzanzüge des Dominion hingegen waren für den Aufenthalt und die Arbeit im Weltraum bestimmt und mussten somit höheren Belastungen standhalten.

Er sah zu Captain Picard und Geordi LaForge; beide überprüften die Kontrollen an den Ärmeln. An der Transporterkonsole stand Leni Shonsui; sie wirkte jetzt ganz ruhig und gefasst, nicht mehr wie eine Frau, die überzuschnappen drohte. Sam konnte es ihr nicht verdenken, dass sie Enrak Grof hasste. Hinzu kam: Nur Leni hatte seine geheimen Pläne für die Flucht vom Tanker gekannt und selbst in einer sehr schwierigen Situation nichts verraten. Dafür verdiente sie seinen ewigen Respekt.

»Irgendwelche Lebenszeichen an Bord des Ziels Chief?« fragte Picard. Seine Stimme erklang aus einem kleinen Lautsprecher im Innern von Sams Helm.

»Nein, Sir. Die Brücke meldet, dass derzeit keine Lebensformen in dem großen Raumschiff geortet werden können. Wie dem auch sei: Ich habe einen offenen Bereich gefunden, der sich für Ihren Retransfer eignet.«

»Ich habe Lebenszeichen gesehen«, beharrte Sam. »Etwa in der Mitte des Raumers.«

»Keine Sorge, Lieutenant«, antwortete Picards ruhige Stimme. »In den Badlands schenken wir den Anzeigen unserer Instrumente nur bedingt Vertrauen. Nun, *irgendwo* müssen wir mit der Suche nach Wasser und Proviant beginnen – warum also nicht an Bord jenes Schiffes? Überprüfen Sie noch einmal Ihren Sauerstoffvorrat.«

Sam, Geordi und der Captain justierten ihre Ärmelkontrollen, und dann trat Picard auf die Transporterplattform. Sam rang ein oder zwei Sekunden lang mit einem unheimlichen Déjà-vu-Empfinden – er hatte das schreckliche Gefühl, sich erneut einer Arbeitsgruppe des Dominion anschließen zu müssen, bewacht von grausamen Cardassianern, die schon dann mit der Todesstrafe drohten, wenn man zehn Sekunden hinter dem Zeitplan zurücklag. Je mehr er darüber nachdachte, desto mehr gefiel ihm die Vorstellung, Rache zu üben – auch wenn dies ein Himmelfahrtskommando war.

Sam trat als letzter auf die Plattform, und Picard winkte sofort Shonsui zu. »Energie.«

Sam beobachtete, wie sich die Konturen des Transporterraums um sie herum auflösten. Unmittelbar darauf gingen Lichtstrahlen von den Lampen an ihren Handgelenken aus, durchdrangen die Dunkelheit und zeigten, dass sie in einem großen, saalartigen Raum rematerialisiert waren. Jede Armbewegung sorgte dafür, dass die Strahlen durch gewichtslos schwebenden Staub schnitten. Sam erinnerte sich an die Scheune seines Großvaters, an den Staub, den er dort im Sonnenschein gesehen hatte.

Seine Füße lösten sich vom Deck, und praktisch im gleichen Augenblick ertönte die Stimme des Captains aus dem Helmlautsprecher. »Stiefel aktivieren.«

Sam griff nach den Kontrollen am Handgelenk und betätigte einen Schalter. Von einem Augenblick zum anderen kehrten seine Füße aufs Deck zurück, mit einem Ruck, der den ganzen Körper erschütterte. Beim Gehen galt es nun aufzupassen: Zuerst musste er die Ferse vom Boden lösen, dann die Zehen.

LaForge sondierte bereits mit seinem Tricorder. »Captain, ich orte die energetischen Reste einer temporalen Phaseninversion.«

»Zeitreise?« fragte Picard.

Geordis Helm bewegte sich langsam vor und zurück. »Schwer zu sagen. Vielleicht hat hier eine Phasenverschiebung stattgefunden, und zwar erst vor kurzer Zeit.«

»An einer bestimmten Stelle?« fragte Sam. Seine Stimme klang seltsam, schien in den eigenen Ohren widerzuhallen.

»Nein, überall um uns herum«, erwiderte LaForge. »Meine Güte! Ich weiß, dass Sie nur den dunklen Raum und die Lichtstrahlen sehen, aber ich erkenne heiße und energetisch aktive Stellen, die es eigentlich gar nicht geben dürfte. Hier sollte alles tot sein, aber ganz offensichtlich ist das nicht der Fall.«

Sam betrachtete die Anzeigen seines Tricorders und hielt nach den beiden Dingen Ausschau, die sie hierher gebracht hatten: Lebenszeichen und Wasser. Am Rande der Ortungsreichweite des bajoranischen Tricorders, etwa achtzig Meter entfernt, erschien eine einzelne Lebensform und verschwand dann wieder. Sam speicherte die betreffenden Daten.

»Ich habe gerade wieder eine Lebensform geortet.«

»Wo?« fragte Picard.

Sam deutete in die Schwärze, und der Captain zögerte nicht, ging sofort tapfer voran. LaForge folgte ihm, blickte immer wieder in alle Richtungen und sah in der Finsternis Dinge, die Sam verborgen blieben. Seine Haltung deutete darauf hin, dass er sich an diesem Ort alles andere als wohl fühlte, und Sam konnte es ihm nicht verdenken. Er empfand es als sehr unheimlich, dass Lebensformen erschienen und wieder verschwanden.

Der Captain setzte entschlossen einen Fuß vor den anderen, wobei er ebenfalls erst die Ferse und dann die Zehen vom Deck löste. Plötzlich glitt er nach oben und ruderte mit den Armen.

»Ich habe den Bodenkontakt verloren«, ertönte Picards Stimme aus Sams Helmlautsprecher.

LaForge ließ den Tricorder los – das Ortungsgerät schwebte in der Leere – und griff nach den Beinen des Captains. Sam befand sich einige Meter hinter seinen beiden Gefährten und versuchte, das Licht der Lampen auf die Rettungsaktion zu richten. Praktisch sofort sah er, was geschehen war: Ein großes Metallstück hatte sich aus dem Boden gelöst. Es steckte an Picards magnetischen Stiefeln und schwebte mit ihm überm Deck. Der Captain war gewissermaßen in einem Loch nach oben gefallen.

LaForge zog Picard auf den stabilen Teil des Bodens zurück und griff dann nach dem schwebend ›geparkten‹ Tricorder. Während der Captain die Orientierung wiedergewann, kontrollierte Sam die Anzeigen seines Ortungsgeräts. Erneut und mit großer Freude stellte er fest, dass sie ihm die Präsenz genau jener Substanz zeigten, die sie an Bord des fremden Schiffes suchten: Wasser.

»Commander LaForge«, sagte er aufgeregt. »Stellen

Sie ebenfalls Wasser auf dem Deck über uns fest, etwa sechzig Meter entfernt?«

Geordi nahm eine rasche Überprüfung mit seinem Tricorder vor und nickte dann. »Ja. Aber bis vor kurzer Zeit war es nicht da.«

»Das ist ein Problem«, räumte Sam ein.

»Wie gelangen wir nach oben?« fragte Picard. Sein Helm neigte sich nach hinten, als er zur Decke emporsah.

Sam leuchtete nach oben und entdeckte eine Luke dort, wo eigentlich gar keine sein sollte. »Ich glaube, der eigentliche Boden befindet sich über uns – wir wandern hier auf der Decke herum. Das Schiff steht Kopf.«

»Oder wir«, sagte Geordi. »Die Wahl liegt bei Ihnen.«

»Dieser Ort erinnert mich an ein bizarres Gebäude in einem Vergnügungspark, den ich als Kind in Jersey besucht habe«, meinte Sam.

»Na schön«, ließ sich Picard vernehmen. »Beugen Sie die Knie, um sich abzustoßen. Schalten Sie die Magnetstiefel aus und springen Sie dann nach oben. Dadurch sollten wir genug Bewegungsmoment bekommen, um das Deck über uns zu erreichen.«

Jetzt erwiesen sich die Erfahrungen als vorteilhaft, die Sam während der Zwangsarbeit für das Dominion gesammelt hatte: In der Schwerelosigkeit kam er so gut zurecht, dass er das ferne Deck als erster erreichte. Mit den Händen zog er sich an Vorsprüngen entlang, bis hin zur offen stehenden Luke. Dort hielt er sich fest, streckte die Hand aus und zog erst den Captain und dann auch Geordi zu sich heran. Nachdem sie ihre Füße auf dem Boden positioniert hatten, reaktivierten sie die Magnetstiefel und setzten den Weg fort. Sam zog die Luke ganz auf und kletterte zusammen mit seinen beiden Begleitern zum nächsten Deck hinauf.

In einem dunklen Korridor ohne besondere Merkmale sondierten Sam und Geordi erneut mit ihren Tricordern und fanden heraus: Das Wasser schien sich in einer Leitung etwa vierzig Meter entfernt gesammelt zu haben. Captain Picard übernahm erneut die Führung, achtete jetzt aber sehr darauf, wohin er den Fuß setzte.

Nach einer kurzen, vorsichtigen Wanderung erreichten sie einen Teil des Korridors, in dem eine Explosion stattgefunden zu haben schien: Die Wand war geborsten und nach innen geneigt, als hätte hier jemand achtlosen Gebrauch von einer Granate gemacht. *Manche Leute halten sich nicht damit auf, nach einer Luke zu suchen,* dachte Sam. Sie mussten an der Wand entlangkriechen, um dem Schutt auszuweichen, aber schließlich gelangten sie auf die andere Seite des Lochs. Sam leuchtete durchs Loch, sah die Reste von Tischen und Ausrüstungsgegenständen – von den meisten war kaum mehr übrig als aus den Wänden ragende Kabelstränge.

Etwa zehn Meter von ihrem Ziel entfernt schnappte LaForge nach Luft. Sam schloss zu ihm auf und sah, wie Geordi ungläubig die Anzeigen seines Tricorders betrachtete. »Es ist weg! Das Wasser ist weg!«

»Unmöglich«, sagte Picard. »Eben befand es sich noch in der Leitung.« Ein wenig unbeholfen trat er mit den Magnetstiefeln näher und deutete auf ein dickes, in die Wand integriertes Rohr.

Aus einem Abstand von einigen Metern gesehen schien es intakt zu sein, aber als Sam und Geordi die Wand erreichten, waren ganz deutlich zahlreiche Löcher zu erkennen, hervorgerufen von Korrosion. Das Rohr enthielt seit mindestens tausend Jahren kein Wasser, obwohl ihre Tricorder zuvor etwas anderes behauptet hatten.

»Ich begreife das nicht«, sagte Geordi. »Ich habe eindeutig Wasser geortet. In einigen Teilen dieses Schiffes scheinen immer wieder allein vom Zufall bestimmte Phasenverschiebungen stattzufinden. Meiner Ansicht nach ist es hier für genauere Untersuchungen viel zu gefährlich.«

»Ich bin geneigt, Ihnen zuzustimmen«, entgegnete Sam.

»Speichern Sie diese Koordinaten«, wies Picard den Ingenieur an. »Wenn noch einmal Wasser erscheint, möchte ich es transferieren, bevor es wieder verschwindet.«

»Ja, Sir«, bestätigte Geordi und gab Daten in den Tricorder ein.

Etwas veranlasste Sam, den Blick zu heben, und er sah eine weiße Gestalt am Ende des Korridors. »Captain!« brachte er hervor, streckte den Arm aus und deutete auf die Erscheinung.

Picard und LaForge drehten den Kopf, als das geheimnisvolle Phantom durch eine offene Kabinentür verschwand. Das *schien* zumindest zu geschehen.

»Haben Sie den Fremden gesehen?« fragte Sam aufgeregt.

»Ich orte eine Lebensform«, sagte Geordi, aber seine Stimme klang nicht sehr sicher, als er die Anzeigen des Tricorders kontrollierte.

»Ich habe *etwas* gesehen«, meinte Picard. »Eine Gestalt in einem hellen Schutzanzug...«

Ein lautes Piepen aus den Helmlautsprechern ließ sie alle zusammenzucken. Sams Herz klopfte so heftig, dass er kaum Picards Stimme hörte.

»Hier Einsatzgruppe«, sagte der Captain.

»Hier Brücke«, meldete sich Ro Laren. »Ein fremdes Schiff nähert sich und hat einen externen Kom-Kanal geöffnet.«

»Haben Sie eine Identifizierung vorgenommen?«

»Es handelt sich um Talavianer, und sie kommen mit einem Frachter. Vermutlich haben sie sich am Rand des Todestals versteckt und uns beobachtet. Ich habe ihnen mitgeteilt, dass der Captain zur Brücke unterwegs ist.«

Picard zögerte und sah durch den dunklen Korridor, blickte dorthin, wo die weiße Erscheinung verschwunden war. Ganz offensichtlich widerstrebte es ihm sehr, dieses seltsame Schiff zu verlassen, obwohl so viele Fragen unbeantwortet waren, aber er musste gewisse Prioritäten beachten.

»Einsatzgruppe an Transporterraum«, sagte Picard. »Drei Personen für den Transfer.«

5

Die Gestalt auf dem Bildschirm und die der anderen im Hintergrund deuteten darauf hin, dass die Talavianer dürr waren und eine gelbe Haut hatten. Hinzu kamen Büschel aus drahtigem roten Haar, das an sehr ungewöhnlichen Körperstellen wucherte, an Knien, Ellenbogen und Schultern. Der Kopf des fremden Captains hingegen erwies sich als kahl und zeigte kleine purpurne Adern. Er trug eine knappe Lederweste und eine Hose, die an den Knien endete, so dass man ganz deutlich das Haar dort sehen konnte. Picard fragte sich, ob es die Gelenke schützen und warm halten sollte.

Die Talavianer wirkten nicht gerade wie Retter in der Not, und ihr Frachter schien schon bessere Tage erlebt zu haben. Aber Picard und die Besatzung der *Träne des Friedens* sahen sich mit einer Situation konfrontiert, in der jede Hilfe willkommen war.

»Hallo«, sagte Picard und zeigte dabei sein großmütigstes Lächeln. »Ich bin Captain Boothby und leite eine gemeinsame romulanisch-bajoranische wissenschaftliche Mission. Wir freuen uns sehr über Ihre Gesellschaft.«

Der wie ausgemergelt wirkende Talavianer lachte schallend. »Eine wissenschaftliche Mission? Ich bitte Sie. Nur jemand, der sehr verzweifelt ist, wagt sich hierher. Oder jemand, der sich verstecken möchte. Und überhaupt: Boothby ist kein bajoranischer Name.«

»Es ist ein Spitzname«, erwiderte Picard.

»Warum sind Sie wirklich hier?« fragte der Talavianer.

»Wir suchen Wasser und Proviant, weil wir Probleme mit unseren Replikatoren haben.«

»Hier finden Sie nur etwas, wenn Sie sehr tapfer sind und jede Menge Glück haben.«

Interferenzen zerrissen das Bild auf dem Hauptschirm, und es knisterte in den Lautsprechern der externen Kommunikation.

»Können wir ein direktes Gespräch führen?« fragte Picard. »An Bord meines Schiffes?«

»Ich sehe mich nur dann imstande, Ihnen einen Besuch abzustatten, wenn wir ein Mitglied Ihrer Besatzung als Gast an Bord meines Schiffes begrüßen dürfen«, antwortete der Talavianer mit einem verschmitzten Lächeln. *Er verlangt eine Geisel*, dachte Picard und erinnerte sich daran, wie sie bei ihrem letzten Abstecher zu den Badlands von Rolf und Shek behandelt worden waren. Angesichts solcher Erfahrungen wusste er gewisse Vorsichtsmaßnahmen durchaus zu schätzen.

»Vielleicht Ihr Erster Offizier, mit dem ich vorhin gesprochen habe.« Der Talavianer sah mit einem anzüglichen Grinsen zu Ro.

»Wie wär's mit *zwei* Mitgliedern meiner Crew?« erwiderte Picard. »Und Sie können einen Adjutanten mitbringen.«

»Aber keine Romulaner«, sagte der Talavianer nervös. »Sie würden bei uns großes Unbehagen bewirken.« Die Worte bezogen sich vermutlich auf Hasmek, der die Schultern straffte und das Kinn vorschob.

»In fünf Minuten nehmen wir den Austausch vor«, sagte Picard. »Wir freuen uns, Sie zu empfangen.« Er nickte Taurik zu, der die Verbindung unterbrach.

»Sie dürfen ihnen nicht trauen, Captain«, zischte Hasmek. »Es sind bestenfalls Schmuggler – für einen Streifen Latinum würden sie uns allen die Kehle durchschneiden. Wir haben sie aus dem Romulanischen Reich vertrieben.«

»Ich bin ihnen gelegentlich auf Bajor und an Bord von Terok Nor begegnet«, sagte Ro. »*Deep Space Nine,* meine ich. Bevor die Föderation kam. Sie unterhalten enge geschäftliche Verbindungen mit den Ferengi und haben etwa die gleichen Skrupel, nämlich gar keine. Einige Talavianer zeichnen sich durch einen strengen religiösen Glauben aus, was sie jedoch nicht daran hindert, andere Leute zu betrügen.«

Picard sah sich auf der Brücke um, und sein Blick verharrte bei Sam Lavelle. Der Lieutenant stand auf und lächelte schief. »Melde ich mich freiwillig zu einem weiteren gefährlichen Einsatz?«

»Ich denke schon. Sie und Ro begeben sich in den Transporterraum. Nehmen Sie keine Waffen mit, dafür aber einen zusätzlichen Insignienkommunikator, den Sie unbemerkt bei sich tragen. Achten Sie darauf, was Sie essen und trinken.«

»Es dürfte sehr schwer sein, irgendwelche Speisen abzulehnen«, erwiderte Sam und strich sich über den flachen Bauch.

Fünf Minuten später betrat Captain Picard den kleinen, aber geschmackvoll eingerichteten Transporterraum der *Träne des Friedens*. Ro und Lavelle standen auf zwei Transitfeldern; die anderen vier waren leer, warteten auf die Ankunft der Besucher. Draußen im Korridor hielten Woil und Maserelli mit Phasern Wache – nur für den Fall.

Picard wollte nichts unternehmen, um die Talavianer zu beunruhigen – es sei denn, sie empfanden Anfragen in Hinsicht auf Wasser und Proviant als beunruhigend. Hasmek und Taurik blieben bei Geordi auf der Brücke, um den Gästen ›Unbehagen‹ in Hinsicht auf Romulaner zu ersparen.

»Empfang des Transitsignals«, meldete Leni Shonsui.

»Schilde senken und Transfer einleiten.« Nicht ohne Sorge beobachtete Picard, wie jene beiden Personen entmaterialisierten, denen er an Bord dieses Schiffes am meisten vertraute. Als sie verschwanden, erschienen zwei dürre, große Gestalten. Der Captain begrüßte die beiden hageren, gelbhäutigen Talavianer mit einem besonders freundlichen Lächeln.

»Willkommen an Bord der *Träne des Friedens.*«

Der Fremde, mit dem er zuvor gesprochen hatte, trat vor, gefolgt von seinem unterwürfigen Adjutanten. »Ah, Captain Boothby, ich bin Captain Fraznulen von der *Sternenretter*. Das ist mein Schreiber Leztarlen.«

Fraznulen sah sich im matt erhellten Transporterraum des bajoranischen Schiffes um und lächelte. Sein Blick verharrte bei Leni Shonsui an den Kontrollen. »Sie haben einen Menschen an Bord, Captain. Unter den gegenwärtigen Umständen ist das in diesem Sektor nicht ratsam.«

»Wir sind ein wissenschaftliches Schiff, und unsere Crew besteht aus Angehörigen verschiedener Völker«, erwiderte Picard. »Wir verfügen über alle notwendigen Genehmigungen.«

»Warum verlassen Sie dann nicht die Badlands und bitten das Dominion um Hilfe?« fragte der Talavianer spöttisch. Mit den Haarbüscheln an Ellenbogen, Knien und Schultern sah er aus wie ein aufgeplusterter Hahn.

»Es hat uns erhebliche Mühe gekostet, das Zentrum der Badlands zu erreichen«, sagte Picard. »Wir wissen, dass ein Krieg stattfindet, und wir möchten nicht in ihn verwickelt werden. Der wichtigste Grund aber ist: Ich will keine Zeit verlieren, indem wir diese Wolke verlassen und anschließend versuchen, hierher zurückzukehren. Haben Sie funktionierende Replikatoren?«

Fraznulens dünner Hals krümmte sich, als er den

Kopf zur Seite neigte. »Möchten Sie einen Replikator kaufen?«

»Das wäre die beste Lösung unseres Problems«, antwortete Picard. »Allerdings kenne ich Ihre Preise nicht. Hier draußen gibt es vermutlich wenig Konkurrenz.«

Der Talavianer lachte. »Sie gefallen mir, Boothby. Gibt es an Bord Ihres Schiffes einen Ort, an dem wir uns setzen können? Ich weiß, wie knapp Ihre Vorräte sind, und deshalb habe ich mir erlaubt, rigelianisches Bier mitzubringen.« Er schnippte mit den Fingern, und der Adjutant trat rasch mit einer tönernen Flasche vor.

»Danke«, sagte Picard. Er führte die Besucher zur Tür und hörte dabei Geräusche im Korridor, die auf ein Handgemenge hinzudeuten schienen – Enrak Grof versuchte, an Woil und Maserelli vorbeizugelangen.

»Grof!« sagte der Captain scharf. »Was hat dies zu bedeuten?«

»Ich muss ihn sehen« entfuhr es dem Trill. »Den Besucher, meine ich. Kann er meine Aufzeichnungen zur Föderation bringen?«

Picard trat vor, packte den untersetzten Humanoiden an den Schultern und schob ihn durch den Gang. Seine Lippen formten auch weiterhin ein Lächeln, als er flüsterte. »Professor, wenn ich Sie hier brauche, gebe ich Ihnen Bescheid. Derzeit brauche ich Sie im Maschinenraum.«

»Nun, das stimmt vermutlich – immerhin befindet sich LaForge auf der Brücke. Na schön, Captain, ich gehe zum Maschinenraum. Aber vergessen Sie nicht, den Besucher zu fragen.«

»Keine Sorge.« Picard atmete tief durch, um sich zu beruhigen, wandte sich dann den beiden Talavianern zu. »Bitte entschuldigen Sie. Ein Captain hat immer zu tun.«

»Oh, ich weiß, eine Krise nach der anderen.« Fraznulen entdeckte die Offiziersmesse, eilte los und betrat sie. Er betrachtete die beiden demontierten Replikatoren, als Picard und der andere Talavianer zu ihm aufschlossen.

»Ja, das ist wirklich sehr bedauerlich«, kommentierte Fraznulen. »Was hat Ihre Nahrungsreplikatoren beschädigt, aber den Rest des Schiffes intakt gelassen?«

»Ich wünschte, ich könnte diese Frage beantworten«, erwiderte Picard. »Sind Sie imstande, uns zu helfen?«

»Zuerst das Bier.« Der Talavianer zog den Korken aus der Flasche und trank einen Schluck, ohne dabei ein Glas zu benutzen. Dann reichte er die Flasche Picard, der sie zum Mund hob. Er nahm den charakteristischen Geruch von rigelianischem Bier wahr, sammelte seinen ganzen Mut und trank ebenfalls. Wenige Sekunden später gab er das tönerne Gefäß zurück, erleichtert darüber, dass die Flüssigkeit nicht nur richtig roch, sondern auch nach Bier schmeckte. Dem Schreiber Leztarlen wurde die Flasche nicht angeboten, ebenso wenig anderen Mitgliedern von Picards Crew, die im Korridor standen und das Geschehen neugierig beobachteten. Dies war nicht unbedingt der feudale Empfang, den Picard an Bord des Piratenschiffes erlebt hatte, aber er erhoffte sich in diesem Fall bessere Resultate.

Fraznulen sank auf einen Stuhl und legte die Füße auf den Tisch. Rotes Haar umgab die Knie und erinnerte an Maisbündel. »Na schön, Boothby. Ich glaube, dass Sie wirklich sind, was Sie zu sein behaupten, und das bedeutet vermutlich: Sie haben nichts, das für uns von Interesse wäre.«

»Und wenn wir an Ihre altruistische Natur appellieren?« fragte Picard und hob dabei die Hände.

Der Talavianer lachte laut. »Glauben Sie, wir sind ganz umsonst den weiten Weg hierher gekommen? O nein, Captain, ich versichere Ihnen, dass wir eine ganz bestimmte Absicht verfolgen. Hier gibt es Schätze, wenn man weiß, wonach es Ausschau zu halten gilt. Wir können nicht alle Schiffe dort draußen selbst untersuchen, und deshalb brauchen wir Hilfe.«

Picard runzelte die Stirn. »Wir sind nur an Bord eines Wracks gewesen und fanden dort... seltsame und möglicherweise sehr gefährliche Dinge vor.«

»O ja, das Todestal ist verflucht.« Der Talavianer nickte ernst und sah Picard an. »In der letzten Zeit häuften sich die Beobachtungen, und das vertrieb die meisten Besucher. Es wagen sich keine Cardassianer mehr hierher.«

Er fügte rasch hinzu: »Wir verehren Geister, und dies ist ein legendärer Ort für uns. Die hiesigen Phantome stellen etwas Besonderes dar, denn sie hinterlassen Geschenke für die Lebenden.«

»Geschenke?« wiederholte Picard skeptisch.

»Ja, sie bringen Dinge aus der Geisterwelt mit. Ich habe sie selbst gesehen.« Fraznulen kniff die Augen zusammen und musterte Picard. »Und Sie ebenfalls. Ich weiß immer, wann jemand den Segen der Geister empfing.«

»Wir gewannen einige sehr ungewöhnliche Ortungsdaten«, sagte Picard vorsichtig. »Nun, Sie wissen, was wir benötigen... Vielleicht sollten wir jetzt darüber reden, was Sie von uns haben möchten. Welche Gegenleistung erwarten Sie für Wasser und Proviant?«

Fraznulen deutete zur offenen Tür und der Schar aus Neugierigen. »Können wir ein privates Gespräch führen?«

»Ja.« Picard berührte eine Sensorfläche an der Wand, und daraufhin schloss sich die Tür.

Der Talavianer beugte sich vor und neigte dabei den kahlen Kopf. »Captain, wir verehren die Objekte, die aus der Geisterwelt in unsere Realität gelangen, und wir sammeln sie – voller Ehrfurcht. Wenn wir eine Schiffsplakette oder ein Offiziersabzeichen finden könnten... So etwas wäre genug Lohn für unsere ganze Reise.«

Picard schnitt eine Grimasse. »Sie sprechen von Dingen, die nach unseren Feststellungen aus einer unbekannten Phasenverschiebung kommen. Und sie bleiben nicht lange in unserer Realität. Der Versuch, sich in den Besitz eines solchen Objekts zu bringen, könnte sehr gefährlich sein.«

»Das ist mir klar«, erwiderte Fraznulen offen. »Uns geht es allein um die Geschenke der Toten. Wenn Sie sich außer Stande sehen, uns welche zu beschaffen, so haben wir nichts mehr zu besprechen.«

»Wir brauchen nur Wasser und Proviant für einige Tage«, sagte Picard. »Vielleicht enthält unser Frachtraum etwas, das Sie gebrauchen könnten. Wir wären auch in der Lage, mit unserem Hardware-Replikator...«

Der Talavianer unterbrach den Captain, indem er verächtlich lachte. »Die bajoranische Technik kann uns nichts anbieten, das sich nicht bereits in unserem Besitz befände. Wenn Sie Wasser und Proviant von uns möchten, so verlangen wir Geschenke der Geister dafür.«

»Sie würden uns hier unserem Schicksal überlassen, ohne jede Hilfe?« fragte Picard voller Abscheu.

Fraznulen lächelte und vollführte eine Geste, die dem All galt. »Es ist nicht weit bis zum Dominion, und dort wäre man sicher sofort bereit, Ihnen zu helfen. Sie könnten alles Notwendige von uns bekommen, ohne dass irgendwelche Fragen gestellt werden, aber wir verlangen dafür eine klar definierte Gegenleistung. Wenn Sie etwas finden, das einen ganz besonderen Wert hat, bekommen Sie dafür einen neuen Nahrungsmittelreplikator.«

Captain Picard seufzte schwer. Es widerstrebte ihm, Mitglieder seiner Crew bei einem solchen Außeneinsatz in Gefahr zu bringen, aber blieb ihm eine Wahl?

Ohne Wasser und Proviant konnten sie ihre Mission nicht fortsetzen. Wenn sich ihre Situation nicht änderte, drohte bereits in naher Zukunft eine Meuterei, von einem langsamen qualvollen Hungertod ganz zu schweigen. Die Zeit wurde knapp, und das bedeutete: Picard musste das Angebot der Talavianer akzeptieren.

»Wir benötigen eine Anzahlung«, sagte er.

Fraznulen grinste und stand auf. »Es freut mich sehr, dass wir uns einig geworden sind, Captain. Als Sie mit Ihren Untersuchungen begannen, haben Sie sich für ein vielversprechendes Schiff entschieden – wir nennen es *Ahne*. Vielleicht haben Sie ein Gespür für diese Dinge. Wir bleiben in der Nähe und durchsuchen die *Seelenmacher*.«

Der dürre Talavianer trank erneut einen Schluck rigelianisches Bier und bot die Flasche dann Picard an. Es geschah nicht zum ersten Mal, dass der Captain Untersuchungen an archäologischen Fundstätten vornahm, aber hier lag der Fall anders. Diesmal handelte es sich um Plünderei. Er hätte es nicht für möglich gehalten, jemals so extreme Maßnahmen ergreifen zu müssen, aber andererseits: Sie sahen sich auch mit einer extremen Situation konfrontiert. Picard verzog das Gesicht, als er die Flasche entgegennahm und ebenfalls trank, die Vereinbarung damit besiegelte.

»Es gibt noch eine Sache, die Teil unserer Übereinkunft sein sollte«, sagte der Captain. »Professor Grofs isolinearer Chip muss zur Föderation gebracht werden. Er enthält wissenschaftliche Aufzeichnungen.«

»Wissenschaftliche Aufzeichnungen?« Fraznulen lachte und nahm Picard die Flasche aus der Hand. Er trank, wischte sich die dicken Lippen an der haarigen Schulter ab. »Ich weiß noch nicht, ob Sie ein guter Geisterjäger sind, Boothby, aber eins steht fest: Sie haben zweifellos eine Spielernatur.«

Wie eine nervöse Löwin schritt Ro Laren in ihrem goldenen Käfig auf und ab. An Luxus herrschte in diesem Zimmer kein Mangel. Die Einrichtung bestand aus einem großen, weichen Bett mit seidenen Kissen, einem üppig gepolsterten s-förmigen Sofa und einem Couchtisch mit sehr verlockend wirkenden Speisen. Trotzdem konnte kein Zweifel daran bestehen, dass es sich um einen Käfig handelte. Ro wusste, dass die Talavianer Lavelle und sie als Geiseln genommen hatten, um die Rückkehr ihres Captains zu gewährleisten. Es gefiel ihr ganz und gar nicht, gefangen zu sein – darüber klagte die Bajoranerin, seit sie festgestellt hatte, dass die Tür verriegelt war.

Der Umstand, dass Sam Lavelle ihr Gesellschaft leistete, verbesserte die Situation kaum. Er hatte Ros zornigen Worten ruhig zugehört, doch ihrer Meinung nach schien er sich an diesem Ort viel zu wohl zu fühlen. Lang ausgestreckt lag er auf dem Bett, kostete Scheiben aus gebratenem Fleisch und knabberte an würzigem Käse.

»Der Captain hat uns verboten, etwas zu essen«, sagte Ro scharf.

»Keiner von uns beiden braucht eine Diät«, erwiderte Sam mit einem unschuldigen Lächeln. »In diesem Krieg habe ich eins gelernt: Man isst, wenn man Gelegenheit dazu hat. Am nächsten Tag könnte es nichts mehr zu essen geben. Schlimmer noch: Am nächsten Tag könnte man tot sein.«

Ro schnitt eine finstere Miene und setzte die unruhige Wanderung fort. »Trotzdem. Sie sind viel zu entspannt.«

»Ich habe mehr Erfahrung als Sie darin, gefangen zu sein. Zumindest sind meine diesbezüglichen Erfahrungen aktueller als Ihre. Vielleicht wählte der Captain aus gutem Grund gerade uns beide für diese Sache aus. Vermutlich wollte er uns Gelegenheit zum Abschalten geben.«

»Ich finde unter solchen Umständen keine Ruhe«, brummte Ro und marschierte umher.

»Ich glaube, die Talavianer sind ein wenig ratlos. Sie wussten nicht recht, was sie mit uns anfangen sollten, und deshalb brachten sie uns hier unter. Dies ist die beste Zelle, in der ich jemals gewesen bin, und das hiesige Essen ist *viel* besser als die cardassianischen Kerker-Cuisine.«

Ro ließ sich verdrießlich aufs Sofa sinken und nahm ein Kuchenstück aus einem Korb mit Gebäck. Sie verspeiste es hungrig, während ihre Züge auch weiterhin finster wirkten.

Sam kroch übers Bett auf sie zu. Am Rand der Matratze rekelte er sich und wischte den Mund mit einer seidenen Serviette ab. »Seien Sie unbesorgt. Das Gespräch zwischen Captain Picard und dem talavianischen Kommandanten dauert bestimmt nicht sehr lange. Immerhin geht es nur darum, eine Vereinbarung zu treffen. Wahrscheinlich kehren wir schon in einigen Minuten an Bord der *Träne des Friedens* zurück.«

»Entschuldigen Sie«, erwiderte Ro leise. »Es gefällt mir einfach nicht, dass mir jemand sagt, was ich zu tun und zu lassen habe. Dieses Problem mit der Autorität habe ich schon seit langem.«

»Dann haben Sie sich bei Starfleet sicher sehr wohl gefühlt«, sagte Sam amüsiert.

Ein Lächeln huschte über Ros Lippen. »Die Raumschiffe und großen Ideale hatten es mir angetan, die Aussicht, Abenteuer zu erleben und das Elend zu verlassen, in dem ich damals lebte. Es dauerte eine Weile, bis ich begriff, dass auch bei Starfleet die Politik eine große Rolle spielt. Hinzu kam mein Problem mit der Autorität. Ich wollte nur mir selbst verpflichtet sein, sonst niemandem. Dieses Ziel habe ich inzwischen erreicht.«

Sam verstand und nickte. »Ich weiß, was Sie meinen.

Bis zum Krieg und meiner Gefangennahme war ich wie Grof. Es ging mir immer um *meine* berufliche Laufbahn, um *meine* Beförderung, um meine Chance, Cardassianer zu töten. Ich war egoistisch. In der Gefangenschaft begann ich damit, an andere Personen zu denken und zu versuchen, ihnen zu helfen. Mein Glück hängt jetzt nicht mehr von beruflichen Erfolgen und dergleichen ab.«

Er lachte und betrachtete das Käsestück in seiner Hand. »Etwas zu essen und saubere Unterwäsche genügen mir inzwischen.«

Ro schmunzelte. »Nun, eins von beiden gibt's an Bord der *Träne des Friedens*.«

»Wie sind Sie zum Captain jenes ehrenwerten Schiffes geworden?«

Ro schnitt eine Grimasse, als sie sich an Derek und all die Freunde erinnerte, die sie beim Angriff des Dominion auf die Maquis-Kolonien verloren hatte. Sie brachte es nicht fertig, die Frage zu beantworten. »Es ist eine lange Geschichte, und keine sehr schöne. Wie Sie dachte ich, dem Krieg zu entkommen – aber ich habe mich geirrt.«

»Tut mir leid«, sagte Sam mit aufrichtiger Anteilnahme. »Man muss einen ziemlich weiten Weg zurücklegen, um den Krieg hinter sich zurückzulassen.«

Er sah die Bajoranerin an, und in seinem Gesicht zeigte sich deutlich, was ihm durch den Kopf ging. Ro fand Sam recht reizvoll, zumal sich jetzt ein gewisser Zynismus dem attraktiven Äußeren hinzugesellte. Eine Kriegsromanze mochte hier und dort für einige Minuten den Schmerz lindern, aber Ro spürte bereits, wie sie einen emotionalen Rückzug antrat, um sich nicht der Gefahr von neuerlichem Schmerz auszusetzen. Wenn Sams Motto »Lebe heute, denn morgen könnten wir sterben« lautete, so ließ sich das von Ro mit folgenden Worten beschreiben: »Lebe wie ein Eremit, denn morgen könnten wir sterben.«

Laren stand auf, begann erneut mit einer unruhigen Wanderung und bedauerte es, Sams Gefühle verletzt zu haben. Sie empfand es als schmeichelhaft, dass er sie begehrte – und es war sehr menschlich.

Die Tür öffnete sich so plötzlich, dass Ros rechte Hand nach einem Phaser tastete, den sie gar nicht mitgenommen hatte. Zwei dürre Talavianer standen im Korridor und wirkten recht verlegen. Ro fühlte sich keineswegs unwillkommen oder unwürdig, ganz im Gegenteil. Ihre Gastgeber verhielten sich so, als litten *sie* an Minderwertigkeitskomplexen. Ro fragte sich, ob es bei den Talavianern ein strenges Kastensystem gab, das es nur wenigen Personen an Bord gestattete, direkt mit ihnen zu sprechen.

»Hier warten. Heimkehr. Auf Wiedersehen.« Der größere der beiden Talavianer verneigte sich respektvoll.

Ro lächelte unwillkürlich, als sie sah, wie sich Sam die Taschen mit Leckereien füllte. Wenige Sekunden später spürte sie das vertraute Prickeln eines Transporterstrahls, der ihren Körper entmaterialisierte.

Ihr Retransfer fand im Transporterraum der *Träne des Friedens* statt, wo ein ernster Captain Picard auf sie wartete. Ro trat von der Plattform herunter, und hinter ihr erschien ein Behälter mit Nahrungsmittelpaketen.

»Wir bekommen Proviant«, sagte Picard. »Aber die Talavianer verlangen einen hohen Preis dafür. In der Offiziersmesse findet eine Versammlung statt, bei der ich erklären möchte, welche Gegenleistung wir erbringen müssen.«

Das Mittagessen nahm Will Riker zusammen mit Jack Torrance, Beverly Crusher und zwei anderen Offizieren ein, die wie sie auf die Reparatur ihrer Schiffe warteten. Eine taktische Besprechung war abgesagt worden, und praktisch alle hohen Tiere hatten die Starbase ganz plötzlich verlassen. Captain Torrance, Kommandant der Raumstation, nutzte die Gelegenheit, um sie zu einem verspäteten Willkommensessen in der Offiziersmesse einzuladen.

Der geschmackvoll eingerichtete Raum war leer, abgesehen von zwei Tischen mit jungen Fähnrichen, die immer wieder nervöse Blicke in ihre Richtung warfen. Außerdem sahen sie häufig zum Chronometer an der Wand; vielleicht wurden sie bald an Bord zurück erwartet.

»Was liegt an?« fragte Dalivar, Captain der *Earhart*, nachdem ein älterer Saurianer ihre Bestellung entgegengenommen hatte. »Warum sind alle aufgebrochen?«

»Irgendetwas geht vor«, vermutete auch Beverly. »Eine große Offensive?«

»Offiziell ist nichts bekannt«, erwiderte Torrance und zuckte hilflos mit den Schultern. »Wenn Ihre Schiffe einsatzfähig wären, hätten Sie ebenfalls den Befehl erhalten, die Starbase zu verlassen.«

»Da wir gerade dabei sind...« Riker räusperte sich. »Lassen Sie uns darüber reden, wie wir unsere Schiffe zurückbekommen.«

»Hören Sie auf, ein Schwarzseher zu sein«, sagte Torrance und lächelte beruhigend. »Ich habe die Arbeitsberichte gelesen. Die Reparaturen kommen fast planmäßig voran.«

Fast planmäßig, wiederholte Riker in Gedanken. *Das könnte alles bedeuten.*

»Schon gut«, sagte Dalivar und beugte sich vor. »Was passiert dort draußen? Holen wir uns *Deep Space Nine* zurück?«

Erneut hob und senkte Torrance die Schultern. »Ich darf nicht darüber sprechen.«

»Sie können uns ruhig einweihen«, brummte Riker. »Immerhin sitzen wir hier fest.«

»Geheimnisse müssen gewahrt bleiben«, erwiderte Torrance, und das Lächeln wich aus seinem jugendlichen Gesicht. »Ihnen ergeht es ähnlich wie mir, Commander Riker. Sie dürfen nichts über Captain Picards geheime Mission verraten.«

»Glauben Sie mir: Es würde Ihnen nicht gefallen, mehr darüber zu erfahren«, sagte Riker kummervoll.

Er hätte sich gern laut und mit Nachdruck darüber beklagt, dass die Reparaturarbeiten an Bord der *Enterprise* nicht schnell genug vorankamen, aber er wusste: Dies war weder der geeignete Zeitpunkt noch der richtige Ort. Es widerstrebte ihm nach wie vor, sich ganz offiziell über Shana Winslow zu beschweren, aber alles in ihm drängte danach, *irgendetwas* zu unternehmen. Deanna hatte ihm nichts über ihr Treffen mit Shana sagen können, doch er kannte sie gut genug, um ihren Gesichtsausdruck zu deuten, und deshalb wusste er: Das Treffen war unbefriedigend geblieben. Und nichts hatte sich geändert.

Der Umstand, dass er selbst mit Deannas Hilfe nicht weiterkam, vergrößerte Rikers Besorgnis. Um sie herum, draußen im All, geschah etwas, aber ihnen an Bord der Starbase blieb nichts anderes übrig, als Däumchen zu drehen. Er hätte Torrance am liebsten gefragt, ob er sich irgendein Schiff ausleihen konnte, doch er kannte die Antwort bereits: Es standen keine einsatzfähigen Schiffe zur Verfügung.

Er rang sich ein Lächeln ab. »Nun, wir können also nicht über den Krieg reden, und es hat auch keinen Sinn, darüber zu klagen, dass unsere Schiffe noch nicht repariert sind. Welche anderen Themen gibt es?«

»Wer wird dieses Jahr den Solar Cup gewinnen?« fragte Jack Torrance. »Ich halte Luna für einen der großen Favoriten.«

»Die Meisterschaft findet nach wie vor statt?« erkundigte sich Beverly.

»Soweit ich weiß, ja«, bestätigte Torrance. »Um die Moral daheim zu fördern.«

Riker hörte andere Stimmen, drehte sich um und sah, wie einige weitere Offiziere den großen Raum betraten. Er bemerkte einen grauhaarigen, blauhäutigen Andorianer, der im Zugang verharrte und offenbar nach jemandem Ausschau hielt. Als er die gesuchte Person nicht sah, drehte er sich um und ging in die andere Richtung. Riker hatte ihn erkannt: Er gehörte zu den Technikern, die für Shana Winslow arbeiteten – der Andorianer hatte am ersten Tag die Arbeitspapiere ausgestellt.

Jähe Unruhe erfasste Riker, und er stand auf. »Bitte entschuldigen Sie mich, ich bin gleich zurück. Ich habe gerade jemanden gesehen, mit dem ich reden muss.«

»Nur zu«, erwiderte Beverly mit einem aufmunternden Lächeln. »Ich halte hier die Stellung.«

Rikers plötzlicher Aufbruch überraschte die anderen Männer, aber sie schwiegen. Im Krieg hatte jeder das Recht, ein wenig launisch zu sein.

Er verließ die Offiziersmesse und betrat einen Korridor, in dem reger Verkehr herrschte. Dic Größe des Andorianers und seine Fühler ermöglichten es Riker, ihn sofort zu lokalisieren: Er schritt durch den Flur, und mit seinen langen Beinen kam er schnell voran. An einer Abzweigung wandte er sich nach links, und Will folgte ihm rasch.

In dem Seitenkorridor waren zum Glück weniger Personen unterwegs, und deshalb konnte Riker zu dem Andorianer aufschließen. Er bedauerte es, den Mann hier regelrecht überfallen zu müssen, aber er hatte durch alle offiziellen Kanäle versucht, ihn zu erreichen, immer vergeblich. Er würde seinen kleinen Spaziergang durch die Raumstation bereuen.

»Lieutenant!« rief Riker – er hatte die Rangknöpfe am Kragen der Uniform gesehen.

Der Andorianer blieb stehen und sah aus blauen Augen auf Will hinab. »Ja, Commander?«

»Ich möchte kein Blatt vor den Mund nehmen. Warum brauchen Ihre Leute so lange, um die *Enterprise* zu reparieren?«

Der Andorianer verzog das Gesicht, drehte sich um und ging weiter. Riker folgte ihm und kam sich dabei wie ein kleiner Hund vor, der einem größeren Spielkameraden hinterherlief. »Ich könnte Ihnen befehlen, mit mir zu reden.«

»Ja, das könnten Sie«, antwortete der Andorianer, ohne langsamer zu werden. »Was aber nicht bedeutet, dass ich bereit wäre, mit Ihnen zu sprechen. Gehen Sie den Dienstweg.«

»Das habe ich bereits versucht«, entgegnete Riker. »Aber man weicht mir aus.«

Daraufhin verharrte der Andorianer. »Jeder will sein Schiff zurück, und zwar möglichst schnell. Aber wir wissen, wohin die Schiffe fliegen, nachdem sie unsere Docks verlassen haben: zurück zur Front, zurück in den Kampf gegen das Dominion. *Ihr* Leben hängt von der Qualität *unserer* Arbeit ab, so als gehörten wir zu Ihrer Brückencrew.«

»Ich brauche keine Belehrung von Ihnen«, sagte Riker scharf. »Ich will nur die *Enterprise* zurück, damit ich die Leute retten kann, die wir hinter den feindlichen Linien zurückließen.«

Der Andorianer schnaubte. »Begreifen Sie denn nicht, Commander? Ohne *uns* wären Sie *heute* losgeflogen, aber in die andere Richtung. Sie haben einen Schutzengel, der sich um Sie kümmert, und das wissen Sie nicht einmal zu schätzen. Mehr sage ich dazu nicht.«

Riker wurde sehr nachdenklich, als sich der Andorianer umdrehte und fortging. Diesmal folgte er ihm nicht. Wenn er die Andeutungen des Technikers richtig verstand... Es würde bedeuten, dass Shana Winslow ganz bewusst Reparaturen verzögerte, um bestimmte Leute nicht in den Tod zu schicken. Diese Einstellung hatte sie vielleicht auf ihre Mitarbeiter übertragen, die genau in der richtigen Position waren, um Gott zu spielen. Indem sie mit den begrenzten Ressourcen jonglierten, konnten sie Tausenden von Offizieren und Besatzungsmitgliedern einige zusätzliche Urlaubstage gewähren, bevor sie in den Krieg zurückkehren mussten.

Vielleicht hatte Shana Riker einen Gefallen erwiesen, indem sie verhinderte, dass er nicht an den gegenwärtigen Aktionen beteiligt wurde. Doch ein solches Verhalten verstieß gegen zahlreiche Vorschriften. Andererseits: Unter den gegenwärtigen Umständen würde es sehr schwer sein zu beweisen, dass sie ihre Pflichten verletzt hatte.

Riker merkte plötzlich, dass sich seine Besorgnis vor allem auf Shana bezog, nicht so sehr auf die *Enterprise*. Wenn es ihm nur ums Schiff ging, hätte er sich jetzt über Winslow hinwegsetzen können, mit dem Ergebnis, dass man sie vielleicht vor ein Kriegsgericht stellte.

Doch so etwas konnte er ihr nicht antun, zumindest nicht ohne den vorherigen Versuch, ihr zu helfen. *Sie muss mich empfangen*! Riker klopfte auf seinen Insignienkommunikator. »Commander William Riker an Commander Shana Winslow, Reparaturabteilung.«

Ein Mann antwortete. »Hier spricht Fähnrich O'Reilly von der Reparaturabteilung. Ich nehme alle nicht wesentlichen Gespräche für Commander Winslow entgegen.«

Riker seufzte. Dass man sein Anliegen für ›nicht wesentlich‹ hielt, belastete ihn kaum – er erinnerte sich an schlimmere Bezeichnungen, die sich auf ihn und seine Absichten bezogen hatten. »Es ist wirklich sehr wichtig, dass ich mir ihr rede«, sagte er höflich.

»Ich gebe Ihre Mitteilung weiter, Sir.«

»Können Sie mich nicht zu ihr durchstellen?«

»Nein, Sir. Ich werde folgende Nachricht weitergeben: Commander Riker möchte Commander Winslow sprechen.«

»Was ist mit dem Status der *Enterprise*?« fragte Riker.

»Ich gebe die Mitteilung weiter«, antwortete der Adjutant. »Reparaturabteilung Ende.«

Will fluchte halblaut und dachte daran, dass kein Admiral bei Starfleet so gut abgeschirmt war wie Commander Shana Winslow. *Ich kann sie also nicht erreichen, und ich werde auch nicht über ihren Kopf hinweg handeln. Aber vielleicht gibt es noch eine andere Möglichkeit.*

Fünf Minuten später betrat er den großen Kontrollraum der Starbase 209 und nahm an einer leeren Nebenkonsole Platz – davon gab es mindestens ein Dutzend. Die diensthabenden Offiziere warfen ihm einige verwunderte Blicke zu, aber niemand stellte irgendwelche Fragen. Zufrieden konstatierte Riker, dass sie ihn kannten; schließlich war die *Enterprise* eine Starfleet-Legende.

»Computer«, sagte er, »verbinde mich mit dem Datenbanksystem der U.S.S. *Enterprise*-E in Dock Neun. Kommando-Autorisierung: Riker Delta-zwei-sechs-eins-acht.« Während das Schiff mit der Starbase verbunden war, lag die Kontrolle bei den Computern der Raumstation. Shanas Leute mochten ihm aus dem Weg gehen, aber er war befugt, direkte Anfragen an das Schiff zu richten. Alle Informationen waren in einer zentralen Datenbank gespeichert; man musste nur wissen, wonach es zu suchen galt.

»Zugang gewährt«, lautete die Bestätigung.

Will schob einen isolinearen Chip in den Abtaster der Konsole, und wenige Sekunden später erschienen die Daten auf dem Schirm. Es handelte sich um eine Liste der Teile, die aufgrund des ersten Schadensberichts der Techniker repariert oder ausgetauscht werden mussten.

»Computer«, sagte er, »vergleiche die Gegenstände auf der Liste mit den Teilen, die von der Reparaturabteilung für die *Enterprise*-E angefordert wurden. Vergleiche anschließend beide Listen mit den Teilen, die während der letzten sechsundneunzig Stunden an Bord der *Enterprise*-E tatsächlich repariert oder ausgetauscht wurden. Melde Diskrepanzen.«

Nach einigen Augenblicken erklang eine synthetische Stimme mit weiblichen Timbre. »Es gibt zwölf Diskrepanzen zwischen den notwendigen und angeforderten Teilen. Alle betreffen Gel-Massen, die derzeit nicht zur Verfügung stehen. Ersatz ist angefordert. Es gibt 2679 Diskrepanzen zwischen den erforderlichen und bereits ausgeführten Reparaturen.«

Mit anderen Worten: Die Ersatzteile sind zwar vorhanden, aber die meisten von ihnen wurden noch gar nicht verwendet. »Erstelle einen Bericht in Hinsicht auf die durchgeführten Vergleiche«, wies Will den Computer an. »Schicke ihn Commander Shana Winslow, mit besten Grüßen von Commander William Riker.«

An Bord des von den Talavianern *Ahne* genannten alten Raumschiffs aktivierte Sam Lavelle seine Magnetstiefel, um sich auf dem Deck zu verankern. Um ihn herum folgten fünf andere in Raumanzüge gehüllte Gestalten seinem Beispiel und leuchteten mit ihren Lampen in die Dunkelheit.

Die meisten von ihnen aktivierten Tricorder und sondierten, während LaForge ein pyramidenartiges Objekt auf den Boden setzte. Er betätigte eine Taste, und helles Licht erfüllte den großen Raum, zwang die Schatten, in ferne Winkel zurückzuweichen. Ro hob ein Phasergewehr und leuchtete mit dem Laservisier.

Sam gewann den Eindruck, dass sie sich in einem Frachtraum befanden, oder vielleicht in einem Shuttlehangar. Aber wenn hier jemals Container gelagert oder

Shuttles gestanden hatten, so existierten sie längst nicht mehr. Hier und dort schwebten Trümmerstücke und geborstene Deckenplatten in der Schwerelosigkeit. Hinzu kam Staub, jahrtausendealt. Er war praktisch allgegenwärtig.

Sam, Geordi, Taurik und Enrak Grof nahmen Sondierungen mit ihren Tricordern vor. Ro und Tamla standen mit Phasergewehren Wache.

»Commander LaForge«, sagte Sam, und seine Stimme hallte im Innern des Helms wider. »Sehen Sie noch mehr jener Anomalien, die Ihnen bereits aufgefallen sind?«

»Ja!« bestätigte Geordi mit Nachdruck. »Sie wirken wie Geister aus Luft und Wärme. Außerdem gibt es energetische Fluktuationen, die recht lange anhalten. Ich sollte damit beginnen, ihre Dauer zu messen – vielleicht lässt sich mit diesen Daten später etwas anfangen.«

»Sieht jemand von ihnen eins der Artefakte, die wir hier suchen sollen?« fragte Ro.

Mehrere Stimmen verneinten.

»Na schön«, sagte die Bajoranerin. »Lavelle und Taurik, Sie begleiten mich. Wir gehen zur Brücke. Geordi, Sie und die anderen bleiben hier und setzen die Sondierungen fort. Denken Sie daran: Wenn Sie ein Artefakt entdecken, so markieren Sie es mit einem Insignienkommunikator. Treten Sie nach der Aktivierung des Kom-Geräts zurück. Der Transporterchef transferiert den betreffenden Gegenstand in ein Stasisfeld.«

»Ich wünschte, wir hätten eine kompetente Person an den Transporterkontrollen«, brummte Enrak Grof.

»Dieser Kom-Kanal ist für den Austausch wichtiger Informationen bestimmt, nicht für dumme Bemerkungen.« Ro sah zu Taurik, und der Vulkanier deutete zu einer Luke, die ganz offensichtlich aufgesprengt worden war. Sie setzten sich in Bewegung, und Sam folgte ihnen, blickte dabei immer wieder auf die Anzeigen seines Tricorders.

Kurze Zeit später herrschte erneut gespenstische Finsternis um sie herum – die Dunkelheit wich nur dort zurück, wohin die Lichtkegel ihrer Helm- und Handgelenklampen reichten. Sam spürte, dass er schwerer atmete, und ein dünner Schweißfilm bildete sich auf seiner Stirn. Es war keine körperliche Anstrengung, die das Herz schneller pochen ließ. Es lag vielmehr an der Schwärze und den seltsamen Daten, die der Tricorder lieferte. Sie verblüfften selbst Taurik.

»Was haben Sie festgestellt?« fragte Ro. Sam überließ die Antwort dem Vulkanier.

»Es gibt Hinweise auf ungewöhnliche Substanzen und Energiequellen«, sagte Taurik. »Darüber hinaus orte ich unbekannte Lebensformen. Es sind so viele, dass ich gar nicht weiß, wo wir mit den Untersuchungen beginnen sollten.«

»Wählen Sie irgendeine«, sagte Ro und schloss die Hände fester ums Phasergewehr. »Das nächste und stärkste Signal.«

Taurik entschied sich für eine Richtung und stapfte durch den Korridor. Sam hielt sich absichtlich ein wenig zurück. Er hatte die Phantome bei seinem Abstecher mit Picard hierher gesehen; jetzt gebührte die Ehre seinen beiden Begleitern.

Hin und her wandernde Lichtstrahlen wiesen ihnen den Weg. Taurik gelangte zu einer offenen Luke, die schief an nur noch einer Angel hin. Der Vulkanier zögerte nicht und betrat den in der Dunkelheit verborgenen Raum dahinter. Sam verglich ihn mit einer Höhle, und einmal mehr präsentierte ihm der Tricorder erstaunliche Daten. Die Sensoren registrierten Kohlendioxid, Stickstoff und Sauerstoff, in fast atembaren Mengen. Anders ausgedrückt: Es gab *Luft* in dem Zimmer, obwohl die Gase längst hätten entweichen sollen.

Sam folgte Ro durch die Luke. Als sie abrupt verharrte, blickte er über ihre Schulter und sah, dass Taurik in eine Ecke leuchtete. Die Bajoranerin fügte das Licht ihrer Handgelenklampe hinzu, und sichtbar wurde eine… zitternde Luftblase. In ihrem Innern zeigten sich Dinge, die an anderen Stellen in dem Raum nicht existierten: Hähne, Becken, Becher und Brenner. Ein Fenster zur Vergangenheit schien sich geöffnet zu haben.

Taurik reagierte sofort, holte einen Insignienkommunikator hervor, streckte die Hand in die Blase und befestigte das kleine Kom-Gerät am nächsten Objekt, einem purpurnen Becher mit einer gelben Schnur.

Sam beobachtete das Geschehen und versäumte es, auf die Anzeigen des Tricorders zu achten. Eine Hand kam aus der Dunkelheit, packte ihn an der Schulter, und er gab einen erschrockenen Schrei von sich. Aus einem Reflex heraus trat er einen Schritt vor und stieß dadurch gegen Ro. Taurik kam aus der anderen Richtung und versuchte, eine sichere Distanz zwischen sich und der Luftblase zu schaffen, bevor Shonsui an Bord der *Träne des Friedens* den Transfer des markierten Objekts einleitete. Zwar sorgten Ros Magnetstiefel dafür, dass sie nicht den Bodenkontakt verloren, aber es entstand trotzdem ein heilloses Durcheinander.

»Passen Sie auf!« rief Ro.

»Hinter uns!« Sam hielt sich an der Bajoranerin fest und versuchte gleichzeitig, sich zu dem Neuankömmling umzudrehen. Eine untersetzte, braune Gestalt betrat den Raum.

Gelächter übertönte Sams Schnaufen. »Ach, habe ich Sie vielleicht erschreckt?« spottete Grof schadenfroh.

»Warum haben Sie uns nicht auf Ihre Ankunft hingewiesen?« fragte Ro scharf.

»Oh, ich wusste nicht, dass eine solche Mitteilung

wichtig genug ist, um den Kom-Kanal zu benutzen«, höhnte Grof.

»Warum haben Sie LaForge verlassen?«

Er zuckte mit den Schultern. »Ich dachte zunächst, wir erzielten gute Fortschritte bei der Durchsuchung des großen Raums, aber dann kam es zu Meinungsverschiedenheiten zwischen LaForge und mir. Woraufhin ich entschied, Ihnen zu folgen.«

»Haben Sie versucht, Geordi Befehle zu erteilen?« fragte Sam.

»Nun, ich erlaubte mir, ihm den einen oder anderen Vorschlag zu unterbreiten«, erwiderte der Trill eingeschnappt.

Sam hörte, wie Ro tief Luft holte, aber bevor sie Grof verbal das Fell über die Ohren ziehen konnte, ertönte eine andere Stimme aus ihren Helmlautsprechern. »Transporterraum an Einsatzgruppe. Offenbar haben Sie etwas gefunden, und es scheint stabil zu sein.«

»Gut!« rief Grof. »Ich orte energetische Emissionen weiter hinten im Korridor und sehe mir die Sache aus der Nähe an.«

Der Trill wandte sich um und verschwand schwerfällig in der Dunkelheit. Taurik verließ den Raum ebenfalls, ließ Ro und Sam allein zurück. Lavelle leuchtete in Richtung der Luftblase, aber sie war verschwunden, und mit ihr die Objekte darin. Von der früheren Pracht eines Laboratoriums war nur Staub übrig geblieben.

Es funkelte in Ros Augen. Vielleicht glaubte sie, dass auch ein Annäherungsversuch hinter der Kollision mit Sam steckte.

Er deutete auf seinen Tricorder, der vier Lebensformen anzeigte, etwa zwanzig Meter über ihnen. Ro leuchtete nach oben, und das Licht ihrer Lampe fiel auf eine Zugangsröhre, die über keine Luke mehr verfügte.

»Ro an Einsatzteam«, sagte die Bajoranerin. »Offenbar bilden wir jetzt drei Gruppen. Lavelle und ich begeben uns ein Deck nach oben. Grof und Taurik setzen den Weg durch den Hauptkorridor fort. Geordi, sind Sie und Horik noch am Ausgangspunkt unserer Suche?«

»Ja, Sir«, erwiderte der Ingenieur. »Wissen Sie, Ro, diese Sache erinnert mich an damals, als Sie und ich…«

»Ja.« Sie wusste genau, was LaForge meinte. Einmal hatte sich ein getarnter romulanischer Spion an Bord der *Enterprise* herumgetrieben, und bei jener Gelegenheit wurden Ro und Geordi Opfer einer Phasenverschiebung, die sie daran hinderte, mit dem Rest der Crew Kontakt aufzunehmen. An Bord dieses Schiffes schien alles andere phasenverschoben zu sein. Jene Lebensformen, die sie orteten… Phantome aus der Vergangenheit, längst tot und doch noch lebendig, auf eine gespenstische Art und Weise.

»An alle: Halten Sie die Augen offen und bleiben Sie untereinander in Verbindung«, sagte Ro. »Zu keinem Zeitpunkt soll irgendjemand allein sein. Habe ich mich klar genug ausgedrückt?«

»Ja, Sir«, erklangen die bestätigenden Antworten.

Sam übernahm die Führung und fühlte sich noch immer ein wenig verlegen wegen seiner Schreckhaftigkeit. Mit den Magnetstiefeln wanderte er an einer vertikalen Wand empor und verharrte neben der Zugangsröhre. Im Gegensatz zu einer Jeffriesröhre wies sie nur genug Platz für eine Person auf. Die schmale Leiter im Innern bedeutete, dass die Stiefel zu einem Problem wurden. Sam schaltete sie aus und schwebte frei.

»Ro«, sagte er, »ich habe die Magnetstiefel deaktiviert und ziehe mich mit den Armen an der Leiter entlang. Dadurch komme ich schneller vorwärts.«

»In Ordnung«, erwiderte die Bajoranerin. »Ich bin direkt hinter ihnen.«

Sam spürte eine kurze Berührung an der Wade.

Wenige Sekunden später zog er sich durch die Röhre, durch einen engen, dunklen Schacht. Er versuchte sich einzureden, völlig sicher zu sein, denn hier konnte sich nichts ganz plötzlich auf ihn stürzen, aber das Gefühl der Beklommenheit blieb. Bei der nächsten Öffnung musste er zunächst einige Kabelstränge beiseite schieben, bevor er durch die Luke gleiten und das nächste Deck erreichen konnte.

Zwar wäre es Sam lieber gewesen, auch weiterhin gewichtslos zu schweben, aber er schaltete die Magnetstiefel wieder ein, verankerte sich damit auf dem Boden und nahm eine neuerliche Sondierung vor. Vier Lebensformen befanden sich direkt vor ihnen, offenbar in einer Art privatem Quartier. Die Anordnung von Tischen und Stühlen deutete auf einen Freizeitraum oder vielleicht ein Klassenzimmer hin.

Sam wartete, bis auch Ro die Zugangsröhre verlassen hatte, zeigte ihr dann das Display des Tricorders und deutete zur offenen Tür. Ein matter Glanz durchdrang die Dunkelheit – Licht, das es eigentlich gar nicht geben sollte.

Sam wollte erneut die Führung übernehmen, aber diesmal bestand Ro darauf, selbst vorauszugehen – immerhin verfügte sie über ein Phasergewehr. Er blieb dicht hinter ihr, bewaffnet nur mit einem Tricorder und einigen zusätzlichen Insignienkommunikatoren. Als sie das Quartier betraten, schnappten sie beide gleichzeitig nach Luft. Vier dünne Geschöpfe saßen an einem Tisch, offenbar bei einer Mahlzeit. Ihre Köpfe erinnerten Sam an geschliffene Kristalle. Das Licht der eleganten Kerzen auf dem Tisch spiegelte sich nicht nur in geschwungenen Gläsern und an diversen Utensilien wider, sondern auch in Gesichtern, die aus zahlreichen Facetten zu bestehen schienen.

Das Entsetzen in den Mienen der vier Speisenden war unübersehbar. Erschrocken sprangen sie auf und wichen vor den Eindringlingen zurück. Eins der Wesen lief zur gegenüberliegenden Wand und öffnete dort ein

Fach. Doch sowohl die Wand als auch das Geschöpf befanden sich am Rand der Phasenverschiebung, und beide lösten sich wie in Zeitlupe auf.

Die anderen Wesen duckten sich oder eilten fort, verschwanden ebenfalls, als sie aus dem Bereich des ›Fensters‹ gerieten. Ro ließ ihr Phasergewehr sinken. »Denken Sie an unsere Mission«, sagte sie.

»Ja«, murmelte Sam.

Er holte einen bajoranischen Insignienkommunikator hervor und befestigte das kleine Kom-Gerät an einem kristallenen Leuchter. Er hatte die Hand gerade erst zurückgezogen, als der Leuchter schimmerte und im Transporterstrahl entmaterialisierte. Wenige Sekunden später verschwammen die Konturen der anderen Gegenstände, als es zu einer weiteren Phasenverschiebung kam. Im Hintergrund verharrten die Wesen, und ihre glitzernden Gesichter brachten eine stumme Anklage zum Ausdruck.

Sam wandte sich bestürzt an Ro. »Irgendetwas sagt mir, dass wir den Fremden unrecht tun«, platzte es aus ihm heraus. »Und außerdem scheint dies alles andere als ungefährlich zu sein.«

»Ich weiß, was Sie meinen«, erwiderte Ro. »Ich schlage vor, wir setzen die Untersuchungen fort, ohne ein weiteres Objekt zu markieren.« Sie warf einen Blick auf die Kontrollen an ihrem Handgelenk. »Uns bleiben nur noch zwanzig Minuten.«

Sam winkte. »Nach Ihnen.«

Geordis Interesse galt einem geisterhaften Etwas, das außer ihm kaum jemand sehen oder gar identifizieren konnte. Es war ganz plötzlich über der Doppeltür am anderen Ende des großen Frachtraums erschienen – wenn es sich wirklich um einen Frachtraum handelte. Das Objekt schien ein Hologramm zu sein – Holographien waren für ihn deutlich als solche erkennbar, obwohl sich mit normalen Augen ausgestattete Personen leicht von ihnen täuschen ließen. Zumindest nahm er in diesem Fall alle Charakteristiken eines Hologramms wahr. *Vielleicht ist es ein holographisches Kunstwerk,* dachte Geordi.

Für Tamla Horik war es überhaupt nichts. Die Deltanerin hatte dorthin gesehen, wo sich die Scheibe befand, und sie schien nichts zu bemerken. Vielleicht sah sie nicht mehr als eine leere Stelle über der Tür. Auch der Tricorder fand die Erscheinung nicht sehr interessant; die Sensoren registrierten nur schwache energetische Emissionen.

»Ich möchte etwas untersuchen«, sagte LaForge zu Horik.

Sie hob das Phasergewehr. »Brauchen Sie Hilfe?«

»Ich glaube nicht«, erwiderte Geordi und lächelte in seinem Helm. »Es ist eine der Irregularitäten, die nur ich wahrnehme. Ich bleibe hier in diesem Raum. Behalten Sie unsere Ausrüstung im Auge.«

»Ja, Sir«, bestätigte die Deltanerin mit ihrer tiefen, wohltönenden Stimme.

LaForge eilte so schnell durch den großen Raum, wie es die Magnetstiefel erlaubten. Er wusste nicht, wie lange das Hologramm in dieser Realität existieren würde, und er wollte es sich unbedingt aus der Nähe ansehen, bevor es verschwand.

Als er bis auf zehn Meter herangekommen war, wurde das Etwas für ihn so deutlich, dass es vermutlich auch von einer normalen Person wahrgenommen werden konnte. Als besonders beeindruckend stellte sich das Objekt nicht heraus: eine kleine Scheibe oder vielleicht ein Schild mit einem veränderlichen holographischen Muster.

Moment mal, dachte Geordi. *Könnte das eine der Schiffsplaketten sein, die der Captain erwähnte*? Das Siegel wirkte offiziell. Aber vielleicht handelte es sich auch nur um einen Hinweis mit der Bedeutung von ›Eintritt verboten‹ oder etwas in der Art.

LaForge trat noch näher heran und begriff, dass er einen Insignienkommunikator hervorholen sollte, um das Objekt zu markieren. Sein Instinkt teilte ihm mit, dass es eine autonome Vorrichtung war, mit einer separaten Lichtquelle, klein genug, um sie in der Hand zu halten.

Er konzentrierte sich auf die Wahrnehmung im infraroten Bereich und lokalisierte die Lichtquelle im Zentrum der Plakette. Zögernd streckte er die Hand nach dem kleinen Würfel aus – es widerstrebte ihm fast, ihn zu berühren. Erneut gewann er den Eindruck, dass es sich um ein Kunstwerk handelte, voller subtiler Details. Die Bilder auf der Scheibe zeigten ein Fest im Freien: Ganze Scharen von bunt gekleideten Feiernden tanzten. Geordi fragte sich, ob sie Kostüme trugen oder tatsächlich kristallene Köpfe hatten, die in allen Regenbogenfarben schimmerten.

Als sich seine Hand dem Gebilde näherte, stellte er fest, dass er es gar nicht berühren konnte – dazu musste er etwa einen halben Meter höher hinauf. Und wenn er sich schon solche Mühe machen wollte, so konnte er die Gelegenheit auch nutzen, um es zu markieren. Immerhin brachte es ihnen vielleicht einen neuen Nahrungsmittelreplikator ein.

Dann zögerte Geordi. *Ob es nun ein Kunstobjekt ist oder nicht: Etwas so Schönes gehört nicht an Bord eines talavianischen Frachters.* Er hätte seinen Fund am liebsten geheim gehalten, und das wäre durchaus möglich gewesen, aber er wusste auch, dass sie neue Vorräte brauchten, um ihre Mission fortzusetzen. Unter solchen Umständen konnten sie kaum Rücksicht auf Kunst und dergleichen nehmen.

LaForge holte einen Insignienkommunikator hervor und betrachtete die Doppeltür unter der Scheibe. Sie war so verbeult, dass er sich gegen den Versuch entschied, vertikal an ihr emporzuklettern. Er griff nach den Kontrollen am Handgelenk, schaltete die Magnetstiefel aus und stieß sich vorsichtig vom Boden ab. Dadurch gewann er ein ausreichendes Bewegungsmoment, um langsam nach oben zu schweben und sich der Plakette zu nähern. Er streckte die Hand mit dem kleinen Kom-Gerät aus, bereit dazu, die Erscheinung aus einer anderen Welt zu berühren.

Dicht vor der Scheibe stieß er auf Widerstand, auf ein Kraftfeld, und es kam zu einer plötzlichen energetischen Entladung, die seinen Körper wie der Fausthieb eines Titanen traf. Er wurde davongeschleudert und stieß noch einen Schrei aus, bevor er das Bewusstsein verlor.

6

»Horik an Ro!« rief die Deltanerin. »LaForge ist verletzt!«

»Um was für eine Art von Verletzung handelt es sich?« fragte Ro.

»Er schwebt in dem Frachtraum und scheint bewusstlos zu sein – ich habe ihn noch nicht erreicht.«

Ro reagierte sofort. »Einsatzgruppe an Brücke. Wir haben einen Verletzten: LaForge. Erbitte Nottransfer.«

»Steht es schlimm um ihn?« fragte Picard.

»Das wissen wir noch nicht.«

»Bestätigung. Boothby Ende.« Statik knisterte im Kom-Kanal, und das beunruhigte die Bajoranerin.

»Einsatzgruppe, zurück zum Ausgangspunkt«, ordnete Ro an. »Ich wiederhole: Suche abbrechen und zum Ausgangspunkt zurückkehren.«

»Aber wir wollten gerade einen wunderschönen silbernen Pokal markieren«, protestierte Grof.

»Na schön, Grof, dann bleiben Sie eben allein zurück...«

»Nein, warten Sie auf mich!«

»Beeilen Sie sich.« Ro stapfte zur Zugangsröhre, und Sam schloss sich ihr an. Sein Gebaren deutete darauf hin, dass er es sehr eilig hatte, das Geisterschiff zu verlassen, und die Bajoranerin konnte es ihm nicht verdenken. Sie deaktivierten die Stiefel und zogen sich mit dem Kopf voran durch die Finsternis nach unten. Keiner von ihnen wollte Zeit verlieren.

Picard kniete auf der Transporterplattform und nahm Geordi den Helm ab. LaForge war bewusstlos, und der Captain wandte sich dem einarmigen Romulaner Hasmek zu.

»Ein Injektor mit Lectrazin«, sagte er. »Der rote.«

Hasmek suchte im Kasten, fand den richtigen Injektor und reichte ihn Picard. »Hier.«

Der Captain hielt das Gerät sofort an Geordis Hals. Er wusste nicht einmal, ob LaForge noch lebte oder schon tot war – es gab nur diese eine Behandlungsmethode, und er hielt es für richtig, sie sofort anzuwenden.

»Ahh«, stöhnte Geordi, krümmte sich dann zusammen und hustete heftig. Picard half ihm dabei, sich aufzusetzen, rieb ihm den Rücken. »Versuchen Sie, sich zu entspannen. Sie leben.«

»Holen Sie die anderen zurück!« krächzte LaForge, und seine Hand schloss sich fest um Picards Arm. »Leiten Sie den Retransfer ein! Zu gefährlich...«

Der Captain erhob sich und klopfte auf seinen Insignienkommunikator. »Einsatzgruppe, versammeln Sie sich am Ausgangspunkt Ihrer Suche. Wir beamen Sie in zwei Minuten an Bord.«

»Ja«, bestätigte Ro.

»Ich werde mit unseren Auftraggebern reden«, sagte Picard und schnitt dabei eine finsterer Miene.

Der talavianische Captain Fraznulen blickte begierig auf die vor ihm liegenden Objekte: ein mit Edelsteinen verzierter Leuchter, ein purpurnes Glas und eine Tasse aus erlesenem Porzellan. Die roten Haarbüschel an den Ohren schienen vor Aufregung zu zittern. »Sie haben gute Arbeit geleistet! Ich wusste, dass Sie für diese Sache ein besonderes Talent aufweisen, Boothby!«

Er wollte nach dem funkelnden Leuchter greifen, der offenbar mit Rubinen geschmückt war, doch seine

Hand stieß gegen ein unsichtbares Kraftfeld. Es kam zu einer kurzen energetischen Entladung.

»Au!« entfuhr es ihm, und die Hand zuckte zurück. »Warum haben Sie die Objekte abgeschirmt? Sie gehören *mir*. Immerhin habe ich eine Vorauszahlung dafür geleistet.«

»Für das Kraftfeld bin ich verantwortlich«, sagte Geordi und verschränkte die Arme. »An Bord der *Ahne* wollte ich ein Objekt berühren, und dabei kam es zu einer wesentlich stärkeren Entladung. Es gibt Gefahren, von denen Sie uns nichts erzählt haben.«

»Darüber hinaus sind wir intelligenten Wesen begegnet«, fügte Ro hinzu. »Und es schien ihnen ganz und gar nicht zu gefallen, bestohlen zu werden.«

Fraznulen schenkte ihr keine Beachtung und starrte auch weiterhin Geordi an. »Sie haben Sicherheitsmechanismen gefunden? Um was für ein Objekt handelte es sich?«

Der Ingenieur vollführte eine vage Geste. »Um eine Scheibe, etwa so groß. Ein Hologramm. Vielleicht ein holographisches Kunstwerk.«

Der Talavianer klatschte entzückt mit den knochigen Händen. »Das habe ich kaum zu hoffen gewagt! Eine Schiffsplakette. Können Sie die Darstellungen darauf beschreiben?«

»Nein, das kann er nicht«, warf Picard ein. »Wir haben unseren Teil der Vereinbarung erfüllt und möchten den Flug fortsetzen. Geben Sie uns Wasser und Proviant, wenn Sie diese Objekte wollen; dann machen wir uns auf den Weg.«

»Ich bitte Sie, Boothby, Sie können jetzt nicht aufbrechen!« ächzte der dürre Talavianer und rang mit den Händen. »Die Schiffsplakette bietet uns allen die Möglichkeit, *reich* zu werden. Sie bekommen *zwei* Nahrungsmittelreplikatoren von mir, wenn Sie uns dabei helfen, sie in unseren Besitz zu bringen.«

Er deutete auf LaForge. »Ich weiß nicht, über welche Fähigkeiten dieser Mann mit den seltsamen Augen verfügt, aber wenn Sie ihn mir ausleihen, teile ich den Ertrag mit Ihnen.«

Ro merkte, wie schwer es dem Captain fiel, seinen Abscheu nicht zu zeigen. »Wir sind nicht bereit, weitere Objekte von Bord des fremden Schiffes zu holen, Captain Fraznulen. Es ist unethisch und viel zu gefährlich, weil ständig irgendwelche Phasenverschiebungen stattfinden.«

»Wenn Sie mir helfen, die Plakette zu bekommen, bin ich bereit, Ihnen jeden Wunsch zu erfüllen!« versprach Fraznulen. »Ich bringe sogar Ihre Nachricht zur Föderation, und das ist ein Dienst, für den Sie im Raumgebiet des Dominion kaum jemanden finden. Den Replikator liefern wir jetzt sofort und installieren ihn. Nun, was sagen Sie dazu, Boothby?«

Picard presste die Lippen zusammen, und Ro begriff, dass er jetzt eine sehr schwere Entscheidung treffen musste. Sie beneidete ihn nicht. »Haben Sie eine Möglichkeit, den isolinearen Chip sofort zur Föderation zu schicken?« fragte der Captain.

»Ja, wir verfügen über Shuttles – über sehr *schnelle* Shuttles! Ich beauftrage meinen besten Piloten, unverzüglich loszufliegen.« Fraznulen wandte sich an LaForge. »Ich bitte Sie, mir eine Frage zu beantworten: Was zeigte das von Ihnen beobachtete holographische Bild?«

Geordi hob und senkte die Schultern. »Die Darstellung sah nach einem Fest aus. Personen bewegten sich und tanzten, glaube ich.«

Fraznulen seufzte hingerissen. »Ja, ja! Es könnte gar nicht besser sein! Die *Ahne*, war das Mutterschiff, da sind wir fast sicher.«

»Warum kamen all die Raumschiffe hierher?« fragte Picard. »Und was geschah dann mit ihnen?«

Der Talavianer schüttelte traurig den knollenartigen

Kopf. »Es gibt viele Theorien, aber keine einzige von ihnen stellt alle zufrieden. Ich persönlich glaube, dass sie sich hier vor jemandem versteckten. Wenn ich jemandem in den Badlands begegne, gehe ich immer davon aus, dass sich der Betreffende verbirgt. Warum sollte er sonst einen solchen Ort aufsuchen? Vielleicht flohen die Schiffe vor einem Feind aus einer anderen Dimension.« Fraznulen zuckte mit den haarigen Schultern. »Sie haben selbst darauf hingewiesen: Dies ist ein seltsamer Ort. Vielleicht wissen die Phantome gar nicht, dass sie schon seit Jahrtausenden tot sind. Die Verehrer der Geister, von denen ich Ihnen erzählte, glauben wirklich, dass jene Wesen die Objekte zu uns schicken, damit wir von ihrer Geschichte erfahren. Die Gläubigen sammeln sie und haben Instrumente, um ihre Authentizität zu bestätigen.«

Wie entschuldigend hob er eine Hand. »Natürlich sind nur wenige der frommen Gläubigen jemals im Todestal gewesen. Sie wissen nicht, wie es ist, an Bord der Schiffe nach Objekten zu suchen. Ich muss enorm viel bezahlen, um diese Arbeit von jemandem erledigen zu lassen. Der Krieg und die Plasmastürme sorgen dafür, dass geeignete Arbeitskräfte immer seltener werden. Hinzu kommt: Ich habe das Gefühl, dass uns nur noch wenig Zeit bleibt, um den Segen der Geister in Empfang zu nehmen.«

»Auch wenn Sie in diesem Zusammenhang von einer Religion sprechen«, sagte Ro. »Sie wissen, dass es Diebstahl ist, nicht wahr?«

»Ich brauche unsere Religion Ihnen gegenüber nicht zu rechtfertigen«, antwortete der Talavianer. »Wenn man genauer darüber nachdenkt, unterscheidet sich unser Glaube nicht wesentlich von dem bajoranischen. Sie verehren Götter, die in einem Wurmloch leben. Und von denen Sie Geschenke erhielten. Nach einem davon ist Ihr Schiff benannt.«

Tief in Ros Innern verkrampfte sich etwas, als sie sich eingestehen musste, dass es Fraznulens Worten nicht an Wahrheit mangelte. Aber sie schwieg – sollte der Captain für sie alle sprechen.

Picard holte einen rechteckigen, glitzernden Schaltkreisblock hervor, der Enrak Grofs gesammelte Weisheit enthielt. »Hier, die Fracht für Ihr Shuttle. Installieren Sie den Replikator, nachdem es aufgebrochen ist. Mr. LaForge wird Ihnen zeigen, wo er jenes besondere Artefakt gesehen hat. Niemand von uns kann voraussagen, wenn es erneut in unserer Realität erscheint, aber Sie sind zumindest in der Lage, Vorbereitungen zu treffen.«

Der Talavianer rieb sich froh die Hände. »Ich versichere Ihnen, dass wir bereit sein werden. Danke, Captain, vielen Dank.«

Will Riker schritt durch den Hauptkorridor der Starbase 209. Rechts und links erstreckten sich Passagierterminals und Geschäfte. Überall wimmelte es von Starfleet-Angehörigen, die einkauften oder darauf warteten, an Bord eines Schiffes gehen zu können. Die meisten von ihnen wirkten sehr jung und schienen frisch von der Akademie zu kommen. Waren sie für den Kampf bereit? Diese Frage ließ sich kaum beantworten. Niemand war wirklich für den Kampf bereit, bevor er zum ersten Mal an einem Gefecht teilgenommen hatte. Riker bezweifelte, dass sie den Tod erwarteten, aber er wusste: Viele von ihnen würden bald sterben.

Will hatte es nicht eilig, als er seine Wanderung fortsetzte. Im Gegensatz zu den jungen Leuten um ihn herum gab es kein bestimmtes Ziel für ihn. Die *Enterprise* befand sich noch immer im Raumdock, und ihr Reparaturstatus war ein Geheimnis, zumindest für ihn. Der übermittelte Bericht bewies, dass Shana Winslow die Instandsetzung des Schiffes bewusst verzögert hatte, doch die erhoffte Konfrontation mit ihr blieb aus. Es blieb Riker nichts anderes übrig, als das Ende der veranschlagten Woche abzuwarten und dann eine offizielle Anfrage zu formulieren.

Nach einer Weile empfand Will die Nähe der vielen Leute als geradezu erdrückend. Er trat in eine Nische, blickte dort in ein Schaufenster, das ihm für Reisen bestimmte Dinge zeigte: Adapter, Reiseführer, automatische Translatoren. Die Objekte schienen aus einer fernen Vergangenheit zu stammen, aus einer Ära, in der Tourismus ganz normal gewesen war und kein Krieg geherrscht hatte. Riker fragte sich, ob jemals wieder eine solche Zeit herrschen würde.

»Planst du eine Reise?« erklang die Stimme einer Frau.

Will drehte sich um und sah eine schlanke Brünette. Shana Winslow war zart gebaut, aber in ihrer physischen Präsenz gab es einen gebieterischen Aspekt. Riker begriff erst jetzt, wie sehr er sie vermisst hatte – obgleich Shanas finstere Miene nichts Gutes verhieß.

»Ja, ich würde gern eine Reise unternehmen«, sagte er. »Allerdings habe ich Schwierigkeiten mit meinem Schiff.«

Shana verschränkte die Arme. »Ich habe den Bericht gelesen, den du mir geschickt hast. Was wolltest du damit bezwecken?«

»Du solltest wissen, dass ich Bescheid weiß.«

»Worüber weißt du Bescheid?«

Riker senkte die Stimme, als einige junge Offiziere vorbeikamen. »Du hast bei der *Enterprise* – und vielleicht auch bei anderen Schiffen – die Reparaturarbeiten verzögert.«

»Was sollte mir daran gelegen sein?« fragte Shana. Ärger blitzte in ihren Augen.

»Du wolltest verhindern, dass wir sofort in den Kampf zurückkehren.«

»Das ist doch absurd!« erwiderte Shana so scharf und laut, dass sich mehrere Köpfe zu ihnen umdrehten.

Will griff sanft nach ihrem Arm und führte sie ins Geschäft. Dort suchten sie zwischen hohen Regalen mit Koffern Zuflucht. Als sich ein Verkäufer näherte, winkte Riker ihn fort.

»Es dürfte dir sehr schwer fallen, solche Vorwürfe mit Beweisen zu belegen«, sagte Shana.

»Ich will niemandem etwas beweisen, nur dir.« Verwirrt schüttelte er den Kopf. »Die Sache ist dir nicht einmal bewusst, oder?«

»Ich versuche nur, meine Pflicht zu erfüllen, obwohl die Ressourcen immer knapper werden. Angesichts der Arbeitsbelastung, mit der wir fertig werden müssen, sollte mein Mitarbeiterstab dreimal so groß sein. Wir schuften praktisch rund um die Uhr, und viele meiner Techniker führen Reparaturen durch, für die sie eigentlich gar nicht qualifiziert sind. Selbst wenn uns die erforderlichen Ersatzteile zur Verfügung stehen: Oft fehlen die Personen, um sie einzubauen. Hast du eine Ahnung, wie schwer es ist, gute Leute zu bekommen?« Sie streckte anklagend den Arm aus – ihre Geste galt dem Weltraum. »Alle wissen, dass der Krieg *dort draußen* stattfindet.«

Riker biss die Zähne zusammen und versuchte, ruhig zu bleiben. »Ich habe Nachforschungen angestellt. Die *Gettysburg* war noch schwerer beschädigt als die *Enterprise*, aber sie konnte die Starbase nach drei Tagen verlassen. Bei der *Targ* dauerten die Reparaturen nur zwei Tage, weil sich ihr klingonischer Captain sofort über dich beschwerte. Captain Torrance vertraut darauf, dass mit dir alles in Ordnung ist, aber ich weiß es besser. Dies alles steht in einem direkten Zusammenhang mit den Albträumen, dem Zittern und den anderen Symptomen, die...«

»Du hast dich zu lange mit deiner Freundin unterhalten«, entgegnete Shana. »Auch ich habe Nachforschungen angestellt und herausgefunden, dass du ein echter Don Juan bist.«

»Wechsle nicht das Thema«, flüsterte Riker. Er sah sich um und stellte fest, dass der Verkäufer mit Kunden beschäftigt war.

»Du willst dein verdammtes Schiff?« fragte Shana, und in ihren Augen funkelte es. »Na schön, du sollst dein verdammtes Schiff bekommen!« Sie drehte sich um und hinkte so schnell fort, dass Riker laufen musste, um zu ihr aufzuschließen.

Er tastete vorsichtig nach ihrer Taille. »Bitte warte, Shana...«

»Fass mich nicht an!« zischte sie und wich von ihm fort.

Die Blicke aller Personen im Geschäft ruhten jetzt auf ihnen. Shana setzte den Weg zur Tür fort, und Riker rief ihr nach: »Es geht nicht um mein Schiff, sondern um *dich.*«

Ihr Rücken versteifte sich kurz, aber dann senkte Commander Winslow den Kopf und gesellte sich draußen den aufgeregten Starfleet-Angehörigen hinzu, die es gar nicht abwarten konnten, in den Krieg zu ziehen.

Ein mitgenommen wirkendes, khakifarbenes Shuttle mit roten Streifen am Rumpf entfernte sich langsam von den Wracks des Todestals. Fast widerstrebend verließ es die relative Sicherheit der Blase und verschwand in den dichten Schlieren der Badlands. Das Licht ferner Plasmastürme flackerte durch dichte Gas- und Staubwolken, schien das Shuttle willkommen zu heißen.

Picard wandte sich vom Bildschirm ab und sah Enrak Grof an. »Ihre wertvollen Daten sind jetzt unterwegs, Professor. Dafür haben wir unser Leben riskiert und uns mit sehr fragwürdigen Leuten verbündet. Es besteht nun keine Gefahr mehr, dass Ihr Wissen verloren geht, und daher erwarte ich Ihre volle Kooperation.«

Grof schnaubte abfällig. »Glauben Sie wirklich, wir könnten den Talavianern vertrauen? Was hindert sie daran, den Chip an die Ferengi oder das Dominion zu verkaufen?«

Picard runzelte die Stirn. »Wir haben die Daten natürlich verschlüsselt und nehmen die einzige uns zur Verfügung stehende Möglichkeit wahr, sie zur Föderation zu schicken. Ich wünschte, ich könnte die Ehrlichkeit der Talavianer garantieren, aber dazu sehe ich mich leider außerstande.«

»Na schön«, brummte Grof. »Ich weiß Ihre Bemühungen zu schätzen. Ja, ich glaube, Sie haben Ihren Teil unserer Übereinkunft erfüllt. So bald wie möglich werde ich eine Karte des künstlichen Wurmlochs zeichnen und die Stelle markieren, an der sich der Kontrollraum für den Verteron-Beschleuniger befindet. Ich bin dabei allein auf Erinnerungen angewiesen, aber mein Gedächtnis ist ziemlich gut.«

»In Ordnung«, sagte Picard. »Sobald wir die Sache mit den Talavianern erledigt haben, entwickeln wir einen konkreten Plan.«

Taurik sah von der taktischen Station auf. »Fraznulen setzt sich mit uns in Verbindung, Captain. Er meint, seine Leute seien bereit.«

»Soll ich einen Raumanzug anziehen?« fragte Grof.

»Nein«, erwiderte Picard. »Sie sind zu wertvoll, als dass wir Ihr Leben bei einem solchen Einsatz riskieren dürften. Wir schicken nur zwei Personen zur *Ahne*: Ro und LaForge.«

»Es heißt, nicht alle Schiffe, die in den Badlands verschwinden, fallen Plasmastürmen zum Opfer.« Ro Laren warf Geordi einen bedeutungsvollen Blick zu und setzte den Helm auf, verband ihn mit dem Halsstutzen des Schutzanzugs. Dann trat sie zur Transporterplattform und verfluchte in Gedanken die unförmigen Magnetstiefel.

»Wohin verschwinden sie?« fragte LaForge.

»Angeblich in andere Dimensionen. In einigen Fällen sollen sie auch zur anderen Seite der Galaxis versetzt worden sein.«

»Solche Vorstellungen finde ich keineswegs grotesk«, erwiderte Geordi. »Aber ich kann kaum glauben, dass sich der Maquis einmal hier versteckt hat.«

»Dieser Ort eignete sich gut als Ausgangspunkt für Angriffe auf die Cardassianer«, erklärte Ro. »Sie fürchten die Badlands.«

»Bestimmt nicht ohne Grund«, meinte LaForge, setzte ebenfalls den Helm auf und justierte das Visier.

Leni Shonsui bediente die Transporterkontrollen. »Die Interferenzen werden stärker, und vielleicht kann ich den Transferfokus nicht mehr lange stabil halten. Außerdem: Die Talavianer sind bereits an Bord des fremden Schiffes und fragen nach Ihnen.«

Ro sah zur kleinen Shonsui, die ihr sehr sympathisch war. Leni ließ sich von niemandem etwas gefallen und sagte stets, was sie dachte. Manchmal dachte die Bajoranerin, dass sie vielleicht zu einer solchen Veteranin geworden wäre, wenn sie es lange genug bei Starfleet ausgehalten (und wenn sie lange genug überlebt) hätte.

»Wir sind so weit«, verkündete sie mit fester Stimme. Zusammen mit LaForge trat sie auf die Transporterplattform, und Shonsui berührte mehrere Schaltflächen.

»Energie«, sagte Ro und hörte, wie die eigene Stimme im Helm widerhallte. Mit der rechten Hand tastete sie nach ihrem Phaser, zog ihn jedoch nicht aus dem Halfter.

Als sie diesmal im großen Frachtraum der *Ahne* materialisierten, vertrieben Dutzende von Lampen alle Schatten aus ihm. Talavianische Techniker in orangefarbenen Schutzanzügen umgaben sie. An ihren Rücken hingen Waffen und Werkzeuge. Andere Talavianer, ganz offensichtlich Wächter, hielten einsatzbereite Strahler in den Händen. Die Quantität des eingesetzten Materials verblüffte Ro geradezu, und sie gewann einen seltsamen Eindruck: Es schien den Fremden gar nicht darum zu gehen, irgendwelche Artefakte zu sammeln; es deutete vielmehr alles darauf hin, dass hier eine sehr gefährliche Jagd begann.

Geordi wandte sich ihr zu. Zwar konnte Ro sein Gesicht nur undeutlich sehen, aber trotzdem bemerkte sie sein Unbehagen. Sie aktivierten ihre Magnetstiefel, um sich auf dem Boden zu verankern.

Eine hochgewachsene Gestalt trat ihnen entgegen, und Ro erkannte Fraznulen. Hinter der Sichtscheibe seines Helms grinste er fast vom einen Ohr bis zum anderen und sagte etwas, das Ro nicht hörte. Sie griff nach den Kontrollen am Ärmel, um die richtige Frequenz einzustellen, und Fraznulen wartete, bis sie ihm ein Zeichen gab.

»Ich sagte, heute machen wir hier Geschichte«, juchzte der talavianische Captain. »Bitte zeigen Sie uns nun die Stelle, an der Ihr Begleiter die Plakette entdeckte. Wir nehmen einige Untersuchungen vor, und dann können Sie an Bord Ihres Schiffes zurückkehren.«

Ro wollte fragen, warum so viele Bewaffnete nötig waren, um ein harmloses Kunstobjekt zu transferieren, aber sie verzichtete darauf – sie wollte so wenig Zeit wie möglich an Bord dieses uralten Raumers verbringen.

Sie nickte Geordi zu. »Zeigen Sie ihm die Stelle.«

»In Ordnung.« LaForge orientierte sich in dem großen Raum und deutete dann zur gegenüberliegenden Wand. »Dort habe ich die Scheibe gesehen, über der Doppeltür.«

Er winkte und ging voran. Auch mehrere bewaffnete Talavianer eilten los, angetrieben von Fraznulen. Dem Trupp folgten Techniker mit Aggregaten und unterschiedlich großen Behältern. Der Bajoranerin schenkte man überhaupt keine Beachtung mehr, und Ro zögerte einige Sekunden lang, setzte sich dann ebenfalls in Bewegung.

Geordi blieb etwa zehn Meter vor der Tür stehen, die den Eindruck erweckte, von einem gewaltigen Hammer bearbeitet worden zu sein. Bestimmt war nicht mehr viel nötig, um sie endgültig aus ihrem Rahmen zu lösen. LaForge deutete auf eine leere Stelle darüber. »Dort oben hing sie.«

Sofort umringten ihn talavianische Techniker, hoben kleine Geräte und begannen mit Sondierungen. Immer wieder blickten sie auf die Anzeigen ihrer Instrumente, und Ro bemerkte, dass sich niemand von ihnen näher als bis auf einige Meter an die Stelle heranwagte, die Geordi ihnen gezeigt hatte. Sie schienen sich vor irgendetwas zu fürchten.

Ro trat zu Fraznulen. »Können wir jetzt zurück, Captain? Sie wissen nun, wo sich die Plakette befand.«

Der Talavianer winkte ungeduldig, ohne den Blick von den eifrig sondierenden Technikern abzuwenden. »Lassen Sie uns zunächst die Untersuchungen beenden und feststellen, ob Sie die Wahrheit sagen.«

»Wir haben keinen Grund, Sie zu belügen«, erwiderte Ro verärgert.

»O doch. Sie ließen keinen Zweifel daran, wie wenig Sie davon halten, dass wir hier Objekte sammeln. Vielleicht möchten Sie nicht, dass wir die Plakette bekommen. Die Überprüfung Ihrer Behauptungen dauert nicht lange. Bitte entschuldigen Sie mich...«

Er ging zu den Technikern und beriet sich auf einer anderen Frequenz mit ihnen, so dass Ro nicht hörte, worüber sie sprachen.

Geordi näherte sich ihr. »Will er uns nicht gehen lassen?«

»Nein. Zuerst möchte er herausfinden, ob wir die Wahrheit sagen.«

»Die Scheibe befand sich über der Tür«, beharrte LaForge und deutete zur entsprechenden Stelle. »Aber jetzt zeigt sich keine Spur mehr von ihr.«

Ro und Geordi beobachteten, wie sich die Techniker um Fraznulen zusammendrängten. Gelegentlich blickte einer von ihnen zu LaForge, und Ro spürte, dass sie noch keine Entscheidung getroffen hatten. Sie spielte mit dem Gedanken, einen Kom-Kontakt mit Captain Picard herzustellen, aber was sollte sie ihm mitteilen? Er wusste bereits, dass ihnen mehr als nur eine Gefahr drohte. Wenn es darauf ankam, konnten sie sich vielleicht in den Badlands verstecken, aber bei einem Gefecht hatten sie kaum eine Chance gegen das talavianische Schiff, und schneller waren sie auch nicht.

Außerdem: Sie hatten eine Vereinbarung getroffen, und die wollte Ro zu einem ehrlichen Ende bringen.

Nach einer Weile stapfte Fraznulen in seinem scharlachroten Schutzanzug zu ihnen zurück und deutete zur Tür. »Die Untersuchungsergebnisse sind nicht eindeutig. Einige meiner Leute glauben, Ihr Begleiter könnte sich… geirrt haben.«

Ro widerstand der Versuchung, dem unverschämten Kerl ihre Meinung zu sagen. »Wir wissen über diese Dinge nicht genug, um Sie zu täuschen, und wir könnten daraus auch gar keinen Nutzen ziehen. Sie wissen selbst am besten, wie ungewöhnlich die Phänomene des Erscheinens und Verschwindens sein können…«

Fraznulen hob die Hand. »Es gibt eine letzte Untersuchungsmöglichkeit, von der wir bisher noch nicht Gebrauch gemacht haben. Uns steht ein Tachyonenstrahl-Inverter zur Verfügung, der einen kleinen Bereich dazu veranlassen kann, für einige Momente zu erscheinen – unter günstigen Bedingungen.«

»Ich rate Ihnen davon ab«, sagte Geordi LaForge. Durch die Sichtscheibe war zu sehen, wie er vehement den Kopf schüttelte. »Es ist viel zu gefährlich, einen Tachyonenstrahl auf eine Zone temporaler Instabilität zu richten, noch dazu an Bord eines Raumschiffs, in dem ohnehin nicht alles mit rechten Dingen zugeht. Wer weiß, was durch eine solche Aktion in unsere Realität gelangen könnte. Was mich betrifft… Ich verlasse dieses Schiff, bevor Sie den Inverter aktivieren.«

»Sie bleiben beide hier«, sagte der Talavianer mit einem drohenden Unterton in der Stimme. Er wandte sich nicht an die Bewaffneten – sie reagierten ohne eine direkte Anweisung, hoben ihre Strahler und traten einen Schritt vor. »Sie möchten doch nicht, dass Ihr Schiff in Gefahr gerät, oder? Wir könnten von einem Augenblick zum anderen einen Traktorstrahl darauf richten.«

Er breitete die dünnen Arme aus, wirkte dadurch fast wie ein albtraumhafter Vogel, der in einem roten Gewand steckte. »Es gibt nichts zu befürchten. Wir haben den Inverter schon mehrfach eingesetzt, und außerdem wollen wir ihn gar nicht benutzen, um die Plakette zu transferieren. Wir möchten nur sicher sein, wo sie sich befindet. Das Ergebnis dieser letzten Untersuchung ist für uns definitiv, was für Sie bedeutet, dass Sie anschließend zurückkehren können.«

Ro sah zu Geordi, der daraufhin brummte: »Oh, ich wollte schon immer mal sehen, wie jemand einen Tachyonenstrahl auf einen von temporaler Instabilität und Phasenverschiebungen gekennzeichneten Bereich richtet.«

»Dürfen wir wenigstens einen gewissen Abstand wahren?« fragte Ro. Einige Techniker hatten bereits damit begonnen, einen unheilvoll anmutenden, etwa zehn Meter langen Metallzylinder zu montieren.

»Natürlich«, erwiderte Fraznulen. »Ich beauftrage einige Wächter damit, Ihre Sicherheit zu gewährleisten.«

Die Techniker entfalteten immer mehr Aktivität, als Fraznulen vier Bewaffnete anwies, Ro und Geordi zu ›schützen‹. Jetzt wurde es wirklich Zeit, einen Kontakt mit dem Schiff herzustellen.

»Ro an *Träne des Friedens*«, sagte die Bajoranerin.

»Hier Boothby«, antwortete Picard sofort. Statisches Rauschen untermalte seine Stimme. »Sollen wir Ihren Retransfer einleiten?«

»Noch nicht. Aber seien Sie bereit, uns beim ersten Anzeichen von Schwierigkeiten zurückzuholen. Die Talavianer wollen ein sehr gefährliches Experiment durchführen.«

»Verstanden«, sagte der Captain. »Ich gebe dem Transporterraum Bescheid. Bitte seien Sie vorsichtig.«

»Dieser Rat kommt ein wenig spät«, erwiderte Ro. »Aber wir werden trotzdem versuchen, ihn zu beherzigen. Übrigens: Die Talavianer könnten einen Traktorstrahl auf die *Träne des Friedens* richten.«

»Wir treffen entsprechende Vorbereitungen. Boothby Ende.«

Ro seufzte und sah wieder zu den Technikern beim Metallzylinder – vermutlich diente er dazu, den Tachyonenstrahl auszurichten. Das Entsetzen in Geordis Miene wies deutlich darauf hin, was sich anbahnte.

»Sie sind übergeschnappt«, brachte LaForge hervor. »Der Inverter erlaubt es den Talavianern, einen Blick auf mehrere Zeitlinien zu werfen, aber sie sollten sich davor hüten, den Tachyonenstrom zu manipulieren. Und noch etwas: In der ganzen Galaxis gibt es keinen schlechter für dieses Experiment geeigneten Ort als die Badlands.«

»Könnten diese Schiffe an einem anderen Ort existieren?« fragte Ro. In der jüngsten Vergangenheit hatte sie sich so oft dem Tode nahe gefühlt, dass die Aussicht, vor langer Zeit gestorbenen Fremden zu begegnen und ihnen im Jenseits Gesellschaft zu leisten, nicht so bizarr erschien, wie es eigentlich der Fall sein sollte. Bajoraner waren Fatalisten, und Ro hatte gelernt, dass der Tod ganz plötzlich kommen, auch in Vergangenheit und Zukunft lauern konnte.

Als Ro erneut zu den Talavianern sah, richteten diese gerade den Zylinder auf die Stelle über der Doppeltür. Fraznulen vollführte eine großspurige Geste, und die Techniker duckten sich. Mehrere Wächter wichen zurück. So groß der Frachtraum auch war – jetzt schien er plötzlich viel kleiner zu werden. Es gefiel Ro ganz und gar nicht, auf eine passive Rolle beschränkt zu sein, und ihr Herz schlug schneller, als sie das Geschehen beobachtete.

Ein dunkler, purpurner Strahl schoss aus der vorderen Öffnung des langen Metallzylinders und erhellte einen runden Bereich über der Tür. Mehrere Wächter versuchten, irgendwo in Deckung zu gehen. Zwei oder drei Sekunden lang glühte die Stelle wie eine Miniatursonne, und dann erschien eine holographische Scheibe. Sie sah genau so aus, wie Geordi sie beschrieben hatte. Ro war zu weit entfernt, um Details zu erkennen, aber die Techniker jubelten bei dem Anblick, schienen vor Freude geradezu außer sich zu sein.

Als der Inverter unmittelbar darauf abgeschaltet wurde, ließ Ro erleichtert den angehaltenen Atem entweichen. Die befürchtete Katastrophe war ausgeblieben. *Und jetzt können wir zu unserem Schiff zurück*, dachte die Bajoranerin.

Geordi sah sie an und seufzte. »Auch wenn nichts passiert ist... Die Sache gefällt mir ganz und gar nicht.«

»Ich schlage vor, wir verabschieden uns jetzt.« Ro wollte zu Fraznulen gehen, der mit den aufgeregten Technikern sprach. Aber nachdem sie nur zwei Schritte gemacht hatte, begann die Stelle über der Tür von ganz allein zu glühen. Ro blieb stehen und starrte zu der seltsamen Erscheinung.

»Captain Fraznulen«, sagte sie, doch die Talavianer hatten die Veränderung bereits bemerkt. Sie drehten sich um, und einige von ihnen liefen los, um Geräte und Behälter zu holen. Ro betrachtete das funkelnde Etwas voller Ehrfurcht – selbst aus dieser Entfernung gesehen war die Scheibe wunderschön.

Geordi trat an ihre Seite und lächelte. »Jetzt kann mich niemand mehr einen Lügner nennen.«

Ro hob die Hand zum Kommunikator, um erneut einen Kom-Kanal zur *Träne des Friedens* zu öffnen und einen Transfer zu erbitten, als sich die Farbe der Scheibe veränderte: Sie gleißte plötzlich in einem blendenden Weiß, wie eine kleine Nova. Grelle Strahlblitze gingen von ihr aus und trafen die talavianischen Techniker. Vier von ihnen verbrannten auf der Stelle.

Ro spürte, wie Geordi nach ihrem Arm griff, und sie ließen sich beide fallen, als ein weiterer Strahl durch den Frachtraum raste. Er verfehlte sie, traf dafür zwei Wächter und verwandelte sie in Asche.

Ro rollte sich auf den Rücken und aktivierte das Kom-Gerät. »Zwei Personen für den Transfer! Sofort!«

Sie zuckte zusammen, als ein Talavianer auf sie fiel – Grauen zeigte sich in seiner Miene. Eine Sekunde später sah Ro den Grund dafür: Direkt neben ihnen materialisierte eine Palette mit aufeinander gestapelten Ausrüstungsgegenständen. Der Frachtraum füllte sich plötzlich mit Gütern aller Art, und an der hohen Decke erschienen Leuchtröhren, von denen helles Licht ausging. Was Ro noch mehr beunruhigte: Gravitation presste sie ans Deck.

Das Schiff erwacht!

»LaForge an Brücke!« tönte eine vertraute Stimme aus ihrem Helmlautsprecher. »Zwei Personen für den

Transfer!« Ro sah sich nach Geordi um, aber mehrere Container versperrten ihr die Sicht.

»Brücke an Transporterraum!« erklang eine andere, von Statik verzerrte Stimme. »Brücke an Transporterraum – melden Sie sich!«

Die zweite Stimme wich einer dritten, schrilleren, die Fraznulen gehörte: »Rettungsplan ausführen! Vorbereitungen für den Rückzug treffen!«

Ersticktes Brummen folgte und blieb unverständlich für Ro. Um sie herum herrschte Chaos: Einige Talavianer schossen auf die Scheibe, und andere liefen um ihr Leben. Unterdessen hielt die Metamorphose des Frachtraums an: Weitere Paletten und Container mit Versorgungsgütern erschienen, stiegen wie die Zeugnisse einer untergegangenen Zivilisation aus dem Meer auf.

Ro versuchte sich aufzusetzen, wobei sie vom Raumanzug behindert wurde, und hielt auch weiterhin nach Geordi Ausschau. Schließlich blieb ihr nichts anderes übrig, als stumm zu starren, während das alte Wrack zu einem voll funktionsfähigen Raumschiff wurde und seine alte Pracht zeigte.

7

Auf der Brücke der *Träne des Friedens* griff Captain Picard nach der Rückenlehne des Kommandosessels, als ein Traktorstrahl das Schiff erfasste. Er fühlte sich versucht, die modifizierten Schilde zu aktivieren, doch dann wären sie nicht mehr imstande gewesen, LaForge und Ro an Bord zu beamen. Aber irgendwie mussten sie von diesem Ort verschwinden, bevor das Kriegsschiff vor ihnen seine verblüffende Metamorphose beendete.

Niemand saß an den Navigationskontrollen, denn Picard hatte Lavelle zum Transporterraum geschickt; er sollte dort feststellen, warum Leni Shonsui nicht antwortete. Widerstrebend nahm der Captain an der entsprechenden Konsole Platz und dachte dabei: *gegenwärtigen Kurs halten.*

Er sah zu Jozarnay Woil an der taktischen Station. »Stellen Sie eine Verbindung mit den Talavianern her. Verlangen Sie die unverzügliche Deaktivierung des Traktorstrahls. Begreifen die denn nicht, was vor sich geht?«

»Ja, Sir«, bestätigte der Antosianer. Falten entstanden in seiner Stirn, wodurch sich der Ansatz des schwarzen Haars ein wenig nach unten zu neigen schien. »Die Talavianer antworten nicht.«

»Versuchen Sie es weiter«, sagte Picard, während er das Geschehen auf dem Hauptschirm beobachtete. Lichter erglühten an den alten Raumschiffen, als sie nacheinander wie aus einem langen Schlaf erwachten.

Die schimmernden kristallenen Halos verschwanden plötzlich, schienen von den Raumern absorbiert zu werden.

Picards Insignienkommunikator piepte, und er aktivierte ihn. »Brücke.«

»Captain«, sagte Sam Lavelle, »ich bin im Transporterraum, und Shonsui ist bewusstlos. Ihr Zustand scheint sehr kritisch zu sein. Ich hole den Erste-Hilfe-Koffer.«

»Gehen Sie an die Kontrollen des Transporters«, entgegnete Picard. »Richten Sie den Transferfokus auf Ro und LaForge. Versuchen Sie, die beiden an Bord zu beamen. Ich lasse den Erste-Hilfe-Koffer von jemand anders bringen.«

»Ja, Sir.«

»Gibt es irgendwelche Hinweise darauf, was Shonsui zugestoßen ist?«

»Nein, Sir.«

»Holen Sie Ro und LaForge zurück. Ende.« Picard klopfte auf seinen Insignienkommunikator. »Brücke an Maschinenraum.«

»Hier Taurik«, ertönte die ruhige Stimme des Vulkaniers.

»Schicken Sie jemanden mit einer medizinischen Notausrüstung zum Transporterraum.«

»Ja, Sir«, erwiderte Taurik. »Sind LaForge und Ro wieder an Bord?«

»Noch nicht. Treffen Sie Vorbereitungen dafür, mir praktisch von einem Augenblick zum anderen maximale Impulskraft zur Verfügung zu stellen – vielleicht müssen wir uns aus einem Traktorstrahl befreien.«

»Ja, Sir.«

Picard presste die Lippen zusammen, beugte sich vor und beobachtete ein großes Kriegsschiff. Es hing vertikal im All – falls man im Weltraum überhaupt von solchen Richtungen sprechen konnte – und stabilisierte jetzt seine Lage. Grüne Lichter blinkten am Rumpf.

»Wir werden sondiert«, meldete Woil mit vibrierender Stimme.

»Von den Talavianern?«

»Nein. Von der *Ahne.*«

Picard klopfte erneut auf seinen Insignienkommunikator. »Brücke an Transporterraum. Haben Sie den Transfer durchgeführt, Lavelle?«

»Noch nicht, Sir. Es gibt jetzt viele elektronische Interferenzen, die vorher nicht existierten. Was ist dort draußen los?«

»Setzen Sie Ihre Bemühungen fort, den Transferfokus auszurichten. Beamen Sie Ro und LaForge an Bord, sobald es möglich ist.«

»Ja, Sir.«

»Sir!« entfuhr es Woil. »Die Talavianer haben den Traktorstrahl deaktiviert. Ich glaube, sie ziehen sich zurück.«

»Schilde vorbereiten.« Picard beobachtete eine Flotte prächtiger Kriegsschiffe, die wie aus ihrem Grab zurückkehrten. Im Vergleich mit ihnen schienen selbst die Plasmastürme in der Ferne zu verblassen.

Auf dem Bauch kroch Ro über den Boden der Frachtkammer und versuchte dabei, den tödlichen Strahlblitzen auszuweichen, die noch immer über sie hinwegzuckten. Gelegentlich trafen sie einen Container und ließen ihn auseinander platzen. Ihr Kommunikator funktionierte nicht, und deshalb ging Ro das Risiko ein, den Helm abzunehmen. Zu ihrer großen Erleichterung gab es jetzt tatsächlich atembare Luft in dem großen Raum.

»Geordi!« rief sie. »Geordi!«

Sie musste ihn finden, damit ein Transfer stattfinden konnte. Offenbar gab es in diesem Durcheinander so starke energetische Emissionen, dass sich der Transferfokus nicht korrekt ausrichten ließ. Wenn Ro mit Geordi zusammen war, konnten die ID-Signale ihrer Insignienkommunikatoren besser angepeilt werden – darin bestand jetzt ihre einzige Hoffnung.

Ro kroch zu einer Stelle, wo sich zwei Gänge zwischen den Stapeln aus Versorgungsgütern trafen, und dort entdeckte sie in einem beigefarbenen Schutzanzug steckende Beine. Erleichtert sah sie auf – und erstarrte, als sie ein Besatzungsmitglied der *Ahne* bemerkte, eins jener Wesen, deren Köpfe aus Kristallen zu bestehen schienen. Das Geschöpf richtete ein langes, schlauchartiges Objekt auf die Bajoranerin, und seine Absichten schienen alles andere als freundlich zu sein.

Ro wirbelte herum und trat nach den Beinen des Fremden. Er taumelte und fiel ihn eine offene Kiste, die kleine Kugeln enthielt. Auf allen vieren krabbelte Laren fort, zog ihren Phaser und vergewisserte sich, dass er auf Betäubung justiert war. Zum Glück konnte sie auf den Einsatz der Waffe verzichten – das Wesen verfolgte sie gar nicht.

»Geordi!« rief sie. »Geordi!«

Ihr seid Diebe, erklang eine Stimme hinter ihrer Stirn. *Dämonen, die geschickt wurden, um uns zu quälen.* Rasch setzte Ro den Helm wieder auf. Bildete sie sich die Stimme nur ein, oder gehörte sie vielleicht zu dem Chaos, das sie umgab? Als sie an einem sterbenden Talavianer vorbeikroch, dehnte sich die Stimme erneut zwischen ihren Gedanken aus. *Der Alte Feind hat euch geschickt.*

»Nein!« rief Ro und versuchte, dem Durcheinander und der Stimme zu entkommen. »Ro an Geordi! Hören Sie mich?«

Der Alte Feind hat unser Versteck gefunden, fuhr die

kultiviert klingende Stimme fort. *Wir hofften, hier für immer sicher zu sein.*

»Ro an Brücke!« stieß Ro hervor und fürchtete plötzlich, den Verstand zu verlieren. »Ro an *Träne des Friedens*!«

Niemand antwortete, und daraufhin beschloss sie, mit der Entität in ihrem Kopf zu reden. »Wir wissen nichts vom Alten Feind. Wir glaubten diese Raumschiffe leer und verlassen.«

Diebe, fuhr die Stimme fort. *Nichts ist mehr übrig. Zerstörungssequenz wird eingeleitet.*

Ro nahm erneut den Helm ab und rief: »Geordi!«

»Hier!« ertönte die gedämpfte Antwort.

»Ich bin gleich bei Ihnen!« Mit dem Raumhelm in der einen und dem Phaser in der anderen Hand kroch sie in die Richtung, aus der Geordis Stimme gekommen war.

»Ro!« rief LaForge. »Hier!«

Wenn sich eine Tür schließt, schwingt eine andere auf, flüsterte es zwischen den Schläfen der Bajoranerin.

»Brücke an Transporterraum«, sagte Captain Picard und versuchte, ruhig zu sprechen. »Wie ist Ihr Status?«

»Hier spricht Grof«, meldete sich der geschwätzige Trill. »Sam hat mit dem Transporter zu tun, und ich versuche, Leni wiederzubeleben. Es steht nicht gut um sie. Ich bin kein Medo-Spezialist, aber meiner Ansicht nach kommt bei ihr jede Hilfe zu spät.«

Picard biss die Zähne zusammen. »Setzen Sie Ihre Bemühungen fort. Brücke Ende.«

Er sah gerade rechtzeitig zum Hauptschirm, um zu beobachten, wie das talavianische Schiff beschleunigte und zu entkommen versuchte. Fast sofort löste sich ein weißer Blitz von der *Ahne,* traf den fliehenden Raumer und ließ ihn explodieren. Picard riss entsetzt die Augen auf – der Strahlblitz hatte große Ähnlichkeit mit den grellen Plasmaentladungen in den Tiefen der Gas- und Staubwolken. Es war so schnell geschehen, dass er kaum die Ursache für die Vernichtung des talavianischen Schiffes nennen konnte: ein Plasmablitz oder eine Waffe?

Langsam löste Picard die Hände von den Navigationskontrollen und hielt es für besser, den bajoranischen Transporter nicht zu bewegen. Die Kriegsschiffe schienen jetzt wieder voll einsatzfähig zu sein, aber offenbar wurden sie von einer Automatik kontrolliert, die nicht agierte, sondern auf externe Stimuli reagierte. Picard wusste nicht, ob seine Vermutungen stimmten, aber er hielt es für angebracht, auf Provokationen jeder Art zu verzichten.

»Transporterraum an Brücke«, erklang Sam Lavelles atemlose Stimme. »Wir haben sie! Als die Distanz zwischen Ro und LaForge fast auf null schrumpfte, wurden die ID-Signale stark genug für eine Anpeilung.«

»Gute Arbeit. Bleiben Sie auf Ihrem Posten.«

»Ja, Sir. Äh, was ist mit Leni Shonsui?«

»Darum kümmern wir uns später. Brücke Ende.« Picard wandte sich an den Antosianer. »Schilde hoch.«

»Ja, Sir«, bestätigte Woil. »Schilde auf volle Kapazität.«

Können unsere Schutzschirme einem solchen Strahlblitz standhalten? überlegte Picard.

Wahrscheinlich nicht. Der Captain überprüfte die Konstellation der fremden Flotte und verglich sie mit der Position der *Träne des Friedens*. Die erste Fluchtmöglichkeit bestand in dem Versuch, die Badlands zu erreichen – doch das kam Selbstmord gleich. Andererseits: Die *Ahne* hatte erst nach ein oder zwei Sekunden reagiert. Es gab viele andere Schiffe in der Nähe – würden die Fremden riskieren, auf einen ihrer eigenen Raumer zu feuern?

»Captain«, ertönte eine besorgte Stimme. Picard drehte sich um und sah, wie Ro Laren die Brücke betrat. Sie erweckte den Eindruck, einiges hinter sich zu haben. »Wir müssen von hier verschwinden. Ich habe telepathische Mitteilungen der fremden Wesen vernommen, und darin war von einer Zerstörungssequenz die Rede. Glaube ich jedenfalls.«

Sie sah die vielen erwachten Schiffe auf dem Hauptschirm, und ihre Kinnlade klappte nach unten. Schließlich schluckte Ro und nahm Haltung an.

»Das talavianische Schiff versuchte zu entkommen und fiel einer sehr wirkungsvollen Energiewaffe zum Opfer – es sah nach einem Plasmablitz aus.« Picard stand auf und bot der Bajoranerin seinen Platz am Navigationspult an. »Ich habe eine Idee, aber ich brauche einen guten Piloten, um sie in die Tat umzusetzen.«

»Ja, Sir«, erwiderte Ro und setzte sich an die Navigationskontrollen.

»Wissen Sie, was das Erwachen auslöste?« fragte Picard. »Steckt das Experiment dahinter?«

»Es ging alles so schnell... Wir hielten das Experiment zunächst für einen vollen Erfolg.« Ro schüttelte den Kopf. »Ich glaube, die Fremden versteckten sich, aber ich weiß nicht genau wovor.«

»Sir!« rief Woil von der taktischen Station. »Die Sensoren registrieren bei den Schiffen ein rasches Ansteigen des energetischen Niveaus. Vielleicht wollen sie diesen Ort verlassen.«

»Oder es bahnt sich ihre Selbstzerstörung an«, warnte Ro.

Der Captain sah zum Hauptschirm und beobachtete die Flotte – sie schien nun in ein Gespinst aus blinkenden Lichtern gehüllt zu sein. Aus dem grünen und blauen Schimmern an den Außenhüllen wurde ein unheilverkündendes Violett – etwas Dramatisches bahnte sich an.

»Es ist eine sehr enge Formation«, wandte sich Picard an Ro. »Können Sie uns im Bruchteil einer Sekunde so nahe an eins der anderen Schiffe heranbringen, dass die *Ahne* nicht das Feuer auf uns eröffnet?«

»Mit voller Impulskraft sollte das eigentlich möglich sein. Aber dann sind wir ziemlich schnell, wodurch die Gefahr einer Kollision besteht. Andererseits: Wenn wir dabei mit dem Heck voran fliegen, kann ich mit den leistungsstarken Manövrierdüsen abbremsen.«

»Wir werden erneut sondiert«, ließ sich Woil vernehmen.

»Reserveenergie in die Schilde«, wies Picard ihn an.

»Ja, Sir.«

Der Captain sank in einen leeren Sessel und nickte Ro zu. »Also los.«

Ros Finger huschten über Schaltflächen, und Picard spürte, wie ihn etwas nach vorn zog, als das Schiff verkehrt herum beschleunigte. Die *Träne des Friedens* sauste nach steuerbord, und im gleichen Augenblick ging ein Strahlblitz von der *Ahne* aus. Er streifte die Schilde, und der bajoranische Transporter schüttelte sich, blieb jedoch heil und verschwand hinter einem anderen Schiff.

Der Captain wurde in die Polster des Sessels gepresst, als Ro abrupt mit den Manövrierdüsen abbremste. Sie waren dem zweiten Schiff so nahe, dass sie die Nieten in der Außenhülle sehen konnten.

Picard beugte sich vor. »Setzen Sie die Ausweichmanöver fort und bringen Sie uns fort von hier.«

»Ja, Sir.« Ro gab jede Finesse auf, als sie die *Träne des Friedens* im Zickzack durch die fremde Flotte steuerte, immer wieder große Raumer als Deckung benutzte. Picard teilte die Darstellung des Hauptschirms in zwei Fenster: Eins zeigte die düsteren Staub- und Gaswolken weiter vorn, das zweite die Szene hinter ihnen.

Als erste Schlieren an der *Träne des Friedens* vorbeistrichen, gleißte es plötzlich im zweiten Bildschirmfenster. Eine grässliche Kettenreaktion schien stattzufinden: Jedes einzelne der gerade erst erwachten Schiffe glühte kurz auf und explodierte dann. Das Feuer der Vernichtung loderte im Herzen der Badlands. Picard hielt unwillkürlich den Atem an und fürchtete, dass der bajoranische Transporter einer enormen energetischen Druckwelle zum Opfer fallen konnte. Doch das flackernde Licht der Destruktion verblasste schnell wieder, wich Düsternis.

Ro seufzte und sah auf die Displays der Navigationskonsole. »Ich verringere unsere Geschwindigkeit auf fünfundzwanzig Prozent Impulskraft.«

»Relativgeschwindigkeit null«, wies Picard die Bajoranerin an und blickte verblüfft zum Hauptschirm. »Beidrehen.«

Er rejustierte das zentrale Projektionsfeld, um die inzwischen sehr viel stärker gewordenen Interferenzen herauszufiltern. Wenige Sekunden später sahen sie etwas, das eigentlich gar nicht möglich sein sollte.

Wracks schwebten wie stählerne Grabsteine im All, seit Tausenden von Jahren energetisch tot. Genau dieser Anblick hatte die *Träne des Friedens* vor knapp vierundzwanzig Stunden begrüßt.

»Das kann nicht sein!« entfuhr es Woil. »Wir haben gesehen, wie die Schiffe *explodierten*.«

»Relativgeschwindigkeit null«, wiederholte Picard. »Fliegen Sie nicht näher heran.«

»Ja, Sir«, brachte Ro fassungslos hervor.

»Sie haben sich selbst zerstört«, beharrte der Antosianer und starrte zum Schirm. »Wir haben es *beobachtet*.«

»In dieser Zeitlinie – in unserer Dimension – existieren die fremden Schiffe vielleicht immer nur als Wracks«, spekulierte Picard. »Wer auch immer hierher kommt: Er sieht die Raumer auf diese Weise. Was die anderen Existenzphasen betrifft... Wer weiß?«

»Jetzt dürfte es schwerer sein, Geschenke von den Geistern entgegenzunehmen«, meinte Ro.

»Wenigstens haben wir einen Replikator bekommen«, brummte Woil.

»Aber zu welchem Preis?« Picard schüttelte den Kopf. »Ein Raumschiff wurde zerstört, mit allen Personen an Bord, und Leni Shonsui ist tot... Und das alles wegen einiger phasenverschobener Objekte. Ro, Sie haben das Kommando. Fliegen Sie in Richtung des künstlichen Wurmlochs, aber bleiben Sie zunächst in den Badlands.«

»Ja, Sir.«

»Ich schicke einige Leute hierher, um die leeren Stationen zu besetzen. Gute Arbeit, Ro.«

»Danke«, erwiderte die Bajoranerin leise.

Der Captain fühlte sich gleichzeitig erleichtert und bedrückt, als er den Kontrollraum verließ, die Wendeltreppe hinter sich brachte und das untere Deck betrat. Es erstaunte ihn nicht, eine Gruppe vor der Tür des Transporterraums anzutreffen, aber zumindest eine Überraschung erwartete ihn: Hasmek hielt einen Phaser in der Hand.

»Was soll das bedeuten?« fragte Picard den Romulaner. Er deutete auf den Phaser und streckte die Hand aus.

»Ich hörte, dass ein Mord verübt wurde.« Hasmek überließ die Waffe dem Captain. »Man kann nicht vorsichtig genug sein.«

»Haben Sie irgendetwas beobachtet?«

»Nein, Captain. Ich schlief, als das ganze Durcheinander begann.«

»Da können Sie von Glück sagen.« Der Captain schob sich an Maserelli und Horik vorbei. »Kehren Sie zu Ihren Posten zurück.«

»Ja, Sir«, antworteten sie wie aus einem Mund. Der Mensch und die Deltanerin flüsterten miteinander, als sie forteilten.

Picard betrat den Transporterraum und sah, wie sich Grof und LaForge über die reglose Leni Shonsui beugten – sie versuchten noch immer, die Frau wiederzubeleben. Sam Lavelle stand an der Transporterkonsole und wirkte wie schockiert; Shonsuis Tod schien ihn sehr getroffen zu haben.

Langsam näherte sich Picard der am Boden liegenden Gestalt und den beiden Männern, die vergeblich versuchten, das Leben in den Körper zurückzurufen.

»Es scheint sinnlos zu sein«, sagte der Captain.

»Das behauptet auch der Tricorder.« Geordi schüttelte den Kopf und setzte sich auf die Fersen. »Sie weißt keine Verletzungen auf. Nichts deutet darauf hin, was ihr zugestoßen ist.«

»Bei der Sondierung mit dem Tricorder hat sich nichts ergeben?«

»Nein, Sir. Und wir haben weder die Ausrüstung noch das Personal, um eine Autopsie durchzuführen.«

»Vielleicht hat das Herz versagt, nach all der Aufregung«, vermutete Grof. »Ich habe sie nie für eine sehr gesunde Frau gehalten.«

»Sie haben sie gehasst«, brummte Lavelle.

»Nein. Ich habe sie für inkompetent gehalten, und das ist etwas anderes. *Sie* hasste *mich*.«

»Schluss damit«, stieß Picard zwischen zusammengebissenen Zähnen hervor. »Hasmek sprach eben von einem Mord. Ich möchte wissen, was ihn auf einen solchen Gedanken brachte.«

»Vielleicht liegt es am Zeitpunkt von Shonsuis Tod«, sagte Sam. »Sie starb, als wir LaForge und Ro zurückholen und von hier verschwinden wollten.«

»Nun, wenn jemand auf mich gehört hätte, wären die

Transporterkontrollen von jemand anders bedient worden«, ließ sich Grof vernehmen.

»Steckt denn überhaupt kein Gefühl in Ihnen?« fragte Sam zornig.

»Ich habe alles versucht, um sie zu retten!« knurrte der Trill.

»Das reicht«, warf Picard ein. »Leni Shonsui befand sich allein in diesem Zimmer, und daher wissen wir nicht, was passiert ist. Niemand von uns verfügt über detailliertes medizinisches Wissen, und unsere Medo-Ausrüstung beschränkt sich auf einen Erste-Hilfe-Koffer. Wenn wir keine zusätzlichen Informationen bekommen, bleibt uns nichts anderes übrig, als Shonsuis Tod auf unbekannte Ursachen zurückzuführen. Solange niemand konkrete Beweise vorlegen kann, möchte ich kein Gerede über Mord hören.«

»Die Gefangenschaft führte bei vielen von uns zu physischer Schwächung«, räumte Sam ein und wirkte nachdenklich. »Entschuldigen Sie, Grof. Sie haben tatsächlich versucht, Shonsui zu retten.«

»Natürlich habe ich das«, bestätigte der Trill. »Angesichts einer so armseligen Crew können wir es uns nicht leisten, jemanden zu verlieren.«

Picard seufzte tief, froh darüber, dass die beiden Männer ihren Konflikt ohne sein Eingreifen überwanden. Unglücklicherweise hatte Sam recht, wenn er darauf hinwies, dass Umstände und Zeitpunkt von Shonsuis Tod verdächtig waren. Er wollte nicht glauben, dass ein Mörder in ihrer Mitte weilte, aber er hatte sich auch dagegen gesträubt, die Existenz eines Saboteurs für möglich zu halten. Fakten durfte er nicht ignorieren. Das unerwartete Versagen der Nahrungsmittelreplikatoren hatte sie nicht nur Zeit und Mühe gekostet, sondern auch Leni Shonsuis Leben. Außerdem hätte Picard fast jene beiden Besatzungsmitglieder verloren, denen er am meisten vertraute.

Er sah zu Geordi, und der Gesichtsausdruck des Ingenieurs deutete darauf hin, dass ihm ähnliche Gedanken durch den Kopf gingen. Es ließ sich wohl kaum verhindern, dass die Crew über Mord und das böse Blut zwischen Shonsui und Grof sprach. Eine gefährliche Mission lag vor ihnen, und Picard musste die Besatzung irgendwie zusammenhalten.

Eins stand fest: Es durfte nicht zu weiteren Zwischenfällen dieser Art kommen.

»LaForge und Lavelle«, sagte der Captain, »ich möchte unseren neuen Replikator von jeweils zwei Personen bewachen lassen. Sind Sie bereit, die erste Schicht zu übernehmen?«

LaForge wirkte nicht überrascht, aber Lavelle blinzelte. »Glauben Sie, jemand hat die Replikatoren sabotiert?«

»Ich möchte kein Risiko eingehen«, erwiderte Picard. »Außerdem wird von jetzt an der Dienstplan so geändert, dass niemand mehr allein bleibt.«

Der Trill schüttelte ungläubig den Kopf. »Schon vorher gab es kaum Privatsphäre an Bord dieses Schiffes, und jetzt verschwindet sie ganz!«

Geordi wandte sich an Sam. »Kommen Sie, gehen wir auf unseren Posten. Ich könnte einige friedliche Augenblicke gebrauchen.«

Als LaForge und Lavelle den Raum verließen, warf Sam Grof einen argwöhnischen Blick zu, der den Captain besorgte.

»Sie bleiben von jetzt an bei mir, Grof«, sagte er.

Der Trill schnitt eine finstere Miene. »Sie trauen mir nicht, oder?«

»Ganz im Gegenteil. Wenn jemand versucht, unsere Mission zu sabotieren, so sind Sie das logischste Ziel. Wenn wir Sie verlieren, haben wir keine Chance mehr.«

Grof nahm dieses Kompliment mit einem selbstgefälligen Lächeln entgegen, das sich aber schnell in eine Grimasse verwandelte. »Glauben Sie, jemand könnte versuchen, mich umzubringen?«

»Das lässt sich nicht ausschließen, wenn ein Mitglied der Crew tatsächlich bestrebt ist, unsere Mission zu vereiteln«, antwortete Picard. »Aber vielleicht hat schlicht und einfach Shonsuis Herz versagt, wie Sie vermuteten.« Er fügte nicht hinzu, dass der Saboteur auch Grof selbst sein konnte; gerade deshalb wollte er ihn im Auge behalten.

»Ich wette, es ist der Romulaner«, sagte Grof und ließ diesen Worten ein wissendes Nicken folgen. »Oder vielleicht Ro Laren. Jemand wies mich darauf hin, dass sie einmal zum Maquis gehörte.«

»Spekulationen nützen uns nichts«, erwiderte Picard und dachte daran, dass sich der größte Teil des Verdachts gegen den Trill richten würde. Er beugte sich über Leni Shonsuis Leiche. »Wenn unser Schiff noch einmal angehalten und durchsucht wird, sollte sich keine Leiche an Bord befinden. Helfen Sie mir bei den Vorbereitungen für die Bestattung.«

Will Riker erwachte aus tiefem Schlaf, als sein Insignienkommunikator piepte. Er rollte im schmalen Bett herum, und sein Blick glitt durch ein unvertrautes Quartier.

»Licht«, sagte er, und sofort wurde es hell.

Er nahm das kleine Kom-Gerät vom Nachttisch. »Hier Riker.«

Stille herrschte in der Gästekabine, einem spartanisch eingerichteten Raum, der kaum fünf Meter durchmaß. »Hier Riker«, wiederholte er.

Eine raue, zögernde Stimme erklang. »Ich bin's.«

»Shana!« entfuhr es Will, und er setzte sich auf. »Ist alles in Ordnung mit dir?«

»Nein«, gestand sie mit einem nervösen Lachen. »Ich

hatte wieder einen Albtraum, und er war schlimmer als alle anderen. Diesmal brach *ich* mit einem schlecht reparierten Schiff auf. Es war meine Schuld, dass *ich* starb!«

Will strich die Decke beiseite. »Bist du in deinem Quartier? Ich bin gleich bei dir.«

»Nein, Will, nein...«, erwiderte Shana. »Ich werde auch allein damit fertig. Ich wollte nur mit dir reden.«

»Wir reden miteinander, aber nicht per Kommunikator«, sagte Riker. »Bis gleich.«

Einige Minuten später stand er vor der Tür von Shanas Unterkunft und betätigte den Türmelder. Als nichts geschah, fragte er sich, ob Shana erneut versuchen würde, eine Begegnung mit ihm zu vermeiden. »Komm schon, mach auf«, murmelte er und berührte das Sensorfeld erneut.

Die Tür glitt beiseite, und Shana stand vor ihm, wie er selbst in eine Uniform gekleidet. Selbst mitten in einer persönlichen Krise blieben sie Starfleet-Offiziere. Dankbar sank sie in seine Arme, und er hielt sie fest – Shana fühlte sich so leicht an wie eine Person bei Mondschwerkraft.

Als ihm die schlanke Frau in die Augen sah, stellte er fest, dass sie geweint hatte. »Jetzt bin ich hier«, sagte er in einem tröstenden Tonfall. »Was auch immer du brauchst – ich sorge dafür, dass du es bekommst.«

Sie schniefte leise und rang sich ein Lächeln ab. »Du bist nicht mehr lange hier – die Reparaturarbeiten an deinem Schiff sind fast beendet. In etwa sechs Stunden kannst du zu einem Testflug aufbrechen.«

»Mein Schiff ist eine *Sache*, die jederzeit in Ordnung gebracht werden kann. Was ist mit *dir*?« Will hielt die Frau an den Schultern und spürte, wie sie zitterte.

»Du wirst bald fort sein, und ich ebenfalls«, sagte Shana. »Ich quittiere den Dienst.«

Sie wich von Riker fort und betrat den Wohnbereich des Quartiers. Riker folgte ihr und bemerkte einen elektronischen Datenblock auf dem Tisch. Das Display zeigte den Beginn eines Briefes.

»Was ist passiert?«

Shana lachte reumütig. »*Du*. Ich habe deinen Bericht gelesen und anschließend die Aufzeichnungen seit Anfang des Krieges überprüft. Du hast recht! Mein Unterbewusstsein veranlasste mich dazu, die Reparaturarbeiten bei den Schiffen zu verzögern, deren Besatzungen bereits viele Kämpfe hinter sich hatten. Es stimmt: Ich hatte es nicht eilig damit, dich zur Front zurückzuschicken – selbst als deine Vorwürfe begannen. Immer wieder habe ich bestimmte Crews geschützt. Es fiel mir nicht weiter schwer, denn es gab immer genug eilige Fälle, die vorgezogen werden mussten.«

Sie schüttelte ungläubig den Kopf. »Einige meiner Untergebenen sahen, was vor sich ging, aber sie schwiegen. In Kriegszeiten wird das Absurde zur Norm. Ich meine, irgendjemand musste warten – warum nicht die Besatzungen, die uns gefielen? Es ergab einen Sinn, auf eine irre Art und Weise. Eins versichere ich dir: Die meisten Crews beklagten sich nicht über einige zusätzliche Urlaubstage.«

Shana ließ die Hände sinken. »Deshalb muss ich den Dienst quittieren, Will. Ich eigne mich nicht mehr dafür, die Reparaturabteilung dieser Starbase zu leiten.«

»Ich hatte gehofft, dies vermeiden zu können«, erwiderte Riker. »Bevor du irgendwelche voreiligen Entscheidungen triffst, solltest du mit der hiesigen Counselor sprechen. Vielleicht kannst du dich beurlauben lassen.«

»Ich kam mit allen Dingen gut zurecht, bis der verdammte Krieg begann.« Shana klopfte mit der Faust auf den Tisch. »Ich habe all den Schrecken selbst erlebt, und deshalb wusste ich, was den Besatzungen bevorstand! Vermutlich fiel es mir deshalb so schwer, sie zur Front zurückzuschicken.«

Riker legte ihr den Arm um die Schultern, spürte dabei einen Körper, der einerseits zerbrechlich wirkte, aber auch voller Kraft steckte. »Wie heißt die Counselor der Starbase?«

»Arlene Bakker.«

Will klopfte auf seinen Insignienkommunikator. »Commander Riker von der *Enterprise* an Counselor Arlene Bakker.«

»Hier Bakker«, erklang eine fast hastig, aber auch wachsam klingende Stimme. Riker gewann den Eindruck, die Counselor nicht etwa während ihrer Ruheperiode gestört zu haben, sondern bei der Arbeit.

Er richtete einen zärtlichen Blick auf Shana, als er sagte: »Ich bin hier bei Commander Shana Winslow, und sie würde gern Ihre Hilfe in Anspruch nehmen. Darüber hinaus möchte sie beurlaubt werden, aus medizinischen Gründen.«

Bakker zögerte, als ihr die Bedeutung des Anliegens klar wurde. »Ich erwarte Sie unverzüglich in der psychiatrischen Abteilung. Sie kennen vermutlich den Weg.«

»Ja. Riker Ende.« Er sah Shana an und lächelte ermutigend.

Sie starrte an ihm vorbei. »Ich bin also verrückt, weil sich etwas in mir sträubt, Leute in den Tod zu schicken.«

Riker runzelte die Stirn. »Du bist nicht verrückt, Shana. Wahnsinnig ist allein der Krieg. Du hast deine Pflicht erfüllt, und jetzt brauchst du Hilfe. Komm.«

Er berührte das Sensorfeld des Türöffners und trat zusammen mit Shana in den Korridor. Das seltsame Paar – ein kräftig gebauter, bärtiger Mann und eine fragile, dunkelhaarige Frau – ging langsam zum nächsten Turbolift.

Leni Shonsuis Leiche war in eine Kunststoffplane gehüllt, wodurch sie noch kleiner, zierlicher und unbedeutender wirkte als zuvor. Captain Picard erinnerte sich an die mehr als zehn Leichen, die sie erst vor einigen Tagen auf die Transporterplattform der *Träne des Friedens* gelegt hatten. All diese Todesfälle erschienen so sinnlos – obwohl es sicher nicht besser gewesen wäre, wenn Waffen des Feindes oder Plasmablitze jene Männer und Frauen getötet hätten. Der Tod war Teil des Krieges und der Erforschung des Alls, doch diese Einsicht machte es nicht leichter.

Picard hörte Schritte, sah auf und stellte fest, dass der Rest der Crew eintraf, jeweils zu zweit. Die einzelnen Paare bestanden aus Lavelle und LaForge, Hasmek und Taurik sowie Tamla Horik und Enrique Maserelli; Grof wartete bereits neben ihm. Ro Laren und Jozarnay Woil blieben auf der Brücke; die Bajoranerin steuerte sie noch immer mit großem Geschick durch die gefährlichen Badlands.

Ist einer von ihnen der Mörder? fragte sich Picard, als er die ernsten, besorgten und arroganten Gesichter sah. Der Romulaner war bereits als Killer bekannt, aber er spielte in den Plänen des Captains auch eine besondere Rolle. *Würde er sein Leben riskieren, um unsere Mission zu sabotieren? Und warum*?

Er sah zu Grof, den er zum neuen Transporterchef ernannt hatte – eine angemessene Strafe nach seinen Beschwerden über Shonsui. Für ihn war es eine gute Übung, Lenis Leiche in den Weltraum zu beamen.

Der Trill sah auf die Transporterkontrollen und nickte selbstgefällig. »Ich bin soweit, Captain.«

Picard musterte die Besatzungsmitglieder der Reihe nach und wünschte sich, mehr Vertrauen in sie setzen zu können. Die bekannten Gesichter von LaForge, Lavelle und Taurik erweckten fast den Eindruck von Normalität, aber die anderen waren dem Captain fremd.

Sie betrachteten die Leiche auf der Plattform mit einer Mischung aus Furcht, Kummer und Neugier.

»Danke, dass Sie gekommen sind«, begann Picard. »Ich habe in letzter Zeit zu oft solche Reden halten müssen, und deshalb werde ich mich kurz fassen. Ich kannte Chief Shonsui nicht sehr gut, aber ihr Verhalten in kritischen Situation verriet Geschick und Entschlossenheit. Sie war ein Starfleet-Veteran, was bedeutet, dass sie viel erlebt, viele Pflichten erfüllt hat. Wer mit ihr zusammenarbeiten durfte, kann stolz darauf sein. Ich kenne ihre Familienangehörigen und Freunde nicht, aber ich bin sicher, dass man sie vermissen wird.«

Er atmete tief durch. »Ich weiß, dass es viele Spekulationen über ihren Tod gibt, aber wir haben keinen Beweis für einen Mord. Andererseits sind inzwischen neue Sicherheitsmaßnahmen eingeleitet worden, denn wir sind jetzt kurz vor dem Ziel unserer Mission.«

Picard ballte die rechte Hand zur Faust. »Bestimmt wird es schwierig sein, das künstliche Wurmloch zu vernichten, aber wir verfügen über das nötige Wissen und die Entschlossenheit. Wir müssen unsere Furcht überwinden und einen Erfolg erzielen, für all die tapferen Männer und Frauen, die gestorben sind, und für jene, die sterben werden, wenn wir versagen. Wenn es uns nicht gelingt, die Mission zu einem erfolgreichen Abschluss zu bringen... Dann gibt es niemanden, der eine Lobrede auf die Föderation halten kann.«

Er presste kurz die Lippen zusammen und sah zur Leiche. »Möge sich ihr Glaube an ein Leben nach dem Tod erfüllen. Energie, Mr. Grof.«

»Ja, Sir.«

Der Trill betätigte die Kontrollen, und das kleine Bündel auf der Transporterplattform verschwand im energetischen Funkeln des Transfers.

Sam Lavelle rieb sich die Augen. »Möchte jemand zur Offiziersmesse mitkommen, um dort auf Leni zu trinken?«

»Gern«, sagte Taurik und sah zum Romulaner. »Falls Sie nichts dagegen haben.«

Hasmek deutete zur Tür. »Nach Ihnen.«

Geordi sah Lavelle an und seufzte. »Wir müssen unseren Wachdienst fortsetzen, Sam.«

»Ich möchte allen Gelegenheit zum Ausruhen geben«, sagte Picard. »Abwechselnd. Maserelli und Horik, Sie kehren zum Maschinenraum zurück. Grof und ich lösen die Brückencrew ab.«

»Aber der Transporter…«, wandte Grof ein.

»Im Augenblick brauchen wir ihn nicht. Gehen wir.« Picard schritt zielstrebig zur Tür, und sein Gebaren gab zu verstehen: Derzeit waren alle Mitglieder der Crew im Dienst.

Sam saß mit LaForge am Tisch. Auf der anderen Seite hatten Taurik und Hasmek Platz genommen, die sich verblüffend ähnlich sahen. Sam vertraute dem Romulaner nicht. Auch Grof hatte er nicht vertraut, und es regten sich zumindest Zweifel in ihm, was einige der anderen betraf. Unbehagliches Schweigen wies darauf hin, dass die übrigen Besatzungsmitglieder seinen Argwohn teilten.

Geordi sah ihn an. »Wollten wir nicht auf Leni trinken?«

»O ja.« Sam hob sein Glas Apfelsaft und lächelte schief. »Auf unsere gefallene Kameradin Leni Shonsui.«

Taurik und Geordi hoben höflich ihre Gläser, wiederholten die Worte und tranken. Hasmek starrte auf seinen Proteinsaft, hob dann den Blick und wirkte verwirrt. »Was ist der Zweck dieser Zeremonie?«

»Wir zeigen damit unseren Respekt«, erwiderte Sam.

»Wem? Leni Shonsuis Leiche schwebt irgendwo in

den Badlands – wie soll sie Ihre Geste verstehen können?«

Ärger brodelte in Sam empor, und Taurik bewahrte ihn davor, eine Antwort zu geben, die er später vielleicht bereute.

»Bei den Menschen bringt der Tod den Überlebenden großes Leid«, erklärte der Vulkanier. »Mit solchen Gesten spenden sie sich gegenseitig Trost.«

»Oh«, sagte Hasmek und nickte. »Sie sind ein sehr emotionales Volk – das habe ich vergessen.«

»Ich habe auch sehr emotionale Romulaner erlebt«, warf Geordi ein. »Ihr seid keine Vulkanier.«

Hasmek lächelte schwermütig. »Ich glaube, da irren Sie sich. Ich bin Vulkanier, wenn auch auf eine andere Art.«

»Auf welcher Theorie basiert diese Annahme?« fragte Taurik.

»Auf der Theorie, dass ich mit einer Vulkanierin verheiratet bin«, antwortete Hasmek. Sein Blick glitt in die Ferne. »Ich habe alles hinter mich gebracht: Koon-ut-la, Pon farr, Koon-ut-kal-if-fee, alles… Und ich könnte nie jemand anders als meine Frau lieben. Sie ist in meine Seele gebrannt.«

»Das ist sehr ungewöhnlich«, kommentierte Taurik, was natürlich eine Untertreibung war. »Wo befindet sich Ihre Frau jetzt?«

»Wenn ich das nur wüsste.« Hasmek stand auf, wirkte jetzt müde und verstimmt. »Ich habe genug von Bestattungsritualen. Nun, mein vulkanischer Vetter… Ich schlage vor, wie lösen das glückliche Paar im Maschinenraum ab.«

Taurik trank sein Glas aus. »Einverstanden. Ich fühle mich ausreichend erfrischt. Danke, Sam.«

Lavelle winkte seinem alten Freund zu. »Gib gut auf dich Acht.«

»Ich werde alle notwendigen Vorsichtsmaßnahmen

treffen.« Der Vulkanier stand auf und verließ den Raum, gefolgt von Hasmek.

Geordi sah ihnen nach und schüttelte dann den Kopf. »Ich will die Entscheidungen des Captains nicht in Frage stellen, aber der Romulaner macht mich nervös.«

»Captain Picard denkt weiter«, sagte Sam. »Wenn sich die Romulaner mit dem Dominion verbünden, braucht gar keine Verstärkung aus dem Gamma-Quadranten herangeführt zu werden. Wir müssen der ganzen Galaxis zeigen, dass wir diesen Krieg gewinnen werden.«

Geordi lächelte und hob sein Glas. »Darauf trinke ich.«

8

Der Hauptschirm im Kontrollraum der *Träne des Friedens* bot einen prächtigen Anblick – Ro glaubte, so etwas schon seit einer Ewigkeit nicht mehr gesehen zu haben. Das Projektionsfeld zeigte offenes All. Es gab keine Gas- und Staubwolken mehr, die den Blick auf Sterne und ferne Galaxien verwehrten. Nach dem tagelangen schwierigen Flug durch die Badlands hatte Ro das Gefühl, mit geschlossenen Augen im normalen Weltraum navigieren zu können. Aber leider wütete ein schrecklicher Krieg dort draußen, und deshalb blieb ihnen zunächst nichts anderes übrig, als am Rand der Badlands zu warten. Sie mussten jetzt entscheiden, auf welche Weise es vorzugehen galt.

»Ich glaube, von diesem Punkt an sind Ihre Pläne ziemlich vage, Captain«, sagte Enrak Grof.

»Zuerst müssen wir Informationen sammeln«, erwiderte Picard. Er wollte sich von den vor ihnen liegenden Hindernisse nicht entmutigen lassen. Sein Blick galt einer Gruppe, die aus Grof, Ro, Hasmek und Sam Lavelle bestand. »Wir brauchen einen Beobachtungspunkt, von dem aus wir den Beschleuniger im Auge behalten können. Es gilt festzustellen, wie lange es noch bis zur Fertigstellung des künstlichen Wurmlochs dauert. Einige von ihnen sind dort gewesen. Kennen Sie einen geeigneten Ort?«

»Bei der Arbeit am Verteron-Beschleuniger sahen wir nur das, was sich mit bloßem Auge erkennen ließ«, sagte Sam. »Und unser Kurs zum Schwarzen Loch wurde streng kontrolliert.«

»Ich habe kaum darauf geachtet, wo wir uns befanden«, gestand Grof.

Als alle anderen schwiegen, trat der Romulaner vor. »Mein früheres Schiff flog dicht am Beschleuniger vorbei, und dabei orteten wir einen großen Ringplaneten im nahen Sonnensystem. Ein kleiner Raumer wie dieser könnte sich vielleicht in dem Ring verbergen und von dort aus Sondierungen vornehmen.«

Picard schritt zur wissenschaftlichen Station und berührte mehrere Schaltflächen. Eine Karte des betreffenden Sektors erschien auf dem Bildschirm. »Können Sie den Planeten lokalisieren?«

»Ich denke schon.« Der Romulaner trat näher an den Schirm heran und deutete auf eine dunkle Wolke in der Mitte. »Hier haben wir die Badlands.« Der Zeigefinger strich langsam nach links. »Lässt sich dieser Bereich vergrößern?«

Picard kam der Aufforderung nach und richtete den Darstellungsfokus auf jenen Sektor, in dem sie das künstliche Wurmloch vermuteten. Unterdessen überprüfte Ro von der Navigationsstation aus die Datenbanken des Bordcomputers und fand eine Bestätigung für die Angaben des Romulaners.

»Captain«, sagte sie, »im Sonnensystem SU-395 gibt es tatsächlich einen Planeten, der Hasmeks Beschreibungen entspricht. Er verfügt über ein ziemlich ausgedehntes Ringsystem.«

Der Romulaner lächelte selbstgefällig. »Bisher ist auf mich Verlass, nicht wahr, Captain?«

»Aber wie gelangen wir dorthin?« fragte Sam. »Ohne dass wir es sofort mit dem Dominion zu tun zu bekommen.«

»Wirklich schade, dass Sie keine romulanische Tarnvorrichtung haben«, entgegnete Hasmek.

Captain Picard richtete einen nachdenklichen Blick auf den Romulaner. »Ich habe mich eingehend mit diesem Problem beschäftigt. Wenn wir durchs Raumgebiet des Feindes fliegen, ortet uns das Dominion mit den Fernbereichsensoren und schickt ein Schiff mit dem Auftrag, nach dem Rechten zu sehen. Allein sind wir einfach zu auffällig. Aber bestimmt gibt es auch Handelsverkehr in diesem Raumsektor. Vielleicht werden wir nicht geortet, wenn wir einem kommerziellen Frachter oder gar einem Konvoi folgen.«

Hasmek lächelte. »Gewissermaßen im Ortungsschatten eines anderes Schiffes fliegen... Eine ausgezeichnete Idee, Captain. Sie denken wie ein Romulaner.«

»Das nehme ich als Kompliment«, erwiderte Picard. »Nah- und Fernbereichscanner aktivieren. Überprüfen Sie die Datenbanken nach bekannten Schifffahrtslinien und Transportwegen.«

Während Picards Anweisungen ausgeführt wurden, trat er etwas näher zum Hauptschirm. »Ro, Sie sind jetzt seit zwölf Stunden im Dienst. Sie sollten sich eine Ruhepause gönnen und etwas essen. Das gilt auch für Sie, Mr. Lavelle. Wir haben hier genug Leute, um die Schifffahrtslinien zu kontrollieren. Wir geben Ihnen Bescheid, wenn wir Sie brauchen. Und schicken Sie LaForge von der Offiziersmesse in den Maschinenraum.«

»Ja, Sir«, antwortete Ro. Sie stand auf und stellte überrascht fest, wie steif sich Beine und Rücken anfühlten. Sie brauchte wirklich eine Verschnaufpause, und Sam bot angenehme Gesellschaft.

Sie gingen die Wendeltreppe hinunter und betraten kurz darauf die Offiziersmesse. Geordi LaForge saß dort am Tisch und betrachtete einen Teller, auf dem ein Stück rohes Fleisch lag, umgeben von einem Blätterteigring.

Er sah auf, als Ro und Sam hereinkamen. »Hallo. Machen Sie Pause?«

»Auf Befehl des Captain«, erwiderte Sam. »Was essen Sie da?«

»Gute Frage«, sagte LaForge skeptisch. »Ich habe einen Hamburger beim Replikator bestellt und das hier bekommen.«

»Die talavianische Küche entspricht nicht unbedingt unserem Geschmack«, kommentierte Ro voller Abscheu.

»So schlecht ist sie nun auch wieder nicht«, sagte Sam und starrte wie gebannt auf den Teller. »Wenn Sie die Mahlzeit nicht wollen... Ich nehme sie gern.«

Geordi schüttelte den Kopf. »Sie schrecken wirklich vor nichts zurück, oder? Na schön. Wenn Sie hier bleiben, kann ich zum Maschinenraum zurück.«

»Was ganz im Sinne des Captains ist«, sagte Ro.

LaForge stand auf und ging zur Tür. »Wenn Sie davon nicht krank werden, Lavelle... Vielleicht probiere ich es dann beim nächsten Mal.«

Sam nahm Platz und machte sich mit Heißhunger über den talavianischen Hamburger her.

»Haben Sie vor, sich durch den Krieg zu fressen?« fragte Ro amüsiert.

»Mit einem Wort: ja«, entgegnete Sam und hatte den Mund so voll, dass sich die Wangen vorwölbten. Er schluckte und sah die Bajoranerin an. »Nach dem Krieg möchte ich ein Restauranttester auf Pacifica werden, und ich bin fest entschlossen, mindestens zweihundert Kilo zu wiegen. Was haben *Sie* vor?«

»Das weiß ich noch nicht«, sagte Ro und versuchte, den Gedanken daran zu verdrängen, dass sie den Krieg wahrscheinlich nicht überleben würden. Sie holte sich ein Glas Wasser vom neuen Nahrungsmittelreplikator und sank auf den Stuhl neben Sam.

»Was haben Sie *vor* dem Krieg gemacht?« fragte Sam.

Ro lachte kurz, und es klang recht bitter. »Ich wollte das Land bestellen und einen Haufen terranisch-bajoranischer Mischlinge großziehen. Eine alberne Vorstellung, nicht wahr?«

Sam runzelte die Stirn. »Nein, das ist ganz und gar nicht albern. Ich kann Sie mir gut in einer solchen Rolle vorstellen.«

»Für gewisse Dinge ist es zu spät«, sagte Ro traurig. »Dies gehört dazu. Selbst wenn wir den Sieg über das Dominion erringen... Wahrscheinlich verbringe ich anschließend mehrere Jahre in einer Starfleet-Arrestzelle.«

»Wie könnte man Ihnen so etwas antun, nachdem Sie uns so große Hilfe leisteten?«

»Nun, mal sehen... Ich bin aus der Flotte desertiert und habe mich einer kriminellen Organisation angeschlossen, die gegen Starfleet kämpfte. Wenn wir nicht zufällig auf Captain Picard und die *Enterprise* gestoßen wären, säße ich bereits in einer Arrestzelle.«

»Obgleich sich herausstellte, dass Sie und der Maquis recht hatten«, brummte Sam. »Wir konnten den Cardassianern wirklich nicht trauen.«

»Das bietet mir jetzt kaum Trost.«

Sam beugte sich vor und musterte die Bajoranerin voller Anteilnahme. »Haben Sie jemanden verloren, den Sie liebten?«

Ro nickte, und ihr bitteres Lachen wiederholte sich. »Wie dumm von mir zu glauben, ich könnte Krieg und Tod entkommen. Es war nur der Anfang... Und Sie? Haben Sie jemals eine Person verloren, die Ihnen viel bedeutete?«

»Eine solche Person gab es nie in meinem Leben«, antwortete Sam wehmütig. »Oh, ich hatte Frauen, und auch Freunde wie Sito, aber ich fand nie genug Zeit, um über Heirat und eine eigene Familie nachzudenken. Eins steht fest: Ich bin heute nicht mehr der Sam, der sich kopfüber in den Krieg stürzte... Meine Güte, es scheint hundert Jahre her zu sein. Wenn dies alles überstanden ist, möchte ich das Leben genießen. Vielleicht finde ich dann sogar Gefallen daran, ein Bauer zu sein. Muss man in der Landwirtschaft sehr hart arbeiten?«

Ro lächelte und nickte. »Ja. Aber es gibt auch nichts Lohnenderes. Wenn man viele Jahre in der Gesellschaft des Todes verbracht hat, so ist es wunderschön zu beobachten, wie Leben entsteht, wie etwas wächst.«

Einige Sekunden lang schwiegen sie, zwei von einem Wirbelwind erfasste Personen, die erst dann wieder richtig frei sein konnten, wenn sich der Wind legte. Je länger das Schweigen dauerte, umso nachdenklicher wurde Sam. Die Falten schienen sich tiefer in seine attraktiven Züge zu graben.

»Was besorgt Sie so sehr?« fragte Ro.

Er beugte sich vor und flüsterte: »Was ist Ihrer Meinung nach mit Leni Shonsui geschehen?«

»Sie starb. Und die Todesursache kennen wir nicht.« Ro hatte gewisse Vermutungen, wollte sie jedoch nicht laut aussprechen.

»Und wir sitzen hier und bewachen den Nahrungsmittelreplikator«, brummte Sam. Er schüttelte den Kopf. »Vor wem bewachen wir ihn? Es muss einer von *uns* sein.«

Ro spürte die Anspannung in ihren Nackenmuskeln und neigte den Kopf nach hinten, um sie zu lockern. »Wenn ich eine Erklärung hätte, würde ich sie Ihnen geben. Wir können nur die Mission fortsetzen und zusätzliche Sicherheitsmaßnahmen ergreifen – genau diese Entscheidung hat der Captain getroffen. Außerdem: Bei Replikatoren kann es zu einem Defekt kommen, erst recht an Bord von so alten Schiffen. Es muss keinen Zusammenhang mit Leni Shonsuis Tod geben, für den durchaus reiner Zufall als Erklärung in Frage kommt. Sie haben selbst darauf hingewiesen: Die cardassianische Gefangenschaft kann sehr kraftraubend sein.«

»Ich weiß«, brummte Sam. »Ich habe Leni genau untersucht und keine Verletzungen gefunden. Eine andere Frage beschäftigt mich: Warum sollte jemand Shonsui töten und den Transporter intakt lassen?«

»Weil der Transporter vielleicht noch gebraucht wird«, antwortete Ro.

Stille folgte diesen Worten und Sam schwieg so lange, dass Ro schon glaubte, er hätte ihre Bemerkung nicht gehört. Dann formten seine Lippen ein Lächeln.

»Ro«, sagte er sanft, »wenn man Sie in eine Arrestzelle steckt, möchte ich Ihnen dort Gesellschaft leisten und Sie vor allen üblen Dingen schützen.«

Ro blickte Sam tief in die Augen, sah dort Aufrichtigkeit und eine Zuneigung, von der sie geglaubt hatte, dass sie ganz und gar aus ihrem Leben verschwunden war. Erwiderte sie diese Gefühle? Sie wusste es nicht genau.

»Ich denke darüber nach«, erwiderte die Bajoranerin. »Ich möchte keine Dinge versprechen, die ich später nicht halten kann.«

Sam richtete einen wehmütigen Blick auf sie. »Ist das Ihre freundliche Art, ›Lassen Sie uns nur Freunde sein‹ zu sagen?«

Ro beugte sich vor, schlang den Arm um Sams Schultern, zog ihn zu sich heran und küsste ihn auf die Lippen. Er reagierte sofort und voller Leidenschaft.

Schließlich ließ Ro den atemlosen Mann los. »Beantwortet das deine Frage, Sam?« flüsterte sie ihm ins Ohr.

Sam blinzelte und atmete tief durch. »Ich denke schon.«

Ro wusste nicht recht, was sie als nächstes sagen sollte. Unbehagliches Schweigen folgte, und zum Glück piepte wenige Sekunden später ihr Insignienkommunikator. Sie aktivierte das kleine Kom-Gerät. »Hier Ro.«

»Hier ist die Brücke«, erklang Picards Stimme. »Wir

haben ein Handelsschiff in unserer Reichweite geortet. Sie und Lavelle werden sofort auf der Brücke gebraucht. Ich schicke jemanden, um Sie abzulösen.«

»Ja, Sir. Wir sind unterwegs.« Ro sprang auf, und Sam griff nach ihrer Hand.

»Das war sehr schön«, sagte er.

»Ja, auch für mich«, erwiderte Ro. Dann eilte sie hinaus, dichtauf gefolgt von dem Menschen.

Captain Picard lächelte und sah den Patoniten an, der sich im zentralen Projektionsfeld zeigte. Hasmek stand neben ihm, und Ro saß am Navigationspult. Taurik bediente wie üblich die Kontrollen der taktischen Station. Lavelle hatte in einer dunklen Ecke der Brücke an einer Nebenkonsole Platz genommen und richtete von dort aus einen Phaser auf den Romulaner.

»Danke dafür, dass Sie uns den Schutz Ihres ehrenwerten Schiffes gewährten«, sagte Picard und verneigte sich freundlich.

»Friedliche Reisen«, erwiderte der Patonit. »Und möge es Ihnen gelingen, den Konflikt zu vermeiden.«

»Wenn es dem Wunsch der Propheten entspricht«, sagte Picard. Diese Worte gehörten zu den Sprüchen, die den Rand des Hauptschirms zierten.

»Niederlage für die Föderation«, fügte der Patonit hinzu.

Picard lächelte auch weiterhin, obwohl es ihm sehr schwer fiel. »Niederlage für die Föderation«, wiederholte er.

Damit endete der Kom-Kontakt, und die Sterne kehrten ins Projektionsfeld zurück. Ihr Leuchten kündete von Ewigkeit, von einem Universum, das sich nicht um die Listen und Machenschaften seiner kurzlebigen Bewohner scherte. Picard ließ die Schultern hängen, und das starre Lächeln verschwand aus seinem Gesicht. Alle atmeten erleichtert auf, und der Captain wandte sich an Ro. »Nehmen Sie Kurs auf den Ringplaneten. Hat er einen Namen?«

»Nicht in unseren Aufzeichnungen«, antwortete Ro. Ihre Finger huschten über Sensorflächen. »Kurs programmiert. Geschätzte Flugdauer: fünf Minuten mit maximalem Warpfaktor.«

»Warptransfer einleiten.«

Auf dem Hauptschirm war zu sehen, wie sich die Sterne in bunte Streifen verwandelten. Jetzt begann die kritische Phase – während dieser letzten fünf Minuten schützte sie nichts vor den Sensoren des Dominion. Picard hoffte, dass die Sondierungen nicht zu oft stattfanden; immerhin musste das Dominion ein ziemlich großes Raumgebiet kontrollieren.

»Waren Sie nicht einmal Feinde der Patoniten?« fragte Hasmek im Plauderton.

Picard holte tief Luft und war froh über die Ablenkung. Er sortierte die historischen Daten in seinem Gedächtnis. »Vor etwa hundert Jahren kam es zu ernsten Unstimmigkeiten zwischen uns, und die Patoniten sind sehr nachtragend.«

»Welche Lehre ziehen Sie daraus?« fragte Hasmek.

»Dass es nicht immer gut ist, Gutes zu tun«, erwiderte Picard. »Nun, das wissen wir schon seit einer ganzen Weile, und deshalb gibt es heute strengere Erstkontakt-Regeln. Wäre es etwa besser gewesen, die Patoniten einfach zu unterwerfen?«

»Dann hätten Sie heute, hundert Jahre später, treue Vasallen, die bereit wären, für Sie zu kämpfen«, entgegnete Hasmek. »Stattdessen machen die Patoniten Geschäfte mit dem Feind und wünschen sich Ihre Niederlage.«

»Manchmal gewinnen wir, und manchmal verlieren wir.« Picard bedachte den Romulaner mit einem durchdringenden Blick. »Aber diesen Krieg werden wir *gewinnen.*«

»Vielleicht«, erwiderte der einarmige Romulaner amüsiert.

»Irgendwelche Anzeichen dafür, dass uns jemand verfolgt, Taurik?«

»Nein, Captain«, antwortete der Vulkanier von der taktischen Station.

»Inzwischen ist eine visuelle Erfassung des Planeten möglich«, sagte Ro. Sie schien mit ihren Fortschritten recht zufrieden zu sein.

Picard nickte, und das Bild auf dem Hauptschirm wechselte. Es zeigte jetzt eine gestreifte, an den Polen abgeplattete Kugel. Nach einigen Sekunden ließen sich erste Einzelheiten erkennen, und aus der Kugel wurde ein blaugrauer Planet mit schwarzen und gelben Ringen. Der Captain fühlte sich an Saturn im heimatlichen Sonnensystem erinnert, obwohl in diesem Fall die Streifenmuster der Wolken eine andere Farbe hatten. Ein ganzer Schwarm aus Monden umkreiste die namenlose Welt, die ziemlich groß zu sein schien.

»Ein Planet der Klasse A«, sagte Taurik. »Ein Fast-Stern. Hatte zu wenig Masse, um zu einer Sonne zu werden. Vermutlich keine feste planetare Oberfläche. Atmosphäre besteht aus Methan, Ammoniak, Wasserstoff und Helium. Für Leben ungeeignet. Unsere Sensoren orten dreizehn Monde. Die Ringe sind ein bis zwei Kilometer dick und bestehen größtenteils aus einzelnen Silikat- und Eispartikeln.«

»Wie groß sind die Partikel?« fragte Picard.

»Ihr Durchmesser schwankt zwischen zehn und hundert Zentimetern. Uns sollte keine Gefahr drohen, solange unsere Schilde stabil sind.«

»Ein gutes Versteck«, sagte Hasmek anerkennend.

Dort sind wir vor Patrouillen des Dominion sicher, dachte Picard. *Aber sind wir auch vor uns selbst geschützt*? Voller Unbehagen dachte er daran, dass einer von ihnen versuchte, die Mission zu sabotieren.

»Wir erreichen die Ringe in dreißig Sekunden«, meldete Ro.

Picard sah zum zentralen Projektionsfeld, beobachtete hellbraune und schwarze Bänder, die sich vor dem Hintergrund des Gasriesen abzeichneten. Als sie näher kamen, wurde die körnige Konsistenz deutlicher: Die Ringe sahen aus wie ein im Weltraum schwebender Strand.

»Juno«, sagte Picard und lächelte.

»Wie bitte?« fragte Ro.

»Dieser Planet erinnert mich an einen im terranischen Sonnensystem, Saturn. Man benannte ihn nach einem alten Gott, und deshalb möchte ich diese Welt Juno nennen, nach Saturns Tochter.«

»Das ist einfacher zu merken als ›siebter Planet im System SU-395‹«, erwiderte Ro. »Wir erreichen die Ringe von Juno in fünf Sekunden.«

»Geschwindigkeit auf fünfundzwanzig Prozent Impulskraft senken.«

»Ja, Sir.«

Kurze Zeit später war der bajoranische Transporter von sandfarbenen Partikeln umgeben. Picard sah besorgt zum Hauptschirm. »Status der Schilde?«

»Stabil mit einer Kapazität von vierundneunzig Prozent«, antwortete Taurik. »Die Belastungen sind nicht besonders groß, aber wenn sie mehrere Tage lang anhalten, könnte es zu einer gefährlichen Destabilisierung der Schilde kommen.«

»Ich habe nicht vor, länger als achtundvierzig Stunden an diesem Ort zu verweilen«, sagte Picard.

Plötzlich veränderte sich die Farbe der Partikel: Aus hellbraunen Brocken wurden schwarze, wie Kohle oder Obsidian.

Offenbar sind wir jetzt in einem der schwarzen Ringe, dachte Picard.

»Ich versuche, den Beschleuniger zu lokalisieren«, erklang Lavelles Stimme aus dem rückwärtigen Teil der Brücke. »Allerdings gibt es eine hohe Konzentration an magnetischen Partikeln, was sich störend auf unser Ortungspotential auswirkt.«

Der Captain trat hinter Ro. »Bringen Sie uns in den helleren Ring zurück und gehen Sie dort auf Relativgeschwindigkeit null.«

»Ja, Sir.«

Wenige Sekunden später schwebte der bajoranische Transporter in einer dichten Wolke aus Sand, Steinen und Eisfragmenten.

»Schon besser«, kommentierte Sam.

Picard trat zwischen die Stationen. »Ich möchte, dass alle nach dem künstlichen Wurmloch suchen. Gehen Sie dabei von den zuvor ermittelten Koordinaten aus.«

»Es gibt hier eine gravitationelle Abdrift«, sagte Taurik. »Wenn wir nicht kompensieren, sind wir in siebzehn Komma sechs Stunden auf der anderen Seite des Planeten«

»Können wir in einen synchronen Orbit gehen?« fragte Picard.

»Davon rate ich ab, Sir. Wir müssten in einen der inneren Ringe wechseln.«

»Ich kann kompensieren und unsere relative Position halten«, meinte Ro. »Auch wenn sich der Ring bewegt.«

»Sir, ich habe den Beschleuniger gefunden!« rief Sam Lavelle.

Picard drehte sich um und erreichte den Lieutenant mit einigen raschen Schritten.

»Er ist etwa eine Flugstunde von hier entfernt«, sagte Sam und blickte auf die Displays. »Unsere Scanner empfangen ein sehr starkes Signal, und es entspricht den zuvor ermittelten Ortungsdaten.«

»Beginnen Sie mit der Aufzeichnung«, wies der Captain Lavelle an. »Überwachen Sie alles: energetische

Emissionen, Magneton- und Verteron-Niveau, Kom-Signale und so weiter. Ist eine visuelle Darstellung möglich?«

»Ja, Sir.«

Auf dem Hauptschirm erschien eine silbrig glänzende Röhre, die in der Schwärze des Alls schwebte. Eine Vorstellung von der wahren Größe des Beschleunigers fiel schwer, bis Sam eine Feineinstellung des Bildes vornahm, wodurch auch die Raumschiffe in der Nähe des künstlichen Wurmlochs sichtbar wurden. Manche von ihnen sausten so durch die Ringmodule des Beschleunigers wie Fische durch ein tropisches Riff. Andere glitten an den Außenseiten entlang, wie Fliegen am Kadaver eines großen Tiers. *Das Ding ist zehn Kilometer lang und zwei breit,* erinnerte sich Picard. Und jeder einzelne Zentimeter davon wirkte undurchdringlich. Der bajoranische Transporter hätte mühelos in einer der Verbindungsstellen für die Stützen am Öffnungsbereich Platz gefunden.

Der Captain klopfte auf seinen Insignienkommunikator. »Brücke an Grof.«

»Hier Grof«, meldete sich der Trill.

»Der Beschleuniger ist in Ortungsreichweite«, sagte Picard. »Ich möchte Sie bitten, zur Brücke zu kommen und mit der Analyse der Daten zu beginnen.«

»Befinden wir uns an einem sicheren Ort?«

»Ich denke schon«, erwiderte Picard. »Wir sind in den Ringen eines Planeten, den ich Juno genannt habe. Offenbar hat man uns nicht entdeckt.«

»Ich bin unterwegs, Captain«, sagte Grof aufgeregt.

»Warum brauchen Sie ihn?« fragte Hasmek neugierig. »Inzwischen dürfte klar sein, dass ihm die meisten Besatzungsmitglieder nicht trauen.«

»Ihnen traut man ebenfalls nicht«, entgegnete Picard leise. »Trotzdem erweisen Sie sich immer wieder als nützlich.«

»Guter Hinweis«, sagte der Romulaner und deutete ein Lächeln an.

Als Enrak Grof kurze Zeit später die Brücke erreichte, wich Hasmek nach hinten zurück und blieb neben Taurik und Lavelle stehen.

Die Brücke schien plötzlich wieder sehr klein zu sein, als mehrere Personen das zylindrische Gebilde auf dem Hauptschirm beobachteten. Es sah genau nach dem aus, was es darstellte, nach einem Sternentunnel. Picard widerstand der Versuchung, jemanden fortzuschicken, um dadurch mehr Platz im Kontrollraum zu schaffen. Grof richtete einen bewundernden Blick auf sein Werk, und Sam verzog voller Abscheu das Gesicht.

»Müssen wir den Beschleuniger wirklich vernichten?« fragte der Trill. »Er ist *wundervoll*!«

»Es geht uns nur um den Kontrollraum«, sagte Picard vorsichtig. »Sie selbst haben darauf hingewiesen, dass das Dominion durch die Zerstörung des Kontrollraums viel Zeit verliert.«

»Sir, ich habe nachgedacht«, warf Sam ein und trat einen Schritt vor. »Wir könnten eine Kettenreaktion bewirken, die das Ende für den ganzen Beschleuniger bedeutet.«

»Sie wollen ihn unbedingt zerstören, nicht wahr?« zischte Grof zornig.

»Ja!« erwiderte Sam scharf. »Das Ding ist eine *Monströsität*, errichtet mit den Leben vieler Unschuldiger!«

»Sie können gehen, Mr. Lavelle.« Picard sprach mit fester Stimme, obwohl es seinen Worten nicht an einer gewissen Anteilnahme mangelte.

»Bitte entschuldigen Sie, Sir«, murmelte Sam, stand auf und ging mit gesenktem Kopf zur Tür.

»Begleiten Sie ihn, Mr. Hasmek«, wandte sich der Captain an den Romulaner. »Sie bilden jetzt ein neues Paar in unserem Sicherheitssystem. Ich glaube, Sie könnten beide ein wenig Ruhe gebrauchen.«

Sam zögerte in der Tür. »Es wäre wirklich möglich, den ganzen Beschleuniger zu erledigen.«

»Später findet eine Strategiebesprechung statt«, sagte Picard. »Dann können Sie Ihre Idee erklären.«

»Einige von uns haben Ihr Vertrauen *verdient*«, meinte Hasmek, als er Sam zur Wendeltreppe folgte. »Andere verlangen es einfach«, fügte er mit einem Blick auf Grof hinzu.

Der Captain biss die Zähne zusammen und schwieg. Er nahm Grof nicht gern in Schutz, aber der Trill hatte nicht übertrieben, als er sich selbst als wichtigste Person an Bord bezeichnete. Niemand von ihnen wusste auch nur annähernd so viel über den gewaltigen Verteron-Beschleuniger und seine schwachen Stellen.

»Was für eine Unverschämtheit«, brummte Grof. Er sah dem Menschen und seinem romulanischen Begleiter verärgert nach. »Ich fürchte, Sam hat aufgrund seiner Erfahrungen einen geistigen Schaden erlitten. Mir ist überhaupt nicht klar, wozu wir ihn brauchen. Wir sollten ihn in seiner Kabine unter Arrest stellen, bis alles vorbei ist. Und auch den Romulaner.«

»Bis wir einen genauen Plan haben, wissen wir nicht, wessen Hilfe wir brauchen.« Captain Picard deutete auf den Platz, wo zuvor Lavelle gesessen hatte. »Setzen Sie sich, Professor. Unsere Sensoren und Scanner ermitteln ziemlich viele Daten. Wir müssen herausfinden, wie weit die Konstruktion des Beschleunigers vorangekommen ist. Wenn Sie uns erklären, wonach es Ausschau zu halten gilt…«

»Nein«, brummte der Trill. »Es ist einfacher, wenn ich mich selbst darum kümmere – es würde zu lange dauern, jemand anders einzuweisen. Sorgen Sie nur dafür, dass mich niemand stört.«

Picard räusperte sich. »In Ordnung.«

Eine Stunde später bestand die Brückencrew aus den gleichen Personen: Ro an der Navigationsstation, Taurik an den taktischen Kontrollen, Grof an einer Nebenkonsole, und Picard, der unruhig auf und ab schritt. Wenn es ihm darum ging, mit den weichen Sohlen der bajoranischen Stiefel das Deck zu polieren, so leistete er gute Arbeit. Er bedauerte aber, dass die Brücke der *Träne des Friedens* nicht einige Meter größer war.

Schließlich lehnte sich Grof zurück und verschränkte die Arme. »Tut mir leid, Captain, aber die Sache sieht nicht gut aus.«

Picard trat an seine Seite. »Was haben Sie festgestellt?«

Der Trill deutete auf den Bildschirm der Konsole, wo sich mehrere überlappende Datenfenster zeigten. »Die Neutrino-Emissionen deuten darauf hin, dass der Beschleuniger bereits getestet wurde, wenn auch nicht im großen Maßstab. Das Verteron-Niveau ist so hoch, dass ich mir Sorgen machen würde, wenn ich jetzt dort drüben wäre, aber es hält sich noch in einem vertretbaren Rahmen. Ich sehe nur wenige Arbeiter und viele Wartungsschiffe.«

»Was schließen Sie daraus?« fragte Picard.

Der untersetzte Trill runzelte die Stirn. »Alles deutet darauf hin, dass das künstliche Wurmloch bereits betriebsbereit ist. Ich glaube, das letzte Teststadium hat begonnen – der Beschleuniger bekommt sozusagen den letzten Schliff.«

Picard presste kurz die Lippen zusammen. »Wann kann erste Verstärkung aus dem Gamma-Quadranten herangeführt werden?«

»Der ursprüngliche Plan sah vor, nach der Fertigstellung ein einzelnes Jem'Hadar-Schiff zu transferieren, gewissermaßen als letzten Test«, antwortete Grof. »Mir scheint, dieser Test steht unmittelbar bevor. Wenn er erfolgreich ist, öffnet sich der Sternentunnel zwölf Stunden später. So lange dauert es, um die Flotte zusammenzustellen.«

Picard musterte das bärtige, fleckige Gesicht des Trill und fragte sich, ob er diesen Informationen vertrauen durfte. Selbst wenn es Grof ehrlich meinte – waren seine Angaben korrekt? Ihre Pläne, ihr Leben und die Zukunft der Föderation hingen von Grofs Analyse ab, und das wusste er. Wenn er Schaden von seinem Werk, dem künstlichen Wurmloch, abwenden wollte, brauchte er ihnen nur falsche Informationen zu geben.

Leider blieb Picard nichts anderes übrig, als dem Trill zu vertrauen. Lavelle und Taurik kannten das eine oder andere Detail, aber Grof war mit allen Einzelheiten der Struktur vertraut.

»Stimmen Sie der Analyse des Professors zu, Mr. Taurik?« fragte er.

Der Vulkanier nickte. »Ja, Sir. Die Emissionen deuten darauf hin, dass Tests stattgefunden haben. Und seit wir aufgebrochen sind, hat sich die Anzahl der Arbeiter drastisch verringert.«

»Wie lange ist das her?« fragte Grof. »Eine Woche? Anderthalb Wochen?«

»Acht Komma drei Tage«, sagte Taurik und neigte dabei den Kopf ein wenig zur Seite.

»Zumindest scheint man nicht mit ungebührlicher Eile vorzugehen«, murmelte Grof und sah auf die Anzeigen. »Der Zeitplan wird eingehalten.«

Picard straffte die Gestalt und spürte unangenehme Steifheit im Rücken. »Na schön, wir wissen, dass uns nicht viel Zeit bleibt. Das Dominion könnte praktisch jeden Augenblick mit dem Transfer von Schiffen beginnen, und deshalb müssen wir rasch handeln. Grof, ich brauche Ihre Hilfe. Auch LaForge soll sich uns anschließen.«

»Gut, Captain. Bringen wir die Besprechung hinter

uns.« Der Trill stand auf und rieb sich wichtigtuerisch die Hände.

Picard wandte sich der Navigationsstation zu, sah Ro an und lächelte. »Ich brauche Sie auf der Brücke.«

»Ja, Sir«, erwiderte die Bajoranerin. »Ich nehme auch weiterhin die notwendigen Kurskorrekturen vor.«

Der Captain nickte. »Sie bleiben ebenfalls hier, Taurik. Beobachten Sie den Verteron-Beschleuniger. Geben Sie uns sofort Bescheid, wenn sich dort irgendetwas abspielt.«

»Ja, Sir.«

Picard sah noch einmal zum Hauptschirm und betrachtete den Sternentunnel, der diesen Teil der Galaxis mit dem Gamma-Quadranten verbinden sollte. Er schüttelte den Kopf. Eine solche Kontrolle über Zeit und Raum war einmalig – eine bemerkenswerte wissenschaftliche Leistung, die gleichzeitig eine enorme Gefahr darstellte. Wenn das Dominion dieses künstliche Wurmloch doch nur in einer Zeit des Friedens konstruiert und dem Frieden gewidmet hätte. Aber es war eine Erfindung des Krieges, hervorgebracht von Verzweiflung, Furcht und Hass – eine Erfindung, die allein dem Krieg dienen sollte.

9

Sam wanderte unruhig durch die kleine Kabine, die eigentlich nur ein umfunktionierter Lagerraum war. Noch enger in ihr wurde es durch das Sofa, das aus dem Freizeitraum stammte und nun dem Romulaner als Bett diente, wodurch Sam auch weiterhin die schmale Koje zur Verfügung stand. Eigentlich sollten sie beide schlafen, aber Lavelle fand einfach keine Ruhe. Seine unüberlegten Worte auf der Brücke erfüllten ihn noch immer mit Verlegenheit.

Captain Picard muss natürlich Rücksicht auf Enrak Grof nehmen, dachte er. *Ich habe mich ebenso verhalten, als ich Grofs Captain war. Es führt kein Weg an dem selbstsüchtigen Trill vorbei, obwohl er ein Kollaborateur und Verräter ist*!

»Bitte hören Sie auf, mit den Zähnen zu knirschen«, brummte Hasmek und hielt dabei die Augen geschlossen. »Wir sollten es ruhig zugeben: Wir alle sind Grofs Wahnsinn ausgeliefert. Dauernd möchte er, dass sich alles um ihn dreht. Man weiß nie, was er dem Captain als nächstes sagen wird, aber bestimmt sind es Worte, die ihn wieder in den Mittelpunkt rücken.«

»Er ist wegen seines Wissens wichtig, nicht aufgrund seiner Persönlichkeit«, erwiderte Sam.

»Und weiß er auch nur halb so viel, wie er behauptet?« fragte der Romulaner. »Welchen Beitrag hat Grof für diese Mission geleistet, abgesehen davon, Unruhe zu stiften? Was für ein Egomane! Man denke nur daran, auf welche Weise er seine Aufzeichnungen der Föderation übermitteln wollte. Ich wette, der vermeintliche Kurier sitzt inzwischen in irgendeiner Kneipe.«

Sam unterbrach seine ziellose Wanderung und sah den Romulaner an. »Sie würden Grof auf der Stelle entführen und mit nach Hause nehmen, wenn Sie könnten. Wir alle möchten seine Kenntnisse teilen und herausfinden, was er damit anzustellen gedenkt.«

»Ich sage Ihnen was«, erwiderte Hasmek. »Er wird seine kostbare Erfindung *nicht* zerstören. Ich fand es gut, dass Sie ihn bei diesem Punkt herausgefordert haben, denn dadurch wurde deutlich, dass er ein Lügner ist.«

»Ja«, murmelte Sam geistesabwesend. Er dachte an Ro Laren und daran, dass er vermutlich keine Gelegenheit finden würde, mit ihr allein zu sein, bis dies alles vorbei war. Und genau darin lag das Problem. Er bezweifelte nämlich, ob sie die Mission überleben würden.

»Und jetzt sind wir von der Brücke verbannt«, fuhr Hasmek fort. »Obwohl wir uns mehr als alle anderen um einen Erfolg der Mission bemüht haben. Wir brachten dem Captain alle wesentlichen Informationen. Ohne uns wüsste er überhaupt nicht weiter! Nun, er scheint auch so keine besonders klaren Ideen zu haben.«

»Das reicht jetzt.« Sam ließ sich auf die Koje sinken. »Wenigstens leben wir noch. Viele Milliarden Personen, die dem Krieg bereits zum Opfer gefallen sind, können das nicht von sich behaupten. Sie selbst haben gesagt, dass Sie sehr dankbar sind, noch am Leben zu sein.«

»Das stimmt«, bestätigte Hasmek. »Dafür schulde ich Picard Loyalität und Respekt.« Er lachte, als er Sams verblüfften Gesichtsausdruck bemerkte. »Oh, dachten Sie vielleicht, ich hätte seine wahre Identität nicht erkannt? Ein falscher Name und der grässliche Ohrring genügen nicht, um den besten Offizier von Starfleet zu tarnen. Aber Sie sind ein Narr, wenn Sie glauben, dass uns Jean-Luc Picard vor dem Tod bewahren kann. An Bord dieses Schiffes ist das Verderben allgegenwärtig.«

Sam schloss die Augen und versuchte, die unheilvollen Worte des Romulaners aus seinem Bewusstsein zu verdrängen. Doch es fiel schwer, Ruhe zu finden, wenn man sein Leben in die Hände eines Mannes legen musste, dem man mit Argwohn und Abscheu begegnete: Grof.

Captain Picard faltete die Hände auf dem Tisch und konzentrierte sich auf das lebhafte Gespräch zwischen Enrak Grof und Geordi LaForge – zwei Männer, die mit technischen Begriffen bestens vertraut waren. Sie saßen im Quartier des Captains, das vorübergehend als Arrestzelle der *Träne des Friedens* gedient hatte. Inzwischen hatte man einen Tisch und mehrere Stühle hineingestellt, wodurch es als Bereitschaftsraum dienen konnte.

Picard verstand die meisten Konzepte und hypothetischen Möglichkeiten, die diskutiert wurden. Er wusste natürlich, worum es ging und was sie erreichen wollten, doch Grof und LaForge mussten erst noch auf den schwierigsten Punkt zu sprechen kommen.

»Vergessen wir zunächst einmal die zusätzlichen Schäden und die Quantität des benötigten Sprengstoffs«, sagte der Captain. »Wir müssen einen Weg finden, um zu dem Verteron-Beschleuniger zu gelangen, die Bombe am richtigen Ort unterzubringen und wieder zu verschwinden. Grof, ich bin sicher, dass Sie den Kontrollraum lokalisieren und dort eine geeignete Stelle für den Sprengstoff finden können…«

»*Ich*?« entfuhr es dem Trill. Er lachte nervös. »Ich habe nicht die Absicht, mich auch nur in die Nähe des Beschleunigers zu begeben. Stellen Sie sich einmal vor, was das Dominion mit mir anstellen würde, wenn es mich erneut in seine Gewalt bekäme. Dies ist ein Himmelfahrtskommando, mit dem ich zu keinem Zeitpunkt einverstanden gewesen bin. Nein, Sir.« Er verschränkte die Arme und richtete einen trotzigen Blick auf Picard.

Die Lippen des Captains formten einen dünnen Strich. »Ich habe nicht vor, bei diesem Einsatz auch nur eine einzelne Person zu verlieren. Ich bin fest entschlossen, den Beschleuniger zu erreichen und ihn wieder zu verlassen. Jeder einzelne Phase wird im voraus geplant, und das gilt auch für den Fluchtweg. Eins steht fest: Wenn wir bei dieser Sache nicht richtig vorgehen, droht uns allen große Gefahr.«

Picard klappte einen kleinen, mobilen Computer auf und griff nach einem Stift. »Der erste Schritt besteht darin, bis auf Transporterreichweite an den Beschleuniger heranzukommen. Wir listen alle entsprechenden Möglichkeiten auf, auch wenn sie keine besonders großen Erfolgsaussichten bieten.«

Geordi zuckte mit den Schultern. »Nun, wir könnten uns den Weg zum Verteron-Beschleuniger freikämpfen – eine sehr direkte Methode und gleichzeitig mit Sicherheit die schlechteste Idee. Wir könnten versuchen, ein Schiff des Dominion zu übernehmen…«

»So ein Unsinn«, schnaufte Grof. »Warum fliegen wir nicht einfach hin und fragen höflich: ›Dürfen wir eine Bombe im Kontrollraum des Beschleunigers unterbringen?‹ Es ist völlig sinnlos. Von welcher Seite Sie die Dinge auch betrachten: Dies bleibt ein selbstmörderisches Unternehmen!«

Picard runzelte die Stirn, musterte den Trill und widerstand nur mit Mühe der Versuchung, ihm eine Ohrfeige zu versetzen. »Soll das etwa heißen, es gibt nichts, das sich irgendwann einmal der riesigen, frei im All schwebenden Konstruktion nähert, ohne Verteidigungsmaßnahmen auszulösen. Was ist mit Meteoriten und dergleichen? Wie reagiert das Sicherheitssystem auf Fast-Kollisionen und Vorbeiflüge?«

»Nun, es treiben natürlich gewisse Überbleibsel im All«, räumte Grof ein. »Immerhin fanden hier umfangreiche Konstruktionsarbeiten statt, und es herrschte ziemlich starker Raumschiffverkehr. Der Beschleuniger verfügt über Schilde, aber sie verbrauchen viel Energie. Eigentlich sollen sie nur während eines massiven Angriffs verwendet werden. Mit aktiven Schilden lässt sich das Wurmloch nicht in Betrieb nehmen. Normalerweise verfolgen Sensoren den Kurs vorbeifliegender Objekte und geben die Daten an den Computer weiter. Automatische Phaser desintegrieren alle Objekte, die mit dem Zylinder kollidieren könnten.«

»Aber es gibt andere, die einfach vorbeidriften«, sagte Picard. »Und sie bleiben unangetastet.«

Der Trill sah ihn an, und Aufregung weitete seine Augen. »Ja, ja, das stimmt! Ich glaube, die Toleranzgrenze liegt bei zweihundert Kilometern!«

»Weit innerhalb unserer Transporterreichweite«, stellte Geordi fest und lächelte.

»Wir könnten also eine unbemannte Bombe als Meteorit getarnt bis auf zweihundert Kilometer an den Beschleuniger heranbringen«, sagte Grof. »Und was dann?«

»Sie müsste nicht unbedingt unbemannt sein«, erwiderte Picard. »Wenn es uns gelingt, den ›Meteoriten‹ gut genug zu tarnen, so könnten wir zwei oder drei Personen darin unterbringen und die Bombe ins Ziel beamen. Es wäre sogar möglich, eine Einsatzgruppe in den Beschleuniger zu transferieren, wenn sich das als notwendig erweisen sollte.«

»Wenn das Objekt klein genug ist, sollte es uns eigentlich gelingen, eine genaue Sondierung durch den Gegner zu verhindern«, sagte Geordi. »Übrigens haben wir genau das richtige Gefährt für diese Sache.«

Picard lächelte. »Die Rettungskapsel, ja. Allerdings ist es unsere letzte. Wenn wir sie verwenden, sitzen wir an Bord der *Träne des Friedens* fest.«

Grof schluckte. »Jene Leute, die die Bombe zum Ziel bringen... Sollen sie anschießend zurückgebeamt werden?«

»Ja«, bestätigte Picard. »Aber vielleicht ist ein Ablenkungsmanöver erforderlich. Es wäre auch denkbar, dass es vielleicht gar nicht nötig wird, jemanden in den Verteron-Beschleuniger zu transferieren. Möglicherweise lässt sich alles mit dem Transporter erledigen.«

Grof nickte nachdenklich. »Ein guter Plan. Jetzt ist unsere Mission nicht mehr ganz so selbstmörderisch wie vorher. Ich bin beeindruckt.«

»Auch wir verstehen unser Handwerk«, sagte Geordi und stand auf. »Ich muss irgendwie einen mobilen Transporter zusammenbasteln, denn die Rettungskapsel ist nicht mit einem solchen Gerät ausgestattet. Vielleicht muss ich den Haupttransporter demontieren. Sind Sie damit einverstanden, Captain?«

»Bitte warten Sie, Geordi. Ich möchte noch einige andere Dinge mit Ihnen besprechen.« Picard sah den Trill an, der sich auf seinem elektronischen Datenblock Notizen machte. »Ich hoffe, Sie arbeiten an einer Übersicht des Beschleunigers, insbesondere des Kontrollraums und der angrenzenden Korridore.«

»Ich liste die Subsysteme auf, die es zu eliminieren gilt«, erwiderte Grof. »Die Zerstörung des Kontrollraums gefällt mir ganz und gar nicht, aber er kann später neu konstruiert werden.«

»Ich schlage vor, Sie kehren zur Brücke zurück und setzen dort die Arbeit an der Übersicht fort. Mir ist klar, dass Sie in erster Linie auf Ihre Erinnerungen angewiesen sind, und ich möchte Sie bitten, keine Einzelheiten zu übersehen und so sorgfältig wie möglich zu sein.«

»Verlassen Sie sich auf mich, Captain.« Der untersetzte Trill griff nach dem Datenblock und verließ den Raum mit langen Schritten.

Geordi sah ihm nach und lächelte. »Ich bin froh, dass er auf unserer Seite ist – endlich.«

»Ihm bleibt gar keine andere Wahl«, entgegnete Picard und presste kurz die Lippen zusammen. »Es wartet viel Arbeit auf Sie. Wie lange brauchen Sie für die Vorbereitung des ›Meteoriten‹?«

LaForge hob und senkte die Schultern. »Alles muss gut getarnt und anschließend getestet werden. Vierundzwanzig Stunden, schätze ich.«

»Ich hoffe, wir haben so viel Zeit. Nun, bevor andere Dinge unsere ganze Aufmerksamkeit erfordern... Wir sollten die Subraumbake manuell programmieren und sie für den Start vorbereiten. Wir wissen nicht, wie schnell die *Enterprise* hier sein kann.«

Geordi nickte. »Ja, Sir. Welche Daten möchten Sie programmieren?«

»Nur unsere Koordinaten, die des Beschleunigers und eine Frist von vierundzwanzig Stunden.« Picard stand auf, und zusammen mit Geordi verließ er das Quartier des Captains.

Die beiden Männer begaben sich zum dritten Deck des bajoranischen Transporters – nur selten verirrte sich jemand hierher. Tief im ›Bauch‹ des Schiffes, im Heckbereich, erstreckten sich die Rohrleitungen des Lebenserhaltungssystems. Picard und LaForge schoben sich daran vorbei und erreichten kurze Zeit später einen kleinen Raum mit Schienen auf dem Boden und an der Decke. Dies war der Torpedoraum, der jetzt mehr Platz bot als sonst: Immerhin hatten sie bereits alle ihre Torpedos abgefeuert – bis auf einen.

Die Anzeigen deuteten darauf hin, dass der letzte Torpedo im bugwärtigen Abschussmodul ruhte. Die hinteren waren leer, ebenso wie die Gestelle für zusätzliche Torpedos. Darunter stand ein silbergrauer

Schrank. Er sah aus wie ein großer Werkzeugkasten, ausgestattet mit mehreren Sensorfeldern. Geordi bückte sich und betrachtete ihn mit seinen Augenimplantaten.

»Wir könnten die Wasserstoffschaufel verwenden, um Partikel für die Tarnung der Kapsel einzusammeln«, sagte er, während er einen Code eingab.

»Ich beauftrage jemanden damit«, erwiderte Picard.

LaForge runzelte die Stirn. »Warum funktioniert das Ding nicht? Mal sehen, ob wir mit dem anderen Code weiterkommen… Na bitte.« Er trat zurück.

Servomotoren summten, als Greifer den Schrank anhoben und ihn auf die Schienen setzten. Die obere Hälfte klappte auseinander, und zum Vorschein kam eine Subraumbake. Größe und Form erinnerten an einen Hydranten. An ihrer Spitze glühte ein bernsteinfarbenes Licht.

Geordi wirkte besorgt. »Eigentlich sollte sie deaktiviert sein. Ich bin noch nicht dazu gekommen, ein Programm einzugeben. Haben Sie bereits irgendwelche Daten übermittelt, Sir?«

»Nein«, erwiderte Picard. Der Tonfall des Ingenieurs beunruhigte ihn. »Wer hatte Zugang?«

»Seit wir Lavelle und seine Crew retteten, haben wir niemanden mehr hierher geschickt.« LaForge schloss die obere Abdeckung wieder. »Allerdings gab es auch keine Zugangsbeschränkungen.«

Ein Schatten fiel auf das Gesicht des Captains, als er begriff, dass ihm ein ernster Fehler unterlaufen war. Er hätte den Torpedoraum schützen müssen. Doch die Crew bestand nur aus wenigen Personen, und es war nicht möglich, jeden Quadratzentimeter des Schiffes zu sichern, noch dazu vor jemandem, der zur Besatzung gehörte.

Geordi öffnete eine Klappe an der Subraumbake, wodurch Schaltkreise und Kabel sichtbar wurden. Als er ein Sensorfeld berührte, entstand im Heck der Bake eine zweite Öffnung. LaForge überprüfte die Schaltkreise, stellte neue Verbindungen her und blickte dabei auf kleine Displays. In seinem Gesicht zeigte sich immer mehr Sorge, wodurch Picards Unbehagen rasch zunahm.

Schließlich setzte sich Geordi auf die Fersen und schüttelte den Kopf. »Wir können von Glück sagen, dass der Unbekannte nicht genau Bescheid wusste, denn sonst hätte ich die Manipulation des Leitsystems und Subraumsenders kaum bemerkt. Wir hätten die Bake voller Zuversicht gestartet, und sie wäre irgendwo verschwunden, ohne ein einziges Signal zu senden.«

Picard kniff die Augen zusammen. »Es besteht kein Zweifel daran, dass es sich um Sabotage handelt?«

»Nein. Wer auch immer dahintersteckt: Er löste unabsichtlich einen Systemreset aus. Dadurch blieb der erste Code, den ich eingab, ohne Reaktion. Und deshalb befand sich die Bake im Bereitschaftsmodus.«

»Wie gut muss sich jemand auskennen, um die beschriebenen Veränderungen vorzunehmen?«

»Es genügt allgemeines Wissen über Starfleet-Codes und Subraumbaken. Diese Manipulation liegt vielleicht schon Tage zurück.«

Geordi blickte sich auf dem dritten Deck um. »Und hier gibt es keine automatischen Videoaufzeichnungen – weder hier noch in anderen Sektionen des Schiffes. Ich bin zu lange an Bord der *Enterprise* gewesen und habe vergessen, dass es auch Raumschiffe ohne integrierte Sicherheitssysteme gibt.«

»Können Sie die Subraumbake in Ordnung bringen?« fragte Picard.

»Ja, aber nicht, wenn ich meine ganze Aufmerksamkeit einem falschen Meteoriten, einer Bombe, einem Sensorschild und einem mobilen Transporter widmen muss.«

»Die Mission kommt an erster Stelle«, sagte der Captain ernst. »Jetzt wissen wir wenigstens, dass sich ein Feind an Bord befindet. Sie sollten besser Ihre gesamte Ausrüstung überprüfen.«

Geordi schnappte plötzlich nach Luft. »Der Sprengstoff und die Zünder!«

Er stand auf und lief los, erst an den Torpedoschienen und dann an den Rohrleitungen vorbei. Picard folgte ihm, während sich tief in seinem Innern etwas zusammenkrampfte. Er begriff, dass sie dem Saboteur mindestens einen Schritt hinterher waren, vermutlich sogar mehrere. Was der Captain bisher für eine unangenehme Möglichkeit gehalten hatte, wurde nun zu schrecklicher Gewissheit. Ein Verräter weilte in ihrer Mitte, und es galt, sofort etwas gegen diese Gefahr zu unternehmen.

Unter normalen Umständen hätte der Captain jetzt beschlossen, die Mission aufzugeben. Aber außer ihnen wusste niemand etwas vom künstlichen Wurmloch – nur sie konnten versuchen, den für die Föderation fatalen Einsatz des Verteron-Beschleunigers zu verhindern. Nicht zum ersten Mal spürte Picard die schwere Bürde der Verantwortung; alles hing von ihnen ab.

Der Saboteur hatte sich noch nicht zu erkennen geben wollen, aber jetzt wussten sie von seiner Existenz. Konnten sie das zu ihrem Vorteil nutzen und den Verräter entlarven, bevor er oder sie merkte, dass sie ihm oder ihr auf der Spur waren? Ließ sich die Sabotage der Subraumbake überhaupt geheim halten? Sie befanden sich an Bord eines kleinen Schiffes, das praktisch gar keine Privatsphäre zuließ. Nun, bisher wussten nur Picard, Geordi und ihr Gegner Bescheid.

Wir müssen alles versuchen, um den Saboteur ausfindig zu machen, dachte Picard. *Und gleichzeitig dürfen wir auf keinen Fall unsere Mission vernachlässigen.*

Die Notwendigkeit, einige schwere Entscheidungen

treffen zu müssen, belastete Picard, als er LaForge zu einem Lager abseits des Hauptfrachtraums folgte. Der Geruch von verfaulendem Obst wurde sehr intensiv, und Picard nahm sich vor, die Kisten bei Gelegenheit entfernen zu lassen. Derzeit waren Nahrungsmittel ihr geringstes Problem.

Er wartete stumm, als LaForge die Tür des Lagers entriegelte. Die Zwischenwände bestanden zum Teil aus Maschendraht, der zwar intakt zu sein schien, aber wohl kaum ein nennenswertes Hindernis für jemanden darstellte, der sich hier Zutritt verschaffen wollte. Das Schiff verfügte nicht über Sicherheitskammern oder Kraftfelder; es bestand also kaum die Möglichkeit, Vorsorge zu treffen.

Die Bestürzung in Geordis Miene kam für Picard einer unmissverständlichen Botschaft gleich. Der Ingenieur hob ein verkohltes Plasmapaket – es sah aus wie ein Beutel mit Kaffeesatz.

»Unser Freund ist hier gewesen«, knurrte LaForge. »Wenn ich einen Tricorder dabei hätte, könnte ich Ihnen sagen, wie schlimm es ist. Das gesamte Arsenal schien ruiniert zu sein: Zünder, Plastiksprengstoff, Plasmapakete – alles.«

»Steht uns noch etwas anderes zur Verfügung, um den Kontrollraum des Beschleunigers zu zerstören?«

Geordi lächelte grimmig. »Nun, es gibt da ein altes und bewährtes Mittel: ein auf Überladung justierter Phaser. Aber von einer gezielten Sprengwirkung kann dabei kaum die Rede sein, und außerdem haben wir gar keine Starfleet-Phaser.«

Picard spürte, wie er die Schultern hängen ließ. Er gab sich einen inneren Ruck und straffte die Gestalt. »Was ist mit dem Hardware-Replikator?«

»Er befindet sich im Maschinenraum, wo ihn jeder sehen kann.« Geordi klopfte auf seinen Insignienkommunikator. »LaForge an Maschinenraum.«

»Hier Woil«, ertönte die angenehm klingende Stimme des Antosianers.

»Äh... ich wollte den Hardware-Replikator einem Funktionstest der Stufe drei unterziehen, hab's aber vergessen. Ist er in letzter Zeit in Betrieb gewesen?«

»Ja, Sir. Vor einer halben Stunde haben wir etwas Magnesium repliziert. Soll ich den Test für Sie vornehmen?«

»Nein, nein, schon gut. Bringen Sie alle Systeme auf Vordermann; es wartet eine Menge Arbeit auf uns.«

»Ich hab's gehört, Sir. Und ich halte es für eine ausgezeichnete Idee, eine als Meteorit getarnte Bombe zum künstlichen Wurmloch zu bringen.«

Geordi wirkte verblüfft. »Wer hat Ihnen davon erzählt?«

»Ich glaube, Grof setzte das Gerücht in die Welt. Es stimmt doch, oder?«

»Konzentrieren Sie sich auf Ihre Arbeit«, sagte der Ingenieur. »Und behalten Sie den Replikator im Auge. LaForge Ende.« Er schüttelte voller Abscheu den Kopf. »Klatschmaul!«

»Grof ist Zivilist. Das sollten wir nicht vergessen.«

Geordi verzog das Gesicht. »So ein Mist. Wir haben nicht genug Leute, um alle Bordsysteme dieses Schiffes zu überwachen. Und wir wissen nicht, ob wir den Leuten vertrauen können, die wir haben!«

»Überlassen Sie das mir«, sagte der Captain. »Kümmern Sie sich darum, die Rettungskapsel in einen Meteoriten zu verwandeln. Setzen Sie dabei so viele Besatzungsmitglieder ein, wie Sie für nötig halten. Dies ist eine gute Gelegenheit, um die Leute als Gruppe arbeiten zu lassen – geben Sie ihnen die Möglichkeit, sich an dem Projekt zu beteiligen.«

»Ja, Sir«, erwiderte Geordi. »Mit dem Hardware-Replikator müsste es eigentlich möglich sein, eine gewisse Menge Sprengstoff herzustellen. Nun, es dürfte alles andere als einfach sein, mit den anderen Leuten zusammenzuarbeiten und sich *nicht* die ganze Zeit über zu fragen: *Wer von ihnen könnte es sein*?«

»Ich weiß, was Sie meinen. Sie und mich schließe ich aus.«

»Verdächtigen Sie Ro?« fragte LaForge leise.

Picard rieb sich das Kinn. »Lassen Sie mich es so ausdrücken: Ich habe noch immer im Ohr, wie Will Riker sie als einen erklärten Feind der Föderation bezeichnet. Wir haben immer wieder darauf vertraut, dass bestimmte Personen aus ihrer Haut heraus können. Vielleicht sind einige nicht dazu imstande.«

»Es ist wirklich kaum zu glauben…« LaForge schlug sich mit der Faust auf die flache Hand. »Wir müssen den Saboteur finden!«

»Vergessen Sie ihn zunächst, Geordi«, entgegnete Picard. »Ebenso die Subraumbake und alles andere. Denken Sie nur an den ›Meteoriten‹.«

»Ja, Sir«, sagte Geordi, und seine Stimme brachte Entschlossenheit zum Ausdruck. »Bis auf weiteres schlafe ich in einer Hängematte, die ich in der Rettungskapsel aufhänge. Niemand betritt oder verlässt sie ohne *meine* Erlaubnis. Ich werde den Sicherheitsaspekt auf keinen Fall vernachlässigen.«

Als sich LaForge zum Gehen wandte, sagte Picard: »Diese Sache bleibt unter uns, bis Sie etwas anderes von mir hören.«

»Ich habe es nicht eilig, jemandem davon zu erzählen, Captain«, erwiderte Geordi und kletterte die Leiter zum zweiten Deck hoch.

Picard zog an seinem bajoranischen Ohrring und dachte daran, dass er die einzelnen Besatzungsmitglieder nacheinander vom Verdacht ausschließen musste – bis der Feind in ihrer Mitte gefunden war.

10

Ro Laren glaubte ihren Verstand in Gefahr, wenn sie sich Grofs fröhliches Schnattern noch länger anhören musste. Einmal mehr war er von seinem eigenen Genie angetan, und die Bajoranerin bedauerte sehr, dass er die Lobeshymnen auf die eigene Person ausgerechnet auf der Brücke erklingen ließ, wo sie Dienst hatte.

»Das ist wirklich gut!« gratulierte er sich selbst, während er an den Plänen arbeitete. »Ja, genau so sah es aus.«

Ro sah zu dem unausstehlichen Trill und begegnete dabei dem Blick des Vulkaniers Taurik an der taktischen Station. Er wölbte eine Braue und widmete seine Aufmerksamkeit dann wieder den Anzeigen. Ro seufzte laut und wandte sich erneut den Kontrollen der Navigationskonsole zu. Sie musste zugeben, dass es für ihren Groll auf Grof auch noch einen anderen Grund gab: Er war in die Pläne des Captains eingeweiht, und sie nicht. Allerdings hatte sich der Trill nicht sehr bemüht, sie geheim zu halten.

Aus seinem Überschwang schloss Ro, dass er den Plan, eine als Meteorit getarnte Bombe zum Beschleuniger zu bringen, für sehr gut hielt. Zumindest diesmal war der rechthaberische Grof zufrieden. Angesichts seines kreativen Eifers begriff Ro, warum er in seinem Beruf so große Erfolge erzielt hatte, zweifellos auf Kosten all derjenigen, die ihm in den Weg gerieten.

Die Bajoranerin verdrängte diese Gedanken, als sie

das Geräusch von Schritten hörte. Sie drehte den Kopf und sah, wie Captain Picard die Brücke betrat, gefolgt von Tamla Horik und Enrique Maserelli. Dadurch wurde es wieder eng.

»Status, Mr. Taurik?« fragte der Captain.

»Keine wesentlichen Veränderungen, Sir. Es sind nur einige zusätzliche Arbeitsgruppen aktiv.«

»Es werden letzte Feineinstellungen vorgenommen«, sagte Grof und sah kaum von seiner Arbeit auf. »Bestimmt findet bald ein neuer Test statt. Es freut Sie sicher zu erfahren, dass meine Arbeit gut vorankommt, Captain.«

Picard rang sich ein Lächeln ab. »Danke, Professor. Ro und Taurik, bitte begleiten Sie mich.«

Die Bajoranerin seufzte erleichtert. *Jetzt erfahre ich vom Captain, was vor sich geht*, dachte sie. *Und ich brauche Grof nicht länger zu ertragen*. Sie stand auf, als sich Tamla Horik näherte.

»Die Kurskorrekturen müssen in einem Abstand von viereinhalb Minuten erfolgen«, erklärte Ro. »Der Kursvektor…«

»Ich weiß«, unterbrach Tamla Horik die Bajoranerin. »Der Captain hat mich darauf hingewiesen, und ich habe Ihr Logbuch gelesen. Ich erwarte keine Probleme.« Sie nahm an der Navigationsstation Platz.

»Gut«, murmelte Ro. Erleichtert wandte sie sich dem Captain zu und stellte überrascht fest, wie ernst und unnahbar er wirkte. Plötzlich rechnete sie nicht mehr damit, ins Vertrauen gezogen zu werden – Picards Miene wies vielmehr darauf hin, dass er ihr zumindest verbal das Fell über die Ohren ziehen wollte.

»Setzen Sie die Arbeit fort, Grof«, sagte der Captain.

»Aye, Sir!«

Mit einem Wink forderte Picard den Vulkanier und die Bajoranerin auf, ihm zu folgen. Sie verließen die

Brücke, schritten die Wendeltreppe hinab und erreichten kurze Zeit später das Quartier des Captains.

Picard setzte sich an den Tisch und wirkte dabei noch immer sehr ernst. Ro nahm ihm gegenüber Platz und versuchte, ebenso unbesorgt zu wirken wie Taurik neben ihr. Doch die strengen Züge des Captains verunsicherten die Bajoranerin. Sie faltete die Hände und wartete darauf, dass Picard begann.

Die Falten gruben sich tiefer in die Stirn des Captains, als sein Blick zwischen Ro und Taurik hin und her wanderte. »Ich muss Sie beide ins Vertrauen ziehen. Hiermit gebe ich Ihnen die ausdrückliche Anweisung, mit niemanden über die Dinge zu reden, die wir besprechen.«

»Ja, Sir«, erwiderte Ro und fragte sich, warum Picard nicht auch Grof an diesem Treffen teilnehmen ließ.

»Ja, Sir«, entgegnete auch Taurik.

Die Wangenmuskeln des Captains mahlten. »Ist einer von Ihnen während der letzten Tage im Torpedoraum gewesen?«

Ro versuchte nicht länger, ihre Verwirrung zu verbergen. »Nein, Sir. Dazu gab es keinen Grund.«

»Nein, Sir«, antwortete Taurik.

»Was ist mit dem Frachtraum?«

»Ich bin ein- oder zweimal dort gewesen, um Gemüse zu holen«, sagte Ro. »Und um den Proviant zu verstauen, den wir von den Talavianern bekommen haben.«

»Auch ich habe mich dort aufgehalten«, fügte Taurik hinzu.

»Haben Sie bei jener Gelegenheit eine andere Person in dem Lagerraum mit den Maschendrahtwänden gesehen?«

Ro runzelte die Stirn und überlegte, welche Gegenstände in jenem Lager untergebracht waren. »Nein, Sir...«

»Ist mit unserem Vorrat an Sprengstoff etwas nicht in Ordnung?« fragte Taurik offen heraus.

»Jemand machte ihn unbrauchbar«, antwortete Picard, ohne den Blick von der Bajoranerin abzuwenden. »Wir müssen herausfinden, wer Sabotageakte gegen dieses Schiff und unsere Mission verübt. Ro, wären Sie zu einer Mentalverschmelzung mit Taurik bereit?«

Ro versteifte sich unwillkürlich, als sie begriff, was die Frage des Captains bedeutete.

»Ist dies ein Loyalitätstest?«

»Nein, es ist ein Überlebenstest. Ich muss einen Verräter in unserer Mitte finden, und die Logik gebietet, dass ich bei Ihnen anfange.«

»Ich bin nie eine Verräterin gewesen«, sagte die Bajoranerin ruhig. »Ich bin nur früher als andere eine Anhängerin des Prinzips ›Cardassianern darf man nicht trauen‹ geworden, aber ich habe nichts und niemanden verraten.«

»Dann erlauben Sie Taurik, eine geistige Verbindung mit Ihnen herzustellen.«

Ro sah zu dem stoischen Vulkanier, der stumm eine Braue wölbte – er schien die Aussicht, eine Mentalverschmelzung mit ihr herbeizuführen, für interessant zu halten.

Ro unterdrückte alle ihre zornigen, misstrauischen Instinkte, und davon gab es eine ganze Menge. Vielleicht hatte sie es verdient, vor allen anderen für einen Verräter gehalten zu werden, aber ihr gebührte auch ein gewisser Respekt und das Recht, Verstand und Seele von niemandem durchleuchten zu lassen.

»Dies ist Ihrer unwürdig, Captain«, brachte sie zwischen zusammengebissenen Zähnen hervor.

Er kniff die Augen zusammen. »Es findet ein Krieg statt, und schon sehr bald könnte eine Flotte von Jem'Hadar-Schlachtschiffen durch den Sternentunnel kommen. Leider bleibt mir nicht genug Zeit, um auf die

Gefühle anderer Personen Rücksicht zu nehmen. Ich muss feststellen, wer gegen uns arbeitet. An meiner Stelle würden Sie nicht anders handeln.«

Ro lehnte sich zurück, beeindruckt von Picards Offenheit. »Sie haben recht«, gestand sie. »Ich würde tatsächlich ebenso handeln. Na schön. Taurik kann auf Zehenspitzen einen Ausflug durch mein Bewusstsein unternehmen, aber er sollte dabei kniehohe Stiefel tragen.«

Risse entstanden in Picards mimischer Maske, und er lächelte schief. »Tut mir leid, aber ich musste darauf bestehen. Wir führen die Mentalverschmelzung nicht durch; es genügt mir, dass Sie damit einverstanden waren.«

Ro entspannte sich und atmete tief durch. »Ein anderes Mal, Taurik.«

»Ich hätte dem Befehl des Captains Folge geleistet«, sagte der Vulkanier. »Aber ich muss Ihnen dies zu bedenken geben, Sir: Ich bin nicht zu mehreren Mentalverschmelzungen innerhalb kurzer Zeit imstande. Jede ist sehr anstrengend, sowohl für mich als auch für die jeweilige Person, und anschließend sind einige Stunden Ruhe nötig.«

»Schon gut, Taurik«, erwiderte Picard. »Eigentlich liegt mir gar nichts daran, dass wirklich eine solche Mentalverschmelzung stattfindet. Ich möchte nur damit drohen. Die Bereitschaft zu einer derartigen geistigen Verbindung deutet meiner Ansicht nach auf Unschuld hin. Wenn sich jemand hartnäckig weigert, müssen wir eventuell andere Maßnahmen ergreifen.«

»Wer steht als nächster auf Ihrer Liste?« fragte Ro. »Grof?«

»Nein. Den Professor überlassen wir am besten seiner Arbeit. Außerdem brauchte er gar nicht zum Mittel heimlicher Sabotage zu greifen, um unsere Pläne zu vereiteln. Es genügt, wenn er uns falsche Informationen gibt, und dazu ist er jederzeit imstande. Ob es uns gefällt oder nicht: Die Mission hängt von Grof ab. Und auch von LaForge. Wir sollten sie beide in Ruhe lassen.«

Picard musterte den Vulkanier. »Sie stellen ein Problem dar, aber ich schätze, Ihre Bereitschaft zur Durchführung einer Mentalverschmelzung entlastet Sie. Dies alles beweist natürlich nichts, aber es ist zumindest ein Anfang. Ich möchte sehen, wie die einzelnen Besatzungsmitglieder auf die Gefahr der Entlarvung reagieren.

Wir wiederholen diese Prozedur bei Lavelle und Hasmek. Ich habe mit Ihnen beiden begonnen, weil ich gerade von Ro erwartete, dass sie sich aus Prinzip gegen die geistige Verbindung sträubt.« Er bedachte die Bajoranerin mit einem kurzen Lächeln.

»Wenn es einen Saboteur an Bord gibt, so müssen wir sehr vorsichtig sein«, sagte Ro. »Es sollten zusätzliche Sicherheitsmaßnahmen ergriffen werden...«

»Einverstanden«, pflichtete Picard ihr bei. »Aber gleichzeitig müssen wir unsere Mission voranbringen. Ich möchte unsere Zusammenarbeit nicht ausgerechnet jetzt unterbrechen – immerhin sind wir in einer guten Position und haben einen Plan, der Aussicht auf Erfolg verspricht. Ro, bitte gehen Sie zu LaForge und helfen Sie ihm bei der Vorbereitung der Rettungskapsel. Überlassen Sie die Ermittlungen mir. Ich gebe Ihnen Bescheid, wenn ich Sie brauche.«

Ro erhob sich und klopfte auf den Tisch. »Sie gehen ein großes Risiko ein, Captain.«

»Ich weiß«, erwiderte er ernst. »Aber es wäre noch schlimmer, die Mission zu unterbrechen, um eine uns entzweiende Hexenjagd zu veranstalten – damit würden wir unserem Gegner in die Hände spielen. Erfüllen Sie Ihre Pflicht. Um die Nachforschungen kümmere *ich* mich.«

Hasmek stöhnte und hob den Kopf vom Sofa in Lavelles Quartier. »Wann können wir endlich hier raus?«

Sam ließ den Minicomputer sinken, mit dem er einen Brief an seine Schwester in New Jersey geschrieben hatte. Er wusste nicht, wie er ihn übermitteln sollte, aber trotzdem fühlte er sich jetzt besser, der Heimat ein wenig näher.

»Entspannen Sie sich«, sagte er. »Man wird sich an uns wenden, wenn man uns braucht. Die Crew dieses Schiffes ist nicht besonders groß, und die anderen müssen irgendwann schlafen.«

»Haben Sie jemals daran gedacht, von hier zu verschwinden?« fragte Hasmek und starrte geistesabwesend an die Decke. »Ich meine nicht dieses Zimmer, sondern den Krieg, den ganzen Wahnsinn. Sie sind ein kluger Bursche, Sam. Bestimmt haben Sie schon einmal darüber nachgedacht.«

»Welchen Sinn hätte es, Gedanken daran zu verschwenden? Weit und breit gibt es keinen sicheren Ort, und selbst wenn es einen gäbe – wir könnten ihn nicht erreichen.«

Der Romulaner drehte sich auf die Seite und sah ihn an. »Sie könnten *mir* helfen, nach Hause zurückzukehren.«

»Der Captain hat bereits versprochen, Ihnen die Heimkehr zu ermöglichen«, erwiderte Sam voller Unbehagen.

»Aber wir wissen beide, dass diese Angelegenheit bei ihm keine sehr hohe Priorität hat. Mit ziemlicher Sicherheit wird uns Picard nicht nach Hause bringen, sondern uns alle in den Tod treiben. Wenn Sie *mir* helfen… Dann sorge ich dafür, dass Ihnen weder die Föderation noch das Dominion jemals wieder irgendwelche Probleme bereiten kann.«

Sam lachte. »Wenn Sie ein solches Versprechen einlösen könnten, wären Sie ein Wundertäter, kein einarmiger Romulaner, der verdammt weit von seiner Heimat entfernt ist.«

»Bleiben Sie in meiner Nähe, wenn sich die Dinge in die falsche Richtung entwickeln«, sagte Hasmek.

»Na schön«, entgegnete Sam noch immer ein wenig amüsiert. In diesem Krieg glaubte jeder, ein Rezept fürs Überleben zu haben, irgendeinen Plan. In Wirklichkeit hatten die Betreffenden nur eine recht lockere Verbindung zur Realität und außerdem schlicht und einfach Glück – oder auch nicht.

Er griff wieder nach dem Minicomputer und beendete den Brief an seine Schwester. »Ich hoffe, der Krieg springt mit dir besser um als mit mir, Joanne. Ich weiß, dass er uns alle beeinflusst – es spielt keine Rolle, wo man sich aufhält. Du hattest immer eine fatalistischere Einstellung als ich, und deshalb kommst du vermutlich irgendwie zurecht. Ich frage mich immer wieder, wie ich die Dinge verändern, *Einfluss* ausüben kann. Ich gebe mir alle Mühe, aber ich weiß nicht, ob das genügt. Hoffentlich geht dies alles bald zu Ende, so oder so. Mit vielen lieben Grüßen, dein Sammy.«

Sam spürte, wie ihm die Augen feucht wurden. Er schaltete den kleinen Computer aus und schloss die Klappe. Eine Sekunde später klopfte es an der Tür.

»Herein!« rief Hasmek und klang geradezu fröhlich.

Die Tür öffnete sich, und Captain Picard trat ein, gefolgt von Taurik. Sam sprang auf und begrüßte seinen vulkanischen Freund. »Hallo, Taurik.«

Der Vulkanier wirkte noch stoischer als sonst und erwiderte Sams Gruß mit einem kühlen Nicken.

»Welchem Umstand verdanken wir dieses Vergnügen?« fragte Hasmek. Er stand auf und verbeugte sich. »Können wir diesen Raum jetzt verlassen?«

»Kommt darauf an«, sagte Picard. »Ich bin gekommen, um Ihnen beiden einige Fragen zu stellen. Und ich möchte, dass Sie unser Gespräch für sich behalten, mit niemandem darüber reden.«

»Klingt nach einer ernsten Sache«, kommentierte Hasmek.

»Ein Eindruck, der nicht täuscht. Ist in letzter Zeit einer von Ihnen im Torpedoraum gewesen?«

»Nein, Sir.« Sam richtete einen fragenden Blick auf Hasmek, der lächelte.

»Was befindet sich im Torpedoraum?« fragte der Romulaner.

»Bitte beantworten Sie die Frage«, sagte Picard.

»Nein.«

»Hat jemand von Ihnen den Frachtraum aufgesucht, aus einem Grund, der nichts mit dem Proviant zu tun hat?«

»Was befindet sich im Frachtraum?« erkundigte sich Hasmek amüsiert.

»Nein, Sir«, antwortete Sam.

»Verübt jemand von Ihnen Sabotageakte gegen dieses Schiff?« Der Captain musterte die beiden Männer streng.

»Nein, Sir«, sagte Sam in einem vorwurfsvollen Ton.

»Ich habe damit aufgehört, als Sie mir den Arm abschossen«, entgegnete Hasmek mit einem freudlosen Lächeln.

»Sind Sie zu einer Mentalverschmelzung bereit, um zu beweisen, kein Saboteur zu sein?« fragte Picard.

Der Romulaner lachte schallend. »Oh, meinetwegen. Aber das beweist überhaupt nichts.«

»Wie meinen Sie das?«

»Ich bin mit einer Vulkanierin verheiratet, und sie ist eine sehr fähige Lehrerin in Hinsicht auf die Mentalverschmelzung – sie galt als Wunderkind. Ich habe viele geistige Verbindungen hinter mir und kenne Methoden, mich ihnen zu widersetzen. Davon werde ich Gebrauch machen.«

Der Captain runzelte die Stirn und sah Taurik an.

»Das ist möglich«, sagte der Vulkanier. »Hasmek hat bereits erwähnt, dass er mit einer Vulkanierin verheiratet ist, und wir kennen das große Interesse der Romulaner an den Techniken der Mentalverschmelzung.«

Der Romulaner schob stolz das Kinn vor. »Genau aus diesem Grund wurde ich für diese schwierige Mission ausgewählt – weil ich telepathischen Sondierungen durch Vulkanier widerstehen kann.«

»Wären Sie bereit, sich einer Mentalverschmelzung zu unterziehen?« fragte Picard.

Mit einem spöttischen Lächeln deutete Hasmek auf seinen leeren Ärmel. »Ich bin wohl kaum in der Lage, mich dagegen zu sträuben. Aber ich garantiere Ihnen: Sie fänden dabei nicht mehr über mich heraus, als Sie bereits wissen.«

Das Lächeln verschwand von den Lippen des Romulaners. »Außerdem dürfte klar sein, wer Ihr Gegner ist, Captain: Grof. Er hat am meisten zu gewinnen und am wenigsten zu verlieren. Und er kontrolliert praktisch das Schiff.«

Picard ging nicht auf diese Spitze ein. »Und Sie, Mr. Lavelle? Würden Sie sich einer Mentalverschmelzung unterziehen?«

»Ja, Sir.« Sam nahm Haltung an, und dachte voller Sorge an den unbekannten Feind an Bord. »Allerdings bin ich auch der Meinung, dass Sie Grof überprüfen sollten.«

»Oder die Maquisardin«, sagte Hasmek. »Einmal ein Verräter, immer ein Verräter.«

»Ro hat nichts mit den Sabotageakten zu tun!« erwiderte Sam scharf. »Schlagen Sie sich diese Idee aus dem Kopf.«

»Sie haben es ziemlich eilig, die Bajoranerin in Schutz zu nehmen, wie?« fragte Hasmek amüsiert.

»Das genügt«, warf Picard ein. »Wenn Sie Anklage gegen jemanden erheben, sollten Sie imstande sein, konkrete Beweise vorzulegen. Können Sie entsprechende Beweise präsentieren?«

»Grofs Worte, sein Verhalten«, entgegnete Sam.

»Ähnliches ließe sich über Ro Laren sagen«, meinte der Captain. »Ich bin bemüht, allen Personen an Bord mit einer objektiven Einstellung zu begegnen, und jemand versucht, das auszunutzen. Ich werde den Saboteuer finden.«

»Das sollten Sie besser«, sagte Hasmek mit grimmigem Ernst. »Andernfalls droht eine Meuterei.«

Picard kniff die Augen zusammen und musterte den Romulaner. »Wir sind in einer verzweifelten Lage, und ich werde nicht zögern, verzweifelte Maßnahmen zu ergreifen. Habe ich mich klar genug ausgedrückt?«

»Ja, Sir!« antwortete Sam sofort, obgleich seine Zuversicht immer mehr schwand.

»Wir haben endlich einen erfolgversprechenden Plan, um den Verteron-Beschleuniger außer Gefecht zu setzen«, sagte der Captain. »Es liegt viel Arbeit vor uns. Ich erwarte von Ihnen beiden, dass Sie Ihren Anteil daran übernehmen.«

Hasmek starrte ihn groß an. »Dürfte das nicht ziemlich schwer sein, solang sich an Bord jemand herumtreibt, der die Mission vereiteln will? Handelt es sich hier nicht um die gleiche Person, die versucht hat, uns *verhungern* zu lassen?«

Picard schenkte diesen Worten keine Beachtung. »Ich möchte, dass Sie beide Woil im Maschinenraum ablösen. Sagen Sie ihm, er soll sich schlafen legen. Durch Shonsuis Tod hat er seinen Partner verloren, aber wir besorgen ihm einen neuen. Behalten Sie sich die ganze Zeit über gegenseitig im Auge und seien Sie bereit, vom Maschinenraum aus LaForge zu helfen.«

»Es wird Zeit, zu den Kriegsgöttern zu beten, denn wir stecken in großen Schwierigkeiten«, kommentierte Hasmek.

»Behalten Sie solche Meinungen für sich«, wies Picard den Romulaner an. »Und sagen Sie niemandem, worüber wir hier gesprochen haben. Wir müssen uns auch weiterhin auf unser Sicherheitssystem verlassen, das eine paarweise Einteilung der Crew vorsieht. Gehen Sie jetzt auf Ihre Posten.«

»Ja, Sir«, antwortete Sam, schob sich an Picard vorbei und eilte zur Tür. Es erleichterte ihn, wieder im Dienst zu sein, aber gleichzeitig fürchtete er, dass ihnen allen eine Katastrophe bevorstand.

Ro Laren folgte Captain Picard und Taurik auf die Brücke der *Träne des Friedens*. Grof saß an der Nebenkonsole, wirkte sehr zufrieden mit sich selbst und vollkommen auf die Arbeit konzentriert. Tamla Horik bediente die Navigationskontrollen, und Enrique Maserelli kümmerte sich um die taktische Station. Das zentrale Projektionsfeld war in zwei Darstellungsfenster geteilt: Eins zeigte den Verteron-Beschleuniger, das andere Junos Ringe.

»Hallo, Captain«, sagte Grof fröhlich. »Ich wollte Ihnen gerade den ersten Entwurf der Strukturübersicht zeigen. Ich glaube, er kommt der Realität sehr nahe, obgleich ich das eine oder andere Detail vergessen haben könnte.«

Picard lächelte höflich. »Ausgezeichnet, Professor. Diese Angelegenheit erfordert unsere volle Aufmerksamkeit, aber zunächst müssen noch einige andere Dinge erledigt werden. Ich schlage vor, Sie gehen zu Mr. LaForge, der an der Rettungskapsel arbeitet. Er möchte Ihnen einige Fragen stellen.«

Ro lächelte innerlich. Sie war beim Captain gewesen, als er mit Geordi gesprochen, ihm Grofs Besuch angekündigt und ihn gebeten hatte, den Trill für einige Zeit zu beschäftigen.

»In Ordnung«, sagte Grof und stand sofort auf. Er schien plötzlich die Kooperationsbereitschaft in Person zu sein. »Soll ich Commander LaForge irgendetwas mitteilen?«

»Sagen Sie ihm, dass wir drei uns später treffen.« Picard entließ den Professor mit einem Nicken, wandte sich anschließend Maserelli und Horik zu. Als Grof die Wendeltreppe hinunterstapfte, schien Enrique den starren Blick des Captains als immer unangenehmer zu empfinden. Die Deltanerin hingegen saß mit dem Rücken zu Picard und sah auch weiterhin auf die Navigationskontrollen.

Taurik näherte sich der taktischen Station, und Enrique begriff, dass er abgelöst werden sollte. Ro trat rasch hinter Tamla Horik.

»Status?« fragte Picard.

»Wir halten unsere Position«, antwortete Horik.

Enrique blickte auf die taktischen Displays. »Derzeit sind kaum mehr Arbeitsgruppen im Einsatz, und die meisten Raumschiffe haben sich vom Beschleuniger zurückgezogen. Grof glaubt, dass ein weiterer Test unmittelbar bevorsteht, aber darauf weist er schon seit Stunden hin.«

Picard nickte ernst. »Ich muss mit Ihnen und Horik sprechen. Taurik, übernehmen Sie die taktische Station. Ro, die Navigation.«

Enrique wirkte neugierig, als er aufstand und Taurik seinen Platz überließ. Tamla Horik erhob sich ebenfalls. Sie und Enrique nahmen Haltung an – vermutlich rechneten sie damit, jetzt von dem Plan für die Zerstörung des Beschleunigers zu erfahren.

»Unser Gespräch ist vertraulicher Natur – niemand sonst darf davon erfahren«, begann der Captain. »Ist in letzter Zeit einer von Ihnen im Torpedoraum gewesen?«

Enrique schüttelte den Kopf. »Nein, Sir. Dort habe ich mich nie aufgehalten.«

»Ich auch nicht«, sagte Tamla. »Ist mit unserem letzten Torpedo etwas nicht in Ordnung?«

»Nein, aber es wurden zwei Sabotageakte an Bord verübt, und hinzu kommt der Zwischenfall mit unseren Nahrungsmittelreplikatoren.«

»Was bedeutet das?« fragte Enrique nervös.

»Es bedeutet, dass wir gewisse Maßnahmen ergreifen müssen, um den Verräter in unserer Mitte zu identifizieren. Niemand von Ihnen steht unter einem besonderen Verdacht, aber wir müssen ganz sicher sein. Deshalb bitte ich Sie, sich einer vulkanischen Mentalverschmelzung zu unterziehen.«

Tamla sah zu Taurik und lächelte nervös. »Nun, das sollte eigentlich kein Problem sein.«

Picard wandte sich an Enrique. »Und Sie?«

»Ich... ich weiß nicht, Sir«, erwiderte der attraktive Terraner mit dem dunklen Bart. »Ich habe mich immer vor solchen geistigen Verbindungen gefürchtet. Ich meine, man könnte den Verstand verlieren oder sterben!«

»Das ist sehr unwahrscheinlich«, erwiderte Taurik. »Allerdings sind die Reaktionen von Person zu Person unterschiedlich.«

»Ich fürchte, Ihnen bleibt keine Wahl«, sagte Picard. »Es ist ein Befehl.«

Enrique schluckte, straffte die Schultern und blickte starr geradeaus. »Na schön, Sir. Darf ich... darf ich Tamlas Hand halten?«

Der Ernst verschwand aus Picards Miene, und er lächelte. »Das ist nicht nötig. Wir führen derzeit keine Mentalverschmelzung durch, aber ich danke Ihnen beiden, dass Sie dazu bereit waren.«

»Ja, Sir«, seufzte Enrique und machte keinen Hehl aus seiner Erleichterung.

»Kehren Sie an Ihre Stationen zurück. Ro und Taurik, Sie begleiten mich.«

Der Captain verließ die Brücke, gefolgt vom Vulkanier und der Bajoranerin. Oben an der Wendeltreppe blieb Picard stehen und flüsterte: »Jetzt nehmen wir uns Jozarnay Woil vor, der im Mannschaftsquartier schläft. Ich weiß nicht, ob ich von den bisher erzielten Fortschritten enttäuscht oder mit ihnen zufrieden sein soll. Es scheinen alle unschuldig zu sein.«

»Ihrer Vorgehensweise mangelt es nicht an Logik«, sagte Taurik. »Aber die Ergebnisse sind keineswegs schlüssig.«

»Ich weiß.« Picard zupfte nachdenklich an seinem Ohrring. »Von den bisher angesprochenen Personen machte sich niemand übermäßig Sorgen. Das finde ich sehr interessant.«

»Vielleicht sind Mentalverschmelzungen doch nicht so furchterregend, wie Hasmek zu glauben scheint«, meinte Taurik trocken.

»Der Saboteur sollte sie furchterregend finden.«

Der Captain winkte, führte seine beiden Begleiter die Treppe hinunter und dann durch den Korridor. Kurze Zeit später standen sie vor dem großen Mannschaftsquartier, wo so viele Mitglieder der ursprünglichen Crew ums Leben gekommen waren. Jetzt schlief hier niemand mehr, abgesehen von dem Antosianer, der offene Räume kleinen Kabinen oder irgendwelchen Ecken vorzog.

Picard berührte ein Sensorfeld, und die Tür öffnete sich. Er betrat einen halbdunklen Raum, der Ro an eine Turnhalle mit niedriger Decke erinnerte. Die vielen Hängematten waren inzwischen verschwunden und hingen in den Kabinen der einzelnen Besatzungsmitglieder. Geordi benutzte ebenfalls eine, an Bord der Rettungskapsel.

Lautes Schnarchen wies ihnen den Weg zum Antosianer, der mitten im Raum auf einem Haufen Kissen lag, die aus den Freizeiträumen stammten. Ro bedauerte, dass sie Woil wecken mussten. Er wirkte so glückselig im Schlaf, dass sie den Wunsch verspürte, sich neben ihm zusammenzurollen und ebenfalls zu schlafen.

»Licht!« sagte Picard scharf. Von einem Augenblick zum anderen wurde es hell.

»Hm?« murmelte Woil. Mit einer Hand schirmte er sich die Augen vor dem Licht ab und versuchte, zwischen die Kissen zu kriechen.

»Wachen Sie auf, Mr. Woil«, wandte sich der Captain an den Antosianer. »Das ist ein Befehl.«

Woil erkannte die Stimme, rollte sich herum, sah blinzelnd zu Picard auf – und erhob sich rasch. Der Knoten aus schwarzem Haar wirkte jetzt nicht mehr so ordentlich wie sonst, sondern zerzaust; einzelne Strähnen ragten daraus hervor. Der Mann schien noch immer nicht ganz bei sich zu sein und tat Ro sehr leid. Sie hoffte, dass er sich nicht den Anweisungen des Captains widersetzte und dadurch eine Mentalverschmelzung nötig machte. Zwar war sie alles andere als begeistert von der bunt zusammengewürfelten Crew dieses Schiffes, aber sie wollte nicht feststellen müssen, dass einer von ihnen ein Verräter und Mörder war.

»Bin ich im Dienst, Sir?« fragte Woil mit schläfriger Verwirrung.

»Nein«, erwiderte Picard. »Wir brauchen Informationen. Sind Sie seit Ihrer Ankunft an Bord dieses Schiffes im Torpedoraum gewesen?«

»Nein, Sir«, antwortete der Antosianer und runzelte nachdenklich die Stirn. »Ich glaube nicht.«

»Und im Frachtraum?«

»Nein, Sir. Die meiste Zeit über bin ich im Maschinenraum gewesen, und hinzu kam gelegentlicher Brückendienst. Moment mal. Ich glaube, ich habe einmal den Frachtraum aufgesucht, um ein Stasisfeld zu überprüfen.«

»Sind Sie jemals in dem Lager weiter hinten gewesen? Ich meine den Raum mit den Maschendrahtwänden.«

»Nein, Sir.« Der große Antosianer rieb sich die Augen und versuchte, ganz wach zu werden. »Warum fragen Sie mich das, Sir?«

»Es kam zu zwei weiteren Sabotageakten gegen dieses Schiff und unsere Mission. Sind Sie dafür verantwortlich?«

Woil blinzelte erneut und lächelte. Dann begriff er, dass es der Captain ernst meinte, und sofort verschwand das Lächeln aus seinem schwammigen Gesicht. Unsicher sah er von Picard zu Taurik und auch zu Ro. Die Bajoranerin spürte, wie sich in ihrer Magengrube etwas zusammenkrampfte – sie ahnte, dass sich der Antosianer nicht fügen würde.

»Warum verdächtigen Sie mich?« fragte Woil.

»Wir verdächtigen jeden«, erwiderte Picard. »Beantworten Sie meine letzte Frage.«

»Ich bin es nicht gewesen. Ich habe keine Sabotageakte verübt!« Er klang sowohl beschwörend als auch empört – zwei emotionale Reaktionen, die Ro gut verstand.

»Sind Sie bereit, sich einer vulkanischen Mentalverschmelzung zu unterziehen?«

Woil kniff die Augen zusammen und bedachte Taurik mit einem argwöhnischen Blick. »Nein, Sir, das bin ich nicht. So etwas widerspricht dem Glauben und den Gesetzen meines Volkes.«

»Lassen Sie mich noch etwas deutlicher werden«, sagte Picard. »Ich *befehle* Ihnen, sich einer Mentalverschmelzung zu unterziehen.«

»Bei allem Respekt, Sir – ich weigere mich.« Der Antosianer blickte geradeaus. »In meiner Heimat gilt die

Verletzung der geistigen Sphäre als genauso gravierend wie körperliche Verletzungen.«

Ros Besorgnis wuchs immer mehr, und ihre rechte Hand tastete nach dem Phaser. Sie beobachtete, wie sich Picards Schultern hoben und senkten, als er zu entscheiden versuchte, wie er auf diese Insubordination reagieren sollte.

»Ich kenne die antosianischen Lehren«, sagte der Captain nicht ohne Anteilnahme. »Eine Mentalverschmelzung lässt sich wohl kaum mit den Techniken vergleichen, die auf Ihrer Heimatwelt verboten sind. Es bleiben keine dauerhaften Schäden zurück, und von Verletzungen irgendeiner Art kann nicht die Rede sein. Wir möchten nur herausfinden, womit Sie seit Ihrer Ankunft an Bord dieses Schiffes beschäftigt gewesen sind. Habe ich das gleiche von Ihnen verlangt, Ro, trotz Ihrer Einwände?«

»Ja, Sir«, bestätigte sie.

»Ich weigere mich trotzdem«, beharrte der Antosianer. »Und ich bezweifle, ob Sie mich deswegen vors Kriegsgericht bringen können.«

Picard presste die Lippen zusammen. »Mr. Taurik, können Sie die Mentalverschmelzung auch bei einer bewusstlosen Person vornehmen?«

»Ja, Sir«, erwiderte der Vulkanier und musterte Jozarnay mit Interesse.

»Ro, ziehen Sie Ihren Phaser und justieren Sie ihn auf leichte Betäubung.«

»Ja, Sir.« Sie hatte die Waffe bereits halb aus dem Halfter gezogen, bevor Picard den Satz beendet hatte. Sicherheitshalber überprüfte sie die Einstellung des Strahlers, um sich zu vergewissern, dass er wirklich auf Betäubung justiert war.

»Warten Sie!« knurrte der Antosianer. Er duckte sich, ging in Verteidigungsstellung und wich zurück. »Das ist ein Sakrileg!«

»Ich gebe Ihnen eine letzte Chance«, sagte der Captain. »Niemand kommt an diesem Test vorbei.«

»Was ist mit dem Trill und Romulaner?« protestierte Woil. »Haben *sie* etwa ihre Unschuld bewiesen?«

»Bisher waren alle, die ich gefragt habe, mit einer Mentalverschmelzung einverstanden«, erwiderte Picard wahrheitsgemäß. »Sie bilden die einzige Ausnahme.«

Der Antosianer fühlte sich in einer ausweglosen Lage und schnitt eine Grimasse. Ro hatte Mitleid mit ihm. Sie wusste, wie schwer es war, wichtige Überzeugungen für eine größere Sache aufzugeben.

»Geben Sie nach«, riet sie Woil.

»Nein!«

»Betäuben Sie ihn«, sagte Picard widerstrebend.

Der große Antosianer sprang zur Seite, aber Ro verfehlte das Ziel nicht – der Phaserstrahl traf ihn an der Schulter. Woil taumelte, sank zu Boden und blieb auf dem Bauch liegen.

Ro steckte die Waffe ins Halfter zurück und bedauerte sehr, dass eine solche Maßnahme erforderlich geworden war. Unglücklicherweise hatte ihnen Woil keine Wahl gelassen. Der Gesichtsausdruck des Captains deutete darauf hin, dass er ihr Bedauern teilte. Wer glaubte, dass ein Kommandooffizier an jedem erteilten Befehl Gefallen finden musste, hatte nicht die geringste Ahnung vom Kommando.

Picard wandte sich kummervoll an Taurik. »Beginnen Sie.«

Der Vulkanier schloss die Augen, presste die Fingerspitzen aneinander und schien zu meditieren.

»Gibt es keinen anderen Weg?« fragte Ro.

»Wir müssen Gewissheit haben«, entgegnete Picard ernst.

Nach einigen Sekunden öffnete der Vulkanier die Augen und näherte sich dem Bewusstlosen. Er drehte Woil auf den Rücken, brachte den Kopf in die richtige

Position. Als er mit den Fingern der rechten Hand die Nervenpunkte im Gesicht des Antosianers berühren wollte, piepte der Insignienkommunikator des Captains.

»Hier Picard«, sagte er ungeduldig.

»Captain!« ertönte Enriques aufgeregte Stimme. »Die Verteron- und Neutrino-Emissionen im Innern des Beschleunigers steigen stark an. Wir glauben, das künstliche Wurmloch wird jetzt in Betrieb genommen!«

»Geben Sie Grof Bescheid und lassen Sie ihn zur Brücke kommen«, erwiderte Picard und eilte zur Tür. Er deutete auf Ro und Taurik. »Führen Sie die Mentalverschmelzung durch, solange Woil bewusstlos ist.«

»Ja, Sir.« Ro fühlte sich noch immer nicht wohl bei der Sache, aber ein direkter Befehl war ein direkter Befehl. Sie wandte sich an Taurik. »Also los.«

Der Vulkanier blickte auf den Reglosen hinab. »Es besteht die Möglichkeit, dass er erwacht. Vielleicht bin ich imstande, ihn zu kontrollieren, vielleicht auch nicht. Bitte geben Sie mir Ihren Phaser, damit ich Gebrach davon machen kann, wenn es notwendig werden sollte.«

»Meinetwegen.« Ro reichte ihren Strahler dem Vulkanier – und schnappte verblüfft nach Luft, als er die Waffe auf sie richtete.

»Hände hoch!« befahl Taurik. »Versuchen Sie nicht, Ihren Insignienkommunikator zu aktivieren.«

Sie starrte ihn groß an. »Ist das eine Art Scherz?«

»Ich versichere Ihnen, dass ich es sehr ernst meine.« Etwas in der Stimme wies Ro darauf hin, dass er die Wahrheit sagte – als könnten Vulkanier überhaupt lügen. Sie hob die Hände über den Kopf.

Taurik trat einen Schritt näher, richtete seine volle Aufmerksamkeit auf sie und schien bestrebt zu sein, sich alle Einzelheiten ihres Gesichts einzuprägen. Eine Veränderung erfasste seine eigene Miene, ließ die Züge verschwimmen. Einige Sekunden lang glaubte Ro, in einen Spiegel zu blicken – sie sah sich selbst! Entsetzt beobachtete sie, wie die Gestalt vor ihr einen Arm ausstreckte, der plötzlich aus Quecksilber zu bestehen schien.

Ein Gestaltwandler! Ro wollte nach ihrem Insignienkommunikator greifen, aber die Hand des Wesens vor ihr wurde zu einem glänzenden Tentakel, der ihr das kleine Kom-Gerät von der Brust riss. Sie wirbelte um die eigene Achse, wandte sich zur Flucht, doch ein zweiter Tentakel schlang sich ihr wie ein Stahlkabel um die Beine und zerrte an diesen. Die Bajoranerin verlor das Gleichgewicht und fiel der Länge nach zu Boden. Es blieb ihr gerade noch Zeit genug, sich auf den Rücken zu rollen – ein roter Phaserstrahl traf sie und löschte alle ihre Gedanken aus.

11

Schimmerndes, blaues Licht wie von einer gewaltigen Gasflamme umhüllte den riesigen Verteron-Beschleuniger. In der Mitte des Zylinders zeigte sich rotes Glühen, das immer schneller pulsierte. Fasziniert beobachtete Picard das Geschehen auf dem Hauptschirm. Auch wenn es vielleicht das Ende für die Föderation bedeutete: Er wollte unbedingt sehen, was nun durch den Sternentunnel kam.

Das Geräusch eiliger Schritte erklang, und dann hörte der Captain, wie jemand nach Luft schnappte. Er drehte kurz den Kopf – Grof hatte die Brücke erreicht.

»Es hat begonnen«, brachte der Trill hervor und starrte zum Hauptschirm. »Ein umfassender Test. Vielleicht wird schon jetzt eine Flotte transferiert. Meine Güte, es sieht wundervoll aus!«

Picard schnitt eine Grimasse und wandte sich an Maserelli. »Nehmen die energetischen Emissionen noch immer zu?«

Enrique sah von seiner Konsole zum zentralen Projektionsfeld und erweckte den Eindruck, es kaum fassen zu können. »Eigentlich müsste das Ding zerbersten«, antwortete er.

»O nein«, sagte Grof voller Stolz. »Um das zu verhindern, verwendeten wir das Gitter und die Corzanium-Abschirmung. Das Wurmloch müsste sich jetzt jeden Augenblick öffnen.«

Es wäre Picard lieber gewesen, wenn sich Grof nicht so sehr über sein Werk gefreut hätte, aber er musste zugeben: Das künstliche Wurmloch bot tatsächlich einen atemberaubenden Anblick. Wenn nur nicht Tod und Zerstörung auf der anderen Seite gewartet hätten.

Vor dem Beschleuniger entstand plötzlich eine blauweiße Wolke und öffnete sich wie ein Blütenkelch in Zeitraffer. Goldenes Licht erstrahlte nun aus dem Zentrum des Zylinders. Dieser Glanz und die Wolke verbanden sich miteinander, und zum Vorschein kam ein kleines Raumschiff.

Der ›Blütenkelch‹ des Wurmlochs klappte so schnell zusammen, wie er sich geöffnet hatte, und das Kaleidoskop aus Licht verschwand. Der lange Verteron-Beschleuniger wurde wieder dunkel, abgesehen von einigen Funken, die über ihn hinwegtanzten. Wo sich eben noch der Zugang zum künstlichen Wurmloch befunden hatte, schwebte jetzt ein Angriffsschiff der Jem'Hadar in der Leere des Alls – innerhalb weniger Sekunden hatte es die halbe Galaxis durchquert.

»Ich würde gern wissen, ob die Jem'Hadar an Bord noch leben«, sagte Grof.

»Welchen Unterschied macht es?« fragte die an der Navigationsstation sitzende Horik.

»Einen großen«, erwiderte der Trill. »Wenn sie tot sind, haben wir vielleicht noch einige Tage Zeit. Wenn sie leben, könnte in zwölf Stunden eine ganze Flotte transferiert werden.«

Picard klopfte auf seinen Insignienkommunikator. »Brücke an LaForge.«

»Hier LaForge«, meldete sich der Ingenieur. »Danke für die Hilfe, die Sie mir geschickt haben. Wir kommen planmäßig voran.«

»Aber das genügt leider nicht«, sagte der Captain. »Das Dominion hat gerade einen Funktionstest des künstlichen Wurmlochs durchgeführt und ein Angriffsschiff transferiert. Es bedeutet, dass in zwölf Stunden eine ganze Flotte erscheinen wird.«

Geordi pfiff leise durch die Zähne. »Meine Güte... Ich schätze, dann sollten wir uns schleunigst wieder an die Arbeit machen.«

»Da haben Sie völlig recht«, bestätigte Picard. »Brücke Ende.«

Er klopfte noch einmal auf den Insignienkommunikator. »Brücke an Ro.«

»Hier Ro«, ertönte die vertraute Stimme der Bajoranerin.

»War die Prozedur erfolgreich?« Grof stand in der Nähe, und deshalb musste sich Picard vorsichtig ausdrücken. Er wollte vermeiden, den Professor zu beunruhigen, solange sie die Diagramme und Übersichten noch nicht von ihm bekommen hatten.

»Ja«, antwortete Ro. »Mit negativem Ergebnis.«

Picard runzelte die Stirn. Es erleichterte ihn, dass Woil nicht mehr zu den Verdächtigen zählte, aber gleichzeitig wuchs seine Verwirrung. *Wenn er nicht der Saboteur ist – wer dann*? Es stand nur noch wenig Zeit zur Verfügung, und deshalb musste er seine Methoden überdenken.

»Hatte Taurik irgendein Problem?« fragte er.

»Nicht dass ich wüsste. Er und Woil ruhen jetzt.«

»Bleiben Sie bei ihnen«, wies Picard die Bajoranerin an. »Nach der Ruhpause melden Sie sich alle drei bei LaForge. Das Dominion hat gerade einen erfolgreichen Test des künstlichen Wurmlochs durchgeführt. Grof meint, uns bleiben nur noch zwölf Stunden.«

»Das ist bedauerlich«, sagte Ro. Das war eine Riesenuntertreibung.

»Brücke Ende.« Picard sah sich im Kontrollraum der *Träne des Friedens* um. Alle wirkten betroffen; Grof bildete die einzige Ausnahme.

»Es gibt einen guten Aspekt an dieser Sache«, sagte der Trill.

»Und der wäre?« fragte Picard skeptisch.

»Ich weiß jetzt, dass das künstliche Wurmloch funktioniert. Und deshalb kann ich es reinen Gewissens zerstören.«

Der Captain nickte und wünschte sich, dass es ihm ebenso leicht gefallen wäre, zur Tagesordnung überzugehen. Er versuchte, nicht an die innere Gefahr zu denken – wenn sie den Einsatz des künstliches Wurmlochs nicht verhinderten, spielten die Aktivitäten des Saboteurs überhaupt keine Rolle mehr. Er hatte dafür gesorgt, dass niemand allein war und jeder unter Beobachtung stand. Damit erschöpften sich seine derzeitigen Möglichkeiten.

»Versuchen Sie, mehr Daten über das Angriffsschiff zu gewinnen«, sagte Picard. »Grof, wir sollten uns jetzt mit Ihren Diagrammen befassen und die letzten Einzelheiten unseres Plans festlegen.«

»Ganz meine Meinung«, erwiderte Grof und stapfte in Richtung Tür. »Die Zeit drängt.«

Picard sah sich noch einmal auf der Brücke des bajoranischen Transporters um, bevor er sich mit Grof auf den Weg zum Quartier des Captains machte. Horik und Maserelli wirkten sehr besorgt, aber sie waren auch erfahrene Starfleet-Offiziere, die es verstanden, mit kritischen Situationen fertig zu werden. Sie konzentrierten sich auf ihre Arbeit, und das half ihnen, die Furcht zu überwinden.

Sie befanden sich tief im Raumgebiet des Dominion. Und während ihnen die Konfrontation mit einer feindlichen Flotte bevorstand, trieb ein Verräter an Bord sein Unwesen. Unter solchen Umständen musste man irre sein, um ruhig zu bleiben.

Wer ist es? dachte Picard. Er versuchte, allein die Fakten zu berücksichtigen, ohne sich von irgendwelchen Annahmen oder einem unbegründeten Verdacht beeinflussen zu lassen. Jemand hatte ihre Nahrungsmittelreplikatoren irreparabel beschädigt. Das Ergebnis: Sie verloren Zeit und mussten sich Fremden gegenüber zu erkennen geben. Wenn ein Zusammenhang mit Leni Shonsuis Tod existierte – und da war Picard nicht ganz sicher –, so hatte jemand versucht, die Rückkehr von Ro und Geordi zur *Träne des Friedens* zu verhindern. Der Grund für die Manipulation der Subraumbake lag auf der Hand: Der Feind in ihrer Mitte wollte verhindern, dass ihnen jemand zu Hilfe kam. Ebenso leicht erklären ließ sich die Sache mit dem Sprengstoff: Der Unbekannte wollte nicht, dass ihre Mission mit einem Erfolg endete.

»Captain Picard«, erklang die ungeduldige Stimme des Trills. »Wir haben nicht den ganzen Tag Zeit.« Mit seinem Minicomputer winkte er von der Wendeltreppe aus.

Wenn Grof dahintersteckt, so ist er ein ausgezeichneter Schauspieler, dachte der Captain. *Ich werde ihn persönlich im Auge behalten.*

»Nach Ihnen, Professor.«

Sam Lavelle richtete sich auf und versuchte, die Rükkenmuskeln zu entspannen – zu lange hatte er vornübergebeugt gestanden, um auf dem hüfthohen Displaytisch den Status der Hauptsysteme zu überprüfen. Er sah sich im langweiligen Maschinenraum um, dem der bajoranische Charme in den übrigen Abteilungen des Schiffes fehlte. Er war schlicht und schmucklos eingerichtet, wies kaum irgendwelche Verzierungen auf, ein Umstand, der die rein funktionelle Ausrichtung dieses Raums unterstrich.

Auf dem Sofa in Sams Quartier hatte Hasmek keine Ruhe gefunden, aber hier schlief er an seiner Konsole, den Kopf auf seinen einen Arm gestützt. *Soviel zur paarweisen Einteilung der Crew, die angeblich unsere Sicherheit gewährleisten soll*, dachte Sam. Wenn Hasmek der Saboteur war, so überlegte er, konnte er von seinem gegenwärtigen Posten aus eine Menge Schaden anrichten. Aber er war nicht der faule Apfel im Korb, nur ein Mistkerl, der Pech gehabt hatte.

Der Instinkt teilte Sam mit, dass der Verräter in ihrer Mitte nicht Hasmek hieß. Der Grund für diese Vermutung? Nun, vielleicht lag es daran, dass sie beide Grof für den Schuldigen hielten.

Sams Blick glitt über graue Wände und Monitore, die Auskunft gaben über den Zustand des Warpkerns und die Antriebssysteme. Seit Stunden hatten sich jene Anzeigen nicht verändert. Die gelegentlichen Kurskorrekturen wurden mit den Manövrierdüsen vorgenommen; die Hauptenergie war dafür nicht erforderlich. Der Warpkern befand sich in einem abgeschirmten Schacht im Heck des Schiffes, und deshalb gab es hier nicht viel zu sehen.

Sam wusste: Er und Hasmek mochten im Dienst sein, aber sie waren nicht am allgemeinen Geschehen beteiligt. Einerseits verabscheute er es, zusammen mit dem Romulaner isoliert zu sein, aber andererseits empfand er die Einsamkeit auch als angenehm. Er fühlte sich nicht besonders wohl in einer Gruppe aus gereizten, an Schlafmangel leidenden Personen, von denen eine bereit sein mochte, alle anderen umzubringen.

Eine Ausnahme mache ich nur bei Ro und Taurik, dachte er. Ihre Gesellschaft hätte er begrüßt.

Er stand auf und begann mit einer Runde, obwohl er vom Displaytisch aus auch die Anzeigen der übrigen Stationen sehen konnte. Er bedauerte, dass sich die technische Struktur des bajoranischen Transporters von der eines Starfleet-Schiffes unterschied. Hier konnte er keine Konsole so umschalten, dass sie die Funktion einer Brückenstation kopierte. Andernfalls wäre er imstande gewesen, sich ein Bild von den aktuellen Ereignissen zu machen.

Sam hörte, wie sich die Tür mit einem leisen Zischen

öffnete, und er drehte den Kopf. Ro kam herein und beugte sich über den Displaytisch. Seine erste Reaktion bestand aus dem Bestreben, Hasmek zu wecken, auf diese Weise eventuellen Problemen vorzubeugen, aber dann entschied er sich dagegen. Ro sah kurz zu dem Romulaner und schüttelte den Kopf.

Sam trat hinter den Monitoren hervor und beobachtete, wie Ros Blick zum Displaytisch zurückkehrte. Als die Bajoranerin ihn bemerkte, vollführte sie eine Geste, die dem ganzen Maschinenraum galt. »Ist nicht sehr aufregend hier, oder?«

»Nein«, sagte Sam. »Sollen wir ihn wecken?«

»Lass ihn schlafen. Jemand sollte ausgeruht sein, wenn's ernst wird. Außerdem bin ich wegen *dir* gekommen.« Ro sah ihn aus ihren dunkelbraunen Augen an und lehnte sich lässig an den Tisch.

Sam trat näher. »Willst du mich ablösen?«

»Nein, nur ein wenig mit dir plaudern. Es geht so viel vor, und ich brauche jemanden, dem ich vertrauen kann.« Wie verlegen wandte Ro den Blick. Für einige Sekunden wirkte sie schutzlos und umgänglich.

Sam kam noch einen Schritt näher. »Was besorgt dich?« Er verzog das Gesicht, als ihm klar wurde, wie dumm seine Frage war. Immerhin mangelte es derzeit nicht an guten Gründen für sie alle, besorgt zu sein.

Sie näherte sich ihm, und zwar so, als hätte sie gerade herausgefunden, wie man sich mit einem derart attraktiven Körper bewegte. »Wenn unsere Mission fehlschlägt... Dann möchte ich nicht allein sein, sondern wissen, dass jemand da ist, der meine Hand hält, während es mit uns allen zu Ende geht. Ich möchte nicht allein sein. Ergibt das einen Sinn für dich?«

»Ja«, erwiderte Sam, der keinen Wert auf Einsamkeit legte, erst recht nicht, wenn er mit jemandem wie Ro zusammen sein konnte. Sie fielen einander in die Arme und küssten sich mit hungriger Leidenschaft. Ros Verhalten überraschte Sam – sie erschien ihm fast wie eine andere Frau. Sie war nicht mehr zurückhaltend, übernahm die Initiative und ging aufs Ganze...

Sie ergriff Sam an den Schultern und drängte ihn fort vom Romulaner und den Konsolen. Die ganze Zeit über blieb sie eng an ihn geschmiegt, während sie ihn zu einer dunklen Nische mit einer separaten Luftschleuse dirigierte. Sam wünschte sich nichts sehnlicher, als Ros Körper zu spüren, aber gleichzeitig hielt er es für einen Fehler, dass sie ausgerechnet jetzt ihre Posten verließen. Und was den Romulaner betraf... Er durfte nicht allein zurückbleiben, noch dazu im Maschinenraum.

Obwohl sich alles in ihm dagegen sträubte, schob er die leidenschaftliche Bajoranerin fort. »Wir dürfen das nicht, Ro. Später...«

»Woher willst du wissen, dass es ein Später für uns gibt?« erwiderte sie.

»Wir werden dafür *sorgen*, dass sich eine andere Gelegenheit ergibt.«

»Ich habe Angst«, hauchte Ro und klammerte sich regelrecht an ihm fest. »Viele der anderen halten mich für... für den Saboteur. Wenn sie es auf mich abgesehen haben... Kommst du mir dann zu Hilfe?«

»Natürlich«, entgegnete Sam mit einem tröstenden Lächeln. »Warum bitten wir den Captain nicht, dass er uns gemeinsam arbeiten lässt, so wie Tamla und Enrique?«

»Nein, nein!« Sie griff nach seinen Händen. »Es soll ein Geheimnis sein, das nur wir beide kennen. Ich schlage vor, wir einigen uns auf ein bestimmtes Signal. Damit rufe ich dich um Hilfe.«

»Einverstanden«, sagte Sam heiser.

Ro blickte sich um und sah ihn dann aus ihren großen, glänzenden Augen an. »Von jeder Station an Bord kann ich eine beliebige andere Station alarmieren.

Wenn ein Meteoritenalarm ausgelöst wird, so komm zu der Station, von der das Signal ausgeht – dort warte ich auf dich.«

»In Ordnung.« Sam drückte ihre Hände.

»Ich liebe dich«, sagte sie leise und mit rauer, sinnlicher Stimme.

Bevor der verblüffte Mensch antworten konnte, hauchte sie ihm einen letzten Kuss auf die Lippen und wich widerstrebend fort. Der Ernst kehrte in ihre Miene zurück. Sie straffte die Schultern, ging zielstrebig durch den Maschinenraum und verschwand im Korridor.

Sam atmete tief durch und trachtete danach, sein Denken und Empfinden wieder unter Kontrolle zu bringen. Er verließ die Nische, blieb am Displaytisch stehen und bedauerte plötzlich, dass er Ro nicht nachgegeben hatte. *Warum habe ich sie fortgeschickt*?

»Sie spielen mit Antimaterie«, sagte der vermeintlich schlafende Romulaner, ohne die Augen zu öffnen.

Sam schnitt eine finstere Miene und wollte Hasmek widersprechen, überlegte es sich dann aber anders. Er empfand es als schmeichelhaft, dass Ro ihn um Hilfe gebeten hatte, aber damit einher ging auch eine gewisse Enttäuschung. Er hatte gehofft, sich auf Ro verlassen zu können, um dies alles zu überstehen. Jetzt schien es auf das Gegenteil hinauszulaufen: Ro wollte sich auf *ihn* verlassen. *Tja, man kann nicht alles haben.*

»Sie sind nicht bereit, *mir* zu helfen, dieses Schiff zu verlassen«, sagte Hasmek. »Aber bei *ihr* würden Sie nicht zögern.«

»Niemand verlässt das Schiff«, erwiderte Sam mit grimmiger Entschlossenheit. »Bis alles vorbei ist.«

Der beißende Geruch von Reinigungsmitteln holte Ro Laren aus der Bewusstlosigkeit. Nach der olfaktorischen Wahrnehmung erwachten auch die andere Sinne, meldeten Schmerzen in Nacken, Rücken und Beinen. Sie öffnete die Augen – Finsternis umgab sie.

Als Ro zu schreien versuchte, stellte sie fest, dass ein Knebel in ihrem Mund steckte. Sie konnte ihn nicht erreichen, denn ihre Hände waren gefesselt. Aus einem Reflex heraus trat sie um sich und musste zur Kenntnis nehmen, dass auch die Beine Fesseln trugen. Hinzu kam: Ein Frachtkabel verband die Bein- mit den Handfesseln. Ro hockte in der Fötusstellung und konnte sich kaum bewegen.

Sie versuchte, ruhig zu bleiben und ihre Situation einzuschätzen. Kopfschmerzen und Benommenheit deuteten darauf hin, dass sie recht lange bewusstlos gewesen war, vielleicht mehrere Stunden. Geruch, Dunkelheit und Enge ließen folgenden Schluss zu: Sie befand sich in einem Ausrüstungsschrank im rückwärtigen Bereich des Mannschaftsquartiers. Trotz ihres Zorns begriff Ro, dass sie sich glücklich schätzen durfte, noch am Leben zu sein. Immerhin war sie dem Gestaltwandler auf Gedeih und Verderb ausgeliefert gewesen. Er hatte sie nicht erschossen, nur betäubt.

Die ganze Zeit über war der Vulkanier Taurik unser Feind, dachte Ro verblüfft. Beziehungsweise der *vermeintliche* Vulkanier. Der Gestaltwandler musste bereits zu Sams Crew gehört haben, als er und die anderen Gefangenen den Verteron-Beschleuniger verließen, um Corzanium zu holen. Niemand hatte etwas von ihm gewusst, nicht einmal Grof. Der Zufall konfrontierte jenen Gründer mit dem Plan der Föderation, das künstliche Wurmloch zu zerstören, und jetzt war er bestrebt, die Mission zu vereiteln. Er durfte erwarten, lange genug unentdeckt zu bleiben, um sein Ziel zu erreichen – immerhin konnte er jede beliebige Gestalt annehmen.

Ich muss hier raus!

Ro wand sich hin und her, aber das einzige Ergebnis ihrer Bemühungen bestand darin, dass die Schmerzen in Armen und Beinen heftiger wurden. Außerdem kippte sie zur Seite und stieß mit dem Kopf an die kalte Metallwand. Keuchend lag sie in der stummen Finsternis und versuchte, bei Bewusstsein zu bleiben.

Ich muss Geduld haben, sagte sie sich. *Denk nach, Ro. Warum hat dich der Gestaltwandler am Leben gelassen*?

Eine Antwort lautete, dass es dem Dominion noch immer darum ging, sich weitere Sklaven zu beschaffen. Aber die zweite, wahrscheinlichere Möglichkeit bestand darin, dass er eine lebende Referenz brauchte. Und das bedeutete... *Er ist in* meine *Rolle geschlüpft*!

Ro riss einmal mehr an ihren Fesseln, aber auch diesmal bescherte sie sich dadurch nur zusätzlichen Schmerz. Sie musste sich langsam bewegen, um Krämpfe zu vermeiden, ihre winzige Zelle Zentimeter für Zentimeter erforschen. Vielleicht gab es hier drin irgendetwas, das ihr helfen konnte.

»Dieser Punkt ist sehr wichtig, Captain: Der Sprengsatz muss groß genug sein, um die ganze Instrumententafel und auch die Schaltkreise dahinter zu zerstören.« Enrak Grof deutete auf zwei Stellen des Diagramms.

Captain Picard beugte sich über den Tisch im improvisierten Bereitschaftsraum und betrachtete die Strukturübersicht. Alles schien ganz leicht zu sein, wenn man es schwarz auf weiß sah – und wenn man genug Zeit hatte, um die Einzelheiten zu prüfen. *Hinfliegen, den Sprengsatz an der richtigen Stelle unterbringen, verschwinden.*

Aber sie hatten keinen Plastiksprengstoff mehr, den sie ins Innere des Beschleunigers beamen konnten, und deshalb genügte es nicht, dem Zylinder nahe genug zu kommen. Sie mussten eine Einsatzgruppe in das Durcheinander aus Laufstegen und Zugangsröhren transferieren, Personen, die den Sprengsatz – woraus auch immer er bestehen mochte – manuell platzierten.

Zwar hatte Picard auch zuvor über diese Möglichkeit nachgedacht, aber jetzt erfüllte sie ihn gerade deshalb mit Unbehagen, weil keine Alternative mehr existierte.

Und als ob dieses Problem nicht schon groß genug wäre... Picards Gedanken kehrten zum Saboteur zurück, und er fragte sich, was ihr Feind anstellte, während er hier saß und Grofs Diagramm betrachtete. Niemand hatte sich mit ihm Verbindung gesetzt, was bedeutete, dass derzeit an Bord alles in Ordnung war. Aber die nächste Aktion des Unbekannten konnte entscheidend sein.

Picard griff nach dem elektronischen Datenblock und rang sich ein Lächeln ab. »Danke, Professor. Ausgezeichnete Arbeit. Ich glaube, es wird Zeit, die Übersicht auszudrucken, mit Kopien für Mr. LaForge und mich. Außerdem möchte ich, dass Sie zusammen mit LaForge an der Rettungskapsel arbeiten.«

»Einverstanden.« Grof sah auf sein Chronometer. »Uns bleiben nur noch elf Stunden.«

Picard stand auf und hatte es plötzlich sehr eilig, den aktuellen Status der Crew festzustellen. Zusammen mit Grof verließ er den Bereitschaftsraum und ging durch den Korridor, am Fracht- und Maschinenraum vorbei in Richtung Hecksektion. Dort gab es zwei kleine Luken auf beiden Seiten. Eine war geschlossen, und darüber glühte ein roter Indikator, wies darauf hin, dass die betreffende Rettungskapsel bereits gestartet worden war. Die zweite Luke stand offen, und Stimmen erklangen aus dem Raum dahinter – sie verdrängten einen Teil der Besorgnis aus Picard.

Er blickte durch den Zugang und sah, wie sich Ro Laren, Geordi LaForge und Jozarnay Woil über einen Apparat beugten. In der kleinen Kugel hatten sie kaum genug Platz. Zwar war die Rettungskapsel dafür vorgesehen, acht Personen aufzunehmen, aber die Passagiere sollten dabei in der Schwerelosigkeit an den Wänden festgeschnallt sein – nach dem Start gab es an Bord keine künstliche Gravitation mehr. Diese spezielle Kapsel bot sogar noch weniger Platz als sonst, was an den zusätzlich installierten Geräten lag.

Geordi klopfte wie zärtlich auf einen grauen Metallkasten und sah dann zu Picard auf. »Hallo, Captain. Ich habe den Verzerrungsverstärker der sekundären Emitter verwendet, um diesen Störsender zu konstruieren. Er wird uns vor einer Sensorsondierung schützen, wodurch das Dominion den Eindruck gewinnen muss, dass wir tatsächlich nur ein Meteorit sind. Das Ding ist recht primitiv, aber es braucht auch nur einen Zweck zu erfüllen. Wir können einen Test mit unseren Tricordern durchführen.«

»Ausgezeichnet«, sagte Picard, und diesmal wirkte sein Lächeln nicht gezwungen. Er wandte sich an den großen Antosianer. »Mr. Woil, ich bedauere, dass wir Sie einer Mentalverschmelzung unterziehen mussten, aber unsere Sicherheit kommt an erster Stelle. Wie fühlen Sie sich?«

Woil zuckte mit den Schultern. »Gut. Ich spüre überhaupt keinen Unterschied.«

Der Captain sah sich um. »Wo ist Taurik?«

»Oh, nach der Prozedur war er ein wenig geschwächt und meinte, er wollte sich im Mannschaftsquartier hinlegen und schlafen«, erklärte Ro.

Picard runzelte die Stirn. Er hielt es für seltsam, dass mit Woil alles in bester Ordnung war, der Vulkanier aber ausruhen musste. Nun, vielleicht verfügte Taurik in dieser Hinsicht über kein sehr ausgeprägtes Talent – es gab keinen Grund für die Annahme, dass alle Vulkanier mit Mentalverschmelzungen gleich gut zurechtkamen. Besonders enthusiastisch hatte er nicht gewirkt.

»Was hat das Gerede über Mentalverschmelzungen zu bedeuten?« erklang eine schroffe Stimme hinter Picard.

Er drehte sich um und sah Grof, der nichts von den jüngsten Sabotageakten wusste. Der Captain hatte darauf verzichtet ihn einzuweihen, damit er zuversichtlich blieb und nicht erneut widerspenstig und aufsässig wurde.

»Es ist Teil der immer noch andauernden Ermittlungen in bezug auf das Versagen der Nahrungsmittelreplikatoren«, erläuterte Picard. »Machen Sie sich deshalb keine Gedanken.« Er bedachte die anderen mit einem strengen Blick – über gewisse Dinge sollte nicht gesprochen werden, solange Grof in der Nähe weilte.

»Kommen Sie«, sagte LaForge. »Wir müssen noch den Transporter installieren und dann die Außenhülle tarnen.«

Picard schnippte mit den Fingern. »Meine Güte, ich habe ganz vergessen, jemanden zu beauftragen, mit der Wasserstoffschaufel geeignetes Material zu sammeln.«

»Schon gut«, erwiderte Geordi. »Ich habe der Brücke Bescheid gegeben – dort kümmert man sich bereits darum. Ich beabsichtige, ein molekulares Bindemittel und den Transporter zu verwenden, um die Außenhülle zu verkleiden.«

Der Captain nickte, einmal mehr dankbar dafür, dass auch Geordi zur Crew dieses Schiffes gehörte. »Haben Sie Arbeit für Grof?«

»Und ob«, antwortete der Ingenieur. »Kennen Sie sich mit molekularen Scannern und Strukturspeichern aus, Professor?«

»Natürlich. Solche Geräte habe ich bereits programmiert, als ich noch zur Schule ging.« Der Trill schob sich an Picard vorbei und betrat eine Rettungskapsel, in der Platz immer mehr zur Mangelware wurde. Um ein wenig mehr Bewegungsfreiheit zu bekommen, presste sich Ro an die gewölbte Innenwand der Kapsel und sah auf die Anzeigen eines Tricorders.

»Es freut mich, dass hier alles unter Kontrolle ist«,

sagte Picard. »Ich sehe jetzt im Maschinenraum nach dem Rechten.«

»Captain«, rief Ro ihm nach, »machen Sie sich keine Sorgen wegen Taurik. Wenn er erwacht, setzt er sich sofort mit mir in Verbindung. Ich weiß, dass er noch immer mein Partner ist, und ich kümmere mich um ihn.«

»Gut«, sagte Picard, dankbar dafür, dass er auch auf Ros Hilfe zurückgreifen konnte. »Uns bleiben weniger als elf Stunden.«

»Ich werde die anderen daran erinnern«, versprach Grof.

Picard wandte sich von der Luke ab und ging durch den Korridor zum Maschinenraum. Als sich die Tür vor ihm öffnete, stellte er zufrieden fest, dass Lavelle und Hasmek wach waren und an ihren Posten saßen. Sam stand auf und nahm Haltung an. Hasmek begnügte sich damit, einen neugierigen Blick auf den Captain zu richten.

Picard bedeutete Sam, bequem zu stehen. »Ist unser Status normal?«

»Ja, Sir«, bestätigte Lavelle. »Hier unten geschieht nicht viel.«

»Wie kommt die Suche nach dem verborgenen Feind voran?« fragte Hasmek.

»Nur langsam.« Der Captain trat vor, und daraufhin glitt die Tür hinter ihm zu. »Aber unsere Mission macht gute Fortschritte, und deshalb bin ich hier. Uns bleiben weniger als elf Stunden.«

»Und wir wissen noch immer nicht, wer der Saboteur ist«, brummte Hasmek.

Picard überhörte seine Worte. »Mr. Lavelle, Sie erwähnten die Möglichkeit, den ganzen Verteron-Beschleuniger zu zerstören, nicht nur den Kontrollraum.«

»Ja, Sir«, sagte Sam und freute sich über die Gelegenheit, seinen Plan zu präsentieren. »Ich habe an verschiedenen Stellen jenes Monstrums gearbeitet und weiß daher, dass es überall Luftschläuche gibt, um die Zwangsarbeiter mit Atemluft zu versorgen. Wenn wir dieses System mit Wasserstoff fluten und dann zünden, fliegt vielleicht der ganze Beschleuniger auseinander.«

Hasmek sah Lavelle an und wirkte beeindruckt. »Sehr einfallsreich, Sam. Ihre Idee gefällt mir.«

Picard neigte nachdenklich den Kopf zur Seite und hob den Minicomputer. »Hier drin ist Grofs Strukturübersicht gespeichert. Ich brauche eine Vergrößerung und mehrere Kopien. Sehen Sie sich das Diagramm an und suchen Sie nach einer Möglichkeit, Ihren Plan zu realisieren. Er könnte zumindest als Ablenkungsmanöver dienen, und vielleicht brauchen wir eins.«

»In Ordnung, Captain. Ich transferiere die Daten in den Hauptcomputer.« Lavelle nahm den elektronischen Datenblock entgegen, ging zu seiner Konsole und verband ihn dort mit einem Interface.

Während Sam mit Grofs Dateien arbeitete, schritt Picard durch den Maschinenraum. Hier hatte er nicht viel Zeit verbracht, seit er an Bord der *Träne des Friedens* gekommen war. Wenn man berücksichtigte, was dieses kleine Raumschiff alles überstanden hatte, so befanden sich Warpkern und Triebwerke in einem guten Zustand. Andererseits: Auf ein Gefecht mit den Streitkräften des Dominion durfte sich der bajoranische Transporter ohnehin nicht einlassen, denn dabei wäre er hoffnungslos unterlegen gewesen. Die Crew der *Träne des Friedens* hatte das Mittel der List verwendet, um das Raumgebiet des Dominion zu durchqueren.

Picard sah auf und stellte fest, dass Hasmek ihn beobachtete. Der Romulaner erhob sich, kam langsam näher und richtete einen besorgten Blick auf den Captain. »Ich habe über den Feind in unserer Mitte nachgedacht.«

»Ja?«

»Ich begreife seine Aktionen nicht ganz. Er muss verrückt sein oder selbstmörderische Tendenzen haben. Zum Beispiel die Sabotage der Nahrungsmittelreplikatoren. Läuft so etwas nicht auf Selbstmord hinaus?«

»Nicht unbedingt, wie unsere Existenz beweist«, erwiderte der Captain. »Wir waren gezwungen, unsere Mission zu unterbrechen und tiefer in die Badlands vorzustoßen...«

»Wo wir fast den Tod gefunden hätten. Wir können von Glück sagen, dass wir jemanden fanden, der uns helfen konnte.« Der Romulaner schüttelte den Kopf. »Vielleicht lernte der Saboteur daraus, denn es war die letzte verrückte Sache, die er anstellte.«

Picard musterte den einarmigen Romulaner und runzelte nachdenklich die Stirn. Die Manipulation des Sprengstoffs und der Subraumbake stellte ein so drängendes Problem dar, dass er gar nicht mehr an den ersten Sabotageakt gedacht hatte. Die beiden Nahrungsmittelreplikatoren unbrauchbar zu machen... Es war so bizarr, dass es schwer fiel, bewusste Absicht dahinter zu erkennen. Immerhin brauchte jeder zu essen und zu trinken. *Oder*?

»Und dann Leni Shonsuis Tod«, fuhr Hasmek fort. »Ich schlief, aber außer mir waren alle anderen im Dienst. Wer hätte seinen Posten verlassen, den Transporterraum erreichen, dort den Mord verüben und anschließend zurückkehren können, ohne von jemandem bemerkt zu werden? Haben wir vielleicht einen Geist an Bord? Nun, vielleicht gibt es ja gar keinen Zusammenhang mit dem Tod der Transportertechnikerin.«

Picard begriff plötzlich, wer imstande gewesen wäre, den Mord auf die von Hasmek beschriebene Weise zu verüben. Jemand, der durch die Luftschächte fließen oder übers Deck gleiten konnte, um anschließend in

Shonsuis Körper einzudringen und sie zu töten, ohne äußerliche Spuren zu hinterlassen.

Ein Gestaltwandler.

Er konnte wie einer von ihnen aussehen, einer von ihnen *sein*. Lavelle hatte einen Gründer erwähnt, dem er beim Verteron-Beschleuniger begegnet war.

»Sie hören mir nicht zu, Captain«, sagte Hasmek verärgert.

»Ganz im Gegenteil. Ich habe Ihnen sogar sehr aufmerksam zugehört.« Picard musterte Hasmek und fragte sich, ob er wirklich ein Romulaner war.

Der Gestaltwandler musste Hasmek, Ro oder jemand aus Lavelles ursprünglicher Crew sein – ein Besatzungsmitglied der *Enterprise* kam nicht in Frage. Nachdem Starfleet erfahren hatte, auf welche Weise es den Gründern gelungen war, das klingonische Oberkommando zu unterwandern, wurde ein komplexer medizinischer Test entwickelt, um die Getarnten zu entlarven. Jeder Starfleet-Offizier hatte sich einem solchen Test unterziehen müssen. Hier ließ er sich unglücklicherweise nicht anwenden.

Ohne Beverly Crusher gab es für Picard keine Möglichkeit, solche Untersuchungen auch an Bord der *Träne des Friedens* vorzunehmen. Und selbst wenn Beverly zugegen gewesen wäre... Bestimmt standen ihnen hier nicht die notwendigen Geräte zur Verfügung.

»Sie wirken sehr beunruhigt, Captain«, sagte der Romulaner. »Vielleicht sollten wir unser Gespräch später fortsetzen.«

»Ich *bin* beunruhigt«, entgegnete Picard und ging zur Tür. »Ihre Hinweise haben mir weitergeholfen.«

»Tatsächlich?«

»Und ob. Lavelle, setzen Sie die Arbeit an den Diagrammen fort.«

»Ja, Sir.«

Picard verließ den Maschinenraum, und hinter ihm

schloss sich die Tür. Einige Sekunden lang blieb er im leeren Korridor stehen und dachte daran, dass ihr Feind praktisch alles sein konnte: der Feuerlöscher an der Wand, ein Gitter in der Decke oder ein Leuchtkörper. Der Kampf gegen einen Gestaltwandler war unerhört schwer, und Picard hoffte, dass sich sein Verdacht als grundlos erwies.

Aber wenn nicht?

12

Geordi stand auf und wischte sich Schweiß von der Stirn. Die Rettungskapsel eignete sich nicht dafür, manuelle Arbeiten in ihr durchzuführen, und es haperte mit der Belüftung. Woil stand draußen an der Luke und nahm Strahlungsmessungen mit dem Tricorder vor. Ro und Grof installierten ein Transferfeld an der einzigen leeren Stelle, die sich noch an der gewölbten Innenwand der Kugel zeigte. Es stammte aus dem Transporterraum der *Träne des Friedens*, musste verankert und an die Energieversorgung angeschlossen werden.

»Da an Bord Schwerelosigkeit herrschen wird, brauchen wir Stangen oder Griffe, an denen man sich festhalten kann«, sagte Ro. »Immerhin müssen die zu transferierenden Personen mit beiden Füßen auf dem Feld stehen, nicht wahr?«

»Ja«, bestätigte Geordi. »Das ist eine gute Idee. Im Waschraum gibt es zusätzliche Griffe.«

»Ich hole sie«, sagte Ro und ging zur Luke.

»Warten Sie.« Geordi richtete einen missbilligenden Blick auf die Bajoranerin. »Der Captain hat ausdrücklich darauf hingewiesen, dass niemand allein sein soll.«

»Ich muss ohnehin zu Taurik«, erwiderte Ro. »Er ist mein Partner. Wenn ich ihn wieder auf die Beine gebracht habe, bin ich nicht mehr allein.«

»Ich weiß nicht…«

»Ach, lassen Sie sie ruhig gehen«, brummte Grof. »Dann haben wir hier wenigstens mehr Platz.«

Die schlanke Ro eilte fort. Geordi seufzte und widmete sich wieder der Arbeit. Es war schon immer schwer gewesen, Ro zu sagen, was sie tun oder lassen sollte.

Die Bajoranerin schnappte nach Luft und hörte auf, sich gegen die Wände ihres dunklen Käfigs zu stemmen. Schwindel erfasste sie. Ganz still blieb sie sitzen und meditierte, bis sie sich besser fühlte. Die von den Handgelenken und Fußknöcheln ausgehenden Schmerzen halfen ihr, bei Bewusstsein zu bleiben. Ro merkte jetzt deutlich, dass der Luftaustausch in diesem dunklen Ausrüstungsschrank nur sehr langsam stattfand. Sie lief Gefahr, den vorhandenen Sauerstoff zu schnell zu verbrauchen.

Außerdem bezweifelte sie, dass jemand hinten im Mannschaftsquartier das dumpfe Pochen hören konnte. Niemand hatte einen Grund, diesen Ort aufzusuchen, abgesehen von dem Gestaltwandler.

Ro konnte sich auch nicht den Weg nach draußen frei treten. Rechts erstreckte sich die Außenhülle des Schiffes, was bedeutete, dass die nahen Wände, Luken und Türen verstärkt waren. Sie hatte erhebliche Mühe darauf verwendet, sich in eine fürs Treten geeignete Position zu bringen, und deshalb wollte sie nicht aufhören. Andererseits war sie intelligent genug, um zu begreifen, dass sie ihre Kraft sparen sollte, bis sich eine echte Chance ergab.

Sie versuchte, sich zu entspannen und geduldig zu sein – der Saboteur hatte sie nicht ohne Grund am Leben gelassen. Bestimmt bekam sie eine Gelegenheit zur Flucht, wenn sie den rechten Augenblick abwartete. Bis dahin musste sie wachsam und bereit sein.

Sie hatte unterdessen festgestellt, dass ihr metallener Kerker völlig leer war, abgesehen von den Resten eines ziemlich stark riechenden Reinigungsmittels. Es hatte an mehreren Stellen die Kleidung durchdrungen und brannte auf der Haut, wodurch für Ro der Aufenthalt im Ausrüstungsschrank keineswegs angenehmer wurde.

Reinigungsmittel, dachte sie plötzlich. *Bei den Fesseln an Händen und Füßen nützen sie mir nichts, aber vielleicht kann ich damit etwas gegen den Klebstoff des Knebels ausrichten.* Es waren erhebliche Verrenkungen nötig, um den Boden mit dem Mund zu berühren, aber Ro wollte nichts unversucht lassen.

Captain Picard nahm an einer Nebenkonsole auf der Brücke Platz und schenkte den verwirrten Blicken von Horik und Maserelli keine Beachtung. Er trachtete danach, sie nicht anzustarren und sich nicht dauernd zu fragen: *Sind sie wirklich, was sie zu sein scheinen, Mensch und Deltanerin*?

Er konzentrierte sich auf die Konsole und runzelte schon nach wenigen Sekunden enttäuscht die Stirn. Das Kommunikationssystem gab ihm keine Möglichkeit, den Aufenthaltsort eines jeden Besatzungsmitglieds festzustellen, so wie an Bord der *Enterprise*. Es bestätigte nur die korrekte Funktion des jeweiligen Insignienkommunikators. Es existierten auch keine Videoaufzeichnungen, die ihm Auskunft über das Bewegungsmuster der Crew gegeben hätten.

Picard stand auf und streckte sich. Er hatte das Gefühl, irgendetwas unternehmen zu müssen, um den Gestaltwandler zu entlarven. Sollte er die einzelnen Besatzungsmitglieder der Reihe nach verhören? Aber das hätte erhebliche Unruhe an Bord geschaffen, ausgerechnet während der kritischsten Phase ihrer Mission. So sehr er es auch verabscheute: Er musste sich mit einer defensiven Position begnügen und die nächste Aktion des Saboteurs abwarten.

Die Zeit wurde knapp, erinnerte er sich. Nicht nur für sie, sondern auch für den Gestaltwandler. Er musste bald aktiv werden, wenn er einen Erfolg der Mission verhindern wollte.

Der Insignienkommunikator des Captains piepte, und er klopfte darauf. »Brücke.«

»Hier spricht Lavelle, Captain. Ich glaube, ich habe in Grofs Strukturübersicht das Versorgungszentrum für die Atemluft gefunden. Wir sollten in der Lage sein, von dort aus das Leitungssystem mit Wasserstoff zu fluten.«

»Gut«, sagte Picard. »Ich komme so bald wie möglich in den Maschinenraum.«

Er schritt zur Tür, blieb dort noch einmal stehen und wandte sich an Horik. »Sie haben das Kommando. Halten Sie unsere gegenwärtige Position.«

»Ja, Sir«, bestätigte die attraktive Deltanerin.

Der Captain verließ die Brücke, zögerte an der Wendeltreppe und fragte sich, ob er irgendetwas übersehen hatte. Alle arbeiteten, abgesehen von Taurik, und es wurde Zeit, den Vulkanier zu wecken und dafür zu sorgen, dass er in den Dienst zurückkehrte. Alle sollten beschäftigt und niemand allein sein.

Er ging die Treppe hinunter und dann durch einen leeren Korridor. Ein plötzlicher Schatten an der Wand ließ ihn herumwirbeln, aber er sah nichts – einer der Leuchtkörper an der Decke hatte kurz geflackert. Picard atmete tief durch und versuchte, sich zu beruhigen; er durfte nicht so schreckhaft sein, wenn er die Situation unter Kontrolle behalten wollte.

Er setzte den Weg langsam fort und erreichte schließlich die Tür des Mannschaftsquartiers. Sie glitt zur Seite, als er sich ihr näherte; Halbdunkel herrschte in dem großen Raum dahinter. Seit sie hier so viele Leichen gefunden hatten, vermieden es alle, diesen Raum zu betreten, und das galt auch für Picard. Unbehagen begleitete ihn, als er durch die offene Tür schritt. Wie von ganz allein tastete die rechte Hand nach dem Phaser.

Das Mannschaftsquartier schien leer zu sein, sah man einmal von den Kissen in der Mitte ab, auf denen Jozarnay Woil geschlafen hatte. Jetzt lag dort niemand.

Picard zupfte an seinem bajoranischen Ohrring und fragte sich, wohin Taurik gegangen war. Er klopfte auf seinen Insignienkommunikator. »Picard an Taurik.«

»Hier Taurik«, erklang die ruhige Stimme des Vulkaniers.

»Wo genau sind Sie?« fragte Picard.

»In der Offiziersmesse, zusammen mit Ro. Sie weckte mich und bestand darauf, dass ich etwas esse, bevor ich in den Dienst zurückkehre.«

Picard hörte ein Pochen, das aus weiter Ferne zu kommen und seinen Ursprung in einer Wand zu haben schien. Wahrscheinlich ging es auf Geordis Arbeit zurück. An Bord von alten Raumschiffen wie der *Träne des Friedens* konnten solche Geräusche sehr verwirrend sein.

»Captain«, sagte Taurik, »ich schlage vor, Ro und ich lösen für einige Minuten die Brückenoffiziere ab, damit sie ebenfalls etwas essen können.«

»Einverstanden«, erwiderte Picard. »Aber denken Sie daran: Niemand soll allein sein, auch nicht für kurze Zeit.«

»Verstanden, Sir. Es tut mir leid, dass ich nach der Mentalverschmelzung indisponiert gewesen bin. Es mangelt mir an Praxis.«

»Schon gut.« Der Captain schritt durchs Mannschaftsquartier, und seine Stiefel verursachten ein dumpfes Klacken auf dem Deck. »Picard Ende.«

Im Korridor fühlte er sich ein wenig besser, obgleich er ahnte, dass die relative Ruhe nicht lange andauern würde. Irgendwo an Bord des Schiffes plante jemand ihr Verderben, und der Unbekannte musste identifiziert werden, bevor er Gelegenheit bekam, sie alle umzubringen. *Aber wie*?

Die einzige Möglichkeit bestand darin, wachsam zu sein und darauf zu warten, dass dem Fremden ein Fehler unterlief. Picard beschloss, seine Runden durchs Schiff fortzusetzen und die Besatzung zu beobachten, in der Hoffnung, dass sich jemand verriet.

Ro fluchte in Gedanken und bohrte die Zähne in den Knebel, als sie sich in ihrem dunklen Gefängnis auf die Seite rollte und damit aufhörte, an die Wand zu treten. Sie hatte in einer sehr ungünstigen Position gelegen, mit dem Gesicht am Boden, und dadurch konnte sie nicht schnell genug reagieren, als sie die Stimme hörte. Jetzt war es zu spät.

Der Hals brannte von den Reinigungsmitteln, die ihr in den Mund gedrungen waren. Der Knebel hatte sich inzwischen damit vollgesogen. Immer wieder biss sie hinein und übte mit der Zunge Druck aus, um sich von der Masse in ihrem Mund zu befreien. Ganz langsam zeichneten sich erste Erfolge ab, und ihre zornige Stimme wurde lauter, als zwischen dem Knebel und der Oberlippe eine erste Lücke entstand.

Ro setzte ihre Bemühungen fort, bis sich die Gesichtsmuskeln ebenso wund und verkrampft anfühlten wie der Rest des Körpers. Sie schnaufte und keuchte, spuckte schließlich die letzten Reste des Knebels aus dem Mund.

Sie lehnte sich an die Wand und bedauerte es sehr, sich nicht ausstrecken zu können. Erschöpft rang sie nach Atem und dachte zufrieden daran, dass sich ihre Chancen wesentlich verbessert hatten. Wenn das nächste Mal jemand ins Mannschaftsquartier kam, konnte sie laut rufen.

Es erschien ihr kaum sinnvoll, an den Handfesseln zu kauen, aber sie versuchte es trotzdem. Es galt, keine Möglichkeit außer Acht zu lassen.

Ich komme hier raus, so oder so.

Picard trat zur anderen Seite des Displaytisches, um sich Lavelles Diagramm aus der Nähe anzusehen. Der große Bildschirm gab jetzt nicht mehr Auskunft über den Status der Bordsysteme des bajoranischen Transporters, sondern zeigte Strukturübersichten des zehn Kilometer langen Verteron-Beschleunigers. Die dreidimensionalen Gittermuster des künstlichen Wurmlochs waren sehr beeindruckend, und Picard bedauerte fast, dass sie diese großartige Konstruktion zerstören mussten. Aber so lautete das Gebot des Krieges: vernichten oder vernichtet werden.

Spezielle Markierungen hoben besonders wichtige Bereiche hervor, unter ihnen der Kontrollraum und das Versorgungszentrum für die Atemluft. Lavelle richtete den Darstellungsfokus auf die gekennzeichneten Bereiche, und daraufhin wurden weitere Einzelheiten erkennbar.

»Sehr eindrucksvoll«, sagte der Captain. »Sie und Professor Grof haben gute Arbeit geleistet.«

Sam verzog das Gesicht. »Solange wir uns nicht im gleichen Zimmer befinden müssen... Aber ich gebe zu, dass er sein Handwerk versteht. Ich habe sein Wissen mit meinen Kenntnissen kombiniert, und dies ist das Ergebnis.«

Picard deutete auf das Versorgungszentrum für die Atemluft – es befand sich an der Verbindungsstelle von acht langen Speichen, deren Anordnung an ein Spinnennetz erinnerte. »Sind Sie ganz sicher, dass sich die atmosphärischen Kontrollen dort drin befinden?«

»Ich bin nie in jenem Raum gewesen«, sagte Sam. »Aber ich habe an der Außenseite des Moduls gearbeitet, zu Beginn meiner Gefangenschaft. Vor der Fertigstellung des Versorgungszentrums verfügten unsere Schutzanzüge über einen separaten Sauerstoffvorrat. Anschließend bekamen wir die Atemluft durch Verbindungsschläuche. Grof könnte Ihnen sicher genauer Auskunft geben.«

»Ja, daran zweifle ich nicht«, pflichtete Picard dem Ingenieur bei. »Aber seine gegenwärtige Arbeit erfüllt ihn ganz offensichtlich mit sehr großer Zufriedenheit, und ich möchte ihm bestimmt nicht die Stimmung verderben.«

Sam beugte sich über den Displaytisch und lächelte. »Seine Diagramme haben mein Vorstellungsbild vervollständigt. Ich glaube, ich weiß jetzt, wie alles funktioniert. Vorher habe ich nur die einzelnen Teile gesehen, nicht den Zusammenhang. Es widerstrebt mir noch immer, dorthin zurückzukehren, aber jetzt ist der Beschleuniger kein metallenes Ungetüm mehr, sondern nur eine Maschine.«

»Und wir sorgen dafür, dass diese Maschine bald nicht mehr funktionieren wird«, versprach Picard.

»Hoffentlich klappt's.«

Der Captain lächelte. »Ich möchte Sie nicht erneut in einen gefährlichen Einsatz schicken, und deshalb liegt die endgültige Entscheidung bei Ihnen. Ich würde mich freuen, wenn Sie mich und Grof zum künstlichen Wurmloch begleiten.«

Sam blinzelte, und Picard musterte ihn. Seinem Gesichtsausdruck war zu entnehmen, wie sehr in ihm die Furcht mit dem Pflichtbewusstsein rang. »Zum Beschleuniger?« brachte er hervor.

»Ja. Ich möchte auf die Hilfe der Personen zurückgreifen, die sich am besten damit auskennen: Sie und Grof.«

»Taurik kennt den Verteron-Beschleuniger ebenso gut wie ich«, sagte Sam hoffnungsvoll.

»Wenn er sich freiwillig meldet, wird er den ›Meteoriten‹ steuern. Wir brauchen jemanden an Bord der Rettungskapsel, der den Transporter bedient und die Mission koordiniert. Die betreffende Person muss auch darüber entscheiden, ob wir zurückgebeamt werden können oder nicht.«

»Hat sich Grof bereits freiwillig gemeldet?«

Picard zupfte an seinem Ohrring. »Nein. Ich hatte noch keine Gelegenheit, darüber mit ihm zu reden. Aber ein solches Gespräch muss bald stattfinden – es bleiben uns weniger als zehn Stunden.«

»Können wir ihm wirklich vertrauen?« flüsterte Sam.

Das Gesicht des Captains verfinsterte sich. »Leider weiß ich nicht, wem wir vertrauen können. Haben sich bestimmte Besatzungsmitglieder in letzter Zeit seltsam verhalten?«

Sam zögerte, und in seiner Miene deutete etwas darauf hin, dass die Antwort ›ja‹ lautete. Aber dann schüttelte er den Kopf. »Nein, mir ist nichts aufgefallen.«

»Nun, denken Sie darüber nach«, sagte der Captain. »Unser Leben hängt davon ab. Geben Sie mir sofort Bescheid, wenn Sie sonderbares Verhalten beobachten.«

»Bei allem Respekt, Sir: Wir *alle* verhalten uns seltsam. Einige von uns sind in der Hölle gewesen, und jetzt kehren wir dorthin zurück.«

»Bedeutet das, Sie schließen sich der Einsatzgruppe an?« fragte Picard.

Sam rieb sich müde die Augen und lächelte dann. »Bei Ihnen, Captain, kommt immer erst die Arbeit und dann das Sterben.«

»Wobei wir das Sterben nur dann in Erwägung ziehen, wenn alle anderen Möglichkeiten ausgeschöpft sind. Ich sollte jetzt besser auf der Brücke nach dem Rechten sehen.«

Picard schritt durch den Maschinenraum und deutete auf Hasmek. »Glauben Sie nicht, ich hätte Sie vergessen. Ich möchte, dass Sie ins Romulanische Reich zurückkehren und dort einen ausführlichen Bericht erstatten.«

»Bisher wurde nur Grofs Bericht übermittelt«, brummte der Romulaner. »Nun, dann weiß die Geschichte wenigstens, wer der größte Verräter der Föderation war. Glauben Sie mir, Captain: Wenn ich jemals Gelegenheit bekomme, einen Bericht zu erstatten, so werde ich Ihre Entschlossenheit in der Not loben. Sie haben mir gezeigt, dass dem Dominion der Sieg über die Föderation sehr schwer fallen wird. Ich wünschte nur, wir hätten mehr Zeit.«

»Die Zeit muss genügen.« Picard verließ den Maschinenraum und ging mit langen Schritten durch den Korridor in Richtung Wendeltreppe. Alles schien zu gut zu laufen, wie Ro das gelegentlich ausdrückte. Er hoffte, der Bajoranerin bald zu begegnen, denn er hatte eine Aufgabe für sie.

Der Captain brachte die Treppe hinter und erreichte die Brücke. Als er eintrat, versteifte sich Maserelli an der taktischen Station. »Hallo, Captain.«

»Wie ist der Status unseres Ziels?«

»Alles ruhig. Man scheint dort zu warten. Oder es hat eine Ruheperiode begonnen. Es gibt einen ziemlich regen und verschlüsselten Kom-Verkehr. Wenn wir eine vollständige Crew und genug Computerkapazität hätten...«

»Zeichnen Sie alles auf. Vielleicht gelingt uns später eine Entschlüsselung.« Der Captain sah sich auf der Brücke um. Tamla Horik saß nach wie vor an der Navigationskonsole und kehrte ihm den Rücken zu. Das zentrale Projektionsfeld zeigte noch immer ein geteiltes Bild: auf der einen Seite der Verteron-Beschleuniger, auf der anderen Junos Ringe. Alles schien in Ordnung zu sein.

»Waren Ro und Taurik hier?« fragte Picard.

»Ja«, antwortete Maserelli. »Sie gaben uns die Möglichkeit, etwas zu essen, und anschließend gingen sie zur Rettungskapsel, glaube ich.«

»Setzen Sie Ihre Arbeit fort.« Picard verließ die Brücke und schritt durch den Korridor des ersten Decks, der am oberen Bereich des Frachtraums endete. Dieser Teil des Schiffes enthielt nur einige Kabinen, Meditationszimmer und Teile des Lebenserhaltungssystems. Je länger Picard an Bord der *Träne des Friedens* weilte, desto mehr gewann er den Eindruck, in einer Art Kloster zu sein. Er fragte sich, ob dieses Schiff jemals wieder religiösen Zwecken dienen würde. Einige Kabinen fungierten als provisorische Unterkünfte, aber derzeit hielt sich niemand in ihnen auf.

Der Captain kehrte zur Wendeltreppe zurück und begab sich aufs zweite Deck, wo die meisten Besatzungsmitglieder arbeiteten. Der Saboteur übte noch immer Zurückhaltung und war auch weiterhin bestrebt, seine Identität so lange wie möglich geheim zu halten, wodurch Picards Aufgabe noch schwieriger wurde. Wenn der Unbekannte wartete, bis der Start des ›Meteoriten‹ unmittelbar bevorstand, konnte er großen Schaden anrichten. Es musste ihnen irgendwie gelingen, ihn vorher aufzuscheuchen.

Picard schritt durch den Korridor und stellte fest: Auch in diesem Teil des Schiffes herrschte trügerische Ruhe. Schließlich hörte er Stimmen, die vom Ende des Korridors kamen, und daraufhin ging er schneller. Die Luke der Rettungskapsel stand offen, und drinnen arbeiteten Geordi, Grof und Woil am Transferfeld des Transporters.

LaForge sah ihn und stand auf. »Es läuft alles nach Plan, Captain. In einer halben Stunde sollten wir in der Lage sein, erste Tests durchzuführen. Anschließend nehmen wir uns die Außenhülle der Kapsel vor.«

»Gut.« Der Captain sah sich um. »Waren Ro und Taurik hier?«

»Sind sie nicht auf der Brücke?« erwiderte Geordi.

»Ro meldete sich von dort und meinte, sie und Taurik hätten Horik und Maserelli abgelöst.«

»Wenn sie doch endlich zurückkehren würde«, brummte Grof. »Wir warten auf die Griffe, die sie uns bringen wollte.«

»Ich hole sie«, meinte Geordi und wandte sich der Luke zu.

»Nein.« Picard drückte den Ingenieur mit sanftem Nachdruck in die Kapsel zurück. »Ich suche Ro. Und ich möchte nicht, dass jemand seinen Posten verlässt.«

»Was ist los?« fragte Grof argwöhnisch.

»Das sage ich Ihnen, sobald ich Bescheid weiß, Professor.« Der Captain trat von der Luke fort und klopfte auf seinen Insignienkommunikator. »Picard an Ro.«

Keine Antwort.

»Picard an Ro. Bitte melden Sie sich.«

Auch diesmal blieb die erhoffte Antwort aus, und der Captain runzelte die Stirn. »Picard an Taurik.«

So sehr er sich auch bemühte, einen Kom-Kontakt herzustellen – es erfolgte keine Reaktion. Schließlich klopfte er noch einmal auf seinen Insignienkommunikator. »Picard an Brücke.«

»Stimmt was nicht?« fragte Grof.

»Unsere Insignienkommunikatoren scheinen nicht mehr zu funktionieren«, antwortete Picard.

»Es geht um mehr, nicht wahr?« spekulierte der Trill. »Sie glauben, dass Ro hinter dem Ausfall der Nahrungsmittelreplikatoren steckt und vielleicht auch für andere Dinge verantwortlich ist, die Sie mir bisher verschwiegen haben. Ich bin kein Narr, Captain – an Bord geht etwas nicht mit rechten Dingen zu, oder?«

»Es kam zu gewissen Zwischenfällen«, räumte Picard ein. »Aber ich verdächtige weder Ro noch sonst jemanden. Solange die Arbeit hier weitergeht, kommt unsere Mission voran.«

»Ich glaube Ihnen nicht, Captain«, sagte Grof und verschränkte herausfordernd die Arme.

»Dann kommen Sie mit. Gehen wir der Sache gemeinsam auf den Grund.« Picards mürrischer Gesichtsausdruck wies deutlich darauf hin, dass dem Trill nur zwei Möglichkeiten blieben: Entweder half er bei den Nachforschungen oder er hielt den Mund.

»Na schön, ich begleite Sie«, sagte Grof und reichte seine Werkzeuge Geordi. Dann kletterte er durch die Luke und blieb neben dem Captain stehen.

»Setzen Sie die Arbeit fort, LaForge, aber schließen und *verriegeln* Sie die Luke.« Picards Tonfall ließ keinen Zweifel daran, dass er es sehr ernst meinte. »Öffnen Sie nur für *mich*.«

Er zögerte kurz. »Das heißt… Öffnen Sie die Luke nur dann für mich, wenn ich das richtige Kennwort nenne.« Er betrat die Rettungskapsel und flüsterte Geordi ein Wort ins Ohr: »Deflektor.«

LaForge nickte. »In Ordnung, Sir.«

Jetzt breitete sich die Furcht ganz offen aus und zeigte sich in den Gesichtern der drei Männer. Der Captain kehrte in den Korridor zurück, schloss die Luke und hörte, wie LaForge sie von innen verriegelte.

»Glauben Sie wirklich, es befindet sich ein *Gründer* an Bord, Captain?« fragte Grof amüsiert.

»Ich weiß es nicht. Aber es würde erklären, warum jemand, dem wir vertrauen, unsere Mission zu vereiteln versucht.« Picard holte seinen Phaser hervor, überprüfte die Justierung der Waffe und überlegte, ob sich ein Gestaltwandler überhaupt betäuben ließ.

»Das ist doch absurd«, sagte Grof. »Woher sollte er kommen?«

»Er war mit Ihnen und Lavelle an Bord des Antimaterietankers.«

Der Trill lachte leise. »Captain, ich versichere Ihnen: Ein Gründer hat Besseres zu tun, als den blinden Passagier an Bord eines Schiffes zu spielen, dessen Crew aus Gefangenen besteht.«

»Sind Sie da so sicher?« erwiderte Picard. »Sie haben selbst darauf hingewiesen, dass uns die Gründer immer beobachten und testen. Gibt es für das Dominion etwas Wichtigeres als das künstliche Wurmloch und seine Sicherheit?«

Grof strich sich über den Bart. »Nun, ich tippe noch immer auf den Romulaner oder die Maquisardin.«

»Derzeit würde ich gern mit der Maquisardin sprechen«, erwiderte der Captain grimmig. »Kommen Sie.«

Mit schussbereitem Phaser ging Picard durch den Korridor. Er überprüfte einen Waffenschrank und stellte kummervoll fest, dass er leer war. Es fehlten nicht nur die von den Ferengi stammenden Phasergewehre, die sie darin aufbewahrt hatten, sondern auch zwei Tricorder. Picard fielen die klingonischen Disruptoren ein, die von den toten Romulanern stammten. Nur Ro und er wussten, dass sie in einem Wandfach des Transporterraums versteckt waren.

Wenn die Disruptoren noch da sind, ist Ro nicht der Saboteur.

Grof schüttelte ungläubig den Kopf, als er Picard folgte. »Wie schlimm steht es? Was haben Sie mir verheimlicht?«

»Jemand hat die Subraumbake manipuliert und sowohl den Sprengstoff als auch die Zünder unbrauchbar gemacht.«

»Was? *Was?*« platzte es aus dem Trill heraus. »Und Sie haben diese Sache nicht für wichtig genug gehalten, um sie mir mitzuteilen?«

»Ich habe Ihnen auch ein Verhör erspart«, sagte Picard. »Dafür sollten Sie mir dankbar sein. Ihre Arbeit war von großer Bedeutung, und ich wollte Sie nicht ablenken. Wir verwenden anderen Sprengstoff, und die Bake bringen wir später in Ordnung.«

»Ich hoffe, es gibt ein Später für uns.« Grof schauderte und schien ihre Lage plötzlich wesentlich ernster zu beurteilen.

Picard blieb vor der Tür des Transporterraums stehen, die geschlossen blieb. Blinkende Indikatoren deuteten daraufhin, dass der automatische Öffnungsmechanismus deaktiviert war. Vorsichtig berührte der Captain das Sensorfeld an der Wand und wich zurück, als das Schott beiseite glitt. Der Transporterraum war leer, wie erwartet, und Picard betrat ihn. Er bemerkte ein Loch in der Plattform – es stammte vom demontierten Transferfeld. Kabelstränge hingen aus der geöffneten Kontrollkonsole.

»Schau an«, murmelte Grof. »Wir haben unseren eigenen Transporter zerstört. Dazu brauchten wir überhaupt keine Hilfe.«

Picard hoffte inständig, dass er diese Entscheidung nicht bereuen würde. Was auch immer jetzt geschah: Dieser Transporter ließ sich nicht mehr einsetzen.

Rasch trat er hinter die Plattform.

»Was machen Sie da, Captain?« fragte Grof nervös.

»Ich bin gleich wieder bei Ihnen!« Picard löste eine kleine Platte in der Wand und griff ins dunkle Fach dahinter. Er berührte kühles Metall und holte eine Waffe hervor, einen klingonischen Disruptor. Der kleine, grüne Strahler wirkte sehr gefährlich, und sein Griff schmiegte sich ihm in die Hand. Das Fach enthielt zwei weitere Disruptoren, und Picard ließ sie darin liegen.

Wenige Sekunden später trat er hinter der Abschirmung am Ende der Plattform hervor, und Grof war ganz offensichtlich erleichtert, ihn wiederzusehen. »Würden Sie mir bitte sagen, womit Sie gerade beschäftigt gewesen sind?« brummte er. »Ich hab's satt, überhaupt nichts zu wissen.«

»Ich habe uns eine weitere Waffe besorgt.« Picard hob den klingonischen Strahler.

»Für mich?« fragte er dankbar.

»Ich fürchte, nein. Diese Waffe dürfen wir nur im Notfall verwenden, denn sie kann nicht auf Betäubung justiert werden. Die Emissionen bewirken eine schwere Phasendisruption.«

»Klingt nach der richtigen Waffe, um einen Gestaltwandler außer Gefecht zu setzen«, sagte Grof mit einem nervösen Lächeln. »Wären Sie bereit, den Strahler mir zu überlassen?«

»Nur im Notfall.« Der Captain schob den Disruptor ins Halfter und behielt den Phaser in der Hand. Einmal mehr klopfte er auf seinen Insignienkommunikator. »Picard an Brücke.«

Keine Antwort.

»Picard an Maserelli.« Auch diesmal blieb eine Reaktion aus. »Wir gehen jetzt zur Brücke. Und wir sind dabei möglichst leise.«

»Äh, ich wäre durchaus bereit, die Arbeit an der Rettungskapsel fortzusetzen«, sagte Grof hoffnungsvoll.

Picard hob den Zeigefinger an die Lippen, deutete zur Tür und ging voraus.

Geduckt schlich der Captain die Wendeltreppe hoch, und als er über die oberste Stufe hinwegblicken konnte, richtete er den Phaser auf das Schott der Brücke. Wieder schien alles in Ordnung zu sein, aber er wusste, wie sehr dieser Eindruck täuschen konnte. Dumpfes Pochen wies darauf hin, dass auch Grof die Treppe heraufkam.

Picard betrat das Oberdeck und näherte sich langsam dem Schott. Es glitt vor ihm beiseite, so wie immer, und der Captain erstarrte. Er sah die beruhigenden türkisfarbenen und goldenen Lichter der Instrumentenanzeigen, hörte auch das leise Summen und gelegentliche Piepen der Kontrollsysteme. Das zentrale Projektionsfeld zeigte noch immer die beiden Bildschirmfenster mit dem Verteron-Beschleuniger und Junos Ringen.

Und doch hatte sich etwas verändert: Enrique Maserelli saß nicht mehr an der taktischen Station; der Sessel war leer. Tamla Horik hingegen hatte ihren Platz an der Navigationskonsole nicht aufgegeben und kehrte Picard den Rücken zu. Ganz langsam und mit schussbereiter Waffe trat der Captain durch die Tür und in den Kontrollraum der *Träne des Friedens*.

»Horik«, flüsterte er, als ihn nur noch wenige Meter von der Navigationsstation trennten. Die kahlköpfige Deltanerin rührte sich nicht, blickte auch weiterhin auf die Anzeigen hinab.

Picard hörte ein Geräusch hinter sich, wirbelte herum und sah, wie Grof auf die Brücke stolperte. Der Trill hob sofort die Hände und fürchtete offenbar, dass der Captain auf ihn schießen konnte. Aber Picard winkte nur und wandte sich wieder der stummen, reglosen Horik zu. Mit geradem Rücken saß sie da und schien ihre Umwelt überhaupt nicht wahrzunehmen.

Picard schob sich weiter vor, und dabei huschte sein Blick hin und her – der Gestaltwandler konnte praktisch überall sein, als Gegenstand getarnt. Er befeuchtete sich die trockenen Lippen und kam bis auf eine Armeslänge an die Deltanerin heran, die sich noch immer nicht rührte. Nach kurzem Zögern streckte er die Hand aus, um Horik behutsam an der Schulter zu berühren...

Die Deltanerin neigte sich zur Seite, rutschte aus dem Sessel und sank zu Boden. Neben ihr klapperte ein Phasergewehr aufs Deck – es hatte Horiks Oberkörper abgestützt.

»Aah!« rief Grof und sprang zurück.

Der Captain beugte sich über die Deltanerin und suchte nach Lebenszeichen, nach Pulsschlag oder Atmung.

»Ist sie... tot?« fragte Grof nervös.

»Nein«, antwortete Picard. »Aber sie wurde von der Entladung eines auf schwere Betäubung justierten Phasers getroffen. Normalerweise sollte sich jetzt ein Arzt um sie kümmern.«

»Oh, da ist eine Waffe für mich.« Der Trill trat vor und bückte sich, um das Phasergewehr aufzuheben. Picard ließ sich ganz von seiner Intuition leiten, als er aufsprang und Grof von dem Gewehr fortzerrte.

»Fassen Sie nichts an!« sagte er scharf.

Grof stieß ihn empört zurück. »Ich bitte Sie, Captain. Glauben Sie noch immer, dass sich ein Gründer an Bord befindet? Hier mag sich ein ganz gewöhnlicher Mörder herumtreiben, aber bestimmt kein Gestaltwandler.«

Von einem Augenblick zum anderen öffnete sich plötzlich die Tür hinter ihnen, und der Stuhl vor einer rückwärtigen Nebenkonsole verwandelte sich in ein silbernes Oval, das schnell dünner wurde und wie ein Aal in Richtung Ausgang sauste. Grof schrie erneut. Picard hob den Phaser und schoss, aber es war bereits zu spät. Das Schott glitt zu, und die Phaserenergie knisterte über lebloses Metall.

Grof hatte die Augen weit aufgerissen, und sein Mund öffnete und schloss sich mehrmals. Picard schenkte ihm keine Beachtung, nahm an der Navigationsstation Platz und versuchte, das interne Kom-System zu reaktivieren. Seine Befürchtungen bestätigten sich: Die Konsole war blockiert und verlangte einen Code, den er nicht kannte. Ihr Feind hatte genug Zeit auf der Brücke verbracht, um die Kontrollsysteme neu zu programmieren.

Picard stand wieder auf und eilte an Grof vorbei zur Tür, die diesmal geschlossen blieb und sich auch von den Fäusten des Captains nicht beeindrucken ließ. Sie saßen auf der Brücke fest, ohne sich mit dem Rest der Crew in Verbindung setzen zu können. Und der Gestaltwandler trieb sich frei an Bord herum.

13

Geordi LaForge brachte die letzte Gel-Masse an der richtigen Stelle unter und lehnte sich zurück. Er versuchte, nicht zur Luke der Rettungskapsel zu blicken, aber es ließ sich unmöglich ignorieren, was draußen geschah. Das Schlimmste war, dass er nicht wusste, wie sich die Dinge an Bord entwickelten. Die Insignienkommunikatoren funktionierten nicht mehr, und deshalb fühlte er sich isoliert. Derzeit konnten sie die Kapsel nicht verlassen, und dadurch schien es in ihr noch viel enger zu werden.

Geordis antosianischer Begleiter Jozarnay Woil tastete immer wieder nach seinem Phaser und sah zur Luke. »Was passiert mit uns, wenn die Rettungskapsel jetzt gestartet wird?«

»Dann steht uns ein sehr interessanter Flug bevor«, erwiderte LaForge. »Ich schätze, wir lassen uns lieber gefangen nehmen, als zu riskieren, auf einen der Planeten zu stürzen.«

Woil schüttelte den Kopf und hob seinen Phaser. »Nein, *ich* nicht! Eher begehe ich Selbstmord, als noch einmal dem Dominion in die Hände zu fallen.«

»Wie Sie wollen«, sagte Geordi. »Aber feuern Sie das Ding nicht hier drin ab, in Ordnung? Ich möchte leben.«

Woil schüttelte erneut den Kopf und ließ die Waffe sinken. »Tut mir leid, Commander. Ich bin ein wenig nervös. Was unternehmen wir, wenn … wenn dort draußen wirklich ein Gestaltwandler sein Unwesen treibt?«

Geordi griff nach einem Schraubenschlüssel. »Ob sich dort draußen nun ein Gestaltwandler oder ein Mugato befindet – wir setzen die Arbeit fort.«

Plötzlich machte sich jemand an der Luke zu schaffen. Der Riegel hielt, aber beide Männer starrten zur Luke und befürchteten, dass sie plötzlich aufschwang. Es knackte im Interkom-Lautsprecher, und eine klagende, aber vertraute Stimme ertönte. »Ich bin's, Ro! Lassen Sie mich eintreten!«

LaForge und Woil sahen sich an. Niemand von ihnen machte Anstalten, die Luke zu öffnen.

»Na los! Das Wesen ist hinter mir her! Öffnen Sie!« Das Hämmern der Fäuste auf dem dicken Metall war kaum zu hören, aber die Stimme erklang ganz deutlich aus dem Lautsprecher.

Mit zitternder Hand berührte Geordi die blaue Sensorfläche neben der Luke. »Ro!« rief er. »Wenn Sie wirklich Ro sind… Als wir uns an Bord des Schiffes im Todestal befanden, erinnerten mich die Ereignisse an etwas, das wir beide einmal erlebten. Was meine ich?«

Statik knisterte. »Geordi, bitte helfen Sie mir! Lassen Sie mich eintreten! Das Wesen ist direkt hinter mir!«

»Beantworten Sie meine Frage! Was haben wir gemeinsam erlebt?«

»Töten wir den Gründer!« kreischte Woil und brachte sich in Schussposition.

»Beruhigen Sie sich«, sagte Geordi scharf. »Hier drin kann uns nichts passieren. Es ist der sicherste Ort an Bord des Schiffes.«

Sie duckten sich, hielten die Waffen schussbereit und warteten. Geordis Augen brannten, und er vermisste den Schweißschutz des VISORs.

»Sie sind erledigt«, ertönte eine seltsam androgyne Stimme aus dem Interkom-Lautsprecher. »Sie alle befinden sich an sicheren Orten. Bleiben Sie dort, wenn Sie wollen.«

»He, nicht so eilig«, sagte Geordi rasch. Er wollte das Geschöpf dazu veranlassen, auch weiterhin zu sprechen.

Keine Antwort.

»Ich will das Wesen umbringen!« stieß Woil zwischen zusammengebissenen Zähnen hervor. »Bitte lassen Sie mich nach draußen, damit ich es erschießen kann!«

»Nein. Wir öffnen die Luke erst dann, wenn wir genau wissen, dass keine Gefahr droht.«

»Sie könnten mich nach draußen beamen«, schlug Woil vor. Seine grünen Augen schienen zu glühen. »Die Luke kann geschlossen bleiben. Der Transporter muss ohnehin getestet werden, nicht wahr?« Voller Zuversicht hielt er die Waffe in der Hand.

»Ja, guter Plan«, entgegnete LaForge voller Unbehagen. »Aber zuerst sollten wir den Transporter kalibrieren, um zu verhindern, dass Ihr Retransfer in einer Wand stattfindet.«

Der Antosianer griff nach einem Werkzeug und schwang es voller Entschlossenheit. »Ich möchte sicher sein, dass uns Zeit genug bleibt, das verdammte Biest zu erledigen.«

»Uns bleiben nur noch acht Stunden«, sagte Geordi und seufzte. »Wenn wir hier nicht fertig werden, spielt es keine Rolle, was wir mit dem einen Gestaltwandler anstellen – weil dann nämlich eine ganze *Horde* von ihnen durchs künstliche Wurmloch kommt. Zurück an die Arbeit!«

»Ja, Sir«, sagte der Antosianer und wirkte wie ernüchtert.

Während sich Woil wieder den Geräten zuwandte, klopfte Geordi auf seinen Insignienkommunikator und versuchte erneut, den Captain zu erreichen. Auch diesmal bekam er keine Antwort, und daraufhin dachte er über Woils Worte nach. Derzeit verfügten sie über den einzigen funktionstüchtigen Transporter an Bord, und das mochte sich als ein Vorteil erweisen.

Allerdings konnten sie dadurch auch zu einem Angriffsziel werden.

Sam Lavelle schritt unruhig durch den langweiligen Maschinenraum und fragte sich, was im Rest des Schiffes geschah. Immer wieder hatte er versucht, einen Kom-Kontakt mit dem Captain, Ro oder anderen Besatzungsmitgliedern herzustellen, aber niemand antwortete. Außerdem hatte sich niemand mit ihm in Verbindung gesetzt, und der Besuch des Captains lag inzwischen schon eine Stunde zurück.

Hasmek saß verdrießlich an seiner Konsole. »Unheil bahnt sich an, glauben Sie mir. Ich habe allmählich das Gefühl, dass jeder auf sich allein gestellt ist.«

Sam rang nervös die Hände. »Vielleicht sind die anderen nur zu sehr mit der Mission beschäftigt.«

»So sehr, dass sie den Ausfall der Insignienkommunikatoren nicht bemerken?« erwiderte der Romulaner abfällig. »Haben alle anderen so viel zu tun, dass sie nicht vorbeikommen und uns den aktuellen Stand der Dinge mitteilen können? Was ist mit den sonderbaren Anfragen von der Brücke? Eine Funktionsüberprüfung des Warptriebwerks? Jemand wollte das energetische Niveau des Triebwerks erhöhen, vermutlich deshalb, um von hier zu verschwinden. Das ist bestimmt kein gutes Zeichen.«

Sam unterbrach seine Wanderung und nickte. Die anonyme Aufforderung, Funktionen des Maschinenraums zur Brücke zu übertragen, waren sehr ungewöhnlich, und als Lavelle um einen Autorisierungscode gebeten hatte, wartete er vergeblich auf eine Antwort. Nach diesem letzten, mysteriösen Kontakt blieben sie vom Rest des Schiffes abgeschnitten, und die Stille wurde immer mehr zu einer Belastung.

Der Romulaner stand auf, und Entschlossenheit zeigte sich in seinem alterslosen Gesicht. »Ich sage Ihnen: Wir müssen allein zurechtkommen, Sam. Das Verderben an Bord dieses Schiffes hat ganz offensichtlich beschlossen, die Kontrolle an sich zu reißen. Die Frage lautet: Was unternehmen wir?«

Sam schüttelte den Kopf und war viel zu beunruhigt, um sofort zu antworten. Seine Sorge galt vor allem Ro – die anderen mochten sie für den Bösewicht halten. Er wies Hasmek nicht darauf hin, aber als erstes wollte er sich vergewissern, dass mit Ro alles in Ordnung war.

»Ich weiß, worauf es jetzt ankommt«, fuhr der Romulaner fort. »Wichtig ist zunächst einmal, dass wir uns schützen, und dazu brauchen wir Waffen.« Er durchquerte den Maschinenraum, trat zum Waffenschrank und griff nach einem bajoranischen Phasergewehr.

»Einen Augenblick«, wandte Sam ein. »Der Captain wollte nicht, dass Sie bewaffnet sind.«

»Nun, Sie können mich gern bei ihm melden«, erwiderte Hasmek mit einem grimmigen Lächeln. Mit nur einer Hand fiel es ihm schwer, richtig mit dem Gewehr umzugehen, und deshalb warf er es Sam zu, der es geschickt auffing.

Hasmek nahm einen aus Ferengi-Produktion stammenden Handphaser und nickte zufrieden. »Und jetzt müssen wir versuchen, das Schiff wieder unter unsere Kontrolle zu bekommen. Vielleicht können wir uns in die Badlands absetzen, wenn das Dominion das künstliche Wurmloch in Betrieb nimmt. Dann dürfte es genug Aufregung und energetische Emissionen geben, um uns die Flucht zu ermöglichen.«

»Sie wollen... desertieren?«

Hasmek lachte spöttisch. »Es dürfte wohl eher darum gehen, dass wir um unser Leben laufen. Allein kann ich dieses Schiff nicht fliegen, aber zu zweit sind wir dazu sehr wohl imstande. Wenn Sie eine bessere Idee haben... Ich höre sie mir gern an.«

Sam hatte überhaupt keine Ideen, aber er wollte den Maschinenraum verlassen und herausfinden, was geschehen war. Sie handelten erteilten Befehlen zuwider, wenn sie ihre Posten aufgaben, doch in kritischen Situationen kam es auch auf Eigeninitiative an.

Er deutete mit dem Gewehr zur Tür. »Gehen Sie voraus.«

Mit dem Kolben des Phasers klopfte Hasmek auf den Türöffner, und beide Männer duckten sich, als das Schott beiseite glitt. Der Korridor dahinter wirkte verlassen, aber sie hielten ihre Waffen schussbereit, als sie den Maschinenraum verließen und durch den Gang schlichen.

Nachdem sie stundenlang verbrauchte Luft geatmet und in die Dunkelheit gestarrt hatte, gelang es Ro Laren kaum mehr, wachsam zu bleiben. Sie begann zu fürchten, dass niemand, nicht einmal der Gestaltwandler, zu ihr zurückkehren würde. Eine solche Einstellung war alles andere als rational, aber es fiel ihr immer schwerer vernünftig zu denken.

Ich muss bereit sein, sagte sie sich. *Wenn sich eine Möglichkeit zur Flucht ergibt, darf ich nicht zögern, sie zu ergreifen.*

Als Ro Schritte im Mannschaftsquartier hörte, glaubte sie zuerst, ihren Ohren nicht trauen zu können. Es geschah nicht zum ersten Mal, dass ihr die Sinne einen Streich spielten – bei jenen Gelegenheiten hatte sie gerufen, ohne dass jemand reagierte.

Doch diesmal lag der Fall anders. Ganz deutlich vernahm sie ein Geräusch, und es klang so, als hätte jemand die Klappe ihres Verlieses geöffnet.

»Hilfe!« rief Ro heiser. »Hilfe!«

»Nicht so laut«, erwiderte eine vertraute Stimme. »Ich hole Sie da raus.«

Die Bajoranerin widerstand der Versuchung, vor Freude zu schreien, und sie blieb sogar still, als Licht in den Ausrüstungsschrank fiel und sie blendete. Als sie wieder sehen konnte, fiel ihr Blick auf einen kahlen Schädel.

»Captain...«, flüsterte sie dankbar.

»Sparen Sie Ihre Kraft.« Starke Arme griffen in den Schrank und zogen sie heraus. Ro sank erschöpft an seine Brust, und er ließ sie vorsichtig zu Boden sinken.

Dann holte er seinen Phaser hervor, veränderte die Justierung und durchtrennte die Fesseln der Bajoranerin mit einem fein gebündelten Strahl. Als er das Klebeband von ihrem Mund lösen wollte, hielt Ro seine Hand fest. »Überlassen Sie das mir.« Es war sehr schmerzhaft, aber sie stöhnte nicht einmal.

Anschließend rieb sie sich die wunde Haut und streckte behutsam die steifen Glieder. »Woher wussten Sie, dass ich hier gefangen war?«

»Der Gestaltwandler hat es uns gesagt.« Picard erhob sich, steckte den Phaser ins Halfter und sah sich im leeren Mannschaftsquartier um.

»Sie wissen es von *ihm*?«

»Er hat sein Ziel erreicht. Derzeit befindet er sich auf der Brücke und hat das ganze Schiff unter seiner Kontrolle.«

Ro stand unsicher auf und spürte ein sehr unangenehmes Kribbeln, als wieder Blut durch halb betäubte Glieder strömte. »Will er unsere Mission vereiteln?« fragte sie benommen.

»Ja, und dabei erzielt er gute Fortschritte.« Picard griff nach dem Arm der Bajoranerin. »Können Sie gehen?«

Sie nickte.

»Das interne Kom-System funktioniert nicht mehr«,

erklärte Picard. »Aber Geordi arbeitet noch immer in der Rettungskapsel. Wenn wir sie starten können, haben wir noch eine Chance. Außerdem ist sie der einzige sichere Ort an Bord des Schiffes. Kommen Sie.«

Während Ro sich vom Captain durchs leere Mannschaftsquartier führen ließ, schrillten mentale Alarmsirenen in einem entlegenen Winkel ihres Selbst. *Und wenn dies gar nicht der Captain ist*? dachte sie. *Unter den gegenwärtigen Umständen gibt es keine Möglichkeit, die Identität einer Person zu verifizieren, Falsches vom Echten zu unterscheiden.*

Sie beobachtete Picard, der ungerührt einen Fuß vor den anderen setzte. Sein Gesicht brachte die vertraute Mischung aus Zuversicht und Entschlossenheit zum Ausdruck. Das Erscheinungsbild wirkte sehr überzeugend, aber Ro begriff: Sie musste auf der Grundlage seines Verhaltens beurteilen, ob er wirklich der Mann war, der er zu sein behauptete. Seine Hand, die sich um ihren Arm geschlossen hatte, fühlte sich plötzlich kalt und fremd an.

Sie erreichten den hell erleuchteten Korridor, und dort kniff Ro geblendet die Augen zusammen. Bevor sie sich an die Helligkeit gewöhnen konnte, rief eine zornige Stimme: »Halt!«

Ro und Picard drehten sich um. Sam Lavelle und Hasmek richteten Phaser auf sie, und Argwohn glitzerte in den Augen der beiden Männer.

»Ro!« Sam kam einen Schritt näher. »Ist alles in Ordnung?«

»Ja«, sagte sie und trat ihm entgegen.

Picard zog sie zurück, ohne den Blick von den Phasern zu wenden. »Wer befindet sich im Maschinenraum?«

»Niemand«, sagte Hasmek. »Wir hatten es satt, nicht zu wissen, was im Schiff geschieht.«

»Ich kann Ihnen sagen, was passiert ist«, entgegnete

der Captain. »Ein Gestaltwandler kontrolliert von der Brücke aus das ganze Schiff.«

»Ein Gestaltwandler?« wiederholte Sam entsetzt. »Wie kam er an Bord?«

Picard sah zu Ro. »Er gelangte als dein Freund Taurik zu uns«, antwortete die Bajoranerin.

»Taurik?« Sam wirkte sehr betroffen. »Was geschah mit dem *echten* Taurik? Wo ist er?«

»Ich schätze, er befindet sich noch immer in der Gefangenschaft des Dominion«, sagte Picard. »Es freut uns, Sie hier zu sehen, aber wir müssen unsere Mission fortsetzen. Gehen Sie zur Brücke, wenn Sie sich nützlich machen wollen. Sorgen Sie dafür, dass der Gestaltwandler nicht entkommt. Wir versuchen, seine Kommandoschaltungen zu überbrücken und die getarnte Rettungskapsel wie geplant zu starten.«

Sam zögerte, während er versuchte, die schlimmen Neuigkeiten zu verarbeiten, aber Hasmek traf sofort eine Entscheidung. Er zupfte an Sams Arm. »Lassen Sie uns zur Brücke gehen und feststellen, ob es stimmt.«

Als die Unschlüssigkeit des jungen Manns andauerte, bedachte ihn Ro mit einem aufmunternden Lächeln. »Geh nur. Wir sehen uns später.«

Die beiden Paare setzten den Weg in unterschiedliche Richtungen fort: Ro und Picard eilten zur Rettungskapsel, während Sam und Hasmek die Treppe zur Brücke hochgingen. Kummer regte sich in der Bajoranerin, als sie Sam aus den Augen verlor.

Als sie die Kapsel erreichten, deutete Picard zu den Interkom-Kontrollen neben der Luke. »Weisen Sie auf unsere Ankunft hin.«

Diese Aufforderung erschien Ro seltsam – eigentlich hätte der Captain den Kontakt herstellen sollen. Doch er hielt mit seinem Phasergewehr im Korridor Wache, und deshalb aktivierte Ro das Kom-Gerät.

»Sind Sie da drin, Geordi? Ich bin's, Ro.«

Einige Sekunden lang herrschte bedrückendes Schweigen. Dann erwiderte Geordi: »Waren Sie vor einigen Minuten hier?«

»Nein.«

»Ich möchte Sie etwas fragen. Als wir an Bord des Geisterschiffes im Todestal weilten... Woran erinnerte ich mich? Ich meine etwas, das Ihnen und mir in der Vergangenheit zustieß.«

Ro lächelte. »Als Sie und ich phasenverschoben waren und wir einen getarnten Romulaner an Bord der *Enterprise* hatten.«

»Ro!« ertönte es erleichtert aus der Rettungskapsel. »Einen Augenblick. Ich öffne die Luke.«

»Nein, warten Sie.« Ro sah zu ihrem Begleiter. »Der Captain ist bei mir. Stellen Sie ihm ebenfalls eine Frage.«

Sie beobachtete, wie Besorgnis durch Picards Züge huschte. Dann straffte er die Schulter und wartete.

»Ganz einfach«, sagte Geordi. »Wie lautet das Kennwort, das Sie mir gegeben haben?«

Ro sah den Captain an. Als sein Schweigen andauerte, krampfte sich tief in ihr etwas zusammen, und sie wich von ihm zurück.

»Ich bin ganz Ohr, Captain«, betonte Geordi.

»Es ist der Gestaltwandler!« rief Ro.

Das Geschöpf, das wie Picard aussah, lächelte süffisant und richtete den Phaser auf sie.

Als sich Ro bereits so gut wie tot glaubte, erschien hinter dem Wesen eine Säule aus schimmerndem Licht. Woil materialisierte, richtete einen Strahler auf den vermeintlichen Picard und feuerte – die Entladung verbrannte einen großen Teil der Schulter. Der Rest des Körpers verflüssigte sich und wich fort von dem Strahl, doch ein langer Tentakel zuckte nach vorn und schlang sich um Woils Hals.

Ro hechtete in Richtung des Handphasers, der auf

den Boden gefallen war. Als sie ihn ergriff und zielte, glitt der Gestaltwandler übers Deck und verschwand in einem Kühlschlitz.

»Ro!« ertönte Geordis Stimme aus dem Kom-Lautsprecher. »Was ist passiert?«

Ro hielt die Waffe auf den Schlitz gerichtet, als sie zu Jozarnay kroch. Mit einem Blick stellte sie fest, dass er tot war – Gesicht und Hals bildeten eine blutige Masse. Aus dem Augenwinkel bemerkte sie einen Schleimhaufen, der über den Boden kroch, und sie schoss mit ihrem Phaser darauf. Die Masse verkohlte erst, verwandelte sich dann in Staub.

Die Bajoranerin keuchte, sprang wieder auf und eilte zum Interkom an der Luke. »Woil ist tot, Geordi. Aber er hat den Gestaltwandler verwundet. Dem Fremden fehlt jetzt ein Teil seiner Körpermasse.«

»Er wollte den Gründer unbedingt erledigen«, antwortete LaForge. »Möchten Sie hereinkommen?«

»Nein, ich muss den Captain finden – falls er noch lebt.«

»Treten Sie zurück!« befahl Captain Picard, als er den klingonischen Disruptor auf die Tür richtete. Grof ließ sich das nicht zweimal sagen und ging hinter der taktischen Station in Deckung. Sie hatten mit verschiedenen gewaltlosen Methoden versucht, das interne Kommunikationssystem zu aktivieren und die Tür zu öffnen, jedoch ohne Erfolg. Das Problem ließ sich nur mit einer Neuprogrammierung des Computers lösen, und dafür hatte Picard weder die nötige Zeit noch die erforderliche Geduld.

Er sah zu den beiden Bewusstlosen, die vor dem Hauptschirm lagen. Horik rührte sich noch immer nicht, und Grof hatte Maserelli hinter einer Wartungstafel gefunden. Beide lebten, aber normalerweise hätten sie ärztliche Hilfe benötigt – sie waren ganz offensichtlich mit einem auf volle Betäubung justierten Phaser außer Gefecht gesetzt worden. Picard wusste nicht, ob sie sich auch ohne eine medizinische Behandlung erholen konnten, aber wenigstens hatten sie die beiden Besatzungsmitglieder gefunden. *Was ist mit Ro und den anderen*?

Er verdrängte die Fragen, die sich derzeit nicht beantworten ließen. Stattdessen konzentrierte er sich auf die gegenwärtige Aufgabe – dafür bildete der klingonische Disruptor genau das richtige Werkzeug. Picard wollte die Tür so wenig wie möglich beschädigen, und deshalb beschloss er, unten ein dreieckiges Segment herauszuschneiden. Er betätigte den Auslöser, und Funken stoben, als sich der Disruptorstrahl durchs kupferfarbene Schott fraß.

Picard kniff die Augen zu und trachtete danach, die Waffe möglichst ruhig zu halten, bis der erste diagonale Schnitt vollständig war. Dann richtete er den Strahl auf die andere Seite, und wieder brannte er sich zischend durchs Metall.

Als er fertig war, gab Picard dem Dreieck einen kräftigen Tritt – es löste sich aus dem Schott und rutschte auf der anderen Seite über den Boden des Korridors. Auf allen vieren kroch der Captain durch die Öffnung.

Zwar rechnete Picard mit allem, aber er war trotzdem überrascht, als ihn der Lauf eines Phasergewehrs am Nacken berührte.

»Lassen Sie die Waffe sinken und stehen Sie langsam auf«, sagte Sam Lavelle.

Der Captain sah zu dem jungen Offizier hoch. Er erwog, Widerstand zu leisten, bis er Hasmek sah, der auf der anderen Seite stand und ebenfalls über einen Phaser verfügte.

»Waffe weg!« befahl der Romulaner.

»Ich bin nicht der Gestaltwandler«, erwiderte der Captain.

»Genau das hat aber der *andere* Captain Picard gesagt«, meinte Sam und winkte mit seinem Gewehr. »Lassen Sie die Waffe sinken, solange wir dies nicht geklärt haben.«

»Ihr Narren!« ertönte es von der Brücke. »Das ist Captain Picard! Ich bin hier die ganze Zeit über mit ihm zusammen gewesen.«

Hasmek verzog das Gesicht. »Nun, das klang ganz nach Grof.« Der Lauf seiner Waffe neigte sich einige Zentimeter nach unten.

Picard stand auf. Hasmek und Lavelle hielten ihre Strahler auch weiterhin auf ihn gerichtet, was er zum Anlass nahm, den Disruptor ins Halfter zu stecken und die Hände zu heben. »Sperren Sie mich meinetwegen irgendwo ein, aber lassen Sie nicht zu, dass der Gestaltwandler entkommt.«

Lavelle schüttelte betroffen den Kopf. »Ich kann noch immer nicht glauben, dass es Taurik gewesen ist.«

Picard musterte ihn erstaunt. »Woher wissen Sie das?«

»Er weiß es von mir«, erklang eine Stimme.

Sie wirbelten herum und sahen Ro.

Die Bajoranerin blickte über den Treppenabsatz hinweg und hielt den Phaser über ihren Kopf, als sie die letzten Stufen hinter sich brachte und näher trat. »*Das* ist Captain Picard.«

»Wie können wir sicher sein?« Hasmek richtete seine Waffe auf die Bajoranerin. »Und woher sollen wir wissen, dass Sie wirklich Ro Laren sind?«

Mit ihrer schmutzigen Kleidung und den Striemen im Gesicht sah sie kaum wie Ro aus, fand Picard. Ihr Anblick weckte Mitgefühl in ihm, aber Hasmek hatte nicht unrecht: Unter den gegenwärtigen Umständen musste jeder verdächtig sein, der allein an Bord des Schiffes unterwegs war.

»Für so etwas haben wir keine Zeit!« zischte Ro.

»Woil hat den Gestaltwandler angeschossen, wodurch er einen Teil seiner Körpermasse verlor. Er ist verletzt, und wir müssen ihn unbedingt verfolgen.«

Sam und Hasmek wechselten einen unsicheren Blick – sie trauten nur sich selbst und sonst niemandem.

»Lavelle«, sagte Picard, »als Sie zur Besatzung der *Enterprise* gehörten, haben Sie vergeblich versucht, sich den Respekt eines ganz bestimmten Offiziers zu verdienen. Ich kann Ihnen den Namen jener Person nennen.«

»Ich höre«, sagte Sam heiser.

»Will Riker.«

Erleichtert ließ Lavelle das Phasergewehr sinken. »Sie sind wirklich der Captain.«

Ro sah Sam an und lächelte. »Ich hatte ein ähnliches Problem.«

Sie hörten ein Schnaufen, drehten sich um und sahen, wie Grof versuchte, sich durch die dreieckige Öffnung im Brückenschott zu zwängen. »Könnte mir bitte jemand helfen?« stieß er verärgert hervor.

Picard und Sam zogen den Trill auf die Beine, und auch der Romulaner ließ nun die Waffe sinken. »Ich schätze, ich muss Ihnen vertrauen.«

»Kommen Sie«, sagte Ro und führte die Gruppe über die Treppe zum nächsten Deck.

Kurze Zeit später standen sie vor der Luke der Rettungskapsel, sahen dort Woils Leiche und den Staub, der von der Körpermasse des Gestaltwandlers übrig geblieben war. Der Captain veranlasste Geordi, die Luke zu öffnen, ließ sich von ihm einen Tricorder reichen und untersuchte die Substanz auf dem Boden. Das Gerät bestätigte Ro Larens Angaben.

»Hoffentlich ist der Gestaltwandler durch die Verletzung so sehr behindert, dass wir ihn erwischen können.« Der Captain drehte sich langsam und behielt dabei die Anzeigen des Tricorders im Auge. Schließlich erklang ein leises Piepen, und Daten scrollten durch ein Display. »Er ist unter uns, im Torpedoraum.«

»Erledigen wir ihn«, sagte Sam und hob sein Gewehr.

»Grof, Hasmek – Sie gehen mit Geordi zur Brücke. Versuchen Sie, das Schiff unter Kontrolle zu bringen und das interne Kommunikationssystem zu reaktivieren. Ro und Lavelle, Sie begleiten mich.« Der Captain eilte durch den Korridor, gefolgt von Sam und der Bajoranerin.

Wenige Sekunden später erreichten sie das unterste Deck des Schiffes und zwängten sich dort an den Rohrleitungen des Lebenserhaltungssystems vorbei. Picard ging voran und blickte immer wieder auf den Tricorder. Aber er brauchte das Gerät gar nicht, um zu wissen, dass sie in der richtigen Richtung unterwegs waren. Schleimreste zeigten sich auf dem Boden, wie die Spur einer Schnecke.

Sie fanden das Geschöpf ganz hinten, zusammengesunken am Torpedorohr. Es war offenbar bestrebt gewesen, ins All zu entkommen, hatte aber nicht mehr genug Kraft, um ins Rohr zu kriechen. Die Gestalt war halbwegs humanoid und wirkt wie das noch unvollständige Zinnmodell eines Menschen. Ständig kam es zu Veränderungen – dem Wesen schien es sehr schwer zu fallen, die eigene Körperstruktur stabil zu halten.

Picard zog seinen Disruptor, um die Sache hier und jetzt zu einem Ende zu bringen. Ro und Lavelle blieben wachsam neben dem Captain stehen – sie alle wahrten einen sicheren Abstand von zehn Metern.

»Gehen Sie vorsichtig mit den Waffen um«, mahnte Picard. »Wir sind hier der Außenhülle und dem Torpedo sehr nahe.«

Ein Schlitz bildete sich und sollte vermutlich ein Mund sein, sah aber mehr wie eine Wunde aus. »Sie denken noch immer in erster Linie praktisch, Captain«, erklang eine gespenstische Stimme. »Ich wusste nicht, dass Menschen so lange entschlossenen Widerstand leisten können. Ich habe Sie nicht getötet, weil ich dachte, dass Sie sich vielleicht noch als nützlich erweisen. Das war ein großer Fehler, wie ich inzwischen weiß. Ich wollte mehr über die schwachen Punkte in unserer Verteidigung herausfinden.«

»Warum haben Sie Leni Shonsui umgebracht?« fragte Picard.

»Sie scannte mich während des Transfers. Die Frau war zu klug, zu argwöhnisch. Ich kroch durch die Schaltsysteme...« Die Stimme verklang. Picard trat noch etwas weiter zurück, als sich silberne Tropfen aus der Hauptmasse des Gestaltwandlers lösten und übers Deck rollten. Mehrere Sekunden lang musste der Gründer seine ganze Energie aufwenden, um einige einigermaßen stabile Gestalt zu wahren.

»Sie sollten aufgeben«, sagte Sam. »Inzwischen haben Sie keine Chance mehr.«

Das Wesen lachte – oder wimmerte. Es ließ sich kaum feststellen. »Ich sterbe... ja. Aber es wird Ihnen nicht gelingen, das künstliche Wurmloch zu vernichten. Ich habe einen Notruf gesendet, bevor ich die Brücke verließ. Die Jem'Hadar empfangen ihn bestimmt.«

Im Anschluss an diese Worte richtete sich das Wesen auf, wurde dünner und versuchte, ins Torpedorohr zu gleiten. Sam reagierte sofort, zielte und schoss – der Strahl schnitt den Gestaltwandler in zwei Hälften. Das Wesen verflüssigte sich, und ein schriller Schrei untermalte diesen Vorgang.

»Sie beide bleiben hier und vergewissern sich, dass der Gründer wirklich tot ist.« Picard warf den Tricorder Ro zu und eilte dann durch das Gewirr aus Rohrleitungen zurück. Er musste zur Brücke.

Der Hauptschirm zeigte ein Angriffsschiff der Jem'Hadar, das ihnen wie ein Geschoss entgegenraste. Picard spürte Enttäuschung und Betroffenheit bei den Besatzungsmitgliedern. Die ganze Crew hatte sich im Kontrollraum des bajoranischen Transporters eingefunden, und niemand von ihnen fand Worte, um den Anblick zu beschreiben.

»Wann erreichen uns die Jem'Hadar?« fragte der Captain.

Geordis Finger huschten über die Schaltflächen der Navigationskonsole. »In weniger als einer Minute.«

Grof schlug mit der Faust auf die taktische Station. »Und wir können überhaupt nichts unternehmen, da wir keine Kontrolle über unsere Bordsysteme haben! Wenn wir dreißig Minuten Zeit hätten...«

»Tut mir leid, Captain«, sagte Hasmek ernst. »Es war eine sehr interessante Reise, aber alles deutet darauf hin, dass sie jetzt zu Ende ist.«

»Sind unsere Schilde aktiviert?« fragte Picard.

»Ja«, antwortete Geordi. »Der Gestaltwandler konnte sie nicht senken, denn sonst hätten Junos Ringe eine zu große Gefahr für uns dargestellt.«

Grof beugte sich zur taktischen Konsole vor. »Versuchen Sie, Zeit zu gewinnen, während ich am Computer arbeite. Ich bin in der Lage, wie ein Gründer zu denken.«

Picard nickte dem Trill bestätigend zu und richtete seine Aufmerksamkeit dann wieder aufs zentrale Projektionsfeld. Das dolchförmige Raumschiff der Jem'Hadar kam schnell näher; blaue und goldene Energie pulsierte an seinem Rumpf. Die *Träne des Friedens* schwebte auch weiterhin in den Ringen des Gasriesen, ohne eine Möglichkeit, sich zur Wehr zu setzen.

14

Sam stieß einen kleinen Haufen des Gestaltwandlers mit dem Lauf des Phasergewehrs an, und daraufhin verwandelte sich die Masse in grauen Staub. Überall um ihn herum trockneten und zerfielen die Reste des Wesens. Zwar verfügte nur Ro über einen Tricorder, aber Sam zweifelte kaum mehr daran, dass ihr Feind wirklich tot war.

»Ich glaube, wir können zur Brücke gehen«, sagte er. »Von diesem Gestaltwandler ist wirklich nicht mehr übrig als Staub.«

»Die Sondierungsdaten bestätigen das«, erwiderte Ro. »Trotzdem sollten wir das Ergebnis eines vollständigen Scans abwarten.«

»Meinetwegen.« Sam verschränkte die Arme und pfiff eine Melodie. Sie klang übers untere Deck der *Träne des Friedens,* während Ro die Stirn runzelte und den Kopf schüttelte.

»Du warst es nicht, oder?« fragte Sam wehmütig.

»Was soll ich nicht gewesen sein?« Ro sah von den Kontrollen des Tricorders auf.

»Als alles drunter und drüber ging, hast du Hasmek und mich im Maschinenraum besucht.«

Ro versteifte sich. »Und was habe ich bei jener Gelegenheit angestellt? Ich meine, wie hat sich der *Gestaltwandler* verhalten?«

Sam lächelte. »Er gab mir einen ziemlich leidenschaftlichen Kuss und versuchte, mir die Kleidung vom Leib zu reißen.«

»Und du hast wirklich geglaubt, es mit *mir* zu tun zu haben?« fragte Ro. Sie wirkte sowohl verärgert als auch amüsiert. »Vermutlich hast du großen Gefallen daran gefunden.«

»Seit dem ersten Kuss habe ich mir mehr gewünscht«, gestand Sam. »Ich nehme an, es ist mir nicht besonders gut gelungen, mein Empfinden zu verbergen. Aber ich merkte, dass etwas nicht mit rechten Dingen zuging, und deshalb habe ich auf stur geschaltet.«

Ro lächelte erleichtert. »Eins steht fest: Ich hätte dich lieber geküsst, als stundenlang in einem Ausrüstungsschrank eingesperrt zu sein.«

»Da fällt mir ein: Eigentlich müssten deine Verletzungen behandelt werden«, sagte Sam besorgt. Er trat vor und berührte vorsichtig einen Striemen in Ros Gesicht. Die Bajoranerin ließ den Tricorder sinken und schlang die Arme um den Mann. Eine Zeitlang schmiegten sie sich auf diese Weise aneinander, nicht nur wie zwei Gefährten, die gegen den gleichen Feind kämpften, sondern auch wie ein Liebespaar.

Sie lösten sich voneinander, als plötzlich das Deck unter ihren Füßen erbebte. Sam griff nach Ros Hand, während sie beide versuchten, das Gleichgewicht zu wahren. »Was hat das zu bedeuten?«

Die heftigen Vibrationen ließen nach. Ro klappte ihren Tricorder zusammen und wich fort von Sam. »Vielleicht später«, sagte sie enttäuscht.

»Hoffentlich gibt es ein Später für uns«, brummte Sam und griff nach dem Phasergewehr.

Er folgte Ro an den Rohrleitungen vorbei und die Leiter hoch zum zweiten Deck. Von dort aus brachten sie die Wendeltreppe hinter sich und erreichten die Brücke, wo sie ein grässlicher Anblick auf dem Hauptschirm erwartete. Junos Ringe verhinderten die visuelle Darstellung von Einzelheiten, aber das blaue und goldene Pulsieren wies deutlich auf ein Angriffsschiff der Jem'Hadar vor dem bajoranischen Transporter hin.

»Ich schätze, der Gestaltwandler hat nicht gelogen«, murmelte Sam.

»Was hatte es mit den Erschütterungen auf sich?« fragte Ro.

»Sie gehen auf einen Traktorstrahl zurück«, erklärte Picard. »Als die Jem'Hadar eintrafen, kündigten sie sofort unsere ›Rettung‹ an.«

»Ihr Traktorstrahl hat unsere Schilde durchdrungen«, fügte Geordi hinzu.

»Um ihn auf uns zu richten, mussten die Jem'Hadar ihre eigenen Schilde deaktivieren, stimmt's?« fragte Ro.

»Ja«, antwortete Geordi. »Aber wir haben keine Kontrolle über unsere Waffensysteme, nicht einmal über den einen Photonentorpedo, der uns noch geblieben ist. Wir können nicht einmal die Selbstzerstörungssequenz einleiten. Mit anderen Worten: Wir sind den Jem'Hadar hilflos ausgeliefert.«

Sams Blick glitt vom Hauptschirm zu den Sprüchen, die den Rand zierten. Einer lautete: »Folgt den Propheten ins Unbekannte.« Er ahnte, dass er diesen Rat bald beherzigen würde, denn er beabsichtigte nicht, noch einmal zum Gefangenen des Dominion zu werden.

»Captain«, sagte er und hob das Phasergewehr. »Bitte um Erlaubnis, mich der Gefangennahme widersetzen zu dürfen.«

Picard nickte ernst. »Erlaubnis erteilt. Es tut mir leid, dass ich Sie in eine solche Situation gebracht habe, Sam.«

»Schon gut, Captain. Sie haben mir die Chance gegeben, noch einmal zu kämpfen und wieder Starfleet-Offizier zu sein. Und als solcher möchte ich sterben, nicht als Sklave.«

Die *Träne des Friedens* schüttelte sich erneut, und alle

rangen um ihr Gleichgewicht. »Wir bewegen uns!« entfuhr es Grof. »Die Jem'Hadar schleppen uns ab!«

»Lassen Sie uns weiterhin versuchen, die Bordsysteme wieder unter unsere Kontrolle zu bringen«, sagte Picard. »Wir setzen unsere Bemühungen fort, bis wir von Bord gebeamt werden.«

Plötzlich zuckte ein glühendes Etwas wie aus dem Nichts durch den Ring des Gasriesen und traf das Angriffsschiff der Jem'Hadar. Ein oder zwei Sekunden lang glaubte Sam, dass es sich um einen Plasmablitz handelte, aber dann erinnerte er sich daran, dass sie nicht mehr in den Badlands weilten. Ein zweites feuriges Geschoss traf den gegnerischen Raumer wie eine göttliche Vergeltung, und er platzte auseinander – eine gewaltige Explosion schleuderte Milliarden von schimmernden Partikeln ins All, die sich innerhalb weniger Sekunden zwischen den Ringen von Juno verloren. Das Raumschiff des Dominion existierte nicht mehr, und mit ihm verschwand auch der Traktorstrahl.

Sam starrte fassungslos zum Hauptschirm und konnte kaum glauben, dass sie erneut gerettet worden waren – *von wem*?

»Waren das Photonentorpedos?« fragte Ro verblüfft.

»Danach sah es aus«, erwiderte Geordi.

Ein kleines Schiff geriet in Sicht, schwebte zwischen den Gesteins- und Eisbrocken, aus denen der Ring bestand. Es bot einen vertrauten Anblick, wirkte fast wie ein Brotkorb mit Kufen.

»Das ist ein Starfleet-Shuttle!« platzte es aus Geordi heraus.

»Mit Photonentorpedos ausgestattet?« fragte Ro verwirrt.

»Normalerweise sind solche Shuttles nicht damit ausgerüstet«, sagte der Captain und lächelte. »Aber wir haben eins modifiziert…«

»Für die Androiden-Kavallerie«, fügte Geordi hinzu.

Er lächelte verlegen. »Bitte entschuldigen Sie, Captain. Ich wollte Sie nicht unterbrechen.«

»Schon gut, Mr. LaForge. Ich hätte es nicht besser ausdrücken können.«

Erleichterung vertrieb die Anspannung aus dem Kontrollraum der *Träne des Friedens,* und die Besatzungsmitglieder klopften sich gegenseitig auf die Schultern.

Es herrschte fast so etwas wie Partystimmung, als auf der Brücke eine Säule aus glitzernder Transporterenergie entstand und Data materialisierte. Hasmek richtete erschrocken seinen Phaser auf den gelbäugigen Androiden, doch Sam drückte die Hand mit der Waffe nach unten. »Er ist ein Freund.«

»Hallo, Captain Picard«, sagte Data in aller Seelenruhe. »Ich habe Sie beobachtet und bin dabei zu dem Schluss gelangt, dass Sie Hilfe brauchen. Ich hoffe, mein Eingreifen kam Ihnen nicht ungelegen.«

»Oh, es war willkommen, Data. *Sehr* willkommen.« Der Captain schüttelte dem Androiden erfreut die Hand. »Wie kommen Sie hierher?«

»Ich stelle fest, dass Ihr Schiff in Schwierigkeiten ist, und deshalb will ich mich kurz fassen. Die *Enterprise* musste sich vom Rendezvouspunkt zurückziehen. Ich blieb allein mit dem Shuttle zurück, um auf das Signal Ihrer Subraumbake zu warten. Unglücklicherweise verlor ich kurz nach dem Start Ihre Spur.

Verfolgt von Schiffen des Dominion fand ich heraus, dass ich dem Gegner und seinen Sensoren entgehen konnte, indem ich auf sehr unwirtlichen Welten landete. Damit meine ich Planeten wie den, in dessen Orbit wir uns derzeit befinden. Während der letzten zehn Komma sieben Tage bin ich von einer Welt der Klasse A oder Klasse Z zur nächsten geflogen und habe dabei versucht, möglichst nahe ans künstliche Wurmloch heranzukommen, in der Erwartung, dass Sie hier früher oder später eintreffen würden. Vor drei Tagen ortete ich den langen Zylinder. Zweifellos haben wir diesen Planeten aus den gleichen Gründen als Beobachtungspunkt gewählt: Er ist dem Verteron-Beschleuniger nahe und bietet genügend Ortungsschutz.«

»Sie sind die ganze Zeit über hier gewesen?« fragte Geordi erstaunt. »Warum wiesen Sie uns nicht auf Ihre Präsenz hin?«

Data neigte den Kopf ein wenig zur Seite. »Mein Einsatzbefehl lautet, das Geschehen zu beobachten, auf die Aktivierung der Subraumbake zu warten und anschließend der *Enterprise* Bescheid zu geben. Ich wollte nur dann eingreifen, wenn Ihnen extreme Gefahr drohte.«

»Wo ist die *Enterprise*?« fragte Ro.

Data schüttelte den Kopf. »Das weiß ich leider nicht. Sie kehrte nicht zum Rendezvouspunkt zurück. Vielleicht befindet sie sich im Raumdock einer Starbase und wird dort repariert. Oder sie fiel dem Feind zum Opfer.«

Diese offenen Worte bewirkten ernste Mienen, aber nach einer so dramatischen Rettung konnte niemand von ihnen lange niedergeschlagen bleiben.

Geordi deutete zur Navigationsstation. »Wir hatten einen Gründer als unwillkommenen Passagier an Bord, Data. Er programmierte neue Kennworte und nahm uns damit die Kontrolle über die Bordsysteme. Wenn Sie uns helfen könnten…«

»Ich werde es versuchen. Es freut mich, Sie wiederzusehen, Geordi.«

»Sie sind das Wundervollste, das mir seit langer Zeit unter die Augen gekommen ist!« erwiderte der Ingenieur und grinste dabei vom einen Ohr bis zum anderen.

»Danke.« Data nahm an der Konsole Platz, und seine Finger bedienten die Kontrollen so schnell, dass sie nur noch schemenhaft zu erkennen waren. Diagramme und Codezeilen der Programmierung huschten über den

Bildschirm. Hasmek und Grof sahen Data jetzt zum ersten Mal in Aktion und rissen verblüfft die Augen auf.

»Ich habe einen vereinten Trill immer für die höchste Lebensform in der Galaxis gehalten«, flüsterte der Professor Sam zu. »Aber jetzt bin ich da nicht mehr so sicher.«

»Außerdem hat er eine höhere Lebenserwartung«, entgegnete Sam und schmunzelte.

Plötzlich leuchteten überall Indikatoren auf, und es erklang eine vertraute Mischung aus Summen und Piepen. »Der normale Programmstatus ist wiederhergestellt«, verkündete Data und stand auf. »Alle Systeme funktionieren einwandfrei.«

»Was *sind* Sie?« fragte Hasmek und blickte in Datas goldene Augen.

»Ein Androide.«

»Ich hätte nie erwartet, hier draußen einem Androiden zu begegnen.«

»Offen gestanden: Ich habe nicht damit gerechnet, hier einen einarmigen Romulaner anzutreffen.«

»Wie viel Zeit bleibt uns noch?« fragte Picard und prüfte die Anzeigen der taktischen Station.

»Sieben Stunden«, antwortete Grof.

»Jetzt können wir auf Datas Hilfe zurückgreifen, und das bedeutet: Die Zeit sollte eigentlich genügen«, sagte der Captain. »Und durch das Shuttle bekommen wir ganz neue Möglichkeiten. LaForge, begeben Sie sich mit Data zur Rettungskapsel und vervollständigen Sie dort die Vorbereitungen. Erklären Sie unseren Plan. Ro, Sie bleiben hier auf der Brücke. Sorgen Sie mit dem Traktorstrahl dafür, dass das Shuttle in der Nähe bleibt.«

»Ja, Sir.« Ro nahm vor der Navigationskonsole Platz und blickte auf die Anzeigen. So mitgenommen sie auch aussehen mochte – für Sam war sie wunderschön.

»Holen Sie die Erste-Hilfe-Ausrüstung, Hasmek«,

fuhr Picard fort. »Versuchen Sie, Horik und Maserelli auf die Beine zu bringen.«

»Ja, Sir.«

»Lavelle und Grof, Sie begleiten mich zum Maschinenraum.«

»Gute Idee«, sagte der Trill wichtigtuerisch.

Fünf Minuten später blickte Sam auf den Displaytisch im Maschinenraum und betrachtete stolz die Diagramme, die er auf der Grundlage von Grofs Strukturübersichten erstellt hatte. Der Trill beanspruchte das ganze Verdienst für sich, aber Sam blieb still und versuchte, sich ganz auf die Mission zu konzentrieren.

»Sie können von Glück sagen, dass Sie mich getroffen haben, Captain«, brüstete sich Grof. »Ohne mich hätten Sie es bestimmt nicht so weit geschafft, und jetzt rückt der Erfolg Ihrer Mission in Reichweite. Bestimmt sind Sie sehr zufrieden.«

Picard bedachte ihn mit einem gewinnenden Lächeln. »Das bin ich tatsächlich, und ich weiß, dass ich ohne Ihre Hilfe nicht so weit gekommen wäre. Deshalb möchte ich, dass Sie auch an der letzten Phase beteiligt sind. Bitte begleiten Sie uns zum Beschleuniger, Professor.«

Entsetzen huschte durch Grofs Gesicht und ließ die Trill-Flecken dunkler werden. »Nein, nein! Ich wollte etwas ganz anderes vorschlagen. Jetzt, da wir das Shuttle haben… Ich könnte mit Data aufbrechen und diesen Ort *verlassen*. Für *mich* gibt es keinen Grund, hier zu bleiben. Ich bin Zivilist.«

»Als ob Zivilisten nichts mit diesem Krieg zu tun hätten«, brummte Sam.

Picard wurde ernst und presste die Lippen zusammen. »Data wird uns helfen, und wir brauchen auch sein Shuttle. Ob Sie nun zur Gruppe gehören, die sich in den Beschleuniger beamt, oder nicht: Sie sind Teil der Mission. Ich danke Ihnen sehr für die Diagramme, aber mit Ihren unmittelbaren Erfahrungen können Sie uns noch viel mehr helfen.«

»Sie vergeuden Ihre Zeit, Captain!« entfuhr es Sam. »Er ist ein Feigling.«

Grof und Picard warfen ihm verärgerte Blicke zu.

»Ich glaube, eine solche Einstellung bringt uns nicht weiter, Lieutenant«, sagte der Captain. »Wir sind dem Ziel zu nahe, um uns jetzt von *irgendetwas* aufhalten zu lassen. Wenn ich die Mission ohne einen von Ihnen beiden fortsetzen muss, so bin ich dazu bereit.«

Picard maß Grof mit einem durchdringenden Blick. »Ich habe genug gesehen, um zu wissen, dass Sie kein Feigling sind, Professor. Uns steht nur eine begrenzte Menge Sprengstoff zur Verfügung, und deshalb müssen wir ihn an genau der richtigen Stelle anbringen. Sie haben uns bis hierher begleitet – ich würde mich freuen, wenn wir auch während der letzten Etappe auf Sie zählen könnten.«

Sam verschränkte die Arme und wartete. Der Trill starrte auf seine Hände hinab. »Ich habe immer versucht, meine Pflicht zu erfüllen und dabei alle Hindernisse zu überwinden, die mir das Leben in den Weg legte. Doch dies fällt nicht in meinen Zuständigkeitsbereich! Ich habe diesen Krieg nie gewollt und bin immer der Ansicht gewesen, dass wir die Differenzen mit dem Dominion friedlich beilegen könnten.«

»Im Krieg geht es darum, Opfer zu bringen«, erwiderte Picard. »Sind Sie bereit, die Föderation zu opfern? Darauf läuft es hinaus. Wenn es dem Dominion gelingt, Verstärkung aus dem Gamma-Quadranten heranzuführen, sind wir erledigt. Wir müssen den Feind hier und jetzt aufhalten. Mit Ihrer Hilfe, Professor, gäbe es dafür größere Erfolgsaussichten.«

»Ich bin kein Soldat«, protestierte der Trill. »Ich verstehe mich nicht darauf, mit Phasern zu schießen und Sprengladungen vorzubereiten.«

»Sie sollen eine Art Scout sein«, sagte Picard. »Immerhin kennen Sie sich in dem Verteron-Beschleuniger aus. Sie weisen uns den Weg, und den Rest erledigen wir. Mit ein wenig Glück braucht niemand einen Phaser abzufeuern. Wir wollen uns in den Zylinder beamen, den Sprengstoff platzieren und wieder verschwinden. Und da uns jetzt *zwei* Schiffe zur Verfügung stehen, sind unsere Überlebenschancen größer geworden.«

»Daran habe ich nicht gedacht«, entgegnete Grof und rang sich ein Lächeln ab.

»Fahren wir fort«, sagte Picard und beugte sich über den Displaytisch. »Zwei Ziele warten auf uns: der Kontrollraum des Beschleunigers und das Versorgungszentrum für die Atemluft.«

»Was?« donnerte Grof und warf Sam einen bitterbösen Blick zu. »Das ist überhaupt nicht notwendig. Hat Lavelle Sie dazu überredet?«

»Niemand hat mich zu irgendetwas überredet«, erwiderte der Captain, und es fiel ihm sichtlich schwer, die Geduld zu bewahren. »Es ergibt durchaus einen Sinn, gegen zwei Ziele vorzugehen – für den Fall, dass es dem Dominion gelingt, einen Angriff zurückzuschlagen. Wenn es Lavelle gelingt, die Versorgungsleitungen mit Wasserstoff zu fluten, genügt ein Funke, um eine verheerende Explosion auszulösen.«

Grof schlug die Hände vors Gesicht. »Sie wollen alles zerstören, wofür ich gearbeitet habe.«

»Nein, ich möchte dem Dominion die Möglichkeit nehmen, in diesem Quadranten Krieg zu führen. Wir konstruieren Ihr Wurmloch erneut, und zwar als ein Instrument des Friedens.« Picard trat zum Displaytisch und deutete auf den gekennzeichneten Kontrollraum des Beschleunigers. »Wo befinden sich bewaffnete Wächter?«

»Zwei an dieser Abzweigung«, erwiderte Grof und

schniefte leise. »Zwei weitere auf der anderen Seite. Hinzu kommen die im Raum arbeitenden Techniker.«

»Wie viele sind es?«

»Drei oder vier.«

»Welche Kleidung tragen sie?«

Sam nahm an einer Tastatur Platz und begann damit, Aufzeichnungen anzufertigen. Die taktische Besprechung dauerte fast zwei Stunden...

Sam konnte den Start der Rettungskapsel kaum abwarten, denn es war alles andere als angenehm, in einem unbequemen Harnisch an der Wand zu hängen. Er sah zu Picard, Grof und Geordi, die ebenso empfanden wie er. Datas Miene hingegen zeigte unerschütterliche Gelassenheit; er schien einfach nur zufrieden zu sein.

Grof hatte sich so lange gedreht, bis er mit dem Kopf nach unten hing. Übelkeit zeigte sich in seinem haarigen Gesicht, und Sam hätte am liebsten über ihn gelacht. Aber dies war keine lustige Angelegenheit. Der Start hatte sich bereits um fünfundzwanzig Minuten verzögert, und ein Ende ließ sich nicht absehen.

Bis auf Geordi trugen alle gelbe Overalls, wie sie von den Vorta-Technikern im Beschleuniger benutzt wurden. Einer genauen Überprüfung konnten sie natürlich nicht standhalten, aber bei einem flüchtigen Blick aus der Ferne mochte die Tarnung den gewünschten Zweck erfüllen.

Der Captain verzog das Gesicht und klopfte auf seinen Insignienkommunikator. »Picard an Brücke. Wir müssen starten. Der Flug zum Beschleuniger dauert eine Stunde.«

»Ich weiß, Captain«, erklang Ros brüske Stimme. »Aber im Bereich des Einsatzgebietes herrscht reger Raumschiffverkehr. Es gibt Anzeichen dafür, dass in fünf Minuten ein Startfenster entsteht.«

»Wir dürfen den Beschleuniger auf keinen Fall zu

spät erreichen«, sagte Picard. »Der Start findet in fünf Minuten statt, ob ein Fenster sich öffnet oder nicht.«

»Ja, Sir.«

Abgesehen von Data blickten alle zum Captain, vielleicht in der Hoffnung, Mut und Kraft von ihm zu empfangen. Captain Picard hatte die erstaunliche Eigenschaft, Tapferkeit und Pflichterfüllung wie etwas Selbstverständliches darzustellen, obwohl in den meisten Fällen harte Anstrengungen dahinter steckten.

Der Captain bemerkte die erwartungsvolle Anspannung in den Gesichtern seiner Begleiter. »Es wird knapp, aber die Zeit sollte genügen. Wir haben den Plan mehrmals besprochen, doch wenn noch jemand Fragen hat…«

Geordi lachte leise. »Ist Ihnen eigentlich klar, dass wir das größte Ziel im Raumgebiet des Dominion mit dem kleinsten aller Raumschiffe angreifen?«

»Und man sehe sich nur die Schiffe an, die uns bei dieser Mission unterstützen«, sagte Sam. »Ein Shuttle und ein Passagiertransporter.«

Alle lachten. Data bildete die einzige Ausnahme und musterte die anderen der Reihe nach.

»Und wir zerstören den Beschleuniger mit einem auf Überladung justierten Phaser und zwei zusammengebastelten Bomben!« rief Grof.

Daraufhin erstarb das Gelächter. Ein leises Piepen ertönte, und der Captain klopfte erneut auf seinen Insignienkommunikator. »Hier Picard.«

»Ist bei Ihnen alles in Ordnung?« fragte Ro.

»Ja, wir hatten nur einen Anflug von Galgenhumor. Sind alle Vorbereitungen getroffen?«

»Noch dreißig Sekunden bis zum Start. Viel Glück.«

»Wir sehen uns später Ro!« rief Sam.

»Hoffentlich«, erwiderte die Bajoranerin. »Brücke Ende.«

Das Lächeln verschwand von Sams Lippen, als er

stumm zählte. Nach Ablauf des Countdowns hörte er ein leises Zischen, gefolgt von einem metallenen Klacken und einem dumpfen Rauschen, das auf den eigentlichen Start hinwies. Die Zentrifugalkraft presste sie alle an die Wände, und Grof heulte wie ein Kind auf dem Karussell.

Sam versuchte, sich die Szene aus der Perspektive eines unbeteiligten Beobachters vorzustellen: Ein Meteorit wurde seitlich aus dem bajoranischen Transporter katapultiert! Die getarnte Rettungskapsel glitt durch Junos Ringe, erreichte das offene All und ging sofort mit programmiertem Kurs in den Warptransit. Sam hoffte inständig, dass sie nicht umsonst gewartet hatten und unbemerkt blieben von den Schiffen des Dominion.

»Ah, es fühlt sich gut an, von den Fesseln der Gravitation befreit zu sein«, sagte Geordi und schwebte schwerelos in seinem Harnisch.

»Ich muss zugeben, dass Sie recht haben.« Die Übelkeit verschwand aus Grofs Miene – oben und unten existierten jetzt nicht mehr.

»Während der nächsten Stunden gibt es nichts für uns zu tun«, meinte Picard. »Ich schlage vor, wir versuchen zu schlafen. Data weckt uns rechtzeitig.«

Als ob wir unter solchen Umständen schlafen könnten, dachte Sam.

Zusammen mit zwei anderen Menschen, einem Trill und einem Androiden schwebte er in der kleinen Rettungskapsel und dachte daran, wie viel von ihrer Mission abhing. Eine hohe Wahrscheinlichkeit sprach gegen einen Erfolg. Sam trachtete danach, diesen Gedanken aus sich zu verbannen, aber das fiel sehr schwer, wenn man im Innern einer kleinen Rettungskapsel steckte und es mit einer gewaltigen Übermacht zu tun hatte. Nun, wenigstens war das Überraschungsmoment auf ihrer Seite, und es mangelte ihnen gewiss nicht an Tollkühnheit.

Stille herrschte an Bord, während die Kapsel ihren Flug in Richtung Schicksal fortsetzte. Picard schien nachzudenken. LaForge sah auf die Displays eines Tricorders, und Data betrachtete die Anzeigen des Störsenders. Grof begann zu schnarchen. Nach einer Weile schloss Sam die Augen und versuchte, Ruhe zu finden.

»Wachen Sie auf, Sam«, erklang eine freundliche und gleichzeitig feste Stimme. Jemand berührte ihn an der Schulter.

»Hm?« erwiderte er benommen und öffnete die Augen.

»Wir sind da«, sagte Picard schlicht.

Sam sah sich um und stellte fest, dass die übrigen Mitglieder der Einsatzgruppe beschäftigt waren. Sie arbeiteten am Transporter, überprüften den Sprengstoff, nahmen Sondierungen mit Tricordern vor und überprüften noch einmal den Störsender. An Bord der Rettungskapsel gab es keinen Bildschirm; sie mussten sich allein mit Hilfe von Instrumentenanzeigen orientieren.

»Fünf Minuten bis zum ersten Transfer«, verkündete Geordi. »Data und Lavelle, halten Sie sich bereit.«

»Hat es keinen Feindkontakt gegeben?« fragte Sam.

»Der Störsender ist aktiv«, antwortete Data. »Wir sind also gescannt worden.«

»Und wir leben noch«, fügte Geordi hinzu. »In einem Abstand von nur vierhundert Kilometern fliegen wir an dem Verteron-Beschleuniger vorbei und sehen dabei wie ein ganz gewöhnlicher Meteorit aus. Wir können nur hoffen, dass niemand unsere Tarnung durchschaut.«

»Die Frage ist, zu welchen Reaktionen es kommt, wenn wir uns ins Innere des Beschleunigers gebeamt haben«, sagte Grof. »Für die Sicherheitsmechanismen habe ich mich nie sehr interessiert – das bedauere ich jetzt.«

»Hoffentlich teilen auch andere Leute Ihre Einstellung in Hinsicht auf die Sicherheit«, kommentierte Data. »Das würde unsere Aufgabe erheblich erleichtern.«

»Von mangelnden Sicherheitsmaßnahmen kann wohl kaum die Rede sein«, brummte Grof eingeschnappt. »Immerhin wurde eine ganze Flotte im Bereich des Beschleunigers stationiert, obwohl sich inzwischen die meisten Schiffe zurückgezogen haben. Das Dominion rechnet mit einer Angriffsflotte der Föderation, nicht mit fünf Narren in einer Rettungskapsel. Außerdem schätzt man die Wahrscheinlichkeit für einen solchen Angriff vermutlich sehr gering ein – immerhin ist Starfleet an allen Fronten unter Druck geraten. Captain, es kommt einer Ironie des Schicksals gleich, dass Ihre geringen Ressourcen zu unserem wichtigsten Vorteil werden.«

»Hoffen wir nur, dass uns Zeit genug bleibt«, sagte Picard und sah aufs Chronometer. »Professor, nach Ihren Angaben sollte in elf Minuten eine ganze Flotte durchs Wurmloch kommen.«

»Die Schilde müssen dabei gesenkt sein«, sagte Grof. »Andernfalls ist ein Transfer nicht möglich.«

»Genau darauf zählen wir.« Geordi bediente die Transporterkontrollen und nickte zufrieden. »Sie werden zuerst in den Zylinder gebeamt, Sam, und anschließend kommt sofort Data an die Reihe. Bringen Sie sich in Position.«

Sam schluckte, löste die Schnallen des Harnisches und schwebte durch die Kapsel. Er streckte die Hände nach den Griffen aus, die sie gewissermaßen im letzten Augenblick installiert hatten, presste dann die Füße aufs Transferfeld. Als er sich mit nur einer Hand festhalten konnte, zog er mit der anderen seinen klingonischen Disruptor. Wenn man gegen Jem'Hadar kämpfte, so durfte man nicht versuchen, den Gegner zu betäuben. Außerdem wollte Sam nicht noch einmal in Gefangenschaft geraten.

»Achten Sie darauf, dass Sie nicht Ihre Insignienkommunikatoren verlieren«, wandte sich Picard an alle. »Ohne die Kom-Geräte können Sie nicht lokalisiert und retransferiert werden.«

Sam nickte grimmig. »Ich bin so weit.«

»Wir kommen in Reichweite«, sagte Geordi und beugte sich über seine Geräte. »Ich richte den Transferfokus auf eine feste Oberfläche. Die Sensoren registrieren atembare Luft.«

»Was kann man mehr verlangen?« Sams Hand schloss sich fester um den Kolben des Disruptors; er versuchte, nicht ängstlich zu wirken. *Genau das wollte ich*, dachte er. *Eine Chance, dieses riesige Zwangsarbeiterlager zu vernichten*! Schuldbewusst sah er zu Grof, der den Kopf jedoch gesenkt hielt und nicht seinem Blick begegnete.

Seine Aufmerksamkeit glitt zu Data. Der Androide hielt einen Beutel mit dem auf Überladung justierten Phaser, einigen Werkzeugen und einem Zünder – für den Fall, dass der Phaser versagte.

»Energie«, sagte LaForge.

Sam spürte ein vertrautes Prickeln und achtete darauf, dass beide Füße in Kontakt mit dem Transferfeld blieben. Er wollte nicht ausgerechnet jetzt einem Transporterunfall zum Opfer fallen.

Einen Moment später materialisierte er dicht über einem Laufsteg aus grauem Metall, der sich zwischen langen Trägern und dicken Rohrleitungen erstreckte. Er fiel, landete schwer und sah sich sofort in dem schlichten Raum um, einer Verbindungsstelle von mehreren Speichen des Beschleunigers. Kummervoll stellte er fest, dass die Instrumente und Ventile auf einer Plattform installiert waren, die sich zwanzig Meter über ihm befand. Von seiner gegenwärtigen Position aus gab es keine Möglichkeit, nach oben zu gelangen – es sei denn mit einem Sprung.

Sam hörte ein dumpfes Pochen hinter sich, wirbelte herum und sah, dass auch Data auf dem Laufsteg materialisiert war. Innerhalb eines Sekundenbruchteils gewann der Androide einen Eindruck von der Lage und traf sofort eine Entscheidung. Er ging in die Hocke, stieß sich ab, sauste empor, griff mit kräftigen Händen nach dem Rand der Plattform und zog sich hoch.

Sam ließ sich von Datas Agilität so sehr beeindrucken, dass er die Wächter erst bemerkte, als es fast zu spät war. Mehrere Jem'Hadar-Soldaten kamen aus einem Tunnel auf der gleichen Höhe wie die Plattform. Wenn sie nicht stehen geblieben wären, um Aufstellung zu beziehen, hätte Sam sicher keine Gelegenheit bekommen, als erster zu schießen. Ein Disruptorstrahl traf den ersten Jem'Hadar, und seine Brust platzte auseinander.

Die anderen Wächter schenkten Sam keine Beachtung und feuerten auf Data, von dem die eigentliche Gefahr ausging. Den meisten Strahlen wich der Androide geschickt aus, und jene wenigen, die ihn trafen, verbrannten nur die Kleidung, ohne ihn zu verletzen. Trotzdem begriff Sam, dass er den Feind im Tunnel blockieren musste, denn sonst konnten die Jem'Hadar Data allein durch ihre Überzahl ausschalten.

Sam lief los, schoss immer wieder auf die Gegner, tötete zwei Jem'Hadar und lenkte die anderen ab. Er ging hinter einem großen Rohr in Deckung, als die Wächter ihre Aufmerksamkeit auf ihn richteten. Mehrere Waffen entluden sich, und tödliche Energiestrahlen brannten über das Metall des Laufstegs. Sam duckte sich, als glühende Stahlsplitter fortstoben.

Er hörte ein Donnern, sah auf und beobachtete, wie Data den Laufsteg, auf dem die Jem'Hadar standen, einer Decke gleich schüttelte. Mehrere Soldaten verloren den Halt und fielen in die Tiefe; die anderen wichen in den Tunnel zurück.

Sam sprang auf und erschoss zwei Wächter, die nicht weit von ihm entfernt landeten. Dann zielte er wieder auf die Tunnelöffnung, um die übrigen Jem'Hadar in Schach zu halten.

Data trat ruhig an die Instrumententafel heran und gab mit einer Hand Anweisungen ein, während die andere ein Ventil drehte. Sam feuerte immer wieder auf den Gegner – bis mehrere Strahlblitze aus einer anderen Richtung kamen und Data zwangen, sich zu ducken. Er senkte den Blick und bemerkte eine zweite Wächtergruppe, die weiter unten über einen Laufsteg eilte und beide Eindringlinge unter Beschuss nahm. Erneut musste Sam hinter dem Rohr in Deckung gehen.

Haben die anderen auch so viel Spaß? fragte er sich.

Captain Picard und Enrak Grof rematerialisierten in einem stillen, unscheinbaren Korridor im rückwärtigen Bereich des Beschleunigers. Laut Grof befand sich nur dieser Teil des Ganges außerhalb des Blickfelds der Jem'Hadar, und Picard stellte erleichtert fest, dass er wirklich leer war. Hinter ihm gab es eine große Schleuse, die Zugang zu einem Raumdock gestattete. Blinkende rote Lichter wiesen darauf hin, dass derzeit kein Raumschiff angedockt war. Vor ihnen wandte sich der Korridor nach links und folgte damit der Wölbung des Heckbereichs. Hinter der Kurve standen zwei Jem'Hadar-Wächter vor der Tür, die in den Kontrollraum des Beschleunigers führte.

Grof stapfte am Captain vorbei, und Picard hielt ihn verblüfft am Arm fest. »Wohin wollen Sie?« flüsterte er.

»Ich habe hier gearbeitet«, erwiderte der Trill leise. »Vielleicht erinnern sich die Jem'Hadar an mich und lassen mich passieren.«

Der Captain bedachte Grof mit einem durchdringenden Blick und dachte daran, dass es für ihn noch nicht zu spät war, die Föderation zu verraten, um sowohl seine Erfindung als auch die eigene Haut zu retten. Andererseits: Je weniger Aufsehen sie erregten, desto besser. Wenn es einen einfachen Weg gab, den Kontrollraum zu betreten, dort die Sprengsätze zu platzieren und wieder zu verschwinden, so mussten sie es versuchen.

Picard nickte. »Schreien Sie, wenn Sie Hilfe brauchen. Und werfen Sie sich zu Boden.«

»Aye, Captain«, raunte Grof, und in seinem Auge funkelte es. Die Rückkehr zu diesem vertrauten Ort seines größten Triumphes schien die Furcht aus dem Trill vertrieben zu haben.

Mit dem für ihn typischen anmaßenden Gebaren bog Grof um die Kurve des Korridors, und seine Schritte hallten dabei laut von den Wänden wider. Picard hielt den Disruptor schussbereit in der Hand und wartete.

Schließlich verklang das Geräusch von Grofs Schritten, und eine scharfe Stimme fragte: »Wer sind Sie?«

»Ich bin's, Enrak Grof«, erwiderte der Trill verärgert. »Sie erinnern sich bestimmt an mich. Ich bin jeden Tag hierher gekommen.«

Picard schob sich näher, um jedes Wort zu verstehen.

»Sie sind fort gewesen«, erwiderte einer der Wächter argwöhnisch. »Sie stehen nicht mehr auf der Liste.«

Der Captain sah ungeduldig aufs Chronometer. Die Zeit wurde immer knapper: Ihnen blieben nur noch vier Minuten, und die durften sie nicht mit Smalltalk vergeuden.

Von einem Augenblick zum anderen schrillten Alarmsirenen, so laut, dass sich Picard die Ohren zuhielt. Data und Lavelle waren entdeckt worden.

»Hilfe!« rief Grof. »*Hilfe*!«

Picard duckte sich, um nicht getroffen zu werden, eilte um die Biegung und schoss mit dem Disruptor. Er feuerte auf alle stehenden Gestalten und hoffte, dass sich Grof tatsächlich zu Boden geworfen hatte. Zwei

Jem'Hadar wankten ihm brüllend entgegen, obwohl sie in Flammen standen. Picard entging ihren Strahlblitzen, indem er sich nach rechts rollte. Eine halbe Sekunde später sprang er wieder auf und schickte die beiden Wächter mit seiner Waffe ins Jenseits.

Grof wirkte nicht mehr so zuversichtlich, als er vor Angst wimmernd auf dem Boden lag, unter einem halb verbrannten Leichnam. Picard lief zu ihm, zog ihn unter dem Toten hervor und half ihm auf die Beine. Das Blut des Feindes klebte nun an ihren gelben Overalls, und hinzu kam weiße Flüssigkeit aus den Halsschläuchen der Jem'Hadar.

Picard schüttelte den Trill, bis er endlich still wurde. Anschließend musste er fast schreien, um das Heulen des Alarms zu übertönen. »Reißen Sie sich zusammen! Öffnen Sie die Tür, damit wir den Kontrollraum betreten können!« Er stieß Grof zum Schott, neben dem die Sensorflächen eines Kombinationsschlosses leuchteten.

Der Professor nickte, holte tief Luft und beruhigte sich. Er nahm sich das Schloss vor und versuchte, den richtigen Code zu finden, während Picard über die Leichen hinwegsprang und zur Biegung zurückkehrte. Der Feind konnte Soldaten in den Korridor beamen, vom Kontrollraum des Beschleunigers aus angreifen oder ein Schiff ins nahe Raumdock steuern. Solange Grof ihnen keinen Zugang verschafft hatte, saßen sie in diesem Gang fest, während um sie herum der Alarm schrillte.

Geordi schwebte zur kleinen Kontrollkonsole der Rettungskapsel und traf Vorbereitungen für die Kursumkehr – der vermeintliche Meteorit sollte noch einmal am Beschleuniger entlangfliegen, um die beiden Einsatzgruppen zu retransferieren. Er verfluchte den Umstand, dass er auf einen Bildschirm ebenso verzichten musste wie auf eine Audioverbindung mit den Gefährten, aber sie durften sich nicht durch Kom-Signale verraten. LaForge ging von einem planmäßigen Verlauf der Mission aus. Wenn etwas schief ging, spielte es kaum eine Rolle, was er unternahm.

Plötzlich wurde die kleine Kapsel von einer heftigen Erschütterung erfasst, und Geordi bewegte sich so in ihrem Innern wie ein Hamster in einer Kugel. Funken stoben aus dem Störsender, und dem Ingenieur blieb gerade noch Zeit genug, nach einer Sauerstoffmaske zu greifen und sie aufzusetzen – lautes Zischen wies auf entweichende Luft hin. Entweder war die Rettungskapsel gegen etwas gestoßen, oder es handelte sich um einen Angriff! Was auch immer der Fall sein mochte: Geordi war so gut wie tot, wenn er in dieser Büchse blieb.

Er überprüfte die Reichweite des Transporters und stellte fest, dass er sich noch immer nahe genug beim Beschleuniger befand – allerdings trennte ihn nicht mehr viel von der kritischen Distanz. Er berührte eine ganz bestimmte Schaltfläche und sendete damit das Notsignal, das der *Träne des Friedens* eine codierte Nachricht übermittelte. Dann streckte er die Hände nach den Griffen aus und presste die Füße ans Transferfeld. Nach einer Verzögerung von zwei Sekunden entmaterialisierte er. Unmittelbar darauf wurde die Rettungskapsel von einem zweiten Strahl getroffen. Sie platzte auseinander und verwandelte sich in eine Wolke aus glühendem Staub.

15

Sam schüttelte die Furcht von sich ab und dachte daran, dass er seinen Teil der Mission zu einem erfolgreichen Ende bringen musste. Immerhin ging diese Angelegenheit auf seine Idee zurück. Er sprang auf und nutzte den Vorteil seiner höheren Position, um den Jem'Hadar weiter unten tödliche Energie entgegenzuschleudern. Während er lief, feuerte er immer wieder und zwang den Gegner dadurch, in Deckung zu bleiben. Der klingonische Disruptor in seiner rechten Hand spie Tod und Verderben, schien fast ein eigenes Leben zu entwickeln. Einmal fühlte sich Sam von ihm herumgezogen, und ein weiterer Strahlblitz traf einen Jem'Hadar, der sich auf den beschädigten Laufsteg geschwungen hatte und Data angreifen wollte. Die graue Gestalt stürzte vom Steg und verschwand in den Tiefen des Verteron-Beschleunigers.

Sam blickte zu Data hoch und sah, wie der Androide mit atemberaubender Geschwindigkeit Ventile drehte. Er konnte ihn nur eine Sekunde lang beobachten, musste seine Aufmerksamkeit dann wieder den Jem'Hadar weiter unten widmen. Rote Flammen leckten aus dem Lauf des Disruptors, den er nun in beiden Händen hielt, und weitere Gegner starben.

Auf dem unteren Laufsteg häuften sich immer mehr Leichen an und behinderten die vorrückenden Jem'Hadar. Sam warf einen raschen Blick zum Tunnel weiter oben. Nur zwei Soldaten waren von jener

Gruppe übrig geblieben, und sie vermieden es, sich zu zeigen, hielten einfach nur die Stellung. Sam feuerte auf den oberen Laufsteg, und ein Teil davon löste sich aus der Verankerung, stürzte den Jem'Hadar auf dem unteren Verbindungsweg entgegen.

Sam fühlte sich fast wie ein Ein-Mann-Abbruchkommando, als er den Disruptor verwendete, um möglichst viel zu zerstören. Er vergaß Data, bis er ein lautes Pochen hinter sich hörte und den Kopf drehte. Der Androide war von der hohen Plattform heruntergesprungen.

»Aufgabe beendet«, sagte Data, während Energiestrahlen an ihm vorbeizuckten. »Geordi ist spät dran.«

Sie duckten sich hinter eine dicke Rohrleitung, als die Jem'Hadar ihr Feuer verstärkten. Sam dachte an die von Data getroffenen Maßnahmen: Das Leitungssystem der Luftversorgung füllte sich jetzt mit Wasserstoff, und außerdem war der auf Überladung justierte Phaser exakt platziert. Genauso gut konnte man Benzin auf ein Hausdach gießen und dann ein Streichholz werfen.

»Wie viel Zeit bleibt uns bis zur Explosion?« fragte Sam und atmete schwer.

»Zwei Minuten und fünfzehn Sekunden. Inzwischen hätte uns Geordi schon zurückbeamen sollen.«

Ein Energiestrahl traf die Rohrleitung und brannte ein Loch hinein. Heißer Dampf fauchte aus dem Loch, zwang Sam und Data, sich auf den Bauch zu legen. Sie krochen über den Laufsteg und versuchten, dem Gegenangriff der Jem'Hadar weiter unten zu entgehen.

»Wo bleibt Geordi nur?« stöhnte Sam.

LaForge materialisierte in einem Korridor und warf sich zu Boden, als energetische Entladungen über ihn hinwegzischten. Er drehte sich auf die Seite und sah zwei Jem'Hadar, die durch die offene Luke einer Luftschleuse fielen. Als er in die andere Richtung blickte, winkte ihm Captain Picard zu.

»Kommen Sie!« rief er, während Sirenen bestrebt zu sein schienen, ihnen mit ohrenbetäubendem Schrillen die Trommelfelle zu zerreißen. Geordi ließ sich nicht zweimal auffordern. Er sprang auf und sprintete zum Captain. Als er durch die Kurve im Gang hastete, loderte blaues Feuer an ihm vorbei und kochte über die nahe Wand. LaForge hechtete nach vorn, rutschte über den Boden und blieb vor den Füßen des Captains liegen. Picard stand ruhig vor einem Schott und feuerte durch den Korridor. »Verschaffen Sie uns Zugang, Grof!« drängte er.

Geordi beobachtete, wie der Trill fieberhaft die Sensorflächen eines elektronischen Kombinationsschlosses betätigte. »Sie haben den Code geändert! Aber ich kenne ihre Denkweise.«

LaForge stand auf, zog seinen Phaser und fragte sich, ob er Grof oder Picard helfen sollte. Als ein weiterer Jem'Hadar durch den Gang stürmte und blindlings schoss, trat Geordi an die Seite des Captains. Gemeinsam setzten sie den Gegner außer Gefecht.

»Was ist mit Ihnen passiert?« fragte der Captain.

Geordi schüttelte den Kopf. »Ich wurde angegriffen, vermutlich vom automatischen Verteidigungssystem. Die Kapsel ging verloren. Mir blieb gerade noch Zeit genug, Ro zu verständigen.«

»In weniger als drei Minuten kommt die Flotte durchs Wurmloch«, brummte Picard. »Grof!«

»Ich hab's!« rief der Trill. »Ich hab's!« Das Schott glitt beiseite, und ein großer Jem'Hadar wankte dem Professor entgegen. Ein roter Strahl bohrte sich in Grofs Schulter und trat am Rücken wieder aus. Er sank zu Boden, und einen Sekundenbruchteil später schnitt Picards Disruptorstrahl den Jem'Hadar in zwei Hälften.

Ein Vorta, gekleidet in einen gelben Overall, sprang

in den Korridor und schoss wild um sich. Geordi bedauerte fast, ihn töten zu müssen. Zwei weitere Vorta-Techniker befanden sich im Kontrollraum, und die von LaForge abgefeuerten Phaserstrahlen veranlassten sie, rasch in Deckung zu gehen.

Der Captain eilte zur Tür, kniete neben Grof und tastete nach seinem Puls. »Er lebt«, teilte er Geordi mit. »Bringen wir ihn hinein.«

Jeder von ihnen griff nach einem Arm des Trill, und gemeinsam zogen sie ihn in den Kontrollraum des Beschleunigers, ließen ihn dort auf dem Boden liegen. Der Captain bedeutete den beiden Vorta-Technikern, den Raum zu verlassen, und sie kamen dieser Aufforderung dankbar nach. Geordi vergewisserte sich, dass die Tür hinter ihnen zuglitt, betrachtete dann die unvertrauten Kontrollen und versuchte herauszufinden, wie man den Zugang blockieren konnte.

Nachdem sie es Grof so bequem wie möglich gemacht hatten, nahm Picard den Beutel mit den Sprengsätzen und lief zu einem großen Fenster. Es gewährte Ausblick auf mehrere riesige, sich langsam drehende Spulen, die wie ein gewaltiger Bohrer wirkten. Sie bildeten den zentralen Bestandteil des Beschleunigers, wusste Geordi – davon ging die ganze unglaubliche Kettenreaktion aus. Verteron-Partikel rasten immer schneller durch den Zylinder, bis sie Zeit und Raum zur Singularität des Wurmlochs krümmten. Es war eine erstaunliche Errungenschaft, die sie zum größten Teil dem Mann verdankten, der jetzt blutend zu Geordis Füßen lag.

LaForge beobachtete, wie Picard eine Sprengladung am Fenster anbrachte. Er war auf dem Weg zum Instrumentenpult, als sich die zweite Tür öffnete und zwei Jem'Hadar hereinplatzten.

Geordi schoss aus der Hocke heraus, tötete einen der beiden Feinde und zwang den anderen, hinter eine

Konsole zurückzuweichen. Die Soldaten des Dominion wollten offenbar vermeiden, im Kontrollraum von ihren Strahlwaffen Gebrauch zu machen, und LaForge konnte es ihnen nicht verdenken – immerhin sollte praktisch jeden Augenblick eine Flotte durchs künstliche Wurmloch kommen. Dieser Raum wurde intakt benötigt, um die Repräsentanten des Dominion im Gamma-Quadranten von den hiesigen Ereignissen zu unterrichten.

Die Tür schloss sich, und Geordi zerstörte ihren Kontrollmechanismus mit einem Phaserblitz – sie sollte sich nicht wieder öffnen.

Es bedeutete, dass sie jetzt in einem Raum festsaßen, der innerhalb weniger Sekunden einer Explosion zum Opfer fallen würde.

Picard befestigte einen weiteren Sprengsatz an einigen komplex wirkenden Instrumenten, was der Jem'Hadar zum Anlass nahm, auf ihn zu schießen – der Strahl zerstörte einen großen Bildschirm. Das rote Feuer aus Geordis Waffe traf den Soldaten an der Schulter und riss ihn herum. Picard setzte die Arbeit fort, als sei überhaupt nichts geschehen.

LaForge atmete tief durch und blickte auf Grof hinab, der ganz offensichtlich starke Schmerzen hatte. Er versuchte, nicht daran zu denken, wie gering inzwischen ihre Aussichten geworden waren, dies alles lebend zu überstehen – die Bomben würden ihnen kaum eine Chance lassen. Als der verwundete Jem'Hadar aufsprang und erneut schoss, ließ Geordi einmal mehr seinen Disruptor sprechen und gab dem Captain Feuerschutz.

Er hörte wütendes Hämmern an der Tür weiter hinten – vermutlich hatten sich im Korridor inzwischen viele Jem'Hadar eingefunden, die in den Kontrollraum eindringen wollten. LaForge blickte auf sein Chronometer und stellte fest, dass ihnen nur noch zwei Minuten blieben, bis hier das Chaos ausbrach. Er hatte großes Vertrauen zu Ro, zweifelte jedoch daran, ob überhaupt jemand sie lebend hier herausholen konnte.

Es war lauter geworden an Bord des bajoranischen Transporters, und Ro rief: »Ich führe ein Ablenkungsmanöver durch! Bereitschaft für den Transporter.«

»Ja, Sir«, antwortete Tamla Horik vom Shuttle *Cook*. »Maserelli kümmert sich darum.«

»Wir fliegen dem Feind direkt in den Rachen. Ro Ende.«

Sie war allein an Bord der *Träne des Friedens*, bediente die Navigationskontrollen und zwang das kleine Schiff zu einigen verzweifelten Ausweichmanövern. Es erbebte jedes Mal, wenn es vom Feuer des automatischen Verteidigungssystems getroffen wurde, aber noch hielten die Schilde.

Ro sah zum Hauptschirm und beobachtete, wie der gewaltige Zylinder immer mehr anschwoll – er wirkte wie ein Wal, der sich anschickte, eine Elritze zu verschlingen. Sie schaltete auf eine Ansicht des Shuttles um, das dicht hinter dem Transporter blieb, ihm so folgte wie der Schweif einem Kometen. Die Masse der *Träne des Friedens* schützte es vor den gegnerischen Attacken.

Tamla Horik ist eine verdammt gute Pilotin. Wirklich schade, dass der ursprüngliche Plan, in sicherer Entfernung ein Rendezvousmanöver mit der Rettungskapsel durchzuführen, nicht mehr funktionieren konnte – die Kapsel war zerstört worden. *Jetzt hängt alles von mir ab*, dachte Ro.

Unheil verkündende Lichter glühten plötzlich an der ganzen Länge des Beschleunigers, und es waren keine Schiffe des Dominion in Sicht. Sie waren nicht etwa fortgeflogen, weil sie die *Träne des Friedens* fürchteten, sondern weil sich jeden Augenblick das künstliche

Wurmloch öffnen würde, und zwar direkt vor Ro! *Wenn es sich genau hier öffnet, wird meine Asche vielleicht auf der anderen Seite der Galaxis transferiert.*

Eine weitere Erschütterung erfasste die Träne des Friedens, und die Kapazität ihrer Schilde sank auf acht Prozent. *Dieses Schiff hat ein besseres Schicksal verdient,* dachte Ro. *Aber vielleicht wollte es immer wie ein Kriegsschiff enden, in einem Augenblick des Ruhms.*

»Jetzt!« rief sie, und die externe Kommunikation übertrug ihre Stimme. »Leiten Sie den Transfer ein!«

Sam Lavelle zog den Kopf ein, als Funken und heiße Metallsplitter herabregneten. Er und Data hockten auf den Resten eines Laufstegs, während sich Jem'Hadar von oben und unten näherten. Sam erwiderte das Feuer, aber nicht mit der gleichen Entschlossenheit wie vorher – immerhin dauerte es nur noch wenige Sekunden, bis im mit Wasserstoff gefluteten Versorgungssystem ein auf Überladung justierter Phaser explodierte. Ihnen allen stand ein spektakulärer Tod bevor.

Er sah den Androiden an, der auf dem Rücken lag und zu dem spinnennetzartigen Gewirr aus Trägern und Laufstegen emporblickte. Er wirkte so ruhig, als lägen sie am Strand von Atlantic City.

»Wie viel Zeit bleibt uns noch?« fragte Sam.

»Achtundzwanzig Komma fünf Sekunden«, erwiderte der Androide. »Es war mir ein Vergnügen, mit Ihnen zusammenzuarbeiten.«

»Das gilt auch für mich, Data. Ohne Sie hätte ich dies alles nicht geschafft.« Konzentriertes Feuer der Jem'Hadar traf den Laufsteg, und ein dumpfes Knirschen wies Sam darauf hin, dass der Stahl unter ihnen nachzugeben drohte. Er ließ den Disruptor fallen, schloss die Augen und klammerte sich fest.

Gleich ist es so weit ...

Er spürte ein sonderbares Prickeln und fragte sich, ob

er verletzt worden war. Plötzlich packten ihn Hände an den Armen und zerrten. Aus einem Reflex heraus leistete er Widerstand.

»Setzen Sie sich nicht zur Wehr!« sagte Enrique Maserelli scharf. »Wir wollen Sie retten!«

Sam öffnete die Augen und sah Enrique und Hasmek, die versuchten, ihn von der kleinen Transporterplattform zu ziehen. Sie ließen ihn achtlos auf dem Boden liegen und halfen Data, der eine Sekunde später materialisierte.

»In wenigen Sekunden explodiert das Ding!« rief Sam.

»Das wissen wir!« antwortete Tamla Horik.

Sam blickte zum Bildschirm und sah, wie der ganze riesige Zylinder aufleuchtete. »Meine Güte«, brachte er hervor. »Gleich öffnet sich das Wurmloch!«

Geordi und Picard standen Schulter an Schulter, unmittelbar neben dem am Boden liegenden Enrak Grof, als eine donnernde Explosion die Tür nach innen schleuderte. Hinter ihnen wurde das Summen und Piepen der Instrumente immer hektischer, und die Spulen des Beschleunigers drehten sich schneller. Der Countdown für die Öffnung des künstlichen Wurmlochs hatte längst begonnen.

Picard und LaForge eröffneten das Feuer auf die ersten Jem'Hadar, die versuchten, den Kontrollraum zu stürmen. Drei von ihnen gingen zu Boden. Geordi hielt es inzwischen für sinnlos, sich zu verstecken – in weniger als fünfzehn Sekunden zündeten die Sprengsätze, um alles zu vernichten, was sich in diesem Raum befand.

Plötzlich erglühte der Captain und wurde transparent. »Ich sage den anderen, dass Sie hier sind!« brachte er noch hervor und verschwand.

Ein Grund, am Leben zu bleiben, dachte Geordi verblüfft. Er warf sich hinter einen toten Jem'Hadar, als zehn weitere Soldaten in den Kontrollraum sprangen. Grof wurde ebenfalls vom Transporterstrahl erfasst und entmaterialisiert – mehrere Strahlblitze trafen die Stelle, wo er eben noch gelegen hatte.

LaForge kroch fort von den angebrachten Sprengsätzen, und vier Jem'Hadar folgten ihm. Ganz offensichtlich wollten sie ihn lebend erwischen. Sie trieben ihn in die Enge, und der größte von ihnen zerrte ihn auf die Beine, holte aus und schmetterte ihm die Faust ins Gesicht.

»Narren! Ihr könnt das Dominion nicht aufhalten!« brüllte er.

Stechender Schmerz durchzuckte LaForge, und er sah, wie ein Jem'Hadar den Sprengsatz vom Fenster des Beschleunigers entfernte. Er nahm seine ganze Kraft zusammen, riss sich los und warf sich zu Boden, als die erste Explosion Konsolen zerfetzte und mehrere Jem'Hadar in brennende Fackeln verwandelte.

Er fühlte das Prickeln des Transfers, als der zweite Sprengsatz zündete und Flammen durch den Kontrollraum schickte. Hitze wogte über ihn hinweg, und dann befand er sich plötzlich an einem anderen Ort, an Bord eines Shuttles.

Geordi trat von der kleinen Transporterplattform herunter und in eine Kabine, die kaum mehr Platz bot.

»Captain«, sagte er besorgt, »die Jem'Hadar haben den Sprengsatz vom Fenster des Beschleunigers entfernt.«

Picard nickte und sah sich um. »Wo ist Ro?«

»Mit der *Träne des Friedens* geht es zu Ende!« rief Tamla Horik von der Navigationsstation.

»Transferfokus ausgerichtet«, sagte Maserelli, der die Kontrollen des Transporters bediente.

Eine Sekunde später erschien die Bajoranerin auf der

Plattform. Sie wirkte ziemlich mitgenommen, hustete und sank in Geordis Arme.

»Maximale Warpgeschwindigkeit!« befahl Picard. »Sofort!«

Der Kurs spielt keine Rolle, dachte LaForge. *Es kommt nur darauf an, von hier zu verschwinden.*

Der Bildschirm des Shuttles bot einen beunruhigenden Anblick. Ein künstliches Wurmloch bildete sich, und hundert Jem'Hadar-Schiffe zeigten sich als geisterhafte Schemen in seiner Öffnung. Ihre Aktion war zu spät erfolgt – es gelang dem Dominion, Verstärkung aus dem Gamma-Quadranten heranzuführen.

Plötzlich umhüllte das Feuer der Vernichtung den riesigen Zylinder. Alle Träger und Verbindungsstellen platzten auseinander, und der ganze Beschleuniger wand sich wie eine zehn Kilometer lange Schlange hin und her. Die Raumschiffe in der Öffnung des Wurmlochs gerieten außer Kontrolle, stoben wie Funken davon.

Ein gewaltiger Riss entstand im Zugang des Sternentunnels und wuchs exponentiell, dehnte sich wie eine gleißende Flutwelle aus. Dominion-Schiffe wurden in diesen monströsen Schlund gesaugt, während der Verteron-Beschleuniger auseinander zu brechen begann. An Bord des Shuttles standen Geordi und die anderen aufgrund der Enge dicht beieinander und beobachteten, wie der gewaltige Riss implodierte. Licht blitzte blendend hell.

Tamla Horik wandte den Blick nicht von ihren Kontrollen ab. »Achtung, energetische Druckwelle!«

Geordi hielt die noch immer benommene Ro fest, und Sam Lavelle stabilisierte den reglosen Grof. Hasmek schloss seine eine Hand um die Rückenlehne eines nahen Sessels. Maserelli und Picard stützten sich an Konsolen ab. Data hingegen stand einfach nur breitbeinig da.

Kurz darauf wurde das Shuttle von der energetischen Druckwelle erfasst. Die Erschütterungen waren ziemlich heftig, aber glücklicherweise fielen keine wichtigen Bordsysteme aus.

Tamla seufzte erleichtert und entspannte sich. »Schilde mit einer Kapazität von vierzehn Prozent stabil.«

»Wir haben es geschafft!« entfuhr es Enrique. »Wir haben es tatsächlich geschafft!« Auch die anderen freuten sich.

Geordi wollte in den Jubel mit einstimmen, wurde jedoch schnell ernst, als er Lavelle sah, der Grofs Blutungen zu stillen versuchte. Er presste Verbände an die grässliche Wunde und nahm einen zweiten Injektor aus der Medo-Tasche, aber seine Bemühungen mussten letztendlich umsonst bleiben. Selbst der Trill schien zu ahnen, dass seine Zeit abgelaufen war. Mit zitternder Hand griff er nach Sams Unterarm und gab ihm zu verstehen, er solle sich die Mühe sparen.

Es wurde still im Shuttle.

»Sam!« brachte Grof heiser hervor. »Sam!«

»Ich bin hier«, sagte Lavelle und hielt die Hände des Trill.

»Ich kann nichts sehen, habe aber die Stimmen gehört… Was ist passiert?«

»Unsere Mission ist erfolgreich gewesen«, antwortete Sam. »Wir haben verhindert, dass das Dominion Verstärkung aus dem Gamma-Quadranten bekommt, und jetzt fliegen wir nach Hause. Halten Sie noch ein wenig durch; bestimmt kommen Sie wieder in Ordnung.«

Der Trill runzelte die Stirn. »Wurde der Beschleuniger… stark beschädigt?«

Sam sah zu Geordi und schluckte. »Nein, es kam nicht zu sehr umfangreichen Beschädigungen«, log er. »Wir können ihn in kurzer Zeit reparieren, sobald wir ihn unter unsere Kontrolle gebracht haben. Sicher bekommen Sie Gelegenheit, an der ersten Reise zum Gamma-Quadranten teilzunehmen.«

Grof nickte zufrieden und schloss die Augen. »Ja«, hauchte er. »Ich werde dabei sein. Alle sollen wissen, dass ich… den Beschleuniger entworfen habe.«

Picard ging neben dem Trill in die Hocke. »Ich schlage Sie für eine Auszeichnung vor, Professor – nur bei sehr wenigen Zivilisten habe ich eine solche Entscheidung getroffen. Die Öffentlichkeit wird Sie nicht nur als großen Wissenschaftler kennen lernen, sondern auch als Helden der Föderation.«

Grof nickte. Dann verzog er schmerzerfüllt das Gesicht, und seine Hand schloss sich fester um Lavelles Unterarm. »Sie können von Glück sagen, Sam… In meinem Fall brauchen Sie sich nicht um einen Symbionten zu kümmern.«

»Sie werden nicht sterben«, erwiderte Sam. »Kommen Sie, Grof, wo bleibt Ihre Entschlossenheit? Sie können es bis nach Hause schaffen.«

»Nach Hause«, wiederholte der Trill leise. »Ja, ich sehe mein Zuhause! Danke… mein Freund. Darf ich Sie Freund nennen?«

»Ja, Grof, ja.«

Erneut nickte der Trill und wirkte zufrieden. Dann erschlaffte er, und die Hand rutschte von Sams Arm. Lavelle versuchte es sofort mit Wiederbelegungsmaßnahmen und klopfte auf Grofs Brust. Schließlich berührte ihn Picard an der Schulter.

»Er ist tot, Sam«, sagte der Captain. »Keine Sorge – er wird nicht in Vergessenheit geraten. Wir sollten uns jetzt aber auf die Heimkehr konzentrieren.«

»Damit dürften gewisse Probleme verbunden sein«, sagte Data, der im Sessel des Copiloten Platz genommen hatte. »Ein Schlachtschiff der Jem'Hadar verfolgt uns.«

Alle Anwesenden schienen den Atem anzuhalten. Picard trat hinter den Androiden. »Können wir uns in die Badlands zurückziehen?«

»Nein, Sir. Die Jem'Hadar sind viel schneller als wir und erreichen uns in fünf Minuten.«

Der Captain schlug sich mit der Faust auf die flache Hand. »Führen Sie Ausweichmanöver durch. Und senden Sie einen Starfleet-Notruf.«

»Welches Starfleet-Schiff könnte unseren Notruf hier draußen empfangen?« fragte Hasmek skeptisch. »Sie sind ein ewiger Optimist, Captain.«

»Mein Optimismus hat sich immer ausgezahlt«, erwiderte Picard mit einem wehmütigen Lächeln. »Ganz gleich, was jetzt auch geschieht – wir alle haben ausgezeichnete Arbeit geleistet und können stolz darauf sein.«

Geordi sah, wie sich Ro und Lavelle gegenseitig trösteten. Maserelli legte die Hände auf Horiks Schultern, und selbst Hasmek schien sich mit dem Tod abzufinden.

»Wir haben noch einen Photonentorpedo«, sagte Data.

Picard schmunzelte. »Es scheint immer nur ein Torpedo übrig zu sein. Machen Sie ihn einsatzbereit. Und sorgen Sie dafür, dass wir jederzeit die Selbstzerstörungssequenz einleiten können.« Er sah sich um. »Hat irgendjemand ein Problem damit?«

»Nein«, antwortete Sam und drückte Ro an sich. »Wir sind bereit.«

»Wer will schon ewig leben?« fragte Geordi mit rauer Stimme.

Captain Picard räusperte sich. »Ich möchte diese Gelegenheit nutzen, um einen anderen Captain zu ehren, der sein erstes Kommando opferte, um uns zu retten. Lassen Sie mich auch jenes stolze Schiff grüßen – ich meine die *Träne des Friedens* und ihren Captain, Ro Laren.«

»Hört, hört!« ertönte es.

Ro wirkte vollkommen ausgemergelt und mehr tot als lebendig. Sie nickte müde. »Danke. Ich habe viel gelernt. Und ich danke Ihnen auch dafür, dass Sie mich wieder in Starfleet aufgenommen haben.«

»Dort ist Ihr Platz«, betonte Picard.

Aus den Augenwinkeln sah Geordi, wie Data den Kopf zur Seite neigte und dann kurz mit der neben ihm sitzende Tamla Horik sprach. Maserelli beugte sich zu ihnen vor und grinste plötzlich.

»Captain«, sagte Data, »unser Notruf ist durch eine codierte Nachricht auf einer geheimen Frequenz beantwort worden. Die Botschaft stammt von der *Enterprise.*«

»Wie weit ist sie entfernt?« Damit sprach Picard die Frage aus, die alle bewegte.

»Ich ändere den Kurs – wir sollten sie rechtzeitig erreichen.« Der Androide bediente die Kontrollen.

Geordi sah zu Hasmek. »Es lohnt sich, optimistisch zu sein.«

Daraufhin zeigte der Romulaner zum ersten Mal ein echtes, aufrichtiges Lächeln. »Es müsste mir eigentlich gelingen, mich für diese Angelegenheit befördern zu lassen. Vielleicht schaffe ich es, irgendwo einen ruhigen Schreibtischjob zu bekommen. Ich hab's satt, als Agent für das Romulanische Reich zu arbeiten.«

»Erst müssen wir den Krieg gewinnen«, schränkte Geordi ein.

»Oh, Sie werden ihn gewinnen«, sagte Hasmek voller Zuversicht. »Und ich werde wie ein Genie dastehen, wenn ich dies entgegen der Meinung aller anderen prophezeie.«

»Wir sind jetzt in Reichweite der *Enterprise*«, verkündete Data. »Die Jem'Hadar ändern nicht den Kurs. Die *Enterprise* scheint der Aufmerksamkeit unseres Verfolgers bisher entgangen zu sein.«

»Gehen Sie auf Impulskraft«, wies Picard den Androiden an. »Vermutlich beendet der Gegner dann ebenfalls den Warptransfer.«

»Ja, Sir.« Datas Finger huschten über Schaltflächen. »Die Jem'Hadar verfolgen uns auch weiterhin.«

»Auf den Schirm.«

Das Schlachtschiff des Dominion erschien im Projektionsfeld; blaues und goldenes Glühen zeigte sich am schlanken Rumpf. Die Jem'Hadar waren so sehr auf ihr Opfer konzentriert, dass sie die *Enterprise* zu spät bemerkten. Das Starfleet-Schiff der Sovereign-Klasse raste heran, feuert Quantentorpedos und Phaserkanonen ab. Der Schlachtkreuzer wurde voll getroffen, und seine Schilde flackerten wie ein Halo. Als das Leuchten der Schutzschirme verschwand, feuerte die *Enterprise* eine weitere Breitseite ab. Das Schiff der Jem'Hadar glitzerte wie ein Diamant in der Sonne, bevor es sich in eine Glutwolke verwandelt.

»*Enterprise* an *Cook*«, erklang eine vertraute Stimme aus dem Kom-Lautsprecher. »Sie sind nicht allein, Data.«

»Nein, Commander Riker. Bei mir sind Captain Picard, Ro, LaForge und einige andere. Die Crew besteht aus insgesamt neun Personen.«

»Großartig!« erwiderte Riker. »Wir müssen schnell fort, denn weitere feindliche Schiffe sind hierher unterwegs. Es bleibt uns nicht genug Zeit, das Shuttle aufzunehmen. Programmieren Sie die Selbstzerstörungssequenz auf zwei Minuten – wir beamen Sie an Bord.«

»Sam Lavelle«, sagte Beverly Crusher überrascht, als sie ihm von der Transporterplattform half. »Woher kommen Sie denn?«

»Das ist eine lange Geschichte.« Er sah sich um, als Picard, LaForge und Ro von Will Riker und der *Enterprise*-Crew begrüßt wurden.

»Ist alles in Ordnung mit Ihnen?« fragte die Ärztin.

»Ja.« Er hörte ein leises, klimperndes Geräusch, drehte sich um und beobachtete, wie Grofs Leiche auf der Plattform materialisierte. Dr. Crusher beugte sich sofort über den Trill und sondierte ihn mit dem Tricorder.

»Tot«, stellte sie fest. »Wer war er?«

»Ein tapferer Mann«, antwortete Sam heiser. »Ein Held.«

Hasmek erschien auf einem Transferfeld, und Dr. Crusher musterte den einarmigen Romulaner verblüfft, als er von der Plattform trat. »Ich schätze, Sie sind kein regulärer Starfleet-Offizier«, sagte sie.

»Ich gehöre nur vorübergehend zur Truppe«, entgegnete Hasmek mit einem Lächeln.

»Woher wussten Sie, dass wir hier sind, Commander Riker?« fragte Geordi verwundert.

Der Erste Offizier schmunzelte. »Eins unserer Patrouillenschiffe begegnete einem talavianischen Shuttle, das einen ganz bestimmten isolinearen Chip beförderte. Die darin gespeicherten Daten wiesen auf das künstliche Wurmloch hin und gaben auch Auskunft über Ihren Aufenthaltsort.«

Sam blickte auf die Leiche des Trill hinab. »Ihr Ego hat uns das Leben gerettet, Grof. Danke.«

»Es sind alle an Bord«, ließ sich der Transporterchef vernehmen, als Horik und Maserelli die Plattform verließen.

Riker klopfte auf seinen Insignienkommunikator. »Riker an Brücke. Maximale Warpgeschwindigkeit, Kurs: *Deep Space Nine.*«

»*Deep Space Nine*?« wiederholte Picard. Hoffnung leuchtete in seinen Augen. »Haben wir die Raumstation wieder unter unsere Kontrolle gebracht?«

»Vor zwei Tagen«, sagte Riker stolz. »Das Blatt in diesem verdammten Krieg hat sich gewendet, und das

Wurmloch stellt keine Gefahr mehr dar. Ich nehme an, Ihnen und Ihrer Gruppe ist es gelungen, den Gegner zu schwächen?«

»Das denke ich schon«, bestätigte Picard und nickte zufrieden. »Was ist mit Ihnen und der Crew? Hatten Sie eine schwere Zeit, während wir nicht bei Ihnen waren?«

»Kommt darauf an, was man darunter versteht«, erwiderte Riker und lächelte verlegen. »Die *Enterprise* musste repariert werden, und deshalb verbrachten wir eine Woche in Starbase 209.«

»Nicht übel«, kommentierte Picard neidisch.

»Nun, ich habe nicht gerade das Universum gerettet, aber vielleicht konnte ich einer Person helfen«, fügte Riker hinzu.

»Ach?« Picard schmunzelte. »Das klingt nach einer glücklichen jungen Dame.« Der Captain staunte über seinen Ersten Offizier. Wie auch immer die Umstände beschaffen sein mochten: Es gelang Riker immer, Beziehungen zu einer Frau zu knüpfen.

»Sie war vor allem heldenhaft und nicht glücklich. Aber wenn sie sich jetzt Mühe gibt, kann sie ihr Leben so ändern, dass es wieder Platz für Glück darin gibt.«

»Ich freue mich darauf, alles über sie zu erfahren, Nummer Eins«, sagte der Captain voller Anteilnahme.

Als die anderen den Raum verließen, griff Ro nach Sams Hand und zog ihn beiseite. Seit ihrer ersten Begegnung an Bord der *Träne des Friedens* hatte er sie noch nicht auf diese Weise erlebt: Sie wirkte verunsichert, schien sich sogar zu fürchten.

»Stimmt was nicht?« fragte Sam.

»Für dich ist alles in Ordnung, aber nicht für mich«, erwiderte Ro besorgt. »Wahrscheinlich steckt man mich schon bald in eine Arrestzelle.«

»Dann sorge ich dafür, dass du ausbrechen kannst«, sagte Sam. »Und Captain Picard wird mir bestimmt dabei helfen.«

Acht Stunden später saßen Sam und Ro im Gesellschaftsraum, als Captain Picard zu ihnen kam. Sie befanden sich wieder im Raumgebiet der Föderation, nur noch einige Flugstunden von *Deep Space Nine* entfernt, und es war herrlich, an einem Tisch zu sitzen und etwas zu essen. Sam hatte sich gerade zum vierten Mal den Teller mit Leckereien gefüllt und schlang sie regelrecht in sich hinein.

Ro beobachtete ihn und schüttelte fassungslos den Kopf. »Du solltest besser eine kleine Pause einlegen, Sam. Da kommt der Captain.«

Sam schluckte einen großen Bissen hinunter, als Picard ihren Tisch erreichte. »Schon gut, entspannen Sie sich«, sagte der Captain mit einem Lächeln.

»Bitte nehmen Sie Platz.« Ro deutete auf einen Sessel.

»Danke.«

Sam musterte den Captain; irgendetwas an seinem Erscheinungsbild wirkte unvertraut. »Was fehlt?« dachte er laut. »Ja, der Ohrring und die Nasenknorpel.«

»Die Implantate vermisse ich nicht«, sagte Picard. »Wohl aber den Ohrring.«

Er lächelte erneut.

»Ich bin gekommen, weil ich Ihnen etwas mitteilen möchte.«

»Was denn?« fragte Ro argwöhnisch.

»Zuerst zu Ihnen, Ro. Wenn es nach mir ginge, würde ich Ihnen einfach den Rang eines Starfleet-Offiziers zurückgeben, aber dazu bin ich leider nicht befugt. Ich habe Starfleet Command einen Bericht über Ihre jüngsten Bemühungen für den Alpha-Quadranten übermittelt, und es würde mich gar nicht überraschen, wenn es in Starfleet bald wieder einen Platz für Sie gibt – falls Sie entscheiden, zu uns zurückzukehren. Und wenn Sie wirklich zurückkehren sollten, würde es mich freuen, Sie als Mitglied meiner Crew begrüßen zu können.«

Sam stellte überrascht fest, dass Tränen in Ros Augen glänzten, als sie Picard dankte.

»Was Sie betrifft, Mr. Lavelle...«, fuhr der Captain fort. »Willkommen daheim. Ich bin ziemlich sicher, dass Sie in naher Zukunft mit einer Beförderung rechnen können.«

»Um ganz ehrlich zu sein, Captain: Ich weiß nicht, ob meine Zukunft bei Starfleet liegt«, entgegnete Sam. »Ich schätze, es hat sich ein gewisser Urlaubsanspruch angesammelt...«

»Mindestens für einige Monate, wenn man medizinischen Sonderurlaub hinzurechnet«, meinte Picard.

Sam ahnte, dass der Captain ihm bereits ein ganzes Stück voraus war. Und nicht nur ihm, sondern auch Ro. »Deshalb würde ich mir gern Zeit nehmen, um herauszufinden, was ein Leben ohne Uniform zu bieten hat.«

»Eine ausgezeichnete Idee«, lobte Picard. »Haben Sie schon irgendwelche Pläne?«

Sam sah Ro an, und sie erwiderte sein Lächeln. Sie hatten bereits eine Entscheidung getroffen. Die nächste Woche mochte noch immer ein ganzes Stück entfernt sein, aber inzwischen dachten sie über das Morgen nach.

»Ich möchte mich auf irgendeinem landwirtschaftlichen Planeten niederlassen, Sir«, sagte Sam. »Wieder echten Boden unter den Füßen haben und die Sonne auf dem Rücken spüren – darum geht es mir. Außerdem: Ich glaube, eine kämpfende Flotte könnte dann und wann Nahrung vertragen, die nicht aus einem Replikator stammt.«

»Und ob.« Picard zögerte und dachte nach. »Bald erreichen wir *Deep Space Nine*, und dort herrscht selbst in der aktuellen Situation reger Flugverkehr. Bestimmt finden Sie einen Transporter, der Sie zu einer geeigneten Welt bringen kann.« Der Captain musterte sie beide, und Sam gewann den Eindruck, dass er mit dem zufrieden war, was er sah. »Sie haben ein neues Leben erhalten… nein, Sie haben sich ein neues Leben gewonnen. Nutzen Sie es gut.«

Ro griff nach Sams Hand, sah Picard an und lächelte. »Das werden wir, Sir«, sagte sie. »Es ist ein Geschenk der Propheten.«

STAR TREK™

in der Reihe
HEYNE SCIENCE FICTION & FANTASY

STAR TREK: CLASSIC SERIE
Vonda N. McIntyre, Star Trek II: Der Zorn des Khan · 06/3971
Vonda N. McIntyre, Der Entropie-Effekt · 06/3988
Robert E. Vardeman, Das Klingonen-Gambit · 06/4035
Lee Correy, Hort des Lebens · 06/4083
Vonda N. McIntyre, Star Trek III: Auf der Suche nach Mr. Spock · 06/4181
S. M. Murdock, Das Netz der Romulaner · 06/4209
Sonni Cooper, Schwarzes Feuer · 06/4270
Robert E. Vardeman, Meuterei auf der Enterprise · 06/4285
Howard Weinstein, Die Macht der Krone · 06/4342
Sondra Marshak & Myrna Culbreath, Das Prometheus-Projekt · 06/4379
Sondra Marshak & Myrna Culbreath, Tödliches Dreieck · 06/4411
A. C. Crispin, Sohn der Vergangenheit · 06/4431
Diane Duane, Der verwundete Himmel · 06/4458
David Dvorkin, Die Trellisane-Konfrontation · 06/4474
Vonda N. McIntyre, Star Trek IV: Zurück in die Gegenwart · 06/4486
Greg Bear, Corona · 06/4499
John M. Ford, Der letzte Schachzug · 06/4528
Diane Duane, Der Feind – mein Verbündeter · 06/4535
Melinda Snodgrass, Die Tränen der Sänger · 06/4551
Jean Lorrah, Mord an der Vulkan Akademie · 06/4568
Janet Kagan, Uhuras Lied · 06/4605
Laurence Yep, Herr der Schatten · 06/4627
Barbara Hambly, Ishmael · 06/4662
J. M. Dillard, Star Trek V: Am Rande des Universums · 06/4682
Della van Hise, Zeit zu töten · 06/4698
Margaret Wander Bonanno, Geiseln für den Frieden · 06/4724
Majliss Larson, Das Faustpfand der Klingonen · 06/4741
J. M. Dillard, Bewußtseinsschatten · 06/4762
Brad Ferguson, Krise auf Centaurus · 06/4776
Diane Carey, Das Schlachtschiff · 06/4804
J. M. Dillard, Dämonen · 06/4819
Diane Duane, Spocks Welt · 06/4830
Diane Carey, Der Verräter · 06/4848
Gene DeWeese, Zwischen den Fronten · 06/4862
J. M. Dillard, Die verlorenen Jahre · 06/4869
Howard Weinstein, Akkalla · 06/4879
Carmen Carter, McCoys Träume · 06/4898
Diane Duane & Peter Norwood, Die Romulaner · 06/4907
John M. Ford, Was kostet dieser Planet? · 06/4922
J. M. Dillard, Blutdurst · 06/4929
Gene Roddenberry, Star Trek I: Der Film · 06/4942
J. M. Dillard, Star Trek VI: Das unentdeckte Land · 06/4943
Jean Lorrah, Die UMUK-Seuche · 06/4949
A. C. Crispin, Zeit für gestern · 06/4969
David Dvorkin, Die Zeitfalle · 06/4996
Barbara Paul, Das Drei-Minuten-Universum · 06/5005
Judith & Garfield Reeves-Stevens, Das Zentralgehirn · 06/5015
Gene DeWeese, Nexus · 06/5019
D. C. Fontana, Vulkans Ruhm · 06/5043

STAR TREK™

Judith & Garfield Reeves-Stevens, Die erste Direktive · 06/5051
Michael Jan Friedman, Das Doppelgänger-Komplott · 06/5067
Judy Klass, Der Boaco-Zwischenfall · 06/5086
Julia Ecklar, Kobayashi Maru · 06/5103
Peter Norwood, Angriff auf Dekkanar · 06/5147
Carolyn Clowes, Das Pandora-Prinzip · 06/5167
Michael Jan Friedman, Schatten auf der Sonne · 06/5179
Diana Duane, Die Befehle des Doktors · 06/5247
V. E. Mitchell, Der unsichtbare Gegner ·06/5248
Dana Kramer-Rolls, Der Prüfstein ihrer Vergangenheit · 06/5273
Barbara Hambly, Der Kampf ums nackte Überleben · 06/5334
Brad Ferguson, Eine Flagge voller Sterne · 06/5349
J. M. Dillard, Star Trek VII: Generationen · 06/5360
Gene DeWeese, Die Kolonie der Abtrünnigen · 06/5375
Michael Jan Friedman, Späte Rache · 06/5412
Peter David, Der Riß im Kontinuum · 06/5464
Michael Jan Friedman, Gesichter aus Feuer · 06/5465
Peter David/Michael Jan Friedman/Robert Greenberger, Die Enterbten · 06/5466
L. A. Graf, Die Eisfalle · 06/5467
John Vornholt, Zuflucht · 06/5468
L. A. Graf, Der Saboteur · 06/5469
Melissa Crandall, Die Geisterstation · 06/5470
Mel Gilden, Die Raumschiff-Falle · 06/5471
V. E. Mitchell, Tore auf einer toten Welt · 06/5472
Victor Milan, Aus Okeanos Tiefen · 06/5473
Diane Carey, Das große Raumschiff-Rennen · 06/5474
Diane Carey, Kirks Bestimmung · 06/5476
L. A. Graf, Feuersturm · 06/5477
A. C. Crispin, Sarek · 06/5478
Simon Hawke, Die Terroristen von Patria · 06/5479
Barbara Hambly, Kreuzwege · 06/5681
L. A. Graf, Ein Sumpf von Intrigen · 06/5682
Howard Weinstein, McCoys Tochter · 06/5683
J. M. Dillard, Sabotage · 06/5685
Denny Martin Flinn, Der Coup der Promethaner · 06/5686
Diane Carey/Dr. James I. Kirkland, Keine Spur von Menschen · 06/5687
William Shatner, Die Asche von Eden · 06/5688
William Shatner, Die Rückkehr · 06/5689
William Shatner, Der Rächer · 06/5690
Peter David, Die Tochter des Captain · 06/5691
Dean Wesley Smith/Kristine Kathryn Rusch, Die Ringe von Tautee · 06/5693
Diane Carey, Invasion – 1: Der Erstschlag · 06/5694
Dean Wesley Smith/Kristine Kathryn Rusch, Tag der Ehre – 4: Das Gesetz des Verrats · 06/5702

STAR TREK: THE NEXT GENERATION
David Gerrold, Mission Farpoint · 06/4589
Gene DeWeese, Die Friedenswächter · 06/4646
Carmen Carter, Die Kinder von Hamlin · 06/4685
Jean Lorrah, Überlebende · 06/4705
Peter David, Planet der Waffen · 06/4733

STAR TREK™

Diane Carey, Gespensterschiff · 06/4757
Howard Weinstein, Macht Hunger · 06/4771
John Vornholt, Masken · 06/4787
David & Daniel Dvorkin, Die Ehre des Captain · 06/4793
Michael Jan Friedman, Ein Ruf in die Dunkelheit · 06/4814
Peter David, Eine Hölle namens Paradies · 06/4837
Jean Lorrah, Metamorphose · 06/4856
Keith Sharee, Gullivers Flüchtlinge · 06/4889
Carmen Carter u. a., Planet des Untergangs · 06/4899
A. C. Crispin, Die Augen der Betrachter · 06/4914
Howard Weinstein, Im Exil · 06/4937
Michael Jan Friedman, Das verschwundene Juwel · 06/4958
John Vornholt, Kontamination · 06/4986
Mel Gilden, Baldwins Entdeckungen · 06/5024
Peter David, Vendetta · 06/5057
Peter David, Eine Lektion in Liebe · 06/5077
Howard Weinstein, Die Macht der Former · 06/5096
Michael Jan Friedman, Wieder vereint · 06/5142
T. L. Mancour, Spartacus · 06/5158
Bill McCay/Eloise Flood, Ketten der Gewalt · 06/5242
V. E. Mitchell, Die Jarada · 06/5279
John Vornholt, Kriegstrommeln · 06/5312
David Bischoff, Die Epidemie · 06/5356
Peter David, Imzadi · 06/5357
Laurell K. Hamilton, Nacht über Oriana · 06/5342
Simon Hawke, Die Beute der Romulaner · 06/5413
Rebecca Neason, Der Kronprinz · 06/5414
John Peel, Drachenjäger · 06/5415
Diane Carey, Abstieg · 06/5416
Diane Duane, Dunkler Spiegel · 06/5417
Jeri Taylor, Die Zusammenkunft · 06/5418
Michael Jan Friedman, Relikte · 06/5419
Susan Wright, Der Mörder des Sli · 06/5438
W. R. Thomson, Planet der Schuldner · 06/5439
Carmen Carter, Das Herz des Teufels · 06/5440
Michael Jan Friedman & Kevin Ryan, Requiem · 06/5442
Dafydd ab Hugh, Gleichgewicht der Kräfte · 06/5443
Michael Jan Friedman, Die Verurteilung · 06/5444
Peter David, Q^2 · 06/5445
Simon Hawke, Die Rückkehr der Despoten · 06/5446
Robert Greenberger, Die Strategie der Romulaner · 06/5447
Gene DeWeese, Im Staubnebel verschwunden · 06/5448
Brad Ferguson, Das letzte Aufgebot · 06/5449
Kij Johnson/Greg Cox, Die Ehre des Drachen · 06/5751
J. M. Dillard/Kathleen O'Malley, Wahnsinn · 06/5753
Dean Wesley Smith/Kristine Kathryn Rusch, Invasion – 2: Soldaten des Schreckens · 06/5754
Pamela Sargent & George Zebrowski, Verhöhnter Zorn · 06/5756
J. M. Dillard, Star Trek VIII: Der erste Kontakt · 06/5757
Diane Carey, Tag der Ehre – 1: Altes Blut · 06/5763
John Vornholt, Der Dominion-Krieg – 1: Hinter feindlichen Linien · 06/5765
John Vornholt, Der Dominion-Krieg – 3: Sternentunnel · 06/5766
J. M. Dillard, Star Trek IX: Der Aufstand · 06/5770

STAR TREK™

STAR TREK: DIE ANFÄNGE
Vonda N. McIntyre, Die erste Mission · 06/4619
Margaret Wander Bonanno, Fremde vom Himmel · 06/4669
Diane Carey, Die letzte Grenze · 06/4714

STAR TREK: DEEP SPACE NINE
J. M. Dillard, Botschafter · 06/5115
Peter David, Die Belagerung · 06/5129
K. W. Jeter, Die Station der Cardassianer · 06/5130
Sandy Schofield, Das große Spiel · 06/5187
Dafydd ab Hugh, Gefallene Helden · 06/5322
Lois Tilton, Verrat · 06/5323
Esther Friesner, Kriegskind · 06/5430
John Vornholt, Antimaterie · 06/5431
Diane Carey, Die Suche · 06/5432
Melissa Scott, Der Pirat · 06/5434
Nathan Archer, Walhalla · 06/5512
Greg Cox/John Gregory Betancourt, Der Teufel im Himmel · 06/5513
Robert Sheckley, Das Spiel der Laertianer · 06/5514
Diane Carey, Der Weg des Kriegers · 06/5515
Diane Carey, Die Katakombe · 06/5516
Dean Wesley Smith/Kristine Kathryn Rusch, Die lange Nacht · 06/5517
John Peel, Der Schwarm · 06/5518
L. A. Graf, Invasion – 3: Der Feind der Zeit · 06/5519
Diane Carey, Neuer Ärger mit den Tribbles · 06/5723
L. A. Graf, Tag der Ehre – 2: Der Himmel von Armageddon · 06/5725
Diane Carey, Der Dominion-Krieg – 2: Verlorener Friede · 06/5727
Diane Carey, Der Dominion-Krieg – 4: Beendet den Krieg! · 06/5728

STAR TREK: STARFLEET KADETTEN
John Vornholt, Generationen · 06/6501
Peter David, Worfs erstes Abenteuer · 06/6502
Peter David, Mission auf Dantar · 06/6503
Peter David, Überleben · 06/6504
Brad Strickland, Das Sternengespenst · 06/6505
Brad Strickland, In den Wüsten von Bajor · 06/6506
John Peel, Freiheitskämpfer · 06/6507
Mel Gilden & Ted Pedersen, Das Schoßtierchen · 06/6508
John Vornholt, Erobert die Flagge! · 06/6509
V. E. Mitchell, Die Atlantis Station · 06/6510
Michael Jan Friedman, Die verschwundene Besatzung · 06/6511
Michael Jan Friedman, Das Echsenvolk · 06/6512
Diane G. Gallagher, Arcade · 06/6513
John Peel, Ein Trip durch das Wurmloch · 06/6514
Brad & Barbara Strickland, Kadett Jean-Luc Picard · 06/6515
Brad & Barbara Strickland, Picards erstes Kommando · 06/6516
Ted Pedersen, Zigeunerwelt · 06/6517
Patricia Barnes-Svarney, Loyalitäten · 06/6518
Diana G. Gallagher, Tag der Ehre – 5: Ehrensache · 06/6530

STAR TREK: VOYAGER
L. A. Graf, Der Beschützer · 06/5401
Dean Wesley Smith/Kristine Kathryn Rusch, Die Flucht · 06/5402
Nathan Archer, Ragnarök · 06/5403

STAR TREK™

Susan Wright, Verletzungen · 06/5404
John Betancourt, Der Arbuk-Zwischenfall · 06/5405
Christie Golden, Die ermordete Sonne · 06/5406
Mark A. Garland/Charles G. McGraw, Geisterhafte Visionen · 06/5407
S. N. Lewitt, Cybersong · 06/5408
Dafydd ab Hugh, Invasion – 4: Die Raserei des Endes · 06/5409
Karen Haber, Segnet die Tiere · 06/5410
Jeri Taylor, Mosaik · 06/5811
Melissa Scott, Der Garten · 06/5812
David Niall Wilson, Puppen · 06/5813
Greg Cox, Das schwarze Ufer · 06/5814
Michael Jan Friedman, Tag der Ehre – 3: Ihre klingonische Seele · 06/5815
Christie Golden, Gestrandet · 06/5816

DAS STAR TREK-UNIVERSUM, 2 Bde.,
von *Ralph Sander* · 06/5150
DAS STAR TREK-UNIVERSUM, 1. Ergänzungsband
von *Ralph Sander* · 06/5151
DAS STAR TREK-UNIVERSUM, 2. Ergänzungsband
von *Ralph Sander* · 06/5270

Ralph Sander, Star Trek Timer 1996 · 06/1996
Ralph Sander, Star Trek Timer 1997 · 06/1997
Ralph Sander, Star Trek Timer 1998 · 06/1998
Ralph Sander, Star Trek Timer 1999 · 06/1999

William Shatner/Chris Kreski, Star Trek Erinnerungen · 06/5188
William Shatner/Chris Kreski, Star Trek Erinnerungen: Die Filme · 06/5450

Phil Farrand, Cap'n Beckmessers Führer durch
STAR TREK – DIE CLASSIC SERIE · 06/5451
Phil Farrand, Cap'n Beckmessers Führer durch
STAR TREK – DIE NÄCHSTE GENERATION · 06/5199
Phil Farrand, Cap'n Beckmessers Führer durch
STAR TREK – DIE NÄCHSTE GENERATION – Teil 2 · 06/6457
Phil Farrand, Cap'n Beckmessers Führer durch
STAR TREK – DEEP SPACE NINE · 06/6458

David Alexander, Gene Roddenberry – Die autorisierte Biographie · 06/5544
Judith & Garfield Reeves-Stevens, Star Trek Design · 06/5545
Nichelle Nichols, Nicht nur Uhura · 06/5547
Leonard Nimoy, Ich bin Spock · 06/5548
Lawrence M. Krauss, Die Physik von Star Trek · 06/5549
Judith & Garfield Reeves-Stevens, Star Trek – Deep Space Nine: Die Realisierung einer Idee · 06/5550
Herbert F. Solow & Yvonne Fern Solow, Star Trek: Das Skizzenbuch – Die Classic-Serie · 06/6469
Judith & Garfield Reeves-Stevens, Star Trek – Phase II: Die verlorene Generation · 06/6470
Herbert F. Solow/Robert H. Justman, Star Trek – Die wahre Geschichte · 06/6499
J. M. Dillard, Star Trek: Wo bisher noch niemand gewesen ist · 06/6500

Diese Liste ist eine Bibliographie erschienener Titel,
KEIN VERZEICHNIS LIEFERBARER BÜCHER!